OLIVIA HAYLE

CHARMING ROGUE

OLIVIA
HAYLE

CHARMING ROGUE

ROMAN

AUS DEM AMERIKANISCHEN
VON KATJA WAGNER

more
Immer mit Liebe

Titel der Originalausgabe
Rogue

MIX
Papier | Fördert
gute Waldnutzung
FSC® C083411
FSC
www.fsc.org

ISBN 978-3-98751-023-6

More ist eine Marke der Aufbau Verlage GmbH & Co. KG

1. Auflage 2023

Satz Greiner & Reichel, Köln
Druck und Binden CPI books GmbH, Leck, Germany
Printed in Germany

www.aufbau-verlage.de

**»Sie küsste mich. Sie küsste den Teufel.
Nur eine schöne Seele wie ihre würde
den Verdammten küssen.«**

DANIEL SAINT

– PROLOG

Du hast mir alles bedeutet, und dann hast du mir das Herz gebrochen.

Aber ich glaube, das war unvermeidbar. Es war uns vorbestimmt, uns zu lieben. Das ist nur fair, oder, Hayden? Zumindest war es das für mich. Ich glaube nicht, dass ich je wirklich eine Wahl hatte … von dem Moment an, als ich dich vor all diesen Jahren zum ersten Mal sah.

Sicher, damals wusste ich es noch nicht, aber das macht meine Liebe nicht weniger echt. Die Wahrheit ist, dass du mich schon faszinierst, seit ich zehn Jahre alt war.

Ich habe es dir einmal erzählt, erinnerst du dich? Und du hast mich angelächelt mit diesen Bernsteinaugen und gefragt, ob ich »faszinierend« im Sinne von »dieser komische Käfer ist ja faszinierend« meinte, und mir tat das Herz weh in dem Wunsch, dir begreiflich zu machen, wie sehr ich dich liebte.

Wie sehr ich dich immer noch liebe.

Alles hätte so anders sein können, Hayden, wenn du dich auf mich eingelassen hättest, als ich dich das erste Mal darum bat.

Wenn du uns eine Chance gegeben hättest.

Wenn du nach dem Unfall nicht weggegangen wärst.

Vielleicht, nur vielleicht, lässt du dich dieses Mal auf mich ein. Wir sind jetzt älter und klüger. Es sind Dinge passiert, die niemals wieder ungeschehen gemacht werden können. Aber einige Dinge sind geblieben. Unsere Herzen verstehen sich immer noch. Die Entfernung und die Stille zwischen uns haben das nicht geändert.

Manche Liebesgeschichten sind unkompliziert. Doch unsere war es nie.

– 1 –
HAYDEN

Hayden, 11

Es ist schwer, den Tag zu vergessen, an dem man gerettet wurde.

Ich erinnere mich daran, als wäre es gestern gewesen; der Wind, der in den Bäumen heulte, das Geräusch des heftigen Regens, der auf das Blechdach des schäbigen Autos meines Onkels trommelte.

»Sie haben mir einen Job angeboten«, hatte er mir erzählt. »Und wir können dort auch wohnen.«

Aber das Haus am Ende der Auffahrt ist wie keines der Häuser, die ich je gesehen habe. Es ist ein Anwesen. Die Front wird von einer breiten weißen Veranda umrahmt, die selbst in der Dunkelheit zu sehen ist.

»Hier werden wir leben?«

»Nein, unten am Strand gibt es ein Haus, in dem wir wohnen werden.«

»Sie haben ihr eigenes Strandhaus?«

»Ja. Mach uns das bitte nicht unnötig schwer.« Ich höre die Müdigkeit in der Stimme meines Onkels.

Ich zucke die Achseln und wende mich ab. In den letzten zwei Jahren bin ich nichts als unkompliziert gewesen. Zwei Jahre, in denen wir fünfmal umgezogen sind und ich in fünf verschiedene Schulen ging. Ich war das Paradebeispiel für unkompliziert.

Ich habe noch nicht viel von Paradise Shores gesehen, aber eins ist klar: Dies ist ein reicher Ort. Menschen wie wir bleiben hier nicht, jedenfalls nicht lange.

»Sie haben Kinder«, sagt mein Onkel. »Mr. Marchand meinte, er hätte Söhne. Sie sollen in deinem Alter sein.«

»Aha.«

»Das wird toll. Wir werden hier zur Ruhe kommen.«

»Klar.«

Gary stößt einen frustrierten Seufzer aus. »Ich gebe mein Bestes, Junge.«

»Ich weiß.« Ich würge die Worte hervor, die sich bitter in meinem Mund anfühlen. »Danke.«

Eines Tages muss ich niemandem mehr danken. Ich werde so reich und berühmt sein wie diese Stars im Fernsehen und in den sozialen Netzwerken, die überall hingehen und alles tun können. Eines Tages wird mir selbst so ein Haus gehören.

»Na los. Wir können nicht ewig hier rumstehen.« Gary legt den Gang ein und lässt den Wagen die breite Auffahrt hinaufrollen. Sein linkes Knie wippt auf und ab.

Sonst ist Gary nie nervös. Ich lehne mich vor und versuche, mir einen Eindruck von dem Haus zu verschaffen. Es hat mindestens drei Stockwerke und ist mit weißen Holzpaneelen verkleidet. Die blaue Doppeltür und die Veranda werden von gepflegten Beeten flankiert. Es sieht aus wie ein Haus aus einer Werbung, eines, in dem es Golden Retriever und blonde Kinder mit glücklichen Gesichtern gibt.

»Bist du wirklich sicher, dass wir hier richtig sind?«

Gary schnaubt. »Ja, ich bin sicher, Junge.«

Die Eingangstür wird geöffnet. Vor dem Licht im Inneren erscheint die Silhouette eines großen Mannes und rechts neben ihm die eines Mädchens. Er hat ihr die Hand auf die Schulter gelegt.

»Gary?«, ruft er. »Sind Sie das?«

Mein Onkel flucht und zieht sich die Jacke bis zu den Ohren hoch. Er vibriert förmlich vor Nervosität.

»Bleib hier«, sagt er und tritt in den Regen hinaus, der seine dünne Bomberjacke durchweicht und ihm das braune Haar an den Kopf klebt. Es ist so anders als mein pechschwarzes Haar, das ich von meinem Vater geerbt habe. Es ist die einzige Äußerlichkeit, die ich mit ihm teile, auch wenn ich das aufgrund seiner Abwesenheit in letzter Zeit nicht so genau sagen kann.

Ich beobachte, wie er mit dem Mann spricht, diesem Mr. Marchand. Das Mädchen an dessen Seite späht in den Regen hinaus. Sie kann mich unmöglich sehen, nicht bei dieser Dunkelheit und dem Regen. Außerdem hat der Wagen getönte Scheiben.

Sie verschwindet im Haus. Mein Magen knurrt wieder, aber ich ignoriere es. Es ist nur nervig, wenn Gary es hört.

Ich hasse es, wenn er sich wegen mir schuldig fühlt. Ich hasse es, eine Last zu sein.

Das Mädchen kommt in einem hastig übergeworfenen Regenmantel aus dem Haus gerannt. In der Hand hält sie einen Regenschirm. Vor meiner Tür bleibt sie stehen und schiebt sich die Strähnen ihres langen rötlich braunen Haars zurück. Sie ist jünger als ich, wenn auch vermutlich nicht viel. »Hallo? Bist du da drin?«

Ich atme tief ein und überprüfe noch mal die Pflaster auf den Knöcheln meiner rechten Hand.

»Lass sie nicht sehen, dass du gekämpft hast«, hatte Gary gesagt und den Kopf geschüttelt, als ich versuchte, ihm zu erklären, ich hätte mich nur verteidigt.

Dann öffne ich die Tür und setze zum ersten Mal einen Fuß in Paradise Shores.

– 2 –
LILY

Lily, 10

»Lily!«, ruft Parker aus seinem Zimmer direkt gegenüber von meinem. »Hast du Atlas gesehen?«

Ich kraule den Golden Retriever hinter dem Ohr. »Nein!«

Von seinem Platz in meiner Leseecke aus gibt Rhys ein Schnauben von sich und blättert eine Seite seines Buchs um. »Lügnerin.«

»Wegen ihm hatte ich gestern nur die Hälfte meiner Computerzeit.«

»Ach so.«

»Lily, bist du sicher?!«

»Ja!«

»Ich kann für sie bürgen!«, ruft Rhys. Irgendwie spricht er immer gedehnt, selbst wenn er etwas ruft. Meine Brüder könnten nicht unterschiedlicher sein.

Auf dem Flur erklingen schwere Schritte, und Parkers blonder Kopf erscheint in meiner Tür. Sein Blick fällt auf Atlas, der zu meinen Füßen liegt. »Lily!«

»Was denn?«

»Ich hatte dich gefragt!«

»Hast du?«

Stöhnend geht er auf den Hund zu. Atlas kommt schwanzwedelnd auf die Beine, und Parker tätschelt ihm den Kopf. »Du weißt doch, dass ich diese Woche dran bin, mit ihm Gassi zu gehen.«

»Ach, stimmt ja.«

»Leck mich, Lily.«

»Mom hat dir gesagt, dass du das nicht sagen darfst«, erwidere ich. Ein schwaches Argument, aber bei drei älteren Brüdern habe ich gelernt, alle verfügbaren Waffen zu benutzen.

Parker rollt mit den Augen. »Mom hört uns gerade nicht.«

»Du hast ihr gestern die Hälfte ihrer Zeit am Computer geklaut«, erklärt Rhys, ohne sich die Mühe zu machen, uns anzusehen.

»Natürlich bist du auf ihrer Seite.«

Rhys – älter als Parker und ich, wenn auch nicht ganz so alt wie Henry – schnaubt erneut, als wäre all dies unter seiner Würde. Das kann er erschreckend gut. »Ich bin auf der Seite der Wahrheit.«

»Wenn es dir gerade passt, du Arschloch.«

»Parker!« Nur Dad benutzt dieses Wort.

Rhys schließt hörbar sein Buch. »Also, was liegt dir heute auf der Seele?«

»Nichts.«

»Erspare uns beiden die Mühe, und spuck's einfach aus.«

Parker spielt mit Atlas' Halsband. »Ich finde, Dad sollte das Strandhaus nicht vermieten.«

»Aber wir benutzen es doch kaum.«

»Doch, im Sommer schon.«

Ich runzle die Stirn. Zugegeben, ich kann Parker verstehen. Das kleine Häuschen liegt direkt am Strand, nur einen Steinwurf von unserem Haus entfernt. In den letzten Sommern hat Mom uns dort immer kleine Betten aufgestellt. Wir konnten dort herumliegen, durch das Fenster im Dach die Sterne beobachten und Marshmallows essen. Und wenn wir Glück hatten, hat sie uns eine Geschichte erzählt. Die besten waren die, die sie sich ausdachte, weil man nie wusste, wie sie endeten.

Außerdem kamen in ihren Geschichten immer vier äußerst mutige Geschwister vor.

Ich sehe Rhys an. »Wieso lässt Dad jemand anderen dort wohnen? Es gehört doch uns.«

»Wegen Geld«, antwortet Parker finster.

»Nein, du Idiot. Dad hat einen neuen Gärtner gefunden. Der Typ bringt wohl auch ein Kind mit. Also werden sie hier wohnen.«

»Ist es ein Mädchen?«, frage ich.

»Wie alt ist es?«, fragt Parker.

Rhys rollt mit den Augen. »Mehr weiß ich nicht.«

»Hey, wie hast du das überhaupt herausgefunden? Uns haben sie noch gar nichts davon erzählt!«

»Dad hat es Henry erzählt und Henry mir.« Rhys wirft uns beiden einen überheblichen Blick zu. »Sie kommen nächste Woche.«

»Ich hasse es, wenn ich so was als Letzter erfahre.« Parker wendet sich Atlas zu und schnalzt mit der Zunge. »Komm, mein Junge. Lass uns zum Strandhaus gehen, solange wir noch dürfen.«

Rhys wartet, bis die beiden mein Zimmer verlassen haben. Dann kommt er zu mir herüber, stützt sich auf die Lehne meines Stuhls und betrachtet schweigend meine Zeichnungen. Mit angehaltenem Atem warte ich auf sein Urteil. Einmal hat er einen Elfen, den ich gemalt habe, »genial« genannt, und ich habe den ganzen Tag auf Wolke sieben geschwebt.

Er deutet auf ein Bild, an dem ich noch arbeite. »Du zeichnest die Größenverhältnisse jetzt viel besser.«

Der riesige Drache, der sich um ein Schloss windet, ist noch nicht fertig, aber ich nicke zustimmend. »Ich habe geübt.«

»Sieht man.«

Henry und Parker sind sich in vielen Dingen ähnlich, so sind beide zum Beispiel sehr sportlich. Henry schlägt ihn jedoch bei Gesellschaftsspielen wie Scrabble. Er war es auch, der – obwohl er damals selbst noch ein Kind war – Parker das Fahrradfahren beigebracht hatte, während Dad wegen seiner Arbeit unterwegs war.

Aber Rhys? Rhys ist mein Lieblingsbruder, und ich grinse bei seinem Lob. »Danke.«

Als Erwiderung verwuschelt er mir das Haar und greift wieder nach seinem Buch. »Weißt du wirklich nicht, ob es ein Junge oder ein Mädchen ist?«

»Wie gesagt, Lils.«

»Könnte ja sein, dass du nur gelogen hast, um Parker auf die Palme zu bringen.«

Rhys verzieht den Mund. »Ich weiß es wirklich nicht.«

»Okay.« Ich nehme meinen Stift und mache mich wieder an die Arbeit. Das lange Warten auf nächste Woche, wenn wir herausfinden, wer der neue Spielkamerad ist, hat begonnen. Ich hoffe, es ist ein Mädchen, und wir werden beste Freundinnen.

In diesem Haushalt bin ich wirklich in der Unterzahl.

– 3 –
LILY

Lily, 10

Es war ein Junge, und er wurde der beste Freund meiner Brüder.

Hayden verbrachte die meiste Zeit mit ihnen, spielte unter der heißen Sommersonne Volleyball oder lernte, wie man segelt. Abends lagen sie im Keller zusammen auf der Couch und forderten sich gegenseitig bei Nintendo-Spielen heraus.

Das wusste ich noch nicht, als er hier anreiste. Nein, als er nach Paradise Shores kam, war ich völlig euphorisch. Hayden war im selben Alter wie Parker, doch ich war als Einzige zu Hause, als er und sein Onkel ankamen. Ein Freund nur für mich, dachte ich. Kein Mädchen – was besser gewesen wäre –, aber damit würde ich vorliebnehmen müssen.

Ich werde nie vergessen, wie er damals aussah, draußen in dem Regen vor unserem Haus. Das Wasser tropfte ihm aus dem dichten Haar und rann sein Gesicht hinunter. Selbst in der Dunkelheit konnte ich erkennen, dass seine Augen bernsteinfarben waren. Das hatte ich noch bei keinem Menschen gesehen. Ich würde versuchen, die Farbe zu zeichnen.

»Worauf starrst du denn so?«

Das wurde ich noch nie gefragt. »Auf dich.«

»Tja, dann sieh einfach woanders hin.«

»Das ist albern.« Ich biete ihm an, meinen Regenschirm mit ihm zu teilen. »Es regnet. Komm schon, lass uns reingehen.«

Er schielt zu seinem Onkel hoch, und sein Blick wird trotzig. »Okay.«

»Hast du Hunger? Ich kann dir ein Omelett machen.« Also, so halbwegs. Mom hat es uns letzte Woche versucht beizubringen, und ich erinnere mich an alle einzelnen Schritte. Ganz allein habe ich noch keins gemacht, aber ich fühle mich sehr erwachsen dabei, ihm eins anzubieten.

»Ich mag keine Omeletts.«

So ein Mist. Etwas anderes kann ich nicht zubereiten. »Magst du Cornflakes?«

»Ja.«

»Gut. Komm, wir haben ganz viele verschiedene Sorten. Parker mischt sie gern, aber ich nicht.« Im Dunkeln finde ich seine Hand und ziehe ihn Richtung Haus. »Ich zeige dir sogar, wo die Choco Puffs sind.«

Seine Hand hält meine vorsichtig umfasst. Ich blicke zurück, doch er folgt mir gehorsam. Wir sind gleich groß.

Ich lächle zu Dad hoch, als wir an ihm und dem neuen Gärtner vorbeigehen. »Lily?«

»Ich mache ihm Cornflakes.«

Dad nickt. »Das ist nett von dir, Liebling.«

Der neue Gärtner wirft dem Jungen einen Blick zu, als ob er ihm etwas sagen wollte. Ich weiß nicht, was.

Der Junge nickt.

»Geh nur«, sagt der Mann.

Ich hänge den Regenmantel an Moms Haken und grinse den neuen Jungen an. »Wie heißt du?«

»Hayden«, erwidert er. Er sieht nicht mich an, sondern die geschwungene, doppelte Treppe, die zu beiden Seiten des Foyers in den ersten Stock führt. Mom hat immer eine Vase mit Lilien auf dem Tisch dazwischen stehen. Es sind die Blumen, nach denen ich benannt wurde.

»Hübsch, oder?«

»Schon.«

Ich sehe ihn mir von oben bis unten an. Er wirkt ziemlich mürrisch, dieser dunkelhaarige Junge, der nicht lächelt. Aber ich bin sicher, dass seine Laune sich bessern wird, wenn er etwas gegessen hat. Henry ist genauso, wenn er Hunger hat. »Hier geht's zur Küche.«

Er wählt die Choco Puffs und mischt sie nicht mit den anderen Cerealien. Ein guter Anfang.

Ich befülle mir selbst eine kleine Schüssel und setze mich auf einen Küchenhocker ihm gegenüber. Hayden isst schweigend, und falls er bemerkt, dass ich ihn dabei beobachte, erwähnt er es nicht.

Aber schon bald siegt meine Neugier. »Also, mein Name ist Lily«, sage ich.

»Aha.« Er isst weiter.

»Hm … du wirst mit deinem Vater im Strandhaus wohnen, oder?«

»Er ist mein Onkel.«

»Oh. Wie schön.« Ich habe noch nie jemanden getroffen, der bei seinem Onkel lebt. Also sollte ich wohl behutsam vorgehen. »Hast du Durst? Kann ich dir ein Glas Wasser bringen?«

»Nö.«

Mom wüsste genau, was zu sagen wäre, sie ist eine tolle Gastgeberin. Wenn sie doch nur da wäre! Ich versuche, ihre weiche Stimme nachzuahmen. »Es wird dir hier gefallen. Die Stadt ist wirklich nett. Und es gibt am Strand eine schöne, kleine Bucht. Die kann ich dir irgendwann zeigen.«

Er nickt nur. Himmel, ist er still! Niemand in meiner Klasse ist so ruhig. Vielleicht stimmt irgendwas nicht mit ihm. Er schaufelt sich den nächsten Löffel voll Cerealien in den Mund, und ich bemerke seine Hände.

»Wieso hast du so viele Pflaster?«

Haydens Augen nehmen einen wachsamen Ausdruck an. »Ich habe mich geschnitten.«

»Tut mir leid.«

»Muss es nicht.«

Ich trage meine leere Schüssel zur Spüle, während ich nachdenke. Er ist still. Er ist ein Junge. Und er sieht ziemlich … tja, unordentlich aus. Meine Mutter würde meine Brüder nie ein Shirt in der falschen Größe tragen lassen wie dieses, das ihm sackartig über die Schultern hängt.

Plötzlich lastet die Verantwortung, die perfekte Gastgeberin sein zu müssen, schwer auf mir. Dad kümmert sich ums Geschäftliche, ich mich um den Jungen.

»Hast du schon mal Nintendo gespielt?«

Sein Kopf ruckt hoch. »Ein- oder zweimal.«

»Möchtest du spielen?«

»Okay.«

»Na schön.« Ich mache mich auf den Weg Richtung Treppe. »Dann los.«

Als Haydens Onkel ihn eine Stunde später abholen kommt, findet er uns schlafend auf der Couch im Untergeschoss. Der Fernseher läuft noch.

– 4 –
LILY

Gegenwart

»Lily! Komm schon!«

Beim Klang von Turners Stimme rolle ich mit den Augen. »Ich brauche noch ein bisschen, aber vielen Dank.«

»Nein, tust du nicht. Hast du vergessen, dass ich dein Chef bin?«

»Eigentlich ist das dein Vater. Genau genommen ist er unser beider Chef.«

Aus dem gläsernen Büro kommt ein Lachen. »Das war ein Tiefschlag. Als Vergeltung dafür werde ich jetzt auch dein Mittagessen verdrücken.«

»Nein, nein, ich komme!« Ich klappe meinen Laptop zu und eile die drei Meter von meinem Büro zu seinem hinüber. Turner sitzt am Besprechungstisch, auf dem zwei Poke Bowls stehen. Für mich gibt es ein Mineralwasser und für ihn eine Diätlimo.

»Du arbeitest zu hart«, tadelt er mich. »Lass mal Druck ab.«

»Tja, wir haben eben viel zu tun. In fünf Tagen ist Abgabe bei den Andersons.«

»Wir sind fast fertig, Lily. Du hast bei der Raumausstattung hervorragende Arbeit geleistet, ganz zu schweigen von der Gartengestaltung. Die hat die Bauabnahme mit fliegenden Fahnen bestanden.«

Ich nicke und stochere in meinem rohen Lachs herum. Er hat recht. Dennoch, das Anderson-Projekt ist das erste Haus, dessen Entwicklung ich leite, seit ich in Turners Familienunternehmen angefangen habe. Immobilienentwicklung war nie mein Traum, aber ich habe am College genug Architekturseminare belegt, um die Grundlagen zu verstehen – ganz zu schweigen vom Dekor.

Die Mischung aus Verantwortung und Teamwork, die die Immobilienentwicklung mit sich bringt, ist aufregend. Und es macht Dad glücklich. Wieder eins der Marchand-Kinder, das seinen Beruf gewählt hat.

»Danke.« Ich schenke ihm ein Lächeln. »Es ist schon ein Nervenkitzel, oder? Die Baubranche?«

Turner nickt. »Der größte überhaupt. Du kannst jahrelang an einem Projekt arbeiten, dich an jedem Detail abrackern, aber wenn du am Ende durch das fertige Haus gehst …«

»Dann siehst du endlich dein fertiges Meisterwerk«, sage ich und muss an Michelangelo und die Sixtinische Kapelle denken, für deren Bemalung er vier Jahre gebraucht hat. Kunstgeschichte zu studieren, hat sich – wie mein Vater anmerkte – nicht wirklich ausgezahlt, doch es waren einige der besten Jahre meines Lebens.

»Ich werde meinen Vater wissen lassen, dass du seine Bauvorhaben um den Yachthafen herum Meisterwerke genannt hast«, erwidert Turner. »Das wird dich beim Alten noch beliebter machen, als du es ohnehin schon bist.«

Ich lache auf. »Du Schmeichler. Ich weiß doch, dass ich den Job nur wegen dir bekommen habe.«

»Okay, vielleicht habe ich ein gutes Wort für dich eingelegt. Aber vertrau mir, der Vorstand war absolut einverstanden.«

»Danke. Schön zu wissen.«

»Klar.« Er nickt in Richtung des Ingwers in meiner Schüssel. »Machst du da immer noch einen Bogen drum?«

»Jep. Hier.« Ich schiebe ihm die Schüssel hinüber, und Turner pickt sich die Ingwerstücke umsichtig mit zwei Stäbchen heraus. Wenn jemand mir als Teenager gesagt hätte, dass ich eines Tages eng mit Turner Harris, der ultimativen Schulsportskanone und dem arschigen Freund meiner Brüder, zusammenarbeiten würde, hätte ich ihm ins Gesicht gelacht. Aber die Dinge ändern sich wohl. Einst hatte ich mir eine Zukunft erträumt, in der ich Mrs. Hayden Cole wäre und meine eigene Kunstgalerie haben würde.

»Also …« Turner konzentriert sich auf das Öffnen eines Päckchens Sojasoße. »Ich fahre morgen Abend mit Catalina raus. Sie muss mal ein bisschen ihre Segel blähen.«

»Der Wind sollte gut sein. Du und Parker?«

»Tatsächlich habe ich ihn noch nicht gefragt. Ich dachte, du würdest vielleicht gern mitkommen …«

»Ich?«

»Ja.« Er grinst. »Du bist zwar eine Weile nicht gesegelt, aber ich bin sicher, du weißt noch, wie es geht. Ihr seid doch früher ständig auf dem Wasser gewesen.«

Das sind wir, allerdings bin ich mir bei den Knoten immer noch unsicher. Und auch bei meinem Bein …

Es ist nach dem Unfall großartig verheilt, und eigentlich tut es auch nicht mehr weh, nur manchmal spielt es noch immer nicht richtig mit. Ein ganz leichtes Hinken ist geblieben, und hin und wieder blockiert es einfach. Wenn wir in einen Fallwind geraten, besteht die Möglichkeit, dass ich mein Gewicht nicht abstützen kann.

»Das stimmt«, antworte ich. »Danke, aber ich glaube, ich bleibe morgen lieber an Land. Bevor ich wieder Skipper spielen kann, brauche ich wohl erst mal einen Auffrischungskurs.«

»Besser ist das«, frotzelt er. »Ich will doch nicht, dass du auf Catalinas glänzendem neuen Deck seekrank wirst.«

»Igitt, Turner.« Ich schüttele den Kopf. »Ich bin keine völlige Anfängerin.«

»Nein, natürlich nicht.« Er lächelt mich an, und sein Lächeln wirkt irgendwie bedeutungsvoller als sonst. »Gehst du am Wochenende zu der Maze-Party?«

»Ja. Tatsächlich geht die ganze Familie hin. Von euch kommen sicher auch alle, oder?«

Er nickt. »Ja, meine Eltern werden da sein. Aber ich dachte … Wie wäre es, wenn wir zusammen hingehen?«

Ich bin kurz verwirrt. Die Maze-Party ist die größte Veranstaltung des Sommers in Paradise Shores, eine Gartenparty, die immer in der Grünanlage beim Strand stattfindet, mit vielen vertrauten Gesichtern und Cocktails im Überfluss. Es gibt einen kleinen Irrgarten, *Maze,* der extra für die Kinder aufgebaut wird und der der Party ihren Namen verleiht. Es ist praktisch eine Institution. Über die Jahre sind Turner und ich oft zur selben Zeit dort gewesen.

Aber jetzt will er, dass wir …

»Zusammen hingehen?«, frage ich geistlos. »Wie ein Date?«

Er legt den Kopf schief und errötet leicht. »Ja, wenn du willst. Oder als gute Freunde und Kollegen. Ich verbringe gern Zeit mit dir.«

Mein erster Impuls ist, ihm abzusagen. Es ist aus hundert verschiedenen Gründen eine schlechte Idee. Zuerst einmal habe ich mich noch nie zu ihm hingezogen gefühlt. Dann ist er der Freund meines Bruders. Und auf der Highschool war er irgendwie ein Arsch.

Und dann ist da noch diese kleine, vertraute und nervige Stimme in meinem Kopf, die mir zuflüstert, dass er nicht Hayden ist. Jedes Mal, wenn ich glaube, dass ich so weit bin, nach vorn zu sehen, kann ich sie hören.

Ich bringe sie zum Verstummen. »Sehr gern.«

Man glaubt, man würde einen Schmerz, Betrug oder Verlust nicht verwinden, aber man tut es. Jeden Morgen steht man auf, und wieder scheint die Sonne. In der Ferne brechen die Wellen immer noch ans Ufer, und deine Mom macht dir immer noch Buttermilchpfannkuchen. Die Welt dreht sich weiter. Und man merkt, wie man selbst auch weitermacht.

Als Hayden weg war, habe ich das Angebot, nach Yale zu gehen, angenommen, und es war alles, was ich wollte. Dort gab es Kunst- und Designseminare, interessante Studentenorganisationen, die Nähe zur Stadt und eine lebhafte Studentenvertretung. Es war nahe genug an New York und damit auch nahe bei Rhys. Ich verbrachte ein Semester in Paris, um an der Sorbonne Kunst zu studieren und mein Französisch zu verbessern.

Aber dort gab es nicht das Seafood, das ich so liebte, nicht den Strand und das Meer. Und es gab dort keinen Hayden.

Nicht dass er dort gewesen wäre, selbst wenn er gekonnt hätte. Das hatte er ganz deutlich gemacht. Seit Jahren hat niemand mehr etwas von ihm gehört. In Paradise Shores taucht er nicht auf, und in den sozialen Medien ist er auch nicht aktiv. Als ob er das jemals gewesen wäre.

Ihm in dem ersten Monat damals Nachrichten zu schicken, war gelinde gesagt demütigend. Ich schickte ihm eine nach der anderen, ohne eine Antwort zu bekommen. Bis er mir eines Tages zehn ganze Wörter zurückschrieb.

Ich gehe für eine Weile fort. Pass auf dich auf, Lily.

Tatsächlich elf Wörter, wenn man meinen Namen mitzählt.

Das war alles, was ich bekam. Rhys bekam sogar noch weniger, und Parker war einfach nur verwirrt.

Das eine Foto, das mir unbeabsichtigt in die Hände fiel, kam von Haydens Onkel. Er hatte es meiner Mom gezeigt, die wiederum Henry, und irgendwie ist es dann bei mir gelandet.

Es zeigte Hayden in Uniform. Sein dichtes, dunkles Haar war verschwunden, abrasiert bis zur Kopfhaut. Unter seinem einen Arm steckte seine Mütze, und er stand mit zurückgezogenen Schultern aufrecht da. Er sah schön aus, schön auf fremde, erwachsene Art.

Er starrte direkt in die Kamera, und seine Augen, ernst und distanziert, verrieten nichts. War er glücklich beim Militär? Hatte er seine Berufung gefunden?

Der Mann auf dem Foto konnte mir keine Antworten geben … dem echten Hayden nicht unähnlich.

Also verbannte ich das Foto aus meinen Gedanken und konzentrierte mich darauf, etwas aus mir zu machen. Ich verbrachte fünf Jahre in New York, wo ich gegenüber von Rhys wohnte und in einer Galerie nach der anderen arbeitete. Irgendwann wurde es langweilig, und ich vermisste das Meer und meine Familie. Also kam ich nach Paradise Shores zurück und landete bei Harris Property Development, dem Rivalen meines Vaters. Jetzt habe ich mein eigenes Haus nahe am Meer und verbringe fast jedes Wochenende bei meiner Familie, inklusive Pfannkuchenbacken und Brunch.

Es ist ein gutes Leben – trotz des Hayden-förmigen Lochs darin. Was also macht es schon, dass ich Turner noch nie in Erwägung gezogen hatte? Wir haben ein freundschaftliches Verhältnis. Er ist nett, und wir haben schon viel zusammen gelacht. Es war die völlig richtige Entscheidung, seinen Vorschlag für ein Date anzunehmen.

Ich werde mein weißes Spitzenkleid und meine Sandalen mit den Keilabsätzen anziehen, Champagner trinken und mich mit Turner amüsieren. Keine Erwartungen, keine Angst.

Aber heute Abend kuschele ich mich auf die Couch vor dem Fernseher. Es wäre Unsinn, sich jetzt schon wegen eines Dates zu stressen, das erst in ein paar Tagen stattfindet. Im Fernsehen kommt eine neue Dokumentation über italienische Kunst, die ich mir ansehen möchte.

Die Sendung hat gerade angefangen, als mein Handy summt. Es ist eine Nachricht von Parker.

Rate, wer dieses Wochenende in die Stadt kommt? Hayden!

– 5 –
HAYDEN

Hayden, 11

»Ist doch schön hier, oder?«

Ich sehe mich im Strandhaus um. Wir haben schon ausgepackt, was nicht lange gedauert hat. Es gibt eine Küchenzeile und ein Wohnzimmer mit zwei großen Sofas. Und ein riesiges Badezimmer mit der größten Dusche, die ich je gesehen habe. Eigentlich verfügt das Haus nur über ein Schlafzimmer, aber jemand hat den großen, begehbaren Kleiderschrank neben dem Wohnzimmer zu einem zweiten Schlafzimmer mit einem Einzelbett umgebaut.

Die Böden sind aus Holzdielen, und riesige Fenster geben den Blick auf das Meer frei. Das Geräusch der Wellen hat das Schlafen in den ersten Nächten schwierig gemacht.

»Ja, schon.«

Kopfschüttelnd sieht Gary mich an. »Du wirst dich daran gewöhnen. So wie ich.«

Vermutlich. Gary und ich haben schon schlechter gewohnt. Und in den Jahren davor mit meinem Vater, als es nur ihn und mich gab … Dies hier ist so ganz anders im Vergleich zu überall herumliegenden, leeren Flaschen und plötzlichen Gewaltausbrüchen.

»Wo wollen wir sie hinstellen?« Gary hält das gerahmte Foto meiner Mutter hoch. »Auf den Tresen?«

»Nein.« Ich runzele die Stirn. Dort würde sie uns beim Essen anstarren.

Gary schaut sich um. »So viel Auswahl haben wir nicht, Junge.«

Ich deute auf eine der Fensterbänke. »Wie wäre es da?«

Er stellt das Bild auf und tritt, die Hände in die Hüften gestemmt, ein paar Schritte zurück. »Perfekt. Von hier aus kann sie auch das Meer sehen.«

Eine blonde Frau lächelt uns von dem Foto an. Sie ist gestorben, als ich fünf war, und in meinen Gedanken ist sie zu einer entfernten Erinnerung geworden, einer Frau, die nach Vanille und Umarmungen duftete. Gary sieht seiner Schwester überhaupt nicht ähnlich, aber er ist ein guter Mensch. Er hat ihr Bild immer an jedem Ort aufgestellt, an dem wir gewohnt haben.

»So ist es gut, oder?«

»Ja.« Ich wende mich der dicken Broschüre auf dem Tresen zu. Auf der Titelseite ist ein riesiges Backsteingebäude abgebildet, vor dem glücklich lachende Schüler in Uniformen im Gras sitzen. »Paradise Shores Preparatory School?«

»Genau die.« Mein Onkel nimmt die kleine Ansteckkrawatte hoch, die zu meiner Schuluniform gehört, und dreht sie hin und her.

»Wer nennt seine Stadt Paradise? Was für ein dämlicher Name ist das denn?«

Gary lacht auf. »Ich weiß. Das ist … Hay, das ist völlig bekloppt. Aber die Schule ist gut.«

»Wer bezahlt dafür?«

»Die Marchands. Es ist eine Nebenleistung des Jobs.«

Ich fahre mit der Hand über die gebügelte Hose. Sie schreit nach Geld, teurem Stoff und hohen Erwartungen. Ich habe keine Ahnung, was solche Privatschulen wie diese kosten, aber es muss mehr sein, als Gary verdient. »Eine ganz ordentliche Nebenleistung.«

Er streckt die Hand aus und verwuschelt mir das Haar.

»Nicht!« Ich streiche es glatt, damit es mir wieder über die Stirn fällt.

»Das hier wird toll.«

»Klar.«

»Alle Marchand-Kinder gehen auf diese Schule. Du kannst morgens mit ihnen mitfahren.«

Ach ja. Die Marchand-Kinder.

Da ist Henry, der größte und aufgeblasenste der kleinen Gruppe. Er hat mir die Hand gegeben, als wäre er ein Erwachsener und kein Vierzehnjähriger mit kratziger Stimme.

Dann Rhys, der nicht viel sagte, mich aber von Kopf bis Fuß musterte, als würde er vermuten, ich hätte irgendeine fremdartige Krankheit.

Der blonde Junge in meinem Alter, Parker, fragte mich, ob ich irgendwann mal hinten auf dem Rasen Lacrosse spielen wollte. Ich habe abgelehnt. Lacrosse hört sich dämlich an.

Zwischen uns liegen Welten, und es gibt nichts, was diese überbrücken könnte. Ich werde es nicht mal versuchen. Ganz sicher bleiben wir gar nicht lange genug in Paradise Shores mit seinen umlaufenden Veranden und seinen teuren Privatschulen, die einen aufs College vorbereiten sollen, um diese Kinder kennenzulernen.

»Wann?«

»Morgen früh um halb acht. Ich habe mit Mrs. Marchand gesprochen. Sie sorgt dafür, dass im Wagen Platz für dich ist.« Gary wirft mir einen ungewöhnlich ernsten Blick zu. »Sei artig in der Schule.«

»Jaja.« Ich sehe weg. *Sei artig.* Den Rat gab er mir immer, wohin wir auch gingen. Aber es ist schwer, sich gut zu benehmen, wenn man nicht den Eindruck hat, besonders gut zu sein. Nicht dass die jüngste Marchand das irgendwie zu interessieren schien.

Lily hat mich derart neugierig gemustert, dass ich versucht war, sie zu fragen, ob sie nicht lieber ein Foto machen wollte. Doch sie ist nett. Besser als ihre dämlichen Brüder, auch wenn sie definitiv zu viele Fragen stellt.

Und sie ist ziemlich mutig. Ich habe gesehen, wie sie einen lebenden Hummer am Schwanz gepackt und beim Zusammenbinden der Scheren nicht ein Mal gezuckt hat. Ihr Vater soll ihr das beigebracht haben. Vor ein paar Tagen hat sie mir ihren Lieblingskletterbaum gezeigt. Er ist echt hoch und sie für so was eigentlich schon zu alt. Es hat ihr nicht gefallen, als ich das gesagt habe.

»Was weißt du schon?«, hat sie mich angezischt. Ihr Haar leuchtete wie ein feuriger Heiligenschein um ihren Kopf herum, und ihr sommersprossiges Gesicht war zu einer Grimasse verzogen. »Wahrscheinlich hast du bloß Höhenangst!«

Natürlich musste ich auf den Baum klettern, um ihr das Gegenteil zu beweisen. Falls Lily bemerkt hat, dass meine Hände zitterten, als ich wieder runterkam, hat sie es nicht kommentiert. Mit Höhen habe ich es tatsächlich nicht so.

Aber trotzdem. Für eine Paradise-Shores-Göre ist Lily ziemlich nett.

Lily, 13

Hayden streckt eine Hand aus. »Gib mir den Eimer.«

Ich überreiche ihn ihm vorsichtig, damit das Salzwasser darin nicht überschwappt. »Hast du eine gefunden?«

»Nein, aber er wird langsam schwer.«

»Ich kann ihn tragen.«

»Das weiß ich.« Hayden wirft mir einen vielsagenden Blick zu. »Nur weil du etwas kannst, heißt das nicht, dass du es auch tun solltest.«

Angesichts seiner deutlichen Anspielung rolle ich mit den Augen. »Nicht du auch noch!«

Hayden schüttelt den Kopf, dass seine dunklen Locken fliegen, und greift in das flache Wasser. Es ist gerade Ebbe und die beste Zeit, um Muscheln zu suchen. »Keine Sorge. Aber erzähl mir wenigstens, was da in dich gefahren ist.«

»Das habe ich mit Rhys doch schon durchgekaut.«

»Dann kau's mit mir noch mal durch.«

Das Wasser fühlt sich kühl um meine Knöchel an. Eine kleine, weiche Welle nach der anderen leckt an unseren Beinen. Ich habe Hayden wochenlang nicht gesehen, nicht, seit wir in den Sommerferien nach Europa aufgebrochen sind, und jetzt will er ausgerechnet das hier mit mir besprechen?

»Woher weißt du überhaupt davon?«

Er wirft mir den nächsten vielsagenden Blick aus seinen Bernsteinaugen zu. *Musst du wirklich noch fragen?*

»Parker sollte echt seine große Klappe halten«, grummele ich.

Hayden verzieht den Mund. »Du schindest Zeit.«

»Was genau hast du denn gehört?«

»Dass du dich geprügelt hast.«

Ich seufze. »Das war so blöd. Ich habe nur versucht, Henry zu verteidigen.«

»Ich glaube nicht, dass er verteidigt werden muss.«

»Doch, irgendwie schon. Einer meiner Cousins hat was ... was Dämliches gesagt. Außerdem hatte der mich schon die ganze Woche genervt. Er hat mir immer meine Stifte geklaut und sie versteckt, deswegen konnte ich nicht malen. Und er hat mich wegen meiner Haare aufgezogen.«

Haydens Blick wandert zu meinem Zopf. »Deine Haare?«

»Ja. Er hat was Blödes über Rotschöpfe gesagt. Dabei ist unser Haar nicht mal richtig rot ... Mom sagt, es ist kastanienbraun!«

»Idiot.«

»Genau. Also habe ich ihm mit der Faust eine verpasst.«

Hayden grinst verrucht. »Gut gemacht, Lils.«

»Tja, das dachte ich auch. Er hat es verdient. Aber es hat mir jede Menge Ärger eingebrockt.«

»Hörte ich schon.« Hayden grinst immer noch. Es lässt ihn ein bisschen wild wirken, wie damals, als ich ihn das erste Mal mit seinen zu langen Haaren und in dem zu großen T-Shirt gesehen habe. Als käme er von einem anderen Ort, wo Regeln für ihn nicht gelten. »War es das wert?«

Ich denke einen Moment nach. »Ja. Aber es hat höllisch wehgetan.«

Hayden stellt vorsichtig den Eimer zwischen zwei Steinen ab, damit er nicht umfallen kann. »Zeig's mir.«

Ich mache eine Faust. Sofort schüttelt er den Kopf. »Nein, Lily, so ... Du darfst den Daumen nicht mit den Fingern umschließen.«

»Ach so?«

»Ja. Sonst brichst du ihn dir. So ...« Er nimmt meine Hand und zeigt mir, wie ich den Daumen platzieren muss und die Faust fest balle, allerdings nicht so fest, dass mein kleiner Finger sich mit nach innen biegt. »Siehst du?«

»Ah. Das fühlt sich besser an.«

»Und wenn du zielst, dann hierhin.« Er tippt sich auf den Wangenknochen. »Wenn du auf die Nase zielst, könntest du sie brechen. Das ist gut, tut deiner Hand aber mehr weh.«

»Du kennst dich echt damit aus.«

Er grinst schief. »Ich hatte ein Leben vor Paradise, Lils.«

Kopfschüttelnd lächle ich ihn an. Das erscheint mir unmöglich. Mein Leben fühlt sich an, als hätte es an dem Tag begonnen, an dem er hier angekommen ist. Er redet nie über seine Vergangenheit ... und wenn, dann nur wie eben, in Form von kleinen Hinweisen und Kommentaren.

»Danke. Wenn ich das nächste Mal jemanden hauen will, werde ich dran denken.«

»Ich bezweifle, dass du das tun musst«, erwidert er und lässt langsam meine Hand los. »Du hast jede Menge Leute, die dich beschützen würden.«

»Jaja.« Ich rolle mit den Augen. Diese Überfürsorglichkeit verfolgt mich schon mein ganzes Leben. »Die Brüder-Blockade.«

Hayden sieht nach unten und greift sich den Eimer. »Genau.«

Während wir weiter nach Muscheln suchen, werfe ich ihm verstohlene Blicke zu. Marissa Briggs hat mir neulich in der Schule verraten, dass sie ihn süß findet. Auf fremdartige Weise hat sie gesagt. Ich habe nicht verstanden, was sie damit gemeint hat. Hayden ist so amerikanisch, wie man nur sein kann.

Er hat wirklich schöne Haare. Das fand ich schon immer. Aber süß?

Hayden ist so viel mehr als nur süß. Außerdem ist er mein Freund. Einer meiner besten Freunde sogar, Jamie nicht mitgerechnet. Aber … vielleicht ist er tatsächlich ein bisschen süß.

Freunde dürfen doch süß sein, oder?

– 6 –
LILY

Gegenwart

Vor Parkers Tür zögere ich kurz.

Dahinter ist Hayden.

Bin ich verrückt, weil ich hergekommen bin, um ihn wiederzusehen? In dem Wissen, dass er jetzt hier ist?

Meine erste Reaktion war totale Ablehnung. Für wen hielt er sich, dass er hier einfach so in Paradise Shores auftauchte? Und es Parker erzählte anstatt mir? Nach zehn langen Jahren. Die Art, wie er ohne jede Nachricht verschwunden war, war für mich unerträglich. Ich wollte ihn nicht sehen. Nein, nein, Schluss, aus. Diskussion beendet.

Was sie natürlich nicht war. Jede Zelle in meinem Körper reagierte angesichts der Chance, ihn wiederzusehen. Ich musste es, musste mit eigenen Augen sehen, wie er jetzt aussieht, wie die Jahre ihn verändert haben.

Parker hatte mir von ihren Plänen berichtet. Sie wollten Freitagabend essen gehen, aber vorher bei ihm noch ein paar Bier trinken.

Willst du dazukommen?

Eine simple Frage, auf die es keine simple Antwort gab.

Doch letzten Endes saß ich im Auto und fuhr wie benommen zu meinem Bruder hinüber. »Neugier ist der Katze Tod« sagt man ja, und ich war kurz davor, zu einem sehr toten Kätzchen zu werden.

Ich klopfe.

Parker grinst mich an, als er mir die Tür öffnet. »Lils, da bist du ja. Hast du in der Auffahrt geparkt?«

»Ja, wie immer.«

»Gut. Auf der Straße findet man hier nie einen Parkplatz.«

»Ich weiß«, erwidere ich abwesend und trete ein. »Ich war schon öfter hier.« Hayden ist nicht im Wohnzimmer. Vielleicht ist er noch gar nicht da?

Parker grinst mich weiter an. »Klar, aber eines Tages könntest du es vergessen ... und würdest mir die Schuld für den Strafzettel geben.«

»Genau.« Ich folge ihm in die Küche. Und dort, an den Tresen gelehnt, steht Hayden.

Mein Verstand stellt kurzfristig seine Funktion ein.

Er ist breiter geworden. Das ist mein erster Gedanke. In meiner Erinnerung ist er immer noch derselbe, doch wenn ich ihn jetzt ansehe, wird mir klar, dass Hayden damals noch ein Junge war.

Jetzt ist er ein Mann.

Sein Oberhemd spannt sich über breiten Schultern, und der Schnitt seiner Hose betont seine kräftigen Oberschenkel. Auf seinen Wangen und seinem Kinn liegt ein leichter Bartschatten. Den hatte er vorher nicht.

Seine Haltung erinnert mich an den jungen Mann auf dem Foto. Das Militär hat ihn verändert ... von dem jetzt kürzeren Haarschnitt bis hin zu den Muskelpaketen, die sich unter seiner Kleidung verstecken.

Aber seine Augen wirken vertraut, und sie sehen mich direkt an. Sie haben dieselbe dunkle Bernsteinfarbe, an die ich mich aus meiner Kindheit erinnere. Diese Augen, die einst so viele Gefühle ausdrückten. Jetzt ist sein Gesicht ausdruckslos, und zum ersten Mal habe ich nicht die leiseste Ahnung, was in ihm vorgeht.

Was denkt er gerade?

»Hi, Lily«, sagt er. Auch seine Stimme ist tiefer geworden, und ich bekomme eine Gänsehaut. Jahrelang habe ich darum gefleht, diese Stimme am Telefon zu hören. Jeden Anruf aus einem anderen Bundesstaat und jeden mit unterdrückter Nummer habe ich angenommen, nur für den Fall. Fast immer sind es irgendwelche Verkäufer gewesen.

Ich lege meine Tasche auf dem Tisch im Flur ab. »Hallo.«

»Hier, bitte.« Parker gibt Hayden einen Klaps auf den Rücken und reicht ihm ein Bier. »Schön, dich wieder hierzuhaben, Mann.«

»Danke. Es fühlt sich gut an, wieder hier zu sein.«

»Ist schon eine Weile her«, sage ich und frage mich, ob man den säuerlichen Tonfall in meiner sonst ruhigen Stimme bemerkt. Falls ich jemals angenommen hatte, den Ärger über sein Weggehen verwunden zu haben, stellt sich gerade heraus, dass ich komplett falschgelegen habe.

Sein Blick ruht weiter auf mir, und ich bin nicht sicher, ob ich es mir einbilde … aber sehe ich da nicht einen Anflug von Verlegenheit in seinen Augen? »Zu lange.«

»Wo bist du gewesen?«

»An vielen Orten. Zuerst in Wisconsin. Danach auf einer Basis in Utah, bevor ich zur Navy gegangen bin. Ich bin fünf Jahre auf der Beringstraße patrouilliert. Dann bin ich wieder auf die Militärakademie gegangen und Commander geworden.«

Parker schenkt mir das breiteste Grinsen überhaupt. »Er ist jetzt Lieutenant.«

»Oh.« Meine Stimme klingt hohl. »Meinen Glückwunsch.«

»Danke.«

Der Mann vor mir wirkt wie eine erwachsenere Version von Hayden, und er redet auch so, aber seine Worte kommen mir völlig fremd vor. Seit wann hatte er sich für das Militär interessiert?

»Hast du gerade Urlaub?«

»Ja.«

»Wo übernachtest du, Mann?« Parker setzt sich auf die Ecke der

Couch. »Du weißt, dass du eines der Gästezimmer drüben im Haus haben kannst. Ich bin sicher, dass Mom dich liebend gern sehen würde.«

Haydens undurchdringlicher Gesichtsausdruck wirkt wie sorgfältig antrainiert. »Danke, aber ich wohne in einem Haus in der Elm Street.«

»Wie nett. Gemietet?«

»Mhm.«

Ich runzle die Stirn. »Warst du schon bei Gary?«

»Ja.«

Tja, die Stille zwischen uns dreien ist nicht gerade angenehm, und ich frage mich, ob Parker es bemerkt. Er nippt an seinem Bier und schenkt mir sein unverwechselbares Grinsen. Nein, sieht nicht so aus.

Hayden schaut von mir zu meiner Tasche. Doch erst, als er zu meinem Bein blickt, wird mir klar, dass er nach einem Stock sucht. Altbekannter, giftiger Ärger flammt in mir auf. Natürlich fragt er sich das. Er ist fortgegangen, bevor mein Bein nach dem Unfall völlig ausgeheilt war.

»Nur ein leichtes Hinken«, sage ich. »Unwesentlich.«

Er nickt knapp, sagt allerdings nichts. Der Hayden, an den ich mich erinnere, war immer still, wenn er sich unwohl fühlte oder von Emotionen überwältigt wurde. Aber ich habe keine Ahnung, was das für den neuen Hayden beim Militär bedeutet, der vor zehn Jahren ohne ein Wort des Abschieds einfach verschwunden ist.

Parker lächelt mich an. »Du kommst doch heute mit zum Essen, oder, Lils? Ich gehe mit Hayden in den Yachtclub, um seine Rückkehr zu feiern.« Er verpasst Hayden erneut einen Klaps auf die Schulter. »Der verlorene Sohn ist zurückgekehrt!«

Ich brauche eine Ewigkeit, um meine Gedanken zu sammeln,

aber als ich damit fertig bin, sind sie glasklar. Abendessen mit meinen Brüdern – mit Hayden am Tisch – ist mehr, als ich ertrage. So lange kann ich keine Höflichkeit vortäuschen, nicht in Gesellschaft der Menschen, die mich am besten kennen. Nicht, wenn ich eigentlich nur eines machen möchte: Hayden zu fragen, wieso.

Wieso musste er mir das Herz brechen? Warum hat er nie angerufen? Und wieso, um alles in der Welt, ist er plötzlich zurückgekehrt?

»Nein«, entgegne ich und schnappe mir meine Tasche. »Ich habe noch was vor und bin nur hergekommen, um Hallo zu sagen. Genießt euer Essen.«

Und dann fliehe ich, laufe davon vor dem aufgewühlten Blick aus diesen Bernsteinaugen, die ich nie habe vergessen können.

Am nächsten Morgen wache ich spät auf. Das Sonnenlicht fällt durch meine Vorhänge. Es ist ein wunderschöner Tag in Paradise Shores, ein Samstag. Der Tag, an dem ich so eine Art Date mit Turner habe.

Der Tag der Maze-Party.

Hayden. Oje

Ich lege mir das Kopfkissen aufs Gesicht und mache zehn tiefe, beruhigende Atemzüge. Die Anspannung lässt etwas nach, aber nicht völlig.

Ich schwinge meine Beine aus dem Bett und öffne die Vorhänge. Der Anblick des Meers am Morgen, zu beobachten, wie die weich wogenden Wellen den Horizont küssen, ist für mich das Schönste auf der Welt. An manchen Tagen mache ich vor der Arbeit einen Spaziergang. Ich schaffe es dabei fast bis zum Haus meiner Eltern, bevor ich umdrehe.

Doch heute wird mir der Ausblick versperrt. Neben meinem Tor steht ein großer Mann mit schwarzem Haar. Er ist leger gekleidet und hält einen Hammer in der Hand. Gerade dreht er sich um, um einen Nagel in das Tor meines Zauns zu schlagen.

Das kann doch nicht wahr sein!

Ich ziehe mir meinen seidenen Morgenmantel über, unter dem ich meine Pyjamashorts und das Top verstecke, und verknote den Gürtel. Im Flur schlüpfe ich in das erstbeste Paar Schuhe, das ich finde. Dann fliege ich förmlich zur Tür hinaus und die Stufen hinunter.

»Was, glaubst du, tust du da?«

Hayden blinzelt nicht mal. »Dein Tor ist kaputt. Ich repariere es.«

»Ich weiß, dass es kaputt ist«, erwidere ich ärgerlich. »Aber wieso bist du hier und reparierst es?«

»Weil kaputte Dinge repariert werden sollten, Lily«, antwortet er gedehnt, als ob er mit einem Kleinkind reden würde. Das belustigte Funkeln in seinen Augen macht deutlich, dass er weiß, wie sehr er mich damit auf die Palme bringt.

»Grrrr!«

Auf seinem Gesicht erscheint ein Lächeln. »Tief durchatmen.«

»Hör verdammt nochmal auf, mich zur Weißglut zu bringen.«

»Was für ein schöner Tag«, sagt er. »Die Sonne scheint, die See ist ruhig. Es ist Samstag, und jemand repariert kostenlos dein Tor. Was daran könnte einem nicht gefallen?«

»Woher weißt du, dass ich hier wohne?«

»Von deinem Bruder.«

»Ich bringe ihn um.«

»Als ich das letzte Mal nachgesehen habe, war Geschwistermord im Bundesstaat Maine noch illegal.«

»Hör auf, mit mir zu diskutieren. Wieso bist du hier, Hayden?«

Er bückt sich – die Gelassenheit in Person – nach einem weiteren Nagel. »Ich hörte, dass du ein Problem hast, das gelöst werden muss. Also löse ich es.«

»Aber ich habe dich nicht darum gebeten. Und indem du auf dieser Seite des Zauns stehst, begehst du genau genommen Hausfriedensbruch.«

Er tritt durch das Tor und führt seine Arbeit vom Gehweg aus fort. »Jetzt stehe ich auf neutralem Boden.«

»Das kannst du nicht tun. Du kannst nicht einfach zehn Jahre lang verschwinden und dann hier plötzlich auftauchen und Dinge reparieren!«

»Ich bin bald fertig«, entgegnet er seelenruhig. »Also, du arbeitest jetzt in der Immobilienentwicklung?«

Überrumpelt von seiner Frage ziehe ich meinen Morgenmantel fester um mich. »Äh, ja. Aber das bedeutet nicht – «

»Erzähl mir davon.«

»Es ist nicht so, dass ich … Ich helfe bei ein paar Projekten, kümmere mich um Zulieferer und überprüfe Entwürfe. Und ich treffe fast alle Entscheidungen hinsichtlich Stil und Einrichtung, bevor die Häuser verkauft werden.«

Unter seinem ernsten Blick schlucke ich unbehaglich. Er sieht mich an, als wären wir immer noch Freunde. Als hätten wir immer noch diese Verbindung aus unserer Kindheit.

»Hört sich anspruchsvoll an.«

»Nicht sehr. Ich meine, manchmal ist es das schon, zum Beispiel bei Fristabläufen …« Ich schüttele den Kopf. »Wir werden diese Unterhaltung nicht führen. Nicht bis du mir gesagt hast, wo du warst.«

»Das habe ich dir doch gestern erzählt.«

»Jaja, ›das Militär‹. Diese Antwort ist eindeutig zu kurz.«

Er wendet seinen Blick von mir ab und hebt seelenruhig einen weiteren Nagel auf. Für einen Moment werde ich von dem Anblick seines Arms in dem grauen T-Shirt abgelenkt, als er den Hammer schwingt. Hayden war irgendwie schon immer breitschultrig und gut gebaut. Doch jetzt sind seine Muskeln die eines kräftigen, schön definierten Mannes, der seinen Körper regelmäßig benutzt.

Es fühlt sich an, als wäre er ein Fremder.

»Wie ich gestern schon sagte, war ich eine Weile auf einer Ausbildungsbasis in Utah. Dann habe ich fünf Jahre für die Navy gedient. Danach habe ich ein paar Jahre bei der Ausbildung neuer Rekruten geholfen. Und jetzt bin ich hier.«

»Ich kann mich nicht erinnern, dass du dich je für das Militär interessiert hättest. Das hast du mir nie gesagt.«

Hayden hält einen Moment inne. Seine eine Hand schwebt direkt über einem der kaputten Scharniere. Er sieht mich nicht an, sein Blick ist auf seine Arbeit gerichtet. »Na ja«, sagt er schließlich und beugt sich hinunter, um näher hinzusehen. »Es schien mir eine gute Option zu sein. Ich hatte schon eine Weile darüber nachgedacht.«

»Na klar.«

Er sieht zu mir hoch, und ein schelmischer Ausdruck tritt in seine Augen, als sein Blick über mich in Pyjama und Morgenmantel gleitet. »Warst du noch im Bett, Lily? Um zehn Uhr morgens?«

»Es ist Samstag!«

Sein Blick fällt auf meine Füße, und er fängt an zu lachen. Ich habe dieses Lachen seit zehn Jahren nicht gehört und selbst damals nur selten. Auf meinen Armen spüre ich eine Gänsehaut.

»Echt jetzt?«, fragt er.

Ich sehe nach unten. Meine Füße stecken in den dämlichen Häschen-Slippern, die ich als Teenager getragen habe. Sie sind verschlissen und hässlich und müssen irgendwie aus dem hinteren Teil meines Schuhregals gefallen sein.

»Die hast du immer noch?«

Ich ziehe den Morgenmantel enger um mich und ignoriere die

heiße Röte, die mir in die Wangen schießt. »Klappe, Hay. Wie lange dauert das hier noch?«

»Ungefähr eine Stunde.« Seine Augen funkeln immer noch vor Lachen. »Bittest du mich danach auf einen Tee herein?«

»Keineswegs. Ich muss mich fertigmachen.«

»Für die Maze-Party?«

»Ja.« Ich laufe Richtung Haustür. Diese absurde Situation muss ein Ende haben. Und ich muss diese schrecklichen Slipper loswerden.

Hayden ist ein Soldat, der die Welt bereist hat und als Mann nach Paradise Shores zurückgekehrt ist. Ein Mann mit Muskeln und tiefer Stimme und phantastischen Haaren. Ich dagegen mache hier nicht gerade einen guten Eindruck.

Schau dir nur deine Jugendliebe an! Sie sieht grässlich aus!

»Wir sehen uns dort!«, ruft Hayden mir nach.

Ich knalle die Tür hinter mir zu und sinke langsam daran zu Boden. Wo habe ich mich da nur reingeritten?

– 7 –
HAYDEN

Hayden, 17

Ich lockere die Krawatte meiner Schuluniform und nicke Turner zu. »Gib mir eine Zigarette.«

Er reicht sie mir und sieht zu Parker hinüber. »Bist du sicher, dass Hayden damit klarkommt?«

»Turner, du Arsch.«

Er grinst mich an. »Das ist die richtige Einstellung.«

Parker überreicht mir das Feuerzeug. »Natürlich kommt er damit klar. Cole ist mein Deckmantel.«

Ich nicke. »Was für eine Ehre.«

»Dein Deckmantel?«

Parker lehnt sich auf dem Tribünensitz zurück. »Mom würde mich umbringen, wenn sie wüsste, dass ich rauche. Also sage ich ihr, dass meine Sachen nur wegen Hayden so riechen. Problem gelöst.«

Ich nehme einen weiteren Zug und sehe zum Footballfeld hinüber. Die Mädchen der Mittelstufe haben Lacrosse-Training und jagen sich gegenseitig in kurzen Röckchen und mit hochgebundenen Pferdeschwänzen über das Feld. Ich brauche nur ein paar Sekunden, bevor mein Blick auf das Mädchen fällt, das ich suche.

Ihr rotbraunes Haar ist jetzt länger, und in den Ferien hat sie sich ein paar Strähnchen machen lassen, aber das ändert gar nichts. Ich könnte sie mit verbundenen Augen aus der Menge herauspicken.

Sie hat sich zurückfallen lassen, spielt als Teil der Abwehr auf Sicherheit. Doch ich weiß, dass das keine strategische Entscheidung ist. Am liebsten würde sie gar nicht spielen.

»Hayden, hörst du mir überhaupt zu, Mann?«

Ich sehe zu Turner zurück. »Ja doch. Du hoffst, auf dem Abschlussball bei Clarice Winthrop zu landen. Aber – Überraschung – wirst du nicht.«

Parker lacht schallend auf und knufft Turner in die Schulter. »Das sage ich dir schon seit Ewigkeiten. Gib es auf.«

Ich nehme einen weiteren Zug. »Sie ist mit jemandem aus Rexfield zusammen.«

»Ein Student?« Turner runzelt die Stirn. »Woher zur Hölle weißt du das?«

»Ich höre so dies und das.«

»Bist du ein Hellseher oder so was?«

Ich schnaube nur und sehe wieder zum Feld hinüber. Nein, aber ich habe ein ziemlich gutes Verhältnis zu Rhys Marchand, der ihr vor ein paar Monaten den Laufpass gegeben hat, bevor er aufs College gegangen ist. Ich weiß also ganz genau, dass sie diesen Typen nur benutzt in der Hoffnung, Rhys würde davon hören. Und ich weiß auch, dass Rhys das nicht die Bohne interessiert.

Parker nimmt einen tiefen Zug von seiner Zigarette. Sein einziger Makel in seiner langen, hochdekorierten Karriere als Highschool-Athlet. »Ich werde Tilly Davis fragen.«

»War ja klar«, erwidert Turner. »Ihr Marchands gebt dem Rest von uns einfach keine Chance.«

»Und wir werden jetzt auch nicht damit anfangen.«

Das Handy in meiner Tasche vibriert, doch ich ignoriere es. Mein Vater versucht seit Wochen, mit mir Kontakt aufzunehmen. Dieses Mal werde ich Gary nicht davon erzählen. Es hat einfach keinen Sinn mehr.

»Das war's«, sagt Turner. »Wenn ich euch nicht schlagen kann, muss ich mich eben mit euch verbünden.«

Parker runzelt die Stirn. »Was genau willst du damit sagen?«

»Ich könnte doch deine kleine Schwester Lily fragen, oder?«

O Scheiße, nein.

Diese Antwort schnellt sofort in mir hoch. Noch bevor ich etwas sagen kann, schüttelt Parker den Kopf. »Wenn du das tust, verprügele ich dich höchstpersönlich.«

Mit meiner Hilfe.

»Du bist nicht gut genug für sie.« Ich lege den Kopf zurück und blase eine Rauchfahne aus. Turner ist ein Schürzenjäger und Betrüger. Allerdings ist er verdammt gut beim Pokern und hat einen stattlichen rechten Haken. Aber das bedeutet nicht, dass er gut genug für Lily Marchand wäre.

Das weiß ich aus erster Hand.

Turner grinst uns an. »Ihr Jungs seid wie beschissene Torwächter. Keine Sorge, ich kenne die Regeln. Und ich wette, der kleine Adam Bateman wird das auch in Kürze herausfinden.«

»Was?«

Er grinst mich an. »Wie, gibt es etwas, das ich weiß und du nicht? Das passiert echt selten, Cole.«

»Was ist mit Adam?«

»Nö, ich glaube, damit gebe ich noch ein bisschen länger an. Ich könnte – «

Parker beugt sich vor. »Hör auf mit dem Scheiß.«

Gott sei Dank ist er auch hier. Wenn ich noch mehr den Beschützer für Lily spielen würde als ihre Brüder, könnte jemand misstrauisch werden. Ich kann es nicht riskieren, dass ihre Familie von meinen unpassenden Gefühlen erfährt. Das wäre noch schlimmer, als wenn Lily es herausfände.

Ich würde bei Tagesanbruch mit meinem Hintern auf der Straße sitzen.

»Tja, Bateman hat sie Anfang der Woche um ein Date gebeten«, sagt Turner selbstgefällig.

Das hat sie mir gar nicht erzählt.

Ein unbehagliches und nervöses Gefühl breitet sich in meinem Magen aus. Seit Henry und Rhys Paradiese Shores verlassen haben, ist Lilys und mein Verhältnis noch enger geworden. Parker ist oft beim Training oder bei einem Wettkampf, deshalb gibt es niemanden außer Lily und mir. Der Klang ihrer Füße auf der Holztreppe, die zum Strandhaus führt, ist zu meinem liebsten Geräusch geworden.

Lily erzählt mir die meisten Dinge. Ich bin mir ziemlich sicher, dass sie mich noch nie angelogen hat. Aber dies hier hat sie mir nicht gesagt … was irgendwas bedeutet.

»Bateman?«, schnaubt Parker. »Den kann man doch mit einem Blick verjagen.«

Ich erinnere mich beim besten Willen nicht daran, wie Adam Bateman aussieht. Wahrscheinlich ist er ein normaler, bescheidener Junge. Einer mit einem Treuhandfonds und namhaften Eltern.

Turner schüttelt den Kopf. »Ihr lasst viel zu sehr den Beschützer raushängen. Das Mädchen wird sein Leben irgendwann nach seinen eigenen Vorstellungen führen.«

»Mag sein, allerdings nicht mit jemandem wie dir.«

»Also bin ich gut genug, um dein Freund zu sein, aber nicht der deiner Schwester?« Turner presst sich mit schmerzerfülltem Gesichtsausdruck die Hand aufs Herz. »Das verletzt mich.«

Ich zwinge mich dazu, meine zusammengebissenen Kiefer zu entspannen. Für ihn ist das Ganze vielleicht ein Witz, aber was er da beschreibt, ist für mich Realität. »Madison würde mit dir gehen.«

»Weiß ich doch. Da werde ich wohl drauf zurückgreifen müssen.« Turner grinst mich an. »Fragst du denn niemanden?«

»Wegen dem Abschlussball? Nein.«

Parker tritt in Richtung von Turners Schienbein, doch der weicht geschickt aus. »Hayden ist zu cool für Schulveranstaltungen.«

Ich nicke. »Ich muss meinen Ruf wahren.« Muss ich nicht.

Ich passe nur nicht hierher und hege auch nicht den Wunsch, einen weiteren Abend mit diesen auf Hochglanz polierten Kids aus Paradise Shores zu verbringen. Sie lassen mich nie vergessen, dass ich keiner von ihnen bin. Dass meine Mutter nicht mit ihren Müttern im Country Club Tee trinkt und dass ich nicht aus den Winterferien braun gebrannt von den Bahamas zurückkomme. Also lasse ich deutlich heraushängen, dass ich gar nicht erst versuche, dazuzugehören.

Wenn sie mich ihr Spiel nicht gewinnen lassen, werde ich verdammt nochmal dafür sorgen, dass ich gar nicht mitspiele.

Angesichts meines verhärteten Gesichtsausdrucks rudert Turner zurück. »Ist eh irgendwie lahm. Ich verstehe dich.«

»Eben.«

Parker zuckt neben mir zusammen. »Shit.«

»Was?«

Er schnappt sich seinen Rucksack und drückt eilig seine Zigarette aus. »Shit, ich hab's vergessen. Ich muss zum Rettungsschwimmer-Training, das … vor fünf Minuten angefangen hat. Dabei sollte ich Lily nach Hause fahren, wenn sie hier fertig ist, aber dann hat mir der Trainer geschrieben. Ich wollte Mom noch Bescheid sagen.« Er wirft mir einen Blick zu, den ich nur zu gut kenne. »Hayden?«

»Ich fahre sie nach Hause.«

»Du bist mein Lebensretter, Mann. Ich schulde dir was.« Er gibt mir einen Faustcheck, bevor er die Tribüne hinabsteigt. Turner und ich beobachten ihn schweigend. Parker ist immer noch so blond wie damals, jetzt aber gebaut wie ein Schwimmer. Und er schuldet mir rein gar nichts.

Wenn überhaupt bin ich derjenige, der ihm was schuldet. Jeder Moment, den ich mit Lily Marchand allein verbringen darf, ist ordentlich sortiert in meinem mentalen Archiv abgeheftet, wo er liebevoll gehütet wird. Meine Erinnerungen an sie sind mit die besten meines Lebens.

Nach dem Training parke ich direkt neben dem Eingang zur Mädchenumkleide und lehne mich ans Auto. Ich fummele an dem Zigarettenpäckchen in meiner Hosentasche herum, bin jedoch nicht so dumm, es herauszuholen. Lily hat mich noch nie rauchen sehen.

Mein Körper summt angesichts der vertrauten Mischung aus Unruhe und Aufregung in mir, die sie stets erzeugt. Es bietet sich nicht oft die Gelegenheit, längere Zeit mit ihr ohne ihre Brüder oder Familie zu verbringen.

Nach und nach kommen die Mädchen heraus. Ein paar von ihnen werfen mir argwöhnische Blicke zu, aber die ziehen über mich hinweg wie Rauch über Wasser. Die gesamte Schule weiß, dass ich zu den Marchands gehöre. Ich kenne meine Bezeichnungen – ein Kuckuck im Nest, ihr Sozialfall –, die sie sich hinter meinem Rücken zuflüstern. Gerüchte tun nicht weh, wenn sie wahr sind.

Lilys Haar ist ganz zerzaust, als sie mit einer Sporttasche voller verschwitzter Sachen in der Hand auftaucht. Bei ihrem Anblick übermannt mich eine sanfte Ruhe. Ich würde nie wieder eine Zigarette brauchen, wenn ich sie täglich an meiner Seite hätte.

Ihre grünen Augen strahlen. »Wie kommt's?«

»Ich habe mich freiwillig zum Chauffeurdienst gemeldet.«

»Du meinst, Parker hat es vergessen.«

Ich zucke die Achseln. »Dumm für ihn.«

»Gut für mich.«

Sie wirft ihre Tasche in den Kofferraum und rutscht auf den Beifahrersitz. Ich lege den Gang ein und fahre vom Parkplatz. Es ist nicht das erste Mal, dass ich einen Wagen der Marchands fahre. Der Motor brummt ruhig und gleichmäßig.

»Übrigens gut gespielt heute. Ich habe dich beim Training gesehen.«

»Hayden!«

»Das war nicht mit Absicht.«

»Ja, klar.«

Ich verkneife mir ein Lächeln. »Du hast heute ein paar gute Pässe gespielt.«

»Nein, habe ich nicht. Lüg mich nicht an, nur damit ich mich besser fühle.«

»Tja, ich werde dich nicht anlügen, damit du dich schlechter fühlst.«

Ich kann es nicht sehen, aber ich weiß, dass sie mit den Augen rollt. »Lüg überhaupt nicht, Blödmann.«

»Ohhh.«

»Ja, ohhh. Was hattest du überhaupt auf der Tribüne verloren?«

»Hab nur rumgehangen.«

»Na klar.«

»Was soll das denn bedeuten?«

»Vielleicht mit einer bestimmten Blondine?«

Ich konzentriere mich ganz auf die Straße, um meine Überraschung zu verbergen. Ja, es gibt da dieses Gerücht über Belinda Richards und mich, aber das ist fast völlig erfunden. Ich hatte nicht angenommen, dass es sich bis in die anderen Klassen verbreitet hatte und ganz sicher nicht bis zu Lily. Ich stehe nicht auf Blondinen.

»Nein.«

»Mhm.«

Sie rutscht auf dem Sitz herum. Ihr Rock schiebt sich etwas hoch und offenbart glatte, gebräunte Haut. Ich umklammere das Lenkrad fester. Nein, Blondinen haben absolut keine Wirkung auf mich.

Nicht, wenn dem Mädchen neben mir mein Herz und meine Seele gehören. Ich drehe den Spieß um. »Adam Bateman also?«

Lily stöhnt auf. »Wie hast du das denn herausgefunden?«

»Turner.«

»Natürlich. Der könnte nicht mal ein Geheimnis bewahren, wenn sein Leben davon abhinge.«

»Also ist Adam ein Geheimnis?« Ich versuche, den scharfen Unterton aus meiner Stimme zu verbannen. Jeden anderen hätte ich dadurch vermutlich täuschen können.

»Nein«, erwidert sie sanft. »Aber ich wollte nicht, dass Parker es herausfindet.«

»Die Brüder-Blockade.«

»Genau.«

Falls sie versucht, eine Einmischung ihrer Brüder zu verhindern, will sie vermutlich mit Adam ausgehen. Verdammt, das bedeutet wahrscheinlich, dass sie Ja gesagt hat, als er sie fragte. Ich umklammere das Lenkrad noch fester. »Wann gehst du mit ihm aus?«

»Tue ich nicht. Ich habe Nein gesagt.«

»Was?«

»Was meinst du mit ›was‹? Findest du, ich hätte Ja sagen sollen?«

»Nein.«

»Wieso dann das ›Was‹?«

»Warum solltest du dir darüber Sorgen machen, dass deine Brüder es herausfinden?«

Lily seufzt, als wäre ich etwas langsam im Kopf, und windet sich auf ihrem Sitz. »Ihre Reaktion würde andere abschrecken.«

»Welche anderen?« Ich habe in der letzten Zeit von niemand anderem gehört, aber wenn mir da etwas entgangen sein sollte …

»Ich weiß nicht.« Ihre Stimme klingt scharf. »Ich schwimme nicht gerade in Angeboten, Hayden. Aber … du weißt schon … wenn jemand mich fragen sollte, wäre ich gern in der Lage, Ja zu sagen.«

Wenn sie nur wüsste, wie viele dieser nichtsnutzigen Jungs scharf auf die schöne, süße und unerschrockene Lily Marchand waren. Ich sollte es wissen. Ich bin schließlich der Vorsitzende ihres Fanclubs. »Ach so. Clever.«

Lily lehnt sich im Sitz zurück und fängt an, ihr Haar zu entflechten. Ich sehe es von der Seite, wie es dicht und schwer über ihre Schultern fällt. Diese verdammten Haare. Sie verfolgen mich nicht nur in diesem Leben, sondern werden es auch noch im nächsten tun.

Sie seufzt. »Mit dir hatte ich meinen ersten Kuss, weißt du?«

Mein Herz setzt aus … für eine gefühlte Ewigkeit. Das hat sie noch nie angesprochen.

Der Kuss war die beängstigendste Entscheidung meines Lebens gewesen, obwohl man es kaum als Entscheidung bezeichnen kann. Es passierte aus einem Impuls heraus. Sie saß mir gegenüber vor dem Strandhaus und aß frisch gepflückte Blaubeeren, und ich lehnte mich einfach vor und drückte meine Lippen auf ihre. Das war vor Jahren.

Von Finesse konnte dabei keine Rede gewesen sein.

Und angesichts ihrer Reaktion war es wohl ein Fehler gewesen. Mein sonst so mutiges Mädchen stand unter Schock. Danach hatte ich eine Riesenangst, alles vermasselt zu haben.

»Hayden?« Ihre Stimme klingt leise. »Vielleicht erinnerst du dich nicht daran. Ist schon gut, ich habe nur laut gedacht.«

Verdammte Scheiße.

Ich wünschte, ich könnte ihr in die Augen sehen. Ich muss einfach wissen, was sie in diesem Moment denkt. Schwelgt sie nur mit einem alten Freund in Erinnerungen?

Oder eröffnet sich hier … eine Möglichkeit?

»Ich erinnere mich. Du hattest Panik.«

»Hatte ich nicht.«

»*Ich* hatte Panik.«

Ich kann das Lächeln in ihrer Stimme hören, als sie fortfährt. »Okay, vielleicht ein bisschen. Ich wusste einfach nicht, was ich tun sollte.«

»Du bist süß.«

»Das ist nicht das, was du mir sagen solltest, Hayden. Du solltest mir sagen, dass ich den Kuss perfekt erwidert habe und eine wahre Meisterin darin war.«

Verdammt, ich kann mein Lächeln nicht unterdrücken. »Lils, nicht mal du warst schon mit dreizehn Jahren eine Verführerin.«

»Wie unhöflich.«

»Lily.«

»Nein, ich bin ernsthaft beleidigt. Verletzt geradezu.«

Ich greife hinüber und drücke ihr Bein direkt über dem Knie, so wie ihre Brüder das früher getan haben. Nur fasse ich nicht so fest zu wie sie. Sie lacht auf und stößt gegen meine Hand. »Na schön, dann bin ich eben nicht beleidigt.«

Ich lasse los. »Gut.«

»Also, war ich auch die Erste?«

»Die Erste wobei?«

»Die Erste, die du geküsst hast?«

Höre ich da Hoffnung in ihrer Stimme? Ich fahre auf den Ocean Drive und ringe nach einer Antwort. Mehr als alles andere sehne ich mich verzweifelt nach jedem Funken Zuwendung von ihr. Und wie sehr wünschte ich, ihre Frage mit Ja beantworten zu können.

Aber ich habe Lily noch nie angelogen. »Nein.«

Sie schnaubt. »Mit vierzehn schon ein Playboy. Ich bin nicht überrascht.«

»Das war vor Paradise Shores.« Ich parke in der Auffahrt, direkt neben Rhys' teurem Mustang. Ein Prestigewagen, sagt er. Ich nenne es großspurig. »Und es hat mir nichts bedeutet.«

Lily kichert. »Natürlich nicht. Du warst noch ein Kind.«

Ich hole ihre Sporttasche aus dem Kofferraum. »Richtig. Genau.«

Vielleicht sollte ich das auch eines Tages so sehen. Dass Küsse in der Kindheit nicht zählen.

Ein paar Monate später muss Atlas im stolzen Alter von dreizehn Jahren eingeschläfert werden. Eloise Marchand hat getan, was sie konnte, aber der Hund war laut dem Tierarzt einfach zu krank. Er war ein lieber Hund gewesen, und es war eine Schande, doch ich nehme es nicht so schwer wie die Marchand-Kinder.

Henry tut so, als wäre es ihm egal, und es fällt zunehmend schwerer, zu unterscheiden, ob es nur vorgetäuscht ist oder nicht. Parker ist fix und fertig.

Rhys und ich treten in Aktion. Wir ziehen das Bettsofa in seinem Zimmer aus und holen das alte Nintendo-Spiel hervor. Das haben wir seit Jahren nicht mehr gespielt. Nach meiner Ankunft hier waren die Jungs zu immer neueren Spielekonsolen übergegangen, und jetzt spielen wir regelmäßig auf den aktuellsten Versionen.

»Hier«, sagt Rhys. »Ich habe im Keller ein Sixpack gefunden.«

Ich nehme mir eine der Bierdosen, die er mir zuschiebt. »Ganz sicher?«

Er zuckt die Achseln. »Dad wird's egal sein.«

Henry nimmt sich auch eine. »Ich schätze, dass dieser Tag für den Alkoholkonsum von Minderjährigen so gut wie jeder andere ist.«

»Auf Atlas.« Parker hält seine Dose hoch. Wir stoßen an.

Rhys schaltet den Flatscreen-Fernseher in seinem Zimmer an. Die grellen Symbole und die fröhliche Musik des alten Spiels erwachen flackernd zum Leben.

Ich muss es ihm lassen, die ganze Sache hat schon was Nostalgisches, und sie passt zur allgemeinen Stimmung. Vielleicht war es das, was er damit bezwecken wollte … Noch ein letztes Mal die Brüder zusammenbringen.

Henry ist nur für das Wochenende aus New York hergekommen, und Rhys muss bald wieder zurück aufs College. Parker und ich stehen kurz vor dem Schulabschluss und sind schon mit einem Fuss aus der Tür.

Henry greift sich einen der Controller. »Hat jemand nach Lily gesehen?«

Rhys nickt. »Sie will in Ruhe gelassen werden.«

»In Ordnung.«

Ich nehme einen Schluck Bier und beobachte, wie die bunten italienischen Brüder sich ein Rennen durch eine verpixelte Landschaft aus Pilzen und Pflanzen liefern.

Für Lily war Atlas ihr Leben lang eine feste Größe gewesen. Sie hat ein weiches Herz und kann Dinge manchmal schwernehmen. Ich habe es ein paarmal bemerkt, wenn ihr zum Beispiel ein Teller herunterfiel oder Mädchen in der Schule gemein zu ihr waren.

Es kommt mir falsch vor, dass sie allein in ihrem Zimmer ist. Ich spüre es bis in die Knochen, doch von allen Jungs hier in Rhys' Zimmer habe ich den geringsten Grund für ein Gefühl der Fürsorglichkeit. Ich bin nicht Lilys Bruder. Gott sei Dank.

Aber ich bin auch nicht ihr Freund. Ich beobachte, wie Mario auf dem Bildschirm von einer fleischfressenden Pflanze verschlungen wird, und fühle mit ihm.

Ein paar Stunden – und diverse Sixpacks – später verlieren wir Henry. Er sagt, dass er früh aufstehen muss, und irgendwas über einen Termin für eine Telefonkonferenz.

Ich sehe zu Parker hinüber. Er ist eingeschlafen, hält aber immer noch die Fernbedienung fest. Er hat sich noch nie leicht geschlagen gegeben.

»Er ist bis zum Ende drangeblieben, oder?«

Rhys rollt mit den Augen. »Er hat Stolz, das muss ich ihm lassen.«

»Manchmal zu viel.« Ich stehe auf und dehne mich nach allen Seiten. Mein Körper schmerzt. Die Morgenläufe tun mir gut, doch vielleicht habe ich es in letzter Zeit etwas übertrieben.

Rhys schaltet das Videospiel aus, und der Bildschirm wird dunkel. »Behalte ihn im Auge, ja?«

Ich schaue ihn an. Rhys ist jetzt groß, der größte der Brüder, und so unvorhersehbar wie immer. »Wen, Parker?«

»Ja. Er ist impulsiv, das weißt du ja.« Rhys sieht zur Tür, die jetzt verschlossen ist, um den Rest der Familie nicht zu stören. »Und Lily. Besonders Lily.«

Unsere Blicke treffen sich, und ich möchte im Erdboden versinken. Wenn er wüsste, wie sehr ich sie im Auge behalte, würde er mich nie wieder in dieses Haus einladen.

»Klar.«

»Danke, Mann.«

Ich nicke ihm zum Abschied zu, überlasse es ihm, mit seinem schlafenden Bruder fertigzuwerden. Das Haus der Marchands ist still und dunkel, aber ich kenne es in- und auswendig. Ich habe mich schon oft genug hier hinausgeschlichen, um zu wissen, welche knarrenden Dielen ich meiden muss.

Vor Lilys geschlossener Tür innezuhalten, ist zur Gewohnheit geworden. Ich war schon häufig in ihrem Zimmer, jedoch noch nie bei Nacht. Und schon gar nicht, wenn sie im Bett liegt.

In ihrem Zimmer ist es nicht still. Ich höre sie leise weinen.

Verdammt. Sie wollte in Ruhe gelassen werden. Natürlich wollte sie das. Lily bricht nicht vor anderen Menschen zusammen, das wissen wir alle. Rhys hätte sie zwingen sollen, sich uns anzuschließen. Durch die Neckereien ihrer Brüder hätte sie sich besser gefühlt.

Zögernd lege ich meine Hand auf den Türknauf.

Ich sollte nicht hineingehen – auf keinen Fall –, aber ich kann unmöglich eine derart leidende Lily einfach zurücklassen. Wären die Rollen vertauscht, würde sie mich unter keinen Umständen allein lassen.

Ich drehe den Türknauf. Ihr Zimmer ist von den Lichterketten, die sie um ihr Bett gehängt hat, in weiches Licht getaucht. Ich kann sie gerade so ausmachen. Sie liegt auf der Seite, ihr dunkles Haar ist über ihr Kopfkissen ausgebreitet.

»Lily?«

Das Weinen hört auf, auch wenn es sie sichtlich Mühe kostet. »Hayden?«

»Ja.«

Die Bettdecke bauscht sich um sie herum, als sie sich aufsetzt. Ihr Haar bildet einen scharfen Kontrast zu ihrem weißen Tanktop. Einen Moment lang starrt sie mich durch die Dunkelheit hindurch nur an. Die Tränenspuren auf ihren Wangen machen mich fertig.

»Du solltest nicht allein sein.«

Sie beugt sich vor und zieht die Bettdecke zur Seite. Es ist nicht gerade das, was ich im Sinn hatte, aber … zur Hölle. Es ist zweifellos eine Lösung.

»Lily …«

Sie schluckt schwer, sagt jedoch nichts, sondern schaut mich nur an. Sie so traurig zu sehen, bricht mir fast das Herz. Die Bedürftigkeit, die von ihr ausgeht, ist greifbar. Nein, sie sollte tatsächlich nicht allein sein.

Ich ziehe meine Turnschuhe und das Sweatshirt aus. Nur noch mit T-Shirt und Jeans bekleidet schlüpfe ich in ihr großes Bett. »Bist du okay?«

Sie wendet mir ihr Gesicht zu. Im weichen Schimmer der Lichterketten wirkt es magisch. Vertraut und schmerzhaft neu zur selben Zeit. Ihre langen Wimpern werfen Schatten auf ihre Wangen. »Nein.«

Ich streiche ihr das Haar zurück. »Es tut mir leid. So, so leid, Lils.«

»Ich weiß.«

Wir sehen uns lange an, bevor ich meinen Arm ausstrecke. Sie kuschelt sich an mich und legt ihren Kopf auf meine Brust. Ich kann sie atmen fühlen und die sanften Bewegungen ihres an mich geschmiegten Körpers. Ich habe sie noch nie so eng im Arm gehalten.

»Weine nicht«, flüstere ich. »Alles wird gut.«

»Ich hab's vergessen«, murmelt sie und blickt zu mir hoch. Noch nie habe ich sie so verletzlich gesehen – und noch nie so nahe.

»Was vergessen?«

Sie schließt die Augen. »Ich fühle deinen Schmerz, wenn dir was wehtut. Ich hatte vergessen, dass es andersrum auch so ist.«

Ich fahre mit der Hand über ihr langes, seidiges Haar und spüre den sanften Rhythmus ihres Atems.

Oh, Lily. Wenn ich doch nur für immer hierbleiben, dich in meinen Armen halten und von einer Welt träumen könnte, in der wir eine Zukunft hätten.

Es dauert eine Weile, aber schließlich fällt sie in einen ruhelosen Schlummer. Bald darauf lasse ich mich von ihren tiefen Atemzügen ebenfalls in den Schlaf lullen.

Dies ist die erste Nacht, in der wir gemeinsam einschlafen, hier in ihrem Bett im Haus der Marchands in Paradise Shores, doch es sollte nicht die letzte sein.

– 8 –
LILY

Gegenwart

Ich ziehe die Vorhänge in meinem Wohnzimmer auf und vermeide es, in den Vorgarten zu blicken. Stattdessen mache ich mich mit schnellen, aggressiven Bewegungen fertig. Ich dusche mit zu heißem Wasser und benutze eindeutig zu viel Eyeliner.

»Es wird schon gut gehen, Lily«, sage ich zu mir selbst. Ein ungezwungenes Date mit Turner, jemand, mit dem ich auf der Arbeit Spaß habe. Der beste Freund meiner Brüder, den ich seit Jahren kenne. Eine Party mitten am Tag in meiner Heimatstadt mit meiner Familie um mich herum. Es gibt praktisch kaum etwas, das schiefgehen kann.

Außer alles.

Wieso musste er zurückkommen und meine Welt wieder in Ungewissheit stürzen? Die Schmetterlinge in meinem Bauch fühlen sich der Frau, die ich jetzt bin, nicht würdig an. Ich bin achtundzwanzig, um Himmels willen, nicht ein Mädchen von vierzehn Jahren, das für einen Jungen schwärmt.

Als ich es endlich wage, hinter meinen Vorhängen hervorzuspähen, ist Hayden verschwunden. Das Tor ist repariert. Er hat sogar die Blätter vom Weg entfernt. Der Mann ist mir ein komplettes Rätsel.

Bevor ich aufbreche, werfe ich einen Blick in den deckenhohen Spiegel. Ich trage ein weißes Kleid mit U-Boot-Ausschnitt, das meinen Oberkörper und meine Taille eng umschließt und einen Rock in schmeichelnder A-Linie hat. Mein Haar ist lang, offen und an den Enden leicht gewellt. Dazu trage ich mein Lieblingspaar

Tommy-Hilfiger-Sandalen mit Keilabsatz. Über meiner Schulter hängt eine Tasche aus gewebtem Stroh mit Lederriemen, die ich als Teenager in Südfrankreich gekauft habe. Sie ist immer noch meine Lieblingstasche.

»Perfekt«, murmele ich. So viel besser als der Pyjama und die Häschen-Slipper am Morgen. Wenn mir schon die größte Enttäuschung meines Lebens bevorsteht, brauche ich eine gewisse Rüstung.

Ich höre Turners Wagen auf der schmalen Auffahrt, bevor ich ihn sehe. Heute fährt er seinen kleinen BMW. Das Verdeck hat er heruntergelassen.

Ich lächle ihn breit an, während ich aus dem Haus trete. »Hi!«

Er grinst. »Hey. Siehst gut aus, Marchand.«

»Du auch.«

Er trägt einen marineblauen Anzug und darunter ein rosa Hemd. Auf seiner Nase sitzt eine Ray-Ban … dieselbe klassische, idiotische Harris-Aufmachung, die er seit der Highschool bevorzugt.

Er öffnet mir die Autotür, und ich gleite in den tiefliegenden Sitz. Schon jetzt rast mein Herz. Das Adrenalin schärft meine Gedanken.

Turner fährt rückwärts aus der Auffahrt. »Hey, wann hast du dein Tor reparieren lassen?«

»Erst kürzlich.«

»Sieht gut aus.«

»Danke«, erwidere ich schwach.

Die Fahrt ist kurz und unsere Unterhaltung ungezwungen. Schnell kommen wir auf das bevorstehende Morris-Projekt zu sprechen. Turner und ich hatten noch nie ein Problem, miteinander zu reden, wenigstens nicht über banale Dinge.

Die Maze-Party findet auf der großen Grünfläche neben dem Yachthafen statt, direkt am Meer. Es sind Zelte und behelfsmäßige

Hecken aufgestellt worden. Der Eingang, über dem in glänzenden goldenen Buchstaben *Paradise Shores* steht, wird von großen Zitronenbäumen flankiert. Im Hintergrund spielt eine Jazzband.

Turner übergibt jemandem vom Parkdienst die Wagenschlüssel und bietet mir beherzt seinen Arm an.

»Das hier wird einige Wellen schlagen«, warne ich ihn spielerisch. »Meine Brüder werden da sein.«

Sein Lächeln ist rebellisch. »Sie haben mich vielleicht als Teenager abschrecken können, aber jetzt nehme ich es mit den Marchands auf.«

Meine Eltern stehen in der Nähe des Strandes, und ich entdecke sie sofort. Mein Dad sieht so gelassen und cool aus wie immer, aber meine Mutter lächelt bis über beide Ohren. Sie gestikuliert beim Reden, was sie immer tut, wenn sie aufrichtig begeistert ist.

Sie spricht mit Parker und einem großen Mann, der mit dem Rücken zu uns steht und makellos in einen grauen Anzug gekleidet ist. Er sagt etwas, das meine Mutter zum Lachen bringt. Erst als er sich ein Stück zur Seite dreht, erkenne ich sein Profil.

Hayden.

»Möchtest du was trinken?«, fragt Turner und winkt einen der Kellner heran.

»Ja, bitte.«

Er nimmt sich zwei Champagnerflöten vom Tablett des Kellners und überreicht mir eine. »Erinnerst du dich daran, wie unsere Eltern uns zu solchen Partys geschleppt haben?«

Ich drehe Hayden, der mit meinen Eltern plaudert, den Rücken zu und schenke Turner meine volle Aufmerksamkeit. »O ja«, schnaube ich. »Wir haben uns mit Händen und Füßen gewehrt.«

»Und jetzt sind wir freiwillig hier. Ich habe mich sogar darauf gefreut.« Turner schüttelt den Kopf und wirkt kurzzeitig verlegen. »So schließt sich der Kreis, nehme ich an.«

Ich weiß seine Ernsthaftigkeit zu schätzen, auch wenn sie mich ein bisschen unbehaglich fühlen lässt.

Er bietet mir wieder seinen Arm an. »Wollen wir die Runde machen? Hier gibt es potenzielle Kunden.«

»Hast du deshalb darauf bestanden, dass wir zusammen herkommen? Um Beziehungen zu pflegen?«

Er lächelt mich an. »Natürlich. Wer viel arbeitet, muss auch ordentlich feiern. Geht es überhaupt anders?«

In einer kleinen Gemeinde wie unserer sind uns die meisten Gesichter vertraut. Turner und ich arbeiten uns durch die Gästeschar, reden mit alten Schulfreunden, den Großeltern von Freunden, Turners Tante und vielen mehr. Es ist nicht ganz einfach, all die Namen und ihre Beziehungen untereinander im Kopf zu behalten.

Parker findet uns schnell. Er trägt seinen alten Segelpullover aus Merinowolle, unter dessen Ausschnitt der Kragen eines Poloshirts hervorlugt, und dazu eine Baumwollhose – nicht mal eine Anzughose.

Er grinst uns an. »Ihr beide seid ein richtiges kleines Team geworden, was?«

»Geschäftlich verbunden«, sage ich und lege einen Finger auf das Loch auf seiner linken Schulter. »Konntest du keinen Anzug anziehen, Parker?«

»Nö«, erwidert er, ohne mich anzusehen. »Führst du Catalina dieses Wochenende aus, Turner?«

Turner nickt. »Ja, ich denke schon. Willst du mit? Wir könnten Richtung Norden fahren und einen Tagesausflug daraus machen.«

»Klar.« Parker beugt sich mit verschwörerischem Gesichtsausdruck vor. Unbehagen macht sich in meinem Bauch breit. Ich glaube, ich weiß, was er sagen wird, und darauf freue ich mich gar nicht. »Hast du noch Platz für ein drittes Crewmitglied?«

»Ich hab's versucht, Mann, aber deine Schwester weigert sich standhaft, mit aufs Boot zu kommen.«

»Nein, nicht Lily.« Parker grinst. »Rate, wer wieder in der Stadt ist?« Er dreht sich um und – mein Bruder, das Paradebeispiel für Diskretion – deutet direkt auf Hayden. Der redet gerade mit zwei Frauen, an die ich mich undeutlich von der Highschool erinnere.

Turner schnappt hörbar nach Luft. »Heilige Scheiße! Cole ist wieder da?«

»Jep.«

Er dreht sich zu mir und entschuldigt sich für sein Fluchen, als wäre ich ein zartes Pflänzchen.

»Keine Sorge«, erwidere ich und muss daran denken, dass ich viel Schlimmeres von mir gegeben habe, als ich hörte, dass Hayden zurück ist.

»Wann?«

»Vor zwei Tagen. Ist hier reingeschneit, als wäre er nie weg gewesen. O Mann, er war schon immer unberechenbar.«

»Erinnerst du dich an das eine Mal, als er uns alle dazu brachte, mit Sprühfarbe –« Turner bricht ab und sieht mich an. »Sorry. Wir waren Kinder.«

»Das ist mir bewusst«, entgegne ich trocken. »Ich war dabei.«

Hayden hat bemerkt, dass wir zu ihm hinüberschauen. Ich sehe, wie sein Blick auf Turners Arm um mich fällt und seine Hand, die leicht auf meinem Kreuz ruht. Er beißt die Zähne zusammen.

Die blonde Frau vor ihm redet auf ihn ein, und Hayden nickt pflichtschuldigst, ohne sie eines Blickes zu würdigen. Seine Augen sind auf uns gerichtet, und unsere Blicke treffen sich. Sein Gesicht wirkt ausdruckslos, aber ich erkenne Herausforderung darin.

Du bist hier mit Turner?, fragen seine Augen.

Ich nehme die Herausforderung an. *Und? Ich habe jedes Recht dazu.*

Parker und Turner unterbrechen unseren Anstarrwettbewerb. Sie reden gerade über das Wochenende, insbesondere über die Windverhältnisse.

»Klar kann er mitkommen«, sagt Turner. »Ich muss hingehen und Hallo sagen ... Lily?«

Ich schüttele den Kopf. »Geht ihr beide nur. Ich habe gerade ein paar Freunde aus der Highschool gesehen, mit denen ich mich unterhalten möchte.«

Turners Verwunderung ist nur von kurzer Dauer. Er nickt und drückt mir ein Küsschen auf die Wange. Die impulsive Geste lässt mich erröten in dem Wissen, wer uns dabei beobachtet.

»Bis später«, sagt er.

Ich würde so gern sehen, wie er mit Hayden redet, aber ich drehe ihnen lieber den Rücken zu. Ihn aus den Augen zu verlieren, schmerzt. Seine Anwesenheit bei dieser Party fühlt sich bedeutsam an, und mein Körper scheint mit seinem verbunden zu sein, als wären wir zwei Planeten auf derselben Umlaufbahn.

Ich laufe Marissa und Leighton über den Weg, die ich beide von der Highschool kenne. Sie sind der Inbegriff von Paradise Shores, die eine verlobt und die andere kurz davor, Ärztin zu werden. Beide sind wunderschön.

Es dauert nicht lange, bis unsere Unterhaltung zu Klatsch übergeht. Wer ist mit wem zusammen, welche Häuser sind verkauft worden, hatte ich schon gewusst, dass Tyler Bates sich hat scheiden lassen hat? Nach siebenundzwanzig Jahren!

»Okay, Lily«, sagt Marissa irgendwann. »Jetzt musst du uns aber die Details verraten.«

»Worüber?«

»Turner! Ihr seid zusammen hier? Was bedeutet das?«

»Wir sind Freunde. Wir arbeiten und verbringen gern Zeit zusammen. Nichts weiter.«

»Komm schon«, sagt Leighton. »Es ist immer mehr als nur das.«

»In diesem Fall nicht. Zumindest noch nicht.«

»Das wird wohl nur die Zeit zeigen, nehme ich an«, sagt Marissa lächelnd. »Was hat Hayden Coles Rückkehr zu bedeuten? Wusstest du im Vorfeld davon?«

Ich schüttele den Kopf. »Nein, ich hatte keine Ahnung. Niemand aus der Familie wusste es.«

»Ich erinnere mich an ihn aus der Highschool«, sagt Leighton nachdenklich. »Er wirkte immer so grüblerisch. Hayden war bei jeder Party dabei und saß immer am Tisch der coolen Kids, aber irgendwie wirkte er so … unnahbar.«

»Ja«, erwidert Marissa. »Ist doch verständlich, oder? Wann hat eure Familie ihn aufgenommen? Als er zehn war?«

»Ja, da war er ungefähr zehn«, antworte ich. »Aber er lebte mit seinem Onkel woanders.«

Leighton wird nachdenklich. »Und dann ist er zum Militär gegangen. Jetzt haben wir einen eigenen Veteranen. Ich kenne sonst niemanden, der in der Army war.«

»In der Navy«, korrigiere ich.

Marissa schüttelt den Kopf. »Wirklich mutig. Aber was für eine Karriere soll sich daraus ergeben? Es muss schwer sein, die wichtigsten Jahre deines Lebens dem Militär zu opfern.«

»Ja.« Leighton seufzt. »Das ist wirklich eine Schande.«

Meine Hand krampft sich um das Champagnerglas zusammen. »Wie bitte?«

»Lily, versteh mich nicht falsch, das ist sehr beeindruckend.« Marissa sieht mich mit aufgerissenen Augen an. Offensichtlich ist sie überrascht, dass ich ihr nicht zustimme. »Aber es ist nicht gerade ein vielversprechender Beruf. Es ist einfach bedauerlich, dass er mit seiner Verpflichtung seine Aussichten so vergeudet hat. Ich bin sicher, auch du willst nur das Beste für ihn. Stimmst du mir nicht zu?«

»Hayden und andere wie er helfen dabei, für unsere Sicherheit zu sorgen, damit wir hier teuren Champagner trinken und drüber reden können, wer sich gerade von wem scheiden lässt.« Ich klinge nachdrücklicher als beabsichtigt, aber ich kann meine Worte nicht zurückhalten. So ähnlich ging es mir früher, wenn die Leute mich fragten, ob er der Gärtner sei. »Sie stellen sich tagein, tagaus dieser Herausforderung, und manche zahlen dafür den ultimativen Preis. Du kannst über ihren Beruf denken, was du willst, doch wir schulden Menschen wie Hayden Respekt.«

Marissa und Leighton sind verblüfft. Eine Weile herrscht Stille. Offensichtlich müssen sie meinen Ausbruch erst mal verarbeiten.

»Na ja«, sagt Leighton schließlich, »da hast du natürlich recht. Die Truppen zu unterstützen, ist äußerst wichtig, und ich glaube nicht, dass Marissa unterstellen wollte, dass es das nicht ist.«

»Nein, nein, natürlich wollte ich das nicht. Und der Look steht ihm.«

»Absolut.« Leighton nickt. »Diese ganzen Muskeln? Ich hätte liebend gern einen Mann vom Militär. Weißt du, ob er Single ist, Lily?«

»Oder wie lange er bleibt?«, fragt Marissa lächelnd.

Ich schlucke mein Unbehagen hinunter und entschuldige mich so bald wie möglich. Nicht zum ersten Mal vermisse ich Jamie. Aber meine beste Freundin ist immer noch in New York und sauer auf mich, weil ich nach Paradise Shores zurückgezogen bin.

Sie hätte sich nie so … geschmacklos geäußert. Laut dieser beiden Frauen habe Hayden einen Fehler gemacht, sich zu verpflichten, denn das sei ganz klar unter der Würde der Menschen dieser Stadt. Doch dadurch ist er muskulös geworden, also ist es völlig in Ordnung, ihn zum Sexobjekt zu machen. Ich würde mich deswegen am liebsten übergeben.

Eigentlich wegen allem. Den Menschen hier, Turners erwartungsvollem Blick, dem ich vielleicht nicht gerecht werden kann, Haydens Verschwinden und Wiederauftauchen ohne jegliche Entschuldigung.

Ich brauche Luft.

Also stelle ich mein Glas auf einem der Tische ab und laufe Richtung Strand. Das Gras unter meinen Sohlen ist weich und die Sonne scheint kräftig, als ich mich unter den Zelten hervorwage. Überall sind Menschen, höfliches Gelächter und der Klang von aneinanderstoßenden Gläsern. Ich bin gerade hinter dem letzten Pavillon abgebogen, als ich von einer kräftigen Hand an meinem Arm aufgehalten werde.

Sowie ich mich umdrehe, lässt Hayden die Hand sinken. »Lily.«

Zu seinem eleganten grauen Anzug trägt er einen unergründlichen Gesichtsausdruck zur Schau. Ich kann weder sagen, was er denkt, noch, was er fühlt. Er wirkt so, als würde er sich hier völlig zu Hause fühlen … als ob er hier auf eine Weise hineinpasst, wie er es früher nie getan hat. Hätte er nicht dasselbe widerspenstige Haar, würde ich ihn für einen völlig anderen Mann halten.

»Was willst du?«, zische ich, auch wenn das ziemlich unhöflich von mir ist. Aber das ist mir gerade so was von egal.

Er zieht die Brauen zusammen. »Du bist mit Turner hier?«

»Ja.« Ich kreuze die Arme vor der Brust. Wir stehen hinter einem Pavillon, und eine Hecke schirmt uns vor allen Blicken ab. Diese Intimität gefällt mir nicht. »Wir arbeiten zusammen.«

»Du und Turner?«

»Ja.«

»Turner Harris.«

»Ja! Wieso ist das so schwer zu glauben? Wie oft soll ich es noch wiederholen?«

Er fährt sich mit der Hand durchs Haar. Es ist eine schmerzlich vertraute Geste. »Bei allen Männern, von denen ich erwartet habe, dass du mit ihnen zusammen sein könntest, hat mich deine Wahl aufrichtig überrascht.«

Einen Moment lang kann ich ihn nur anstarren. »Was soll das denn bedeuten? Die Männer, von denen du erwartet hast, ich wäre mit ihnen zusammen?«

»Er ist ein Idiot.«

»Nein, ist er nicht.«

Hayden atmet aus, und es klingt ungeduldig. »Erinnerst du dich an das erste Jahr in der Highschool? Er hat die Seile von der linken Seite der Reling gekappt, um – «

»Er war vierzehn!«

»Egal. Er ist trotzdem ein Idiot.«

»Er war auch dein Freund.«

Hayden blickt mit einem schwachen Lächeln im Gesicht zur Seite. Er sieht nicht glücklich dabei aus. »Nein, das war er nicht wirklich.«

»Wieso bist du hier?«

»Wieso nicht? Die Maze-Party steht jedem mit einer Einladung offen. Deine Mutter war so freundlich, mich in ihre miteinzubezieh– «

»Nicht auf der Party, Hayden. Hier in Paradise Shores.«

Hayden sieht auf mich herunter. Er hat wieder diese undurchdringliche Maske aufgesetzt, die ich schon seit unserer ersten Begegnung kenne. Früher dachte ich, dass sie seine Gedanken abschirmen sollte … seine Gefühle. Jetzt bin ich mir nicht mehr so sicher.

»Ich bin hier aufgewachsen«, sagt er. »Ich wollte zurückkommen und sehen, ob sich was verändert hat.«

Ich funkele ihn an. Er mag jetzt ein völlig anderer Mann sein, aber ich merke es immer noch, wenn er lügt. »Zehn Jahre warst du weg, und jetzt ist gerade ein günstiger Moment, mal vorbeizuschauen?«

Er ignoriert mich. »Wie geht's deinem Tor?«

»Ist in perfektem Zustand.«

»Tu dir keinen Zwang an, dich bei Gelegenheit bei mir zu bedanken«, sagt er und schenkt mir ein Lächeln. »Ich weiß doch, dass du zur Höflichkeit erzogen wurdest, Lils.«

»In deinen Träumen, Cole.«

»Oh, wenn du nur wüsstest, wovon ich träume, wenn ich an dich denke.«

Heiße Tränen brennen in meinen Augen, und ich blinzle sie zornig weg. Ich bin wütend, nicht traurig, und ich will verdammt sein, wenn er das denkt.

»Wer bist du?«, frage ich mit tonloser Stimme. »Ich erkenne den Jungen von damals nicht wieder in diesem Menschen mit dem schicken Anzug und den bissigen Bemerkungen. Für wen hältst du dich, dass du glaubst, solche Anspielungen machen zu können? Du bist einfach gegangen, Hayden.«

Seine Maske fällt, und einen Moment lang sehe ich die Person, an die ich mich erinnere. Jemanden, den ich meinen besten Freund nannte, von dem ich dachte, dass er alles über mich wissen würde. Seine Augen lodern auf, und dieses Mal wirkt er aufrichtig. Er umfasst mein Handgelenk. Seine Finger versengen mich mit ihrer Hitze.

»Geh nachher nicht mit ihm mit«, sagt er. »Mach einen Spaziergang mit mir. Bleib hier bei mir, Lily.«

»Warum?«

»Weil er dir nichts bedeutet.«

»Dieser Grund ist nicht gut genug.«

Seine Stimme wird dunkel, fast heiser. »Weil ich dich vermisst habe.«

Nein. *Nein, nein, nein.* Hayden Cole darf das einfach nicht tun. Hier auftauchen und mich wieder festnageln. Er hat mir mein Teenagerherz so schlimm gebrochen, dass es erst jetzt anfängt zu heilen. Es darf nicht sein, dass ich ihm wieder verfalle.

»Dazu hast du kein Recht«, wispere ich und schließe die Augen. »Du hast kein Recht auf eine Meinung. Nicht darüber, wen ich treffe, oder über dessen angebliche Intelligenz, nichts davon. Du bist aus meinem Leben verschwunden, Hayden Cole, und nur ich kann darüber entscheiden, ob ich dich wieder darin aufnehme oder nicht.«

Seine bernsteinfarbenen Augen, dieselben, von denen ich früher immer geträumt habe, sehen mich an. Ich erkenne Schmerz in seinem Blick. »Lily …«

»Tschüss, Hayden.«

Ohne ein weiteres Wort lasse ich ihn hinter der Hecke stehen. Und während ich fortgehe, trockne ich meine Tränen und setze ein Lächeln auf.

– 9 –
HAYDEN

Hayden, 18

Mrs. Abrams trommelt mit den Fingern auf ihrem Schreibtisch herum. »Du weißt, wieso wir hier sind, oder, Hayden?«

Ich sehe auf die Uhr an der Wand. Nur fünfzehn Minuten, die ich hier durchstehen muss. »Ja.«

»Die Studienberatung ist für die Schüler im letzten Schuljahr Pflicht, aber du hast dich nie dafür angemeldet. Also mussten wir dich herbestellen. Wieso?« Mrs. Abrams lehnt sich mit einem trügerisch freundlichen Lächeln vor.

Weil ich schon weiß, wo ich hingehe, und das wird keine Eliteuniversität sein.

»Ich habe nicht vor, aufs College zu gehen. Zumindest nicht sofort.«

Sie blickt auf die Unterlagen auf ihrem Schreibtisch. Ich erkenne sie, es sind meine Kursnachweise. »Du könntest einen Zweier-Durchschnitt haben, wenn du dir Mühe geben würdest. Die paar Dreien sind nicht so tragisch. Du könntest aufs College gehen, vielleicht nicht auf eine Elite-Uni, aber einige der besseren staatlichen Hochschulen im Land würden dich bestimmt aufnehmen.«

Muss ich es ihr noch buchstabieren? Ich stecke die Hände in die Hosentaschen. »Dafür habe ich kein Geld.«

»Es gibt hier gute Community Colleges. Und dann sind da noch Stipendien. Obwohl …« Sie lächelt entschuldigend. »Bei deinen Noten würdest du wahrscheinlich kein akademisches Stipendium bekommen. Und deine außerschulischen Aktivitäten sind …«

»Nicht vorhanden.«

»Tja, genau. Doch es gibt jede Menge Colleges, die Studenten mit weniger idealem Hintergrund Zuschüsse gewähren.«

»Zuschüsse, aber keine vollen Stipendien. Ich weiß, wie die Lage ist.«

Sie errötet und fummelt an den Papieren herum. Ich frage mich, ob sie jemals einen Schüler getroffen hat, dem sie nicht helfen konnte. Die Kids hier aus Paradise Shores haben immer irgendwelche Perspektiven, selbst die mit katastrophalen Noten und Kokainsucht. Durch Treuhandfonds, Erbschaften … die richtigen Sportarten.

Sie tut mir leid. »Ich gehe zur Armee.«

»Wirklich? Hayden, bist du sicher?«

Nein. Tatsächlich überhaupt nicht. Aber es hört sich für mich nach der besten Option an. Und an guten Tagen wird die Möglichkeit, hier wegzugehen und jemand Neues zu werden, mehr als verlockend. Ich habe schon immer gern trainiert, da hören sich die Ausbildungseinrichtungen beim Militär gar nicht so schlecht an.

»Wieso nicht?« Ich zucke die Achseln. »Sie zahlen auch für das College hinterher. Hörte ich zumindest.«

Mrs. Abrams sieht mich lange an. Ihr prüfender Blick ist mir unangenehm. Schließlich seufzt sie. Es klingt resigniert. »Ich kann deiner Logik nichts entgegensetzen, Hayden. Unserem Land zu dienen, ist eine noble Sache, und ich glaube nicht, dass viele deiner Altersgenossen es überhaupt in Erwägung ziehen würden.«

Von ihrem Lob peinlich berührt lehne ich mich in meinem Stuhl zurück. »Ja.«

»Ich kann dir natürlich ein paar Informationen darüber zukommen lassen. Gib mir ein paar Tage, um mich mit den Militärschulen zu befassen. Ich will sichergehen, dass du die bestmögliche Ausbildung bekommst, falls du dich wirklich entscheiden solltest, diesen Weg einzuschlagen.«

»Vielen Dank.«

»Keine Ursache.« Sie schiebt meine Papiere zusammen und legt sie wieder in den Ordner mit meinem Namen darauf. Fall abgeschlossen. Ich frage mich, was in Parkers Akte steht und welcher Rat ihm gegeben wurde. »Ich melde mich bei dir.«

»In Ordnung.«

»Pass auf dich auf, Hayden.«

Ich schnappe mir meinen Rucksack und will gerade gehen, als mir noch etwas einfällt. »Die Sache hier ist doch vertraulich, oder?«

Sie nickt, und ich bin nicht sicher, ob ich es mir einbilde, aber sie sieht ein bisschen traurig aus. »Ja. Ja, das ist sie.«

»Super. Tschüss.«

»Tschüss erst mal, Hayden.«

Lily, 17

»Die da sieht aus wie ein Pinguin.«

Hayden schnaubt. »Nie und nimmer.«

»Du musst deine Phantasie spielen lassen. Wie zum Beispiel bei der da drüben. Sie sieht genauso aus wie Henrys Haar, wenn er es sich zurückgelt.«

»Da hast du tatsächlich mal recht.« Hayden, der neben mir auf dem Rasen liegt, sieht zu mir herüber. »Hast du in letzter Zeit mit ihm geredet?«

»Nein. Ich nehme mal an, dass er zu sehr damit beschäftigt ist, in der großen Stadt seine Firma zu gründen und so.«

»Er ist immer so besessen von Dingen. Du weißt doch, wie er dann wird.«

»Ich weiß. Außerdem hat er darauf gebrannt, aus Paradise Shores wegzukommen.«

»Genau.« Hayden dreht sich auf den Bauch und legt den Kopf auf die Arme. Der Stoff seines grauen T-Shirts spannt sich darüber. Als er in Paradise Shores ankam, war er blass, dünn und hatte viel zu viele Haare auf dem Kopf. Jetzt ist er genauso gebräunt wie wir alle hier. Und er ist muskulös geworden.

Nur an seinem Haar hat er nichts ändern können.

Ich sehne mich danach, mit den Fingern hindurchzufahren, aber das lässt er mich nur tun, wenn er alle Zurückhaltung über Bord wirft … wenn er müde oder aufgebracht ist und so tut, als wäre er es nicht.

»Wie fühlt sich das an?«

»Wie fühlt sich was an?«

»Mit der Paradise Shores High fertig zu sein.«

Er schnaubt. »Großartig.«

Ich stütze mich auf den Ellbogen ab. Das Meer wirkt in der Ferne wie eine glitzernde Decke, aber es ist nahe genug an unserer Wiese, dass ich die Wellen höre, die ans Ufer schwappen.

»Gehst du zu Turners Abschlussparty?«

»Wahrscheinlich.«

»Mit Parker?« Auf der Party werden Mädchen sein. Viele Mädchen – und ich weiß, was sie über Hayden denken. Ich frage mich, was er über sie denkt.

Und ob er jemals so über mich nachdenkt.

»Für jemanden mit Kopfschmerzen bist du ziemlich gesprächig.«

»Die Kopfschmerzen entstanden bei der Aussicht, an einem Dinner meiner Tante zu Parkers Abschluss teilnehmen zu müssen.«

»Genau das meine ich.«

Ich ziehe eine Augenbraue hoch. »Es ist ja so viel besser, zu Hause geblieben zu sein.«

»Mhm.« Er rückt näher, bis sein Kopf direkt neben meiner Hand liegt. Seine Augen sind immer noch geschlossen, und zum ersten Mal seit Monaten wirkt er völlig entspannt.

»Hast du dich schon entschieden?«

Er seufzt. »Musst du das fragen?«

»Ja.« Ich lege eine Hand auf seinen Rücken, der warm von der Sommersonne ist. Unter meiner Berührung verkrampfen sich seine Muskeln kurz, bevor sie sich wieder entspannen. Mit den Fingernägeln fahre ich seinen Rücken auf und ab, so wie er es mag. Ich habe es irgendwann völlig durch Zufall entdeckt, und seitdem nutze ich es bei jeder Gelegenheit aus.

»Ich habe mit der Collegeberaterin geredet. An dem Community College gibt es ziemlich viele Zuschüsse. Auf einige hätte ich Anspruch.«

Seine Stimme klingt angespannt. Ich weiß, dass er nicht gern etwas zugibt, das mit seinen Perspektiven oder Finanzen zu tun hat, aber diese Dinge sind wichtig. Außerdem sind wir ja Freunde, oder? »Ist doch toll.«

»Ja. Ganz toll.«

Ich seufze. »Ist es wirklich. Rexfield ist großartig. Du könntest drei Jahre dortbleiben, wenn du willst. Und du wärst in der Nähe …«

Er sieht mich an. »Ja, das stimmt.«

Ich lasse meine Hand über seine Schulterblätter gleiten und drücke in die Muskeln. Als er wieder die Augen schließt, muss ich lächeln. »Du könntest an den Wochenenden oder nachmittags sogar für deinen Onkel arbeiten.«

Hayden seufzt. »Könnte ich. Hey, vielleicht sollte ich gar nicht weiter mit der Collegeberaterin reden, sondern stattdessen mit dir.«

»Tja, ich kenne dich eben besser.«

Darauf erwidert er nichts, aber seine Lippen zucken.

Hayden redet nicht viel. Und noch viel weniger spricht er über seine Familie, wenn überhaupt. Auch nicht über seine Zukunftspläne oder Dinge, die ihn stören. Ich weiß, dass man ihn unter Druck setzen muss, um Informationen aus ihm herauszuholen. Meiner Meinung nach ist dieser Druck gut für ihn.

Und ich bin mir ziemlich sicher, dass ich der einzige Mensch bin, der das wagt.

»Das alles findet sich, du wirst schon sehen.« Ich lege meine Hand auf seinen Nacken. Jetzt wirkt er so entspannt, dass ich meine Finger in sein Haar schiebe. Ich lächle, als er aufseufzt, dieses Mal vor Wonne.

Alles wird sich finden. Wie sollte es das auch nicht?

– 10 –
HAYDEN

Gegenwart

Nach Paradise Shores zurückzukehren, war keine einfache Entscheidung. Mir war wohl bewusst gewesen, dass mein Auftauchen hier alte Wunden aufreißen und Dinge wiederaufleben lassen würde, die ich so sehr versucht hatte auszublenden. Aber mein Onkel wurde älter, und ich wollte mich von Angesicht zu Angesicht mit ihm aussprechen. Und ich wollte den Ort sehen, an dem ich so viele Jahre verbracht hatte.

Ich wollte Parker und Rhys sehen. Und vor allem Lily.

Parker wirft mir einen der Niederholer zu. »Machst du den mal fest?«

Ich mache einen schnellen, mir vertrauten Knoten. Es ist lange her, dass ich auf einem Segelboot war, einem Schiff, das für Schnelligkeit und Spaß gedacht ist und nicht für Verteidigung oder Krieg.

Er grinst mich an. »Ist schon eine Weile her, dass wir das gemacht haben, Bruder.«

»Es tut gut, wieder hier draußen zu sein.«

»Wir haben dich hier vermisst.«

Ich nicke, ohne zu wissen, was ich darauf erwidern soll. Parker ist schon immer freigiebig mit Worten gewesen. Doch seine lässigen, gut gelaunten Kommentare bedeuten oft weit mehr, als er beabsichtigt.

»Du hast Mom gestern echt gut unterhalten«, fährt er fort und lässt sich auf das Deck fallen. »Sie hat den ganzen Abend darüber geredet, wie glücklich sie ist, dich wiederzusehen.«

Das erscheint mir unwahrscheinlich, obwohl ich bei der Party versucht habe, ordentlich meinen Charme spielen zu lassen. Je älter ich werde, desto mehr Dankbarkeit empfinde ich gegenüber den Marchands. Sie haben sieben volle Jahre lang mein Schulgeld bezahlt. Onkel Garys Arbeit war gut, aber definitiv nicht die Tausende von Dollars an Zusatzleistungen wert, die das Ganze gekostet haben muss.

Mit ihnen zu reden, hat mich ziemlich unangenehm daran erinnert, wie viel ich ihnen schulde. »Danke.«

»Tut mir übrigens leid, dass Lily sich so merkwürdig verhalten hat.«

Mein Kopf zuckt hoch. Parker sieht mich nicht an. Sein Blick ist auf Turner geheftet, der am Bug des Schiffs steht, die Hände am Steuerrad, die Augen auf den Horizont gerichtet.

»Was meinst du damit?«

Parker zuckt die Schultern. »Ich glaube, dass sie über dein Auftauchen total verblüfft war. Sie war … na ja, sie war ziemlich erschüttert über dein abruptes Verschwinden. Du weißt schon … damals.«

»Kann ich mir vorstellen.« Das kann ich wirklich. Vertraute Scham- und Schuldgefühle machen sich in mir breit. Sie zu verlassen, fühlte sich wie das Abschneiden eines Körperteils an. So als hätte ich den wertvollsten, liebevoll gehüteten Teil von mir aufgegeben.

»Sie wird schon damit klarkommen. Aber vielleicht musst du dafür ein bisschen zu Kreuze kriechen.«

»Habe ich vor.«

Parker grinst mich von der Seite an. »Erzähl ihr nicht, dass ich das gesagt habe, aber sie hat dich sehr gern gehabt. Ich glaube, sie hat in dir noch einen Bruder gesehen.«

Unerwarteterweise habe ich das Bedürfnis, laut aufzulachen. Es kostet mich Mühe, ein neutrales Lächeln aufzusetzen. »Danke.«

»Kein Ding.«

Beim Anblick von Turner, der heiter und gelassen im hinteren Teil des Boots steht, verblasst meine Freude. »Sie arbeitet also mit Turner zusammen?«

»Ja. Immobilienentwicklung.« Parker schüttelt den Kopf. »Dad ist begeistert, dass sie in seine Fußstapfen tritt. Nicht nur Henry, sondern jetzt auch Lily. Lässt Rhys und mich blass aussehen.«

»Das schien nie ihr Ding zu sein«, taste ich mich vor in der Hoffnung, mehr aus ihm herauszubekommen. Ich sollte Lily einfach fragen, doch dann fangen wir wieder an zu streiten, und ich lasse mich von ihren blitzenden Augen oder ihrem hübschen Mund ablenken und bringe doch nichts in Erfahrung.

Parker zuckt erneut die Schultern. »Wahrscheinlich nicht. Aber es hat schon ein bisschen mit Kunst zu tun, diese ganzen Modelle und so. Und sie trifft alle Entscheidungen hinsichtlich der Raumausstattung.«

»Und sie hat was mit dem Boss?« Ich nicke Richtung Turner. Es kostet mich Mühe, meine Stimme trocken und diese todernste Frage wie einen Witz klingen zu lassen.

»Ja, ist das nicht verrückt?« Parker schüttelt den Kopf. »Ich glaube, das ist noch ganz frisch. Nichts Ernstes oder so.«

»Ach so.«

Als ich mich entschieden habe, nach Paradise Shores zurückzukehren, war mir bewusst, dass sie möglicherweise vergeben ist. Ich hatte mich gut genug informiert, um zu wissen, dass sie weder verheiratet noch verlobt ist, aber das schloss nicht eine ganze Bandbreite von möglichen festen Freunden aus.

Wenn ihre Beziehung mit Turner nichts Ernstes ist, handelt es sich dann eher um ein … zwangloses Arrangement? Das Bedürfnis, es herauszufinden, ist wie ein Juckreiz, den ich nicht loswerde. Parker hat als Informationsquelle ausgedient, und Turner kann ich schlecht fragen. Letzterer hat sie schon in der Highschool angeschmachtet, und das wird sich kaum geändert haben. Ich erkenne eine verwandte Seele.

Doch sie ist mit ihm auf die Party gegangen.

Ich habe die beiden aus der Ferne ankommen sehen. Ihre Hand lag auf seinem Arm, und ihre Schönheit hat mich mit derselben Wucht umgehauen wie schon ein paar Tage zuvor. Aus dem niedlichen Teenager von damals ist eine wunderschöne Frau geworden.

Ihr rotbraunes Haar war immer noch lang, aber nicht mehr derselbe Wildwuchs. Es war in Form gebracht und geglättet worden und umrahmte ihr Gesicht, das noch so sommersprossig und eigensinnig war wie immer. Ihr Körper unter dem weißen, enganliegenden Kleid war ebenfalls ausgewachsen und präsentierte sich in wohlgeformten Rundungen. Ich sehnte mich, sie zu erkunden … um zu sehen, was sich verändert hatte, und all das wiederzuentdecken, was nicht.

Es hatte mich fast verrückt gemacht, zu sehen, wie sie Turner ihr Gesicht entgegen hob und ihm ihr hübsches Lächeln schenkte.

Ich kenne dich, wollte ich sagen. *Wir mögen getrennt gewesen sein, aber mich kannst du nicht täuschen. Ich kenne dich in- und auswendig, und du kennst mich, besser als jeder andere. Weder Zeit noch Abstand noch alle Turners der Welt können daran etwas ändern.*

Und ich werde dafür sorgen, dass du dich noch daran erinnerst.

Das Haus in der Elm Street ist für Paradise Shores bescheiden. Es liegt nahe dem Meer, aber nicht mit Blick darauf. Es ist zweigeschossig, hat jedoch keinen Pool.

Trotzdem ist es weit mehr als das, was ich mir je erträumt habe, als ich damals hier lebte. Es verfügt über eine große Küche, ein großes Wohnzimmer und ein Gästezimmer.

Am späten Samstagabend schließe ich endlich die Haustür hinter mir und steige ins Auto. Es besteht die Möglichkeit, dass sie Nein sagt. Tatsächlich stehen die Chancen dafür überwältigend hoch.

Aber ich muss es versuchen.

Ich kenne sie, und ich weiß, dass es Dinge gibt, die sie mir sagen will. Dinge, die sie sagen muss, wenn überhaupt eine Möglichkeit bestehen soll, das zu kitten, was wir einst hatten.

Außerdem bin ich damals ein Feigling gewesen, der vor dem weggelaufen ist, was er wollte. Stattdessen habe ich das verfolgt, was ich glaubte zu brauchen.

Allerdings ist das jetzt vorbei.

Trotzdem rutscht mir das Herz in die Hose, als ich vor ihrem Haus parke. Vielleicht ist sie gar nicht zu Hause. Oder hat Gäste.

Turner könnte da sein. Bei dem Gedanken dreht sich mir der Magen um. Ich weiß, dass ich weder einen Grund noch das Recht dazu habe, eifersüchtig zu sein. Aber verdammt nochmal, ich bin es.

Ich öffne das Tor – jetzt in tadellosem Zustand – und gehe zu ihrer Haustür. Lily braucht drei qualvolle Minuten, um sie zu öffnen, und als sie es tut, scheint es, als wäre ich die Person, über deren Besuch sie sich am allerwenigsten freut.

Tatsächlich bin ich mir ziemlich sicher, dass sie gerade mit sich ringt, ob sie mich schlagen oder umarmen soll.

»Hallo«, sage ich.

Sie mustert mich misstrauisch. »Was willst du heute reparieren? Meinen Briefkasten?«

»Nein, heute nicht. Aber mir ist aufgefallen, dass ihm ein frischer Anstrich guttun würde.«

Sie funkelt mich an. »Hayden, ich glaube nicht – «

»Ich bin hier, weil ich dich bitten wollte, einen Spaziergang mit mir zu machen. Am Strand.« Ich deute hinter mich, wo das Geräusch der Wellen zu hören ist. Eine Melodie, die ich vermisst habe.

Ich sehe ihr an, dass sie hin- und hergerissen ist. Sie ist sauer auf mich und zögert, doch ein Teil von ihr will es. *Sag Ja*, bettele ich innerlich. *Lass es mich wieder in Ordnung bringen.*

»Oder bist du in deinem Alter zu bequem dafür geworden? Ich erinnere mich an ein Mädchen, das mich dazu brachte, auf Bäume zu klettern und auf den Grund des Piers zu tauchen.«

Ihre Augen blitzen auf, genau wie ich es erwartet und schon so oft beobachtet habe.

»Ach, halt die Klappe, Hayden«, zischt sie. »Gib mir eine Minute.«

Als sie zurückkehrt, hat sie einen übergroßen Pullover angezogen, und ihre Füße stecken in einem Paar Slipper. Unter dem Sommerkleid, das sie darunter trägt, sind ihre leicht sommersprossigen und von der Sommersonne gebräunten Beine nackt.

»Bist du heute auf der Catalina mit rausgefahren?«, fragt sie, sowie wir den Strand betreten haben. Der Sand unter unseren Füßen ist hart, was das Gehen angenehm macht. Die Sonne ist kurz davor unterzugehen, und ich weiß, dass uns ein toller Sonnenuntergang bevorsteht.

»Ja. Es ist ein sehr schönes Boot.«

Sie nickt, und ich frage mich, ob sie selbst schon auf Turners Boot war. Der Gedanke liegt mir wie Blei im Magen. Fährt er regelmäßig mit ihr raus und küsst sie unter dem blauen Himmel mit nichts als den Wellen um sie herum?

Ich würde es tun.

Stille kehrt zwischen uns ein. Sie wiegt nicht schwer, ist aber auch nicht angenehm. Einst war Lily das Einzige in meiner Welt, was Sinn ergab – die einzige Person, mit der ich mich wohlfühlte. Mein Anker und meine Flügel, alles in einem.

»Das hier habe ich vermisst«, sage ich. »Den Strand und das Segeln. Bevor ich nach Paradise Shores kam, wusste ich nicht, dass ich das Meer lieben würde.«

»Du hast schnell Gefallen daran gefunden. Weißt du denn noch, wie man Austern ausnimmt? Und wie man Hummer isst?«

»Natürlich. Ich hatte eine tolle Lehrerin.«

»Tja, ich konnte doch nicht zulassen, dass du dich blamierst.«

»Vielen Dank. Dein Mitleid wird zur Kenntnis genommen.«

Sie lächelt matt und schüttelt den Kopf. »Ich habe dich nie bemitleidet, du Schwachkopf.«

»Nein, natürlich nicht.«

»Und wenn, dann nur deswegen, weil du viel zu viel gegrübelt hast, als gut für dich war. ›Oh, sieh nur, wie cool ich bin mit meinen dunklen Kapuzenpullis und weil ich mich weigere, organisierten Sport zu betreiben.‹«

»Das stimmt.« Ich kann mir ein Lächeln kaum verkneifen. »Im Gegensatz zu deinen überragenden Fähigkeiten in Lacrosse.«

Lily boxt mich leicht. Die Berührung geht mir durch und durch und lässt die Haut auf meinem Arm erschauern. Die untergehende Sonne hat ihr Haar in Flammen aufgehen lassen und in einen wunderschönen Heiligenschein um ihr Gesicht herum verwandelt. Ihr Lächeln ist alles, wovon ich seit Jahren träume.

»Das war ein Tiefschlag, Cole. Du weißt ganz genau, wieso ich dir verboten hatte, mir jemals beim Training zuzusehen.«

»Tja, wie du weißt, haben mich Regeln noch nie interessiert.«

»Nein, eindeutig nicht.«

»Also willst du damit sagen, dass du nicht mehr spielst? Du bist nie Profi geworden?«

Dieses Mal versetzt sie mir einen ordentlichen Schubs, der mich zwei Schritte zur Seite stolpern lässt. Ich tänzele zurück und versuche, ein Lächeln zu unterdrücken. Kaum zu glauben, dass ich wieder hier so mit ihr zusammen bin. »Bist du immer noch dreizehn? Was kommt als Nächstes? Bespritzt du mich mit Wasser?«

Sie lacht. »Nur wenn du mich am Pferdeschwanz ziehst.«

Sie meint es auf witzige Weise, aber plötzlich erscheint in meinem Kopf ein Bild, wie ich meine Hände in ihrem Haar vergrabe. Wie es sich um mein Handgelenk wickelt oder mir durch die Finger gleitet, während sie meinen Namen stöhnt.

»Das hättest du wohl gern.« Ich höre mich nur ein bisschen atemlos an.

»Irgendwie hatte ich vergessen, was für eine Nervensäge du bist, Hay.«

»Tja, ich hatte vergessen, wie reizbar du sein kannst. Und wie viel Spaß es macht, dich zu provozieren.«

Sie schenkt mir ein kleines Lächeln, doch dann wird sie nachdenklich. Als sie wieder spricht, ist all das Spielerische aus ihrer Stimme verflogen. Die Galgenfrist – die Zeit, in der wir miteinander Spaß haben durften – ist abgelaufen.

»Zehn Jahre sind eine lange Zeit«, sagt sie scharf.

»Das stimmt.« Ich sehe auf ihre nackten Beine hinunter, auf ihr leichtes Hinken beim Laufen. Mein schlechtes Gewissen bei diesem Anblick wird immer allgegenwärtig sein. »Hast du viel Physiotherapie gebraucht? Nach dem Unfall?«

Sie wimmert und schirmt ihr Gesicht vor meinem Blick ab. Ich bin vor Schreck wie gelähmt. Weint sie etwa? Ich hätte das Thema nicht ansprechen sollen, hatte aber gehofft, dass es für sie okay wäre. Schließlich konnte sie sich nicht an viel von dem Unfall selbst erinnern.

Dann bricht sie in Gelächter aus. Es klingt nicht nur glücklich. »Ist das deine Lösung, Hayden? Sollen wir jetzt alles durchkauen, was passiert ist, seit du weggegangen bist? Monat für Monat, Jahr für Jahr?«

»Na ja, nein. Dafür bräuchten wir einen längeren Strand. Und ich hatte nicht vor, dich die ganze Nacht lang aufzuhalten.«

»Gut. Ich muss morgen nämlich arbeiten.«

»Aber ich muss es wissen. Erzählst du es mir?«

Seufzend schüttelt sie den Kopf, gibt jedoch nach. »Ich brauchte drei Monate lang täglich Physio. Im College ging es weiter. In den Jahren danach habe ich viel Yoga gemacht und hatte einen Personal Trainer. Das Bein stört mich schon seit Jahren nicht mehr.«

Bei jedem ihrer Worte presst sich irgendetwas in mir zusammen. Sie redet so beiläufig darüber, als wäre es *nicht* der größte Fehler meines Lebens gewesen. Als würde ich dem Universum oder Gott oder sonst jemandem nicht mein Leben schulden als Dank dafür, dass ihr in jener Nacht nicht ihres genommen wurde.

»Du musstest viel Arbeit investieren«, sage ich.

»Ich lebe, und ich bin vollständig mobil. Wir beide wissen, dass wir an dem Abend damals Glück gehabt haben. Meinetwegen müssen wir nicht länger darauf herumreiten.«

»Was hast du –«

Lily schüttelt so energisch den Kopf, dass ihre Haare fliegen. »Nein. Wenn wir das hier tun, dann Frage um Frage. Ich … ich habe sehr, sehr lange darauf gewartet, dir diese Fragen zu stellen, Hay. Das kannst du mir nicht verweigern.«

Ich wusste, dass dies hier kommen würde, trotzdem legen sich Unruhe und Schuldgefühle wie Steine in meinen Magen. Mir war immer klar gewesen, dass ich es ihr nie so erklären konnte, damit sie es versteht. Auch wenn es sich noch so sehr anfühlt, als wäre sie die Einzige für mich, stammen wir doch aus verschiedenen Welten. »In Ordnung.«

»Wieso die Navy? Bevor du gegangen bist, hast du mir nie erzählt, dass du daran dachtest, dich zu verpflichten.«

Bilde ich mir das nur ein, oder hört sie sich verletzt an, weil ich sie nicht ins Vertrauen gezogen habe?

»Es war eine gute Option für mich. Ich habe darüber sogar mit der Collegeberaterin hier in Paradise gesprochen, im Jahr vor meinem Abschluss. Die Navy und die Army haben Programme für Kids, wie ich es war. Man muss kein Schulgeld bezahlen, und es wird dir ein Karriereweg aufgezeigt.« Ich zucke die Schultern. »Ich hatte kein Geld fürs College.«

Lily, die Arme um ihren Oberkörper geschlungen, ist still. »Ich verstehe«, sagt sie schließlich. »Es war eine gute Option. Damit hast du schon recht. Ich wusste nur nicht, dass … tja, dass du dich dafür interessiert hast.«

Ach, Lily. Interesse spielt keine Rolle, wenn man arm ist und vor seinen Fehlern davonläuft.

»Es hat mir ein Zuhause und einen Lebenszweck gegeben. Am Anfang war ich vielleicht nicht gerade euphorisch, aber jetzt bin ich nichts als dankbar. Es ist mein Beruf.« Ich meine es so. Das Militär hat mir beigebracht, was es heißt, ein Mann zu sein … einer mit Disziplin und Verantwortung. Wie es ist, eine Bürde anzunehmen und sie auszuhalten, gut auszuhalten. Das war etwas, wozu meine Eltern nie in der Lage gewesen waren. Ich habe es zwar an Gary gesehen, aber nicht verstanden, bis solche Bürden mir selbst auferlegt wurden.

Sie ist still. Es gibt eine Million Dinge, die ich sie fragen möchte: was passiert ist, nachdem ich gegangen bin. Was sie in Yale erlebt hat und dann in New York. Ob sie immer noch malt.

Ich will wissen, ob sie an mich gedacht hat, so wie ich an sie gedacht habe. Ob ihr dabei auch immer noch das Herz wehtut.

Lily bleibt stehen und wendet sich mir zu. Auf ihrer Wange schimmert eine Träne. Der Anblick lässt mich abrupt anhalten. Ihr Humpeln schmerzt mich, ihre Traurigkeit und Verärgerung beschämen mich.

»Wie konntest du ohne ein Wort des Abschieds gehen, Hayden? Ich habe dich geliebt, und du bist einfach gegangen. Wie konntest du nur?«

Angesichts ihrer Wut muss ich schlucken. Das habe ich mehr als verdient.

»Ich musste«, sage ich. »Ich hasse Abschiede. Der Gedanke, mich von dir verabschieden zu müssen und zu wissen, dass du versuchen würdest, mich zum Bleiben zu überreden ... Es war mehr, als ich ertragen konnte. Ich bin mir nicht sicher, ob ich heute noch dasselbe tun würde. Ich habe mich wie ein Feigling aus der Affäre gezogen, und es tut mir leid.«

Es ist die Wahrheit. Wenn sie mich gebeten hätte zu bleiben, mich angebettelt hätte ... Ich weiß nicht, ob ich stark genug gewesen wäre wegzugehen.

Und wir hätten mit den Konsequenzen leben müssen, wenn ich geblieben wäre. Ich bin mir sicher, das wäre noch viel schlimmer gewesen. Es gibt noch so viel mehr, was ich ihr erzählen möchte. Von meinen furchtbaren Schuldgefühlen, von Gesprächen im Dunkeln, über eine Fahrkarte ohne Rückfahrt und die Stimme ihres Vaters.

Es ist Zeit für dich zu gehen, Junge.

Aber das kann ich ihr unmöglich begreiflich machen ... und sie dafür auch unmöglich um Vergebung bitten. Ich weiß, dass ich sie nicht verdiene.

Lily wischt eine Träne weg, strafft den Rücken und die Schultern. Sie will meine Entschuldigungen nicht hören.

»Na schön.« Sie klingt wütend. »Danke für deine wundervolle Erklärung. Ich hatte mich das immer gefragt.«

»Kann ich mir vorstellen«, murmele ich. Denn das kann ich wirklich. Ich selbst hätte den Verstand verloren, wenn sie so plötzlich weggegangen wäre.

Trotz ihrer übermäßig freundlichen Worte ist die Verärgerung in ihren Augen und ihrer Stimme immer noch offensichtlich. »Es wäre von einem Jugendschwarm ja auch nicht fair, dich von so einer großartigen Chance abzuhalten. Du hast ganz klar die richtige Entscheidung getroffen, Hayden.«

Ihre wütende Beschreibung der Sache schneidet mir ins Herz. *Jugendschwarm.* Ich weiß nicht, was mir mehr wehtut – dass sie mich als solchen sieht oder dass sie glaubt, sie wäre nur das für mich gewesen. »In Ordnung. Danke.«

Lily zieht die Augenbrauen zusammen. Die Tränen, kurz und herzzerreißend, sind versiegt. Sie ist das stählerne Mädchen, an das ich mich erinnere und das jetzt zu einer willensstarken jungen Frau geworden ist. »Wie konntest du ohne jede Erklärung einfach fortgehen? Keine Nachricht. Kein Brief. Nichts.«

Ich runzle die Stirn. »Ich habe dir einen Brief geschrieben, Lils. Ich hatte ihn in euren Briefkasten geworfen.«

»Nein, hast du nicht. Da war nichts.«

»Doch, habe ich.« Ich erinnere mich genau an meine hingekritzelten Worte, die ich niedergeschrieben habe, direkt bevor ich mich auf den Weg zur Bushaltestelle machte. Es hatte sich angefühlt, als würde ich mir das Herz herausschneiden.

»Ich habe keinen Brief bekommen.« Lilys Stimme klingt jetzt weniger energisch als verunsichert. Ich sehe es ihr an, wie sie nachdenkt und die Ereignisse von vor zehn Jahren in ihrem Kopf durchspielt.

»Verdammt, das tut mir leid. Ich … ich dachte immer, du hättest ihn gelesen.« Ich fahre mir mit den Fingern durchs Haar und beobachte, wie Lily ihren Pullover enger um sich zieht. Sie sieht so unglücklich aus, wie ich mich fühle.

Ich will sie in den Arm nehmen, sie an meiner Brust wärmen, mit den Fingern über ihren Rücken streichen und ihr sagen, dass alles gut wird. Dass es mir leidtut und ich wieder da bin. Und dass sie nie, nicht eine Sekunde lang, aufgehört hat, mir wichtig zu sein.

Aber das will sie nicht. Sie kennt mich besser als jeder andere, und doch trennen uns die paar Zentimeter zwischen uns so, als stünden wir in verschiedenen Welten.

»Jemand muss ihn an sich genommen haben«, sagt sie. »Den Brief. Und ich bin mir ziemlich sicher, dass ich weiß, wer.«

»Wer denn? Lily, ich … Es tut mir so leid. Was kann ich tun? Ich weiß, dass ich lange weg war und kein Recht habe, dich wieder um deine Freundschaft zu bitten. Aber ich muss es trotzdem tun.«

Sie fängt an, sich von mir zurückzuziehen. Ich merke, dass sie es eilig hat, ich erinnere mich daran von früher. Sie ist kurz davor loszurennen.

Ich mache einen Schritt auf sie zu, doch sie schüttelt den Kopf.

»Freunde? Ich muss darüber nachdenken, Hayden. Aber jetzt … muss ich erst mal herausfinden, was mit diesem Brief passiert ist.«

Ich beobachte sie, wie sie den Strand hinunterläuft und auf dem Steg zur Straße, die zu ihrem Haus führt, außer Sicht gerät … die Frau, die ich geliebt, verloren und vielleicht – nur vielleicht – wiedergefunden habe.

Sie hat meinen Brief nie erhalten, hat nie erfahren, dass ich einen geschrieben habe.

Natürlich entschuldigt das gar nichts, doch einen Moment lang ist meine Erleichterung so berauschend, dass mir schwindelig wird.

Vielleicht habe ich noch eine Chance.

– 11 –
LILY

Lily, 17

Jamie grinst mich von ihrem Platz in meiner Leseecke aus an. »Du gehst also tatsächlich mal aus.«

Ich streiche über meinen Minirock. »Ja. Ist das too much?«

»Überhaupt nicht! Man wird schließlich nicht jeden Tag zu einer Party der Oberstufe eingeladen.«

Sie trägt eine weitere Schicht Lipgloss auf. »Aber bist du sicher, dass wir wirklich eingeladen sind?«

»Klar.« Stimmt nicht. Ich kenne Turner nur dadurch, dass er ab und zu bei uns mit Parker abhängt. Wir sind nicht wirklich Freunde. Doch er würde nicht die kleine Schwester seines besten Freundes abweisen, oder?

Ich hoffe nicht. Nicht wenn mein Plan funktionieren soll.

»Du glättest dir sonst nie die Haare. Sieht gut aus.«

Ich ziehe den Stecker des Glätteisens und schaue mich im Spiegel an. Mein Haar ist unglaublich lang ohne die Wellen. Zu dem kurzen Rock habe ich ein Paar weiße Turnschuhe angezogen. Absätze sind immer noch nicht mein Ding.

»Ich sehe wirklich ziemlich gut aus.«

Lachend stellt sich Jamie hinter mich. Mit ihrer Igelfrisur und dem Lipgloss wirkt sie wie ein niedlicher, kleiner Kobold. Jamie ist noch nie irgendwelchen Regeln gefolgt, weder in der Mode noch sonst wo.

»Ja, wirklich. Also … wir bleiben auf dieser Party zusammen, richtig?«

»Ja. Und wir werden nicht zu spät nach Hause kommen.«

»Und lassen uns keine Drinks von Fremden andrehen.«

Im Spiegel nicken wir uns zu. Die Partys der Oberstufe in Paradise Shores sind legendär. Bisher haben sie mich nicht interessiert, hauptsächlich, weil ich weiß, dass ich dort nicht wirklich hineinpasse. Mein Nachname gibt mir zwar eine Art Freifahrtschein – dank meiner Brüder –, doch ich bin nicht die Art Mensch, die man sich auf einer Party normalerweise wünscht.

»Dann lass uns gehen.«

Eigentlich habe ich Jamie über meine Beweggründe hinzugehen nicht angelogen. Ich will tatsächlich sehen, was da so abgeht, und ich bin es leid, abends mit dem Stift in der Hand zu Hause zu hocken. Aber noch mehr als das möchte ich nicht mehr nur als Jemandes kleine Schwester gesehen werden. In den Augen aller … ja. Und besonders in Haydens.

Jamies Mom – die schon immer viel cooler war als meine Eltern – setzt uns vor Turners Haus ab und wünscht uns viel Spaß. Wir sollen sie anrufen, wenn wir sie brauchen. Ich öffne schon den Mund, um Jamie zu sagen, wie viel Glück sie hat, aber sie rollt nur mit den Augen.

»Ich weiß, ich weiß«, sagt sie. »Sie ist ja so cool.«

»Lass uns reingehen, Blödi.«

Wir hätten nicht nervös sein müssen, denn niemand überprüft uns an der Tür. Der Bass dröhnt so laut, dass man ihn schon kilometerweit entfernt hören kann. Jamie nimmt mich bei der Hand und zieht mich in Turners Küche. Typen in Boardshorts stehen um ein Bierfass herum und lachen laut, als jemand versucht, einen Handstand auf dem Fass zu machen. Ich kenne keinen von ihnen. Wie viele Gäste hat Turner eingeladen?

Ich schenke mir ein Glas ein und proste Jamie damit zu. »Darauf, lange wegzubleiben.«

Sie grinst. »Darauf, dass wir da sind, wo wir nicht sein sollten.«

»Lass uns eine Runde drehen.«

»Du warst schon mal hier, oder?«

»Einmal, mit meinen Eltern.«

»Dann geh vor.«

Wir kommen an zwei Teenagern vorbei, die so heftig an einer Wand rummachen, dass das Gemälde über ihnen verrutscht ist und schief hängt. Es sieht schrecklich aus … überall sind Zungen und Zähne. Ist es das, was sie auf solchen Partys tun? Meine Brüder?

Hayden?!

»Igitt«, flüstert Jamie mir ins Ohr. »Nehmt euch ein Zimmer.«

Turners Wohnzimmer ist so riesig, wie ich es in Erinnerung habe. In der Mitte steht ein L-förmiges Sofa um einen teuer aussehenden Couchtisch herum. Im Kamin sind leere Bierdosen aufgestapelt.

Sofort findet mein Blick die Besetzer der Couch.

Parker – mit Turner neben ihm – redet wild gestikulierend auf eine Brünette ein. Selbst aus der Entfernung erkenne ich, dass er betrunken ist.

Auf seiner anderen Seite sitzt Hayden.

Er hat sich eine Zigarette hinters Ohr gesteckt und den Arm auf der Sofalehne hinter einem blonden Mädchen mit tiefem Ausschnitt abgelegt.

Blair Davids.

Parker sieht uns zuerst. Mitten im Satz schnellt er vom Sofa hoch. Es wäre urkomisch gewesen, wenn nicht alle seine Freunde plötzlich still geworden wären. Zehn Köpfe wenden sich in meine Richtung.

Ich versuche es mit einem kleinen Winken. »Äh, hi.«

»Was tust du denn hier?«

»Ich will Spaß haben.«

Parker schüttelt den Kopf, als wollte er ihn auslüften. »Wissen Mom und Dad, dass du hier bist?«

»Klar, ich habe sie vorher angerufen und über den hier stattfindenden Alkoholkonsum von Minderjährigen informiert. Keine Sorge, dich habe ich auch erwähnt.«

»Du hast was?«

Jamie kichert. »Also ehrlich, Parker, glaub doch nicht alles, was du hörst.«

Seine blutunterlaufenen Augen zucken zu ihr. »Halt dich da raus, Moraine.«

»Leck mich.«

Ich rolle mit den Augen. »Es gibt überhaupt keinen Grund, wieso ich nicht hier sein kann, Parker.«

»Doch, weil ich es sage.« Ich sehe ihm an, dass er seine Entscheidung schon getroffen hat: Er wird mich nach Hause schicken. Es ist unerträglich, besonders vor all seinen Freunden. Vor Hayden.

»Du bist auch auf Partys gegangen, als du in meinem Alter warst.«

»Egal. Ich fahre dich nach Hause.«

Hinter ihm entzieht Hayden sich Blairs Tentakelarm. Er legt Parker eine Hand auf die Schulter. Der Blick aus seinen dunklen Augen trifft mich. Zum ersten Mal kann ich nicht entschlüsseln, was ich darin sehe.

»Ich fahre sie nach Hause«, sagt Parker.

»Du hast zu viel getrunken.«

»Fuck. Stimmt. Tja, dann rufe ich eben ein Taxi.«

Haydens Blick gleitet zu mir zurück. »Du hättest uns sagen sollen, dass du kommst.«

»Wieso? Weil ich euch beide über meinen Tagesablauf in Kenntnis zu setzen habe?«

Er beißt die Zähne zusammen. Die Geste ist unauffällig, aber ich sehe sie. Er ist auch nicht glücklich darüber, dass ich hier bin.

Das Herz rutscht mir in die Hose.

Ich fühle mich albern. Der kunstvoll aufgetragene Eyeliner, der kurze Rock, den ich extra für diesen Anlass gekauft habe. Mein geglättetes Haar. Es ist erniedrigend.

Und ich weiß nicht, ob Hayden in meinen Augen erkennt, was mein Bruder nicht sieht, doch er nickt knapp. »Sie sollte bleiben, Parker. Lass sie ein bisschen Spaß haben.«

»Shit. Ich will nicht … Na schön. Aber Mom und Dad dürfen hiervon nichts wissen.«

»Ich bin nicht geisteskrank, du Idiot.«

»Ja.« Er fährt sich mit der Hand durchs Haar. »Und erzähl es auch nicht Henry.«

»Als ob ich dazu Gelegenheit hätte.«

»Bleib bei Jamie oder mir. Oder Hayden.«

»Jajaja, ich weiß. Benimm dich et cetera.«

»Wir sind keine Kinder«, sagt Jamie scharf.

»Schon klar«, erwidert Parker. »Kommt, setzt euch.«

Die Gruppe auf der Couch teilt sich wie das Rote Meer, als wir – angeführt von Parker – zurückkehren. Ich wusste, dass die Jungs in der Schule Einfluss haben und manche sie bewundern, doch so offenkundig habe ich es noch nie erlebt.

Blair wirft mir einen verärgerten Blick zu, als Hayden sich neben mich setzt. Er riecht nach Rauch und Seife.

Parker späht in meinen Becher. »Hast du dir wenigstens was Gutes zu trinken geholt?«

»Bier.«

»Aus dem Fass?«

»Ja.«

Er grinst mich von der Seite an und greift sich eine Flasche Whisky vom Couchtisch. Ich erkenne das Label, das auf eine teure Marke hindeutet. »Wenn du das gute Zeug willst, halt dich an mich.«

»Mache ich. Was bedeuten die Dosen im Kamin?«

»Ein Spiel. Meinst du, du kannst sie treffen?«

»Was bekomme ich, wenn ich sie alle umwerfe?«

»Dann muss jeder einen Schluck trinken. Willst du's versuchen?« Mit demselben schelmischen Grinsen, an das ich mich aus meiner Kindheit erinnere, überreicht er mir einen Ball aus zusammengeknüllter Alufolie.

Ich nicke.

»In Ordnung. Haltet alle die Klappe! Meine kleine Schwester ist dran. Macht euch bereit, was zu trinken, ihr erbärmlichen Wichser.«

Parker ist wieder auf meiner Seite. Es geht doch nichts über sein breites Grinsen.

Ich ziele und werfe. Die Hälfte der Dosen fällt um. »Verdammt.«

»Keine Sorge, keine Sorge. Jetzt darfst du jemanden aussuchen, der was trinken muss.«

»Eine Person?«

»Genau.«

Ich lasse den Blick von Turners selbstgefälligem Auftreten über Jamies stolzes Strahlen zu Parkers lachenden Augen gleiten … und dann zu Haydens teilnahmslosem Gesicht. Seit ich hier angekommen bin, hat er kaum ein Wort zu mir gesagt. »Hayden.«

Parker grinst. »Runter damit, Bruderherz.«

Hayden greift sich den Whisky. Ohne den Blick von mir abzuwenden, nimmt er einen langen Schluck direkt aus der Flasche. Er hält sie fest mit seinen langen, kräftigen Fingern umschlossen, die gebräunt sind von der Zeit im Freien. Sie sind mir noch nie aufgefallen. Irgendwann sind seine Hände zu denen eines Mannes geworden.

Mit einem deutlichen Geräusch stellt er die Flasche wieder ab. Seine Augen sagen nur ein Wort. *Glücklich?*

Die nächste Stunde verbringe ich lachend mit Parker und flirtend mit Turner. Mein kurzer Rock scheint mir einen besseren Dienst zu erweisen, als ich gedacht hatte, denn mir fällt auf, dass Turner mir mehr als einmal auf die Beine starrt.

Und vielleicht ist es das Bier oder es sind die zwei Schlucke Whisky, aber ich amüsiere mich tatsächlich ... trotz Haydens mürrischem Schweigen an meiner Seite. Ich bekomme mit, wie Blair versucht, mit ihm zu reden, doch er erwidert kaum ein Wort, und sie verschwindet eingeschnappt.

Parker fordert Jamie zu Beer Pong heraus. Turner fragt, ob ich auch mitmachen will, und ich stehe schon auf, dann hält mich ein Blick auf Hayden abrupt davon ab. Er sieht ... na ja. Den Blick kenne ich eben.

»Bei dem Spiel setze ich aus«, sage ich zu Turner.

»Bist du sicher?«

»Ja. Aber beim nächsten bin ich dabei.«

Hayden hat ein Bein über das andere geworfen. Sein Blick ruht ausschließlich auf mir. Wir sind jetzt allein auf der Couch. Ich sehe, wie er seine Abwehrhaltung langsam aufgibt, zumindest teilweise. Er ist immer noch nicht ganz der Hayden, der er ist, wenn wir allein sind, aber die Maske, die er für die anderen aufgesetzt hat, ist gefallen.

»Lass dich wegen mir nicht abhalten«, sagt er. »Wenn du mit Turner gehen willst.«

»Was ist denn los mit dir?«

Seine Augen verengen sich. »Nichts.«

»Klar.« Ich tippe mit den Fingern auf der Sofalehne herum und fühle mich plötzlich viel mutiger, als ich sollte. »Du willst mich nicht hierhaben.«

»Stimmt nicht.«

Ich rücke näher. Der Alkohol und die ganze Aufmerksamkeit haben mich kühn werden lassen. »Habe ich dir die Tour mit der Blondine vermasselt?«

Er scheint verärgert, aber auch überrascht. »Mach dich nicht lächerlich.« Es ist ewig her, seit er sich mir gegenüber so zugeknöpft gegeben hat. Als wir noch jünger waren, war es öfter vorgekommen. Wenn ich ihm zu neugierig wurde oder ihm zu nahegekommen bin. Doch seit einer Weile ist das nicht mehr passiert.

»Du meine Güte«, sage ich und lasse meine Hand näher an seine wandern, die auf der Couch zwischen uns liegt. »Nicht mal Parker lässt sich so schwer bezirzen.«

»Natürlich nicht. Deine Brüder wickelst du ja um den kleinen Finger.«

Ich mustere ihn. Er wirkt genervt, und seine Bernsteinaugen funkeln.

»Und dich nicht?«

»Nein. Ich würde behaupten, dass ich ein bisschen mehr Willenskraft besitze.«

»Eine Illusion«, witzele ich.

»Sehr wahrscheinlich.«

Sein Blick fällt auf mein Haar. Es umgibt mein Gesicht wie ein Vorhang aus dunkelroter Seide … ohne die üblichen Wellen.

»Du siehst so anders aus«, sagt er und greift in mein Haar. Mit einer Hand fährt er an einer der langen, glatten Strähnen hinunter.

»Gefällt es dir?«

»Nein.« Nach einer langen Pause: »Ja.«

»Ich bin immer noch ich. Und du bist immer noch du. Auch wenn wir auf einer Party sind.«

Seine Hand ist noch immer in meinem Haar, als unsere Blicke sich treffen. Ich beobachte, wie seine Augen sich schließen. Langsam zieht er seine Hand zurück. »Ja. Wieso bist du hier, Lily?«

»Ich wollte Party machen.«

»Das hat dich doch noch nie interessiert.«

»Darf ich meine Meinung nicht ändern?«

»Klar.« Er nimmt einen Schluck Bier und lässt den Blick über die Menge wandern. »Doch du bist zu gut für so was hier. Und für Turner.«

O nein, nicht das schon wieder. »Nicht.«

»Was?«

»Ich habe es satt, auf ein Podest gestellt zu werden. Bei meinen Brüdern kann ich das noch ertragen, aber nicht bei dir.«

Wieder trifft mich sein Blick. »Aber nicht bei mir?«

»Nein.« Vielleicht ist es der Alkohol oder das enge Outfit, das ich trage, oder wie er mich ansieht, das mich mutig fühlen lässt. »Ich will nicht, dass du mich als kleines Mädchen siehst, das beschützt werden muss.«

Haydens Augen verdunkeln sich, und für einen Moment kann ich den Ausdruck darin glasklar erkennen. Jetzt ist er wieder mein Hayden. »So sehe ich dich nicht, das weißt du, Lils.«

»Gut.«

Wieder lässt er den Blick über die Menge schweifen. Seine Kiefer mahlen, er presst sie zusammen und entspannt sie dann. Was immer ihm gerade zu schaffen macht, wiegt schwer.

Als er endlich spricht, ist seine Stimme leise. »Aber … vielleicht sollte ich das.«

Welche Hoffnung auch immer in mir geschlummert hat, wird jetzt zu einer Fackel, einem Flächenbrand, und ich bekomme meine nächsten Worte kaum heraus. »Wieso?«, hauche ich. »Wir können sein, was immer wir wollen.«

»Wir?«

Ich blicke ihm direkt in die Augen. Er weicht mir aus, und wir beide wissen es. Schon seit wir elf und zwölf waren, mit aufgeschürften Knien und Schmutz unter den Fingernägeln, gab es immer ein Wir.

»Ja«, wiederhole ich. »Wir.«

Ein merkwürdiger Ausdruck flackert in seinen Augen auf. Es wirkt wie Bedauern und Sehnsucht und wie etwas anderes, das weich und zerbrechlich ist und das ich noch nie zuvor gesehen habe.

Aber als er spricht, ist seine Stimme hart wie ein Peitschenschlag. »Wir werden nie ein Wir sein.«

Na schön.

Ich merke es, wenn man kein Interesse an mir hat ... und länger kann ich mich nicht von Hayden Cole demütigen lassen. Mein Limit ist erreicht.

Also schnappe ich mir die Whiskyflasche, werfe mein geglättetes Haar zurück und stehe auf. Es ist Zeit, Jamie zu finden und zu schauen, ob es ihr gut geht. »Ganz wie du willst.«

Haydens Hand schießt mit der Schnelligkeit einer Schlange vor und umfasst mein Handgelenk. »Wo willst du hin?«

Ich schüttele ihn ab. »Ich gehe tanzen. Und trinken. Macht man das nicht so auf solchen Partys?«

Er fährt sich durchs Haar. Ich sehe nicht mehr den Hayden in ihm, den ich früher kannte – nicht in diesem rauchgeschwängerten Haus.

»Fuck, Lily, musst du unbedingt hier sein? Kannst du nicht einfach nach Hause gehen? Ich verstehe ja, dass du wegen Parker nicht willst, aber könntest du es nicht für mich tun?«

Die Bitte schmerzt.

»Wenn ich es nicht für meinen Bruder tue, wieso sollte ich es dann für dich tun?«

Hayden erwidert nichts und starrt mich nur mit seinen dunklen Augen abschätzend an.

»Ich schaue mal nach Parker. Hab noch viel Spaß mit deinem Mädchen. Blair, richtig? Oder Belinda?«

Ohne auf seine Antwort zu warten, eile ich aus dem Wohnzimmer und in die wogende Menge hinein.

»Das ist nicht wahr.«

»Natürlich ist es das«, sagt Jamie spöttisch. »Wie, glaubst du, kommt das Wasserpoloteam sonst an seine ganzen Mittel?«

Parker schüttelt den Kopf. »Weil wir ein gutes Team sind. Ein super Team.«

»Super genug, um ganze vierzig Prozent der gesamten Schulsportmittel abzugreifen?«

Ich rolle mit den Augen. Jamie ist gerade voll im Modus der Investigativjournalistin – den ich normalerweise bewundere –, und Parker widmet sich seinem zigsten Bier. Gar keine gute Kombination. Sie debattieren schon seit einer halben Stunde.

Turner legt zwanglos den Arm um mich und beugt sich vor, um mir etwas ins Ohr zu flüstern. »Es ist gerade wieder wie bei Ali gegen Frazier.«

»Schließen wir Wetten ab?«

Er lacht auf. »Das sollten wir. Oder wir könnten woanders hingehen.«

Nervosität macht sich in meinem Magen breit. Ich verstehe die Anspielung gut genug, um zu wissen, was er wirklich meint. Hier geht es um eine Knutscherei … mindestens, angesichts seines Rufs. Wollte ich das?

Er ist ganz nett. Er ist nicht Hayden. Was tue ich hier überhaupt?

Ich lächle und entziehe mich ihm. »Lass uns stattdessen tanzen.«

Turner nickt gutmütig. »Dann geh vor.«

Wir mischen uns unter die anderen Leute auf Turners provisorischer Tanzfläche. Die Musik dröhnt aus den Lautsprechern, und der wummernde Bass ist berauschend. Wir tanzen einander zugewandt, grinsen und albern herum. Turner legt einen Arm um meine Taille und lächelt mich an. Ich versuche zu entschlüsseln, ob es mir gefällt oder nicht. Diese Art Umgebung … Das ist alles so neu für mich.

Als Turner mich herumdreht, sehe ich Hayden, der sich durch die Menge einen Weg zu uns bahnt. Er benutzt seine Schultern, um voranzukommen, und schubst dabei die Tanzenden aus dem Weg, ohne sich weiter um sie zu kümmern.

Ich bewege mich näher an Turner heran und schaue Hayden direkt in die Augen. Ich mache hier nichts Falsches. Er war derjenige, der gesagt hat, wir könnten kein Wir sein.

Er kommt bei uns an.

»Hey«, sagt Turner grinsend. »Wir haben – «

Hayden legt seine Hand auf Turners Schulter und beugt sich vor, um ihm etwas ins Ohr zu flüstern. Ich versuche zu hören, was er sagt, aber die Musik ist zu laut und sein Flüstern zu leise. Das einzige Wort, das ich verstehe, ist *Bruder.*

Turner schenkt mir ein schuldbewusstes Lächeln. »Tut mir leid«, sagt er und zwinkert mir zu. »Kannst es einem Kerl nicht verübeln, dass er sein Glück versucht.«

Ich nicke matt und beobachte, wie er in der Menge verschwindet. Doch Hayden ist noch da und sieht mich mit leicht zusammengekniffenen Augen an.

»Was hast du gerade zu ihm gesagt?«

»Nichts, was er nicht schon wusste.«

»Was soll das denn bedeuten?«

»Nur dass ihm klar sein sollte, dass deine Brüder nicht glücklich darüber wären, wenn er sich an dich ranmacht.«

Ich kreuze die Arme vor der Brust. »Und du bist was … ihr Vollstrecker? Ihr Kampfhund?«

Seine Kiefer mahlen. »So was in der Art, nehme ich an.«

Die Anspannung in ihm ist deutlich, aber ich fühle dasselbe. Und ich habe nicht mehr die Energie, um umsichtig oder verständnisvoll zu sein. Ich bin angepisst und müde und verstehe ihn im Moment einfach nicht.

»Das hast du nicht für Parker getan, sondern für dich. Du bist ein verdammter Heuchler.«

Haydens Augen verengen sich noch mehr, doch er antwortet nicht.

»Was denn, keine Rechtfertigung?« Mir wird vage bewusst, dass ich zu laut rede, aber nichts kann mich noch aufhalten. »Seit ich hierhergekommen bin, warst du nichts als unhöflich zu mir. Und zwar ohne ersichtlichen Grund.«

Hayden sieht sich um. Seine Kiefer mahlen immer noch.

»Weißt du, was ich glaube, was der wirkliche Grund ist? Du hast Angst, Hayden. Angst, ich könnte losziehen und – «

Er schnappt sich meine Hand, und ich werde aus der Menge in den hinteren Teil von Turners Haus gezerrt. Hayden biegt um eine Ecke und zieht mich in einen dunklen Flur. »Hör auf damit.«

»Hör auf womit? Damit, dich dazu zu bringen, dich zu erklären?«

»Ja, verdammt nochmal.« Er stemmt eine Hand gegen die Wand hinter mir. Ich erhasche einen Hauch seines Deos, vermischt mit Bier, Meer und Schweiß. Sein Atem geht schneller, als er sollte.

Genau wie meiner. Der Sturm in seinen Augen spiegelt sich in meinem Herzen wider. Jeder meiner Herzschläge erinnert mich daran, wie nahe er mir ist, aber auch, wie weit entfernt.

»Du warst derjenige, der behauptet hat, wir könnten kein Wir sein«, sage ich leise.

»Stimmt.«

»Was kümmert es dich also, wenn ich mit Turner zusammen wäre?«

Hayden antwortet nicht. Unsere Körper kommen sich näher, bis wir fast die Brust des jeweils anderen berühren. Er hat mich schon vor langer Zeit größenmäßig überholt, doch das macht sich erst bemerkbar, wenn wir so nahe voreinander stehen. Ich muss den Kopf zurücklegen, um seinem stählernen Blick zu begegnen.

Nur dass er nicht mehr stählern ist.

Die Härte darin löst sich auf, und die Sehnsucht, die ich in seinen Augen sehe, ist dieselbe wie die, die seit Monaten in mir schlummert.

Ich ziehe ihn zu mir und drücke meine Lippen auf seine.

Hayden zögert – ich spüre es in seinem ganzen Körper –, bevor seine Lippen sich auf meinen zu bewegen beginnen. Sie sind warm und weich.

Er öffnet den Mund, um irgendwas zu sagen, aber ich lasse es nicht zu, küsse ihn wieder und presse meinen Körper verzweifelt an seinen.

Küss mich auch, bettele ich innerlich. *Ich will dich so sehr.*

Meine Hand verliert sich in seinem Haar, und ich ziehe ihn näher an mich. Sanft drücken sich seine Lippen auf meine.

Und dann bricht auch bei ihm der Damm.

Starke Arme legen sich um mich. Ich werde näher an ihn gezogen, bis kein Raum mehr zwischen unseren Körpern ist, bis sein Herz und meines durch den dünnen Stoff unserer Kleidung im selben Rhythmus schlagen.

Haydens Lippen auf meinen sind eindringlich, weich und warm und auf eine Weise zärtlich, wie er es sonst so selten ist. Ich kann nicht glauben, dass er mich wirklich gerade küsst oder ich ihn küsse.

Hayden – mein Hayden – krallt seine Hände in mein Shirt, als würde er mich so nahe bei sich haben wollen, dass wir eins werden. Seine Schultern unter meinen Händen fühlen sich fest an, die Haut seines Rückens warm durch sein Shirt. Ich will ihn überall anfassen und lasse meine Hände hingleiten, wo ich nur kann.

Er streicht über meine Taille und lässt seine Finger über das kleine bisschen Haut tanzen, wo sich mein Shirt hochgeschoben hat. Die Berührung ist elektrisierend.

Plötzlich spüre ich jeden Zentimeter meines Körpers, an dem er mich berührt: meine Brüste, flach gegen seine Brust gepresst. Seine Oberschenkel, kraftvoll an meinen. Die Hitze seines Atems auf meinem Mund.

Seine Lippen ziehen eine Spur über meine Wange bis hinunter zu meinem Hals. Ungeduldig schiebt er mein Haar zurück und küsst mich dort wieder und wieder.

Hayden zu küssen, war noch schöner, als ich es mir hätte vorstellen können, aber das Gefühl, das sein heißer Mund auf meinem Hals hinterlässt, macht mich willenlos. Es breitet sich wie Feuer in meinem Körper aus und lässt meine Glieder träge und schwer werden. Ich schlinge die Arme um ihn und vergrabe mein Gesicht in seinem dichten Haar.

Hör nie wieder auf, mich zu berühren. Lass mich nie wieder los.

Ich ergebe mich seiner unerbittlichen Zunge, der Hitze, dem Feuer und den Flammen.

Irgendwann lehne ich mich zurück und lege meine Stirn an seine. Er riecht nach Salz und nach Zuhause. Wie ein Junge auf der Schwelle zum Mann und wie alles, was ich brauche. »Wirst du mich je um ein Date bitten?«

Er atmet schwer. »Du weißt, dass wir nicht zusammen sein können.«

»Das ist keine Antwort, Hay.«

»Ich kann nicht, Lily.« Seine Stimme ist rau. »Ich kann nicht.« Er schiebt mich weg und tritt einen Schritt zurück, mit einer Hand im Haar und wilden Augen. Seine Brust hebt und senkt sich heftig.

Ich lege eine Hand auf mein rasendes Herz. »Hayden.«

Er schließt die Lider und atmet tief durch. »Bringen wir dich nach Hause.«

»Was?« Meine Lippen brennen immer noch von seinen, und mein ganzer Körper kribbelt.

»Wir dürfen das nicht, nicht hier, nicht … Das hier sollte nicht passieren. Lass mich dich nach Hause fahren, Lily.«

Ärger macht sich in mir breit, ebenso plötzlich wie vorhin Begehren. »Du hast genauso viel getrunken wie Parker. Wieso solltest du in der Lage sein zu fahren, wenn er es nicht ist?«

»Verdammt. Na schön. Wir gehen zu Fuß.« Er hebt meine Handtasche vom Boden auf. Ich muss sie fallen gelassen haben, als ich völlig von ihm gefangen war.

»Nein.«

»Lily.«

»Nein.« Ich entreiße ihm meine Tasche. »Ich gehe allein nach Hause, vielen Dank auch.«

Er folgt mir durchs Wohnzimmer. »Das ist nicht sicher.«

»Wann ist das letzte Mal in Paradise Shores was Schlimmes passiert? Außerdem wäre ich jetzt lieber allein als mit dir zusammen.«

Hayden stellt sich vor mich und blockiert mir den Weg zur Haustür. In der Ferne wummert die Musik, der Flur ist verlassen. »Ist okay. Ich kann leise sein.«

So eine typische Hayden-Antwort. »Du weißt, dass ich das nicht gemeint habe.«

»Es tut mir leid, was passiert ist. Es war nicht meine Absicht.« Er reibt sich den Nacken. »Es war ein Fehler.«

Ein Fehler?

Schmerz und Kränkung peitschen durch mich hindurch. So berauschend seine Berührungen gewesen sind, so ernüchternd sind seine Worte.

Eine Sekunde lang kann ich ihn nur anstarren. Als ich schließlich antworte, vibriert meine Stimme vor Wut und Tränen.

»Wenn mich zu küssen ein Fehler war, was bedeutet das dann für den Rest hier?« Ich deute Richtung Wohnzimmer, die tanzenden Menschen, den Alkohol und die Partydrogen. »Du verbringst deine Zeit mit diesen Leuten, mit Belindas und Blairs und … Leuten, denen du völlig egal bist. Ich glaube nicht eine Sekunde lang, dass dies das erste Mal war, dass du halb betrunken mit einem Mädchen in einem Flur rumgemacht hast.«

Er sieht mich schockiert und mit weit aufgerissenen Augen an. »Das stimmt nicht.«

»Was genau an heute Abend war dann ein Fehler? Dass es mit mir war?«

»Lily, so habe ich das nicht gemeint.«

»Nein? Dann erklär's mir.«

Hayden schluckt. Sein Blick aus den Bernsteinaugen ruht auf mir. Ich sehe, dass er nach Worten ringt, doch zum ersten Mal habe ich keine Geduld mit ihm.

»Egal. Ich gehe nach Hause. Hab Spaß hier ohne mich … die dich ja nur runterzieht.« Ich steige die schicke Glastreppe vor Turners Veranda hinab und versuche, nicht in Tränen auszubrechen.

»Lily!«

Ich bleibe stehen, die Hand auf dem Geländer, und warte auf eine Entschuldigung – eine Erklärung.

Sie kommt nicht.

»Nimm wenigstens Jamie mit.«

Eine Träne rollt meine Wange hinab. »Ich schreibe ihr eine SMS.«

12 –
LILY

Gegenwart

Mir schwirrt der Kopf von Haydens Worten.

Hat er mir wirklich einen Brief geschrieben? Wenn ja, habe ich ihn nie bekommen. Es ist zehn Jahre her, und doch werde ich in denselben Zustand zurückversetzt wie damals mit achtzehn, als ich eines Morgens aufwachte und erkennen musste, dass er fort war. Mein rasendes Herz macht einen schmerzhaften Schlag nach dem anderen. Ich hatte geglaubt, dass diese alte Wunde mehr oder weniger verheilt wäre, aber es tut so weh, als wäre es gestern passiert.

Ich schnappe mir meine Jacke und meine Schlüssel und eile aus dem Haus zu meinem Auto. Der Druck in mir ist gewaltig … genau wie damals vor zehn Jahren.

Als ich alle und jeden angerufen habe, um in Erfahrung zu bringen, wo er war. Als die Tage vergingen und es keine Antworten gab.

Als ich endlich den Mut aufbrachte, auf meinen Krücken zum Strandhaus zu humpeln, an die Tür zu klopfen und Gary zu fragen, wo sein Neffe war.

Er ist weg, mein Mädchen. Es tut mir leid.

Beim Anblick des Mitleids in seinen gütigen Augen wäre ich fast in die Knie gegangen. Es war, als könnte er sich denken, wie hoffnungslos ich in Hayden verliebt war. Hayden, der ohne einen weiteren Gedanken an mich einfach verschwunden war.

Es ist schon spät, als ich am Ocean Drive 12 parke, aber ich weiß, dass meine Mutter noch wach ist. Dad ist geschäftlich unterwegs, und zum ersten Mal bin ich froh darüber.

Ich habe noch nie mit Mom über Hayden gesprochen. Als ich jünger war, habe ich manchmal angenommen, dass sie etwas ahnte, aber sie hat es sich nie anmerken lassen. Doch sie muss es gewusst haben … und zwar die ganze Zeit über schon, denn sie ist die Einzige in diesem Haushalt, die den Briefkasten leert.

Als ich ankomme, sitzt sie auf der beleuchteten Veranda und liest in einem Magazin. Ihr Haar, das dieselbe Farbe wie meines hat, ist zu einem Zopf geflochten, der ihr über den Rücken fällt. Manchmal ist es schwer zu verstehen, wie unterschiedlich wir sind, obwohl wir uns so ähnlich sehen. Zum Beispiel hat sie meine Liebe zur Kunst nie verstanden und auch nicht Rhys' Rebellion gegen Status und Prestige.

»Liebling? Ich wusste nicht, dass du heute kommst.«

Aus Wut und Furcht balle ich wieder und wieder meine Fäuste an meinen Seiten. Furcht vor dem, was ich heute Abend herausfinden werde. Als ich spreche, erkenne ich meine eigene Stimme nicht wieder. »Vor zehn Jahren ist Hayden weggegangen, um zur Navy zu gehen.«

Mom legt ihr Magazin weg. Ihr Gesichtsausdruck ist neugierig. »Ja, so war es wohl.«

»Er hat einen Abschiedsbrief, der an mich adressiert war, in unseren Briefkasten geworfen. Du hast ihn an dich genommen.«

»Oh, Lily«, sagt sie mit einem kleinen Seufzer und lässt den Blick über das Meer schweifen. »Ja, das habe ich.«

Ich lasse mich in den Sessel neben ihr fallen. »Wieso?«

»Er war nicht der Richtige für dich.«

»Das hatte ich zu entscheiden. Ich habe Jahre damit zugebracht, mich zu fragen, wieso er gegangen ist. Jahre! Und du wusstest es die ganze Zeit über? Wie konntest du mir das vorenthalten?«

Sie ist eine Weile still … so still, dass ich mich frage, ob sie jemals vorhat, mir eine Antwort zu geben. Doch als sie es tut, ist ihre Stimme leise und nachdenklich.

»Ich hatte selbst mal so jemanden, Liebling. Jemanden, der nicht gut für mich war. Der mir nicht die Zukunft bieten konnte, die ich für mich wollte, aber den ich über alles geliebt habe.«

Ich blinzele. »In Frankreich?«

»Ja. Wir sind auf dieselbe Schule gegangen.«

Davon hatte ich noch nie gehört. Für uns hatte Moms Leben erst angefangen, als sie Dad auf einer seiner Geschäftsreisen traf, und genau darauf hat sie es angelegt. Sie redet kaum je über ihr Leben davor.

»Er verschwand immer monatelang, und wenn er zurückkam, bat er mich, ihn zurückzunehmen … ihm noch eine Chance zu geben. Er war charmant und eine gequälte Seele. Ich liebte ihn sehr.« Ihre Stimme wird hart. »Er behauptete immer wieder, dass er sich ändern würde, doch das tat er nicht. Es war immer dasselbe mit ihm. Und er hatte überhaupt keinen Ehrgeiz. Er wäre als Landstreicher geendet und ich gleich mit ihm.«

»Aber das war nicht Hayden.«

»Aber so sah es aus. Ich bin meinem Schicksal entkommen, und ich wollte nicht zulassen, dass meine Tochter ihrem zum Opfer fallen würde.«

»Ich war nicht du und Hayden nicht er. Die Geschichte wiederholt sich nicht so einfach.«

Ihr Stirnrunzeln wird tiefer. »Er hatte gerade ein Auto mit dir darin zu Schrott gefahren. Du überlegtest, aufs Community College zu gehen und deinem Vater wegen diesem Jungen das Herz zu brechen.«

»Der Lkw-Fahrer war betrunken! Die Polizei hat es bestätigt!« Ich kann nicht glauben, dass wir diese Unterhaltung führen. Zehn

Jahre lang hat sie es gewusst und kein Wort gesagt. »Und auf welche Universität ich gehe, war meine Sache. Hayden hat mir das Herz gebrochen, als er wegging, und du behauptest, dass du darüber glücklich warst?«

»Glücklich? Ich hatte gerade mit einem Arzt gesprochen, der mir sagte, er sei nicht sicher, ob meine Tochter je wieder laufen könnte. Ja, ich war glücklich, dass er wegging. Ich war geradezu erleichtert, denn ich wollte nur das Beste für dich.«

»Wieso hast du dann den Brief an dich genommen? Warum wolltest du nicht, dass ich eine Erklärung bekomme?«

Ihr Blick wird weicher. »Ein sauberer Schnitt, Liebling. Du warst dabei, körperlich zu heilen. Ich wollte, dass du dich auch von ihm erholst. Und das hast du.«

Es tut weh. So weh wie damals, als er ging und ich wochenlang in mein Kissen weinte. Wenn meine Mutter nach mir sah, tat ich so, als wäre ich nur wegen des Unfalls traurig. Dabei wusste sie genau, weswegen ich trauerte … und hat es sich nie anmerken lassen, hat mir nie da durchgeholfen. »Hast du den Brief gelesen?«

»Nein.«

»Hast du ihn noch?«

Mom sieht mich lange an. Es ist, als würde sie abschätzen, ob sie Nein sagen könnte. Als ob ich immer noch achtzehn und leicht zu beeindrucken wäre.

Aber das bin ich nicht.

»Ja«, sagt sie schließlich. »Bist du sicher, dass du ihn haben willst?«

»Ja.«

Ich folge ihr ins Haus, die Treppe hoch und ins Elternschlafzimmer bis in den begehbaren Kleiderschrank hinein. Als Kind habe ich hier drin gespielt und aus Versehen mal einen ihrer Schuhe kaputtgemacht. Es fühlt sich wie vor einer Ewigkeit an … wie in einer anderen Zeit.

Mom kramt in der Holzkommode. »Ich weiß, dass ich ihn irgendwo hier hinten hineingetan habe …«

Mit verschränkten Armen sehe ich zu, wie sie den hinteren Bereich jeder Schublade durchsucht. Unter meinem Ärger fühle ich Verletztheit. Sie wiegt schwer und droht, mich völlig zu überwältigen.

»Ah, hier ist er.« Sie fischt einen vergilbten Umschlag aus den Tiefen ihrer Sockenschublade. Es ist nur ein Wort in chaotischer Handschrift darauf gekritzelt: mein Name. Plötzlich brennen Tränen in meinen Augen, als ich ihn ihr abnehme. Einen Moment lang sind wir beide still und starren nur den Brief in meinen Händen an.

Schließlich räuspert sich Mom. »Er ist wieder zurück.«

»Ja.«

»Und er hat etwas aus sich gemacht.« Eine kurze Pause, dann sieht sie weg. »Hat beim Militär gedient.«

»In der Navy«, korrigiere ich leise und starre auf den Umschlag.

»Lily, *ma chérie,* es tut mir leid. Aufrichtig. Ich wollte dich nie verletzen.«

Ich umfasse den Brief fester und schlucke gegen den Kloß in meiner Kehle an. »Aber das hast du.«

»Ja.« Ihr Blick aus grünen Augen sucht meinen. »Verzeihst du mir?«

»Sag mir eins: Glaubst du immer noch, dass du das Richtige getan hast? Würdest du es wieder tun?«

Sie sieht mich traurig an. »Ja«, sagt sie schließlich. »Ich habe nicht dafür gesorgt, dass er ging, aber ich habe versucht, dafür zu sorgen, dass du nach vorn schaust. Du warst zu jung, um deine Collegechancen für einen Jungen wegzuwerfen.«

»In Ordnung. Dann verstehe ich, wieso du es getan hast, doch ich verzeihe dir nicht.«

»Lily, ich – «

»Nein. Für heute habe ich genug.«

Ich drehe mich auf dem Absatz um und laufe in den Flur, die Treppe hinunter und hinaus in die warme Abendluft. Weg von diesem wunderschönen Haus mit all seinen Erinnerungen, die sowohl schön als auch schmerzlich sind. Der Umschlag auf dem Beifahrersitz glüht förmlich, während ich den kurzen Weg nach Hause fahre.

Als ich in meiner Einfahrt geparkt habe, lege ich die Stirn ans Lenkrad und atme ein paarmal tief durch. Es ist einfach zu viel – alles zusammen. Moms Entscheidung. Dass sie es die ganze Zeit über gewusst hat.

Dass Hayden doch nicht einfach so spurlos verschwunden ist.

Ich schnappe mir den Brief und überquere die verlassene Straße zum Strand. In der Ferne höre ich das sanfte Rollen der Wellen. Normalerweise beruhigt mich das Geräusch, aber heute kann mich nichts beruhigen.

Ich setze mich in den Sand, öffne mit zitternden Händen den Umschlag und ziehe den Brief heraus.

Lily,

ich habe mich entschieden, in die Navy einzutreten. Sie haben ein tolles Programm, durch das man nach Beendigung seiner Dienstzeit aufs College gehen kann. Du weißt, dass ich nie eine echte Chance hatte, auf irgendeins der Colleges hier zu kommen, geschweige denn eines der großartigen, auf die du gehen kannst. Also ist das hier meine beste Option. Du hast dir immer mehr für mich gewünscht und auch mehr von mir. Ich verspreche dir, mein Bestes zu geben, um deinem Glauben in mich gerecht zu werden.

Ich möchte, dass du nach Yale gehst, Lily. Ich will, dass du ganz viele Kunstkurse belegst, um damit deinen Dad anzupissen. Ich

will, dass du den schwarzen Nagellack trägst, den deine Mom so hasst. Und ich will, dass du für den Rest deines Lebens nie wieder in einen Unfall verwickelt wirst. All das wünsche ich mir für dich, auch wenn ich kein Teil davon sein kann.
Du hast immer an mich geglaubt. Und immer an uns. Dass wir stärker wären als die Welt um uns herum. Daher weiß ich, dass das hier für dich im Moment keinen Sinn ergibt. Vielleicht wird es das nie, und das tut mir leid. Mir tun so viele Dinge leid, am meisten, dass ich deinen Glauben in mich enttäuschen muss. Ich wollte dir nie wehtun, und zu wissen, dass ich es doch getan habe, verletzt mich selbst tiefer, als ich es mir je hätte vorstellen können.
Es tut mir leid, dass ich dich gerade jetzt verlasse, wo du dich noch von dem Unfall erholst. Jener Abend wird mich für den Rest meines Lebens verfolgen, aber ich hoffe, dass er dich niemals verfolgen wird. Du verdienst etwas Besseres. Deine Zukunft ist rosig, Lily. Das war sie immer.
Meine Welt ist so unendlich viel besser, weil es dich darin gab. Danke für alles. Ich hoffe, dass du mir eines Tages vergeben kannst, auch wenn ich es nicht verdiene.
– Hayden

Ich lese den Brief einmal und dann noch einmal, weil meine Tränen mir die Sicht nehmen.

Die zehn Jahre, die vergangen sind, hätten genauso gut eine Woche sein können, so wenig Kraft habe ich noch übrig. Ich weine um mich selbst … darum, wie verzweifelt ich war, als er ging und mir ohne ein Wort das Herz brach. Dabei lag die Erklärung irgendwo in demselben Haus versteckt, in dem ich lebte.

Ich weine um den jungen Hayden … weil er glaubte, dass er keine andere Wahl hätte, als er den einzigen Ort verließ, der wegen mir ein Zuhause für ihn war – der einen Person, der er vertraute und die nicht sah, wie unglaublich schuldig er sich nach dem Unfall gefühlt hat.

Ich weine um die zehn Jahre, die ich mit Sehnsucht verschwendet habe. Darum, dass ich ihn überall und in allem gesehen habe, selbst als ich mir verzweifelt wünschte, ihn nur noch vergessen zu können. Darum, wie ich in schweren Zeiten seine ermutigenden Worte in meinem Kopf hörte. Wie ich seine ganze Existenz verfluchte und mir im selben Moment wünschte, er wäre jetzt an meiner Seite.

Er war aufrichtig gewesen. Hayden war gegangen, weil er aufs College wollte.

Doch die Worte, die er hier in seiner kraftvollen, großflächigen Handschrift niedergeschrieben hat, zeugen auch von Qual und Furcht. Und irgendwie hatte ich das nicht nur völlig übersehen, sondern auch nie in Erwägung gezogen, dass er sich so fühlte.

Also weine ich auch noch darum. Um meine eigene Blindheit … und um den Weitblick und die Einsicht, die ich nicht hatte und die jetzt zu spät kommen.

– 13 –
HAYDEN

Hayden, 19

Gary streckt seinen Nacken und wirft mir einen Blick zu, den ich nur zu gut kenne. Ich stelle meine Kaffeetasse ab. Was als Nächstes kommt, wird mir bestimmt nicht gefallen.

»Dein Dad hat wieder angerufen.«

Mein Frühstück liegt mir plötzlich wie Blei im Magen. »Hast du abgenommen?«

Gary seufzt. »Ja. Und ich habe ihm dasselbe gesagt, wie schon beim letzten Mal, nämlich dass du ihn nicht in deinem Leben haben willst. Ich habe ihm nicht verraten, wo wir sind.«

»Gut.«

»Er erwähnte, dass er dir Nachrichten geschrieben hat.« Gary beugt sich hinunter, um seine Schnürsenkel zuzubinden, ein Abbild der Ruhe. »Stimmt das?«

Verdammt. »Ja. Aber ich habe ihm nicht geantwortet.«

»Wie ist er an deine Nummer gekommen?«

»Durch Tante Ella, glaube ich.«

»Natürlich. Diese Frau könnte nicht mal ein Geheimnis bewahren, wenn ihr Leben davon abhinge.« Gary seufzt. »Es ist deine Entscheidung, ob du mit ihm reden willst oder nicht. Ich kann das nicht für dich entscheiden, Junge, obwohl du ja weißt, wie ich zu dem Mann stehe.«

»Schon klar.«

»Sei … nur vorsichtig. Gib ihm keine Hinweise, wo wir sind, okay?«

»Habe ich nicht und mache ich auch nicht.« Ich habe meinen Vater seit fast sechs Jahren nicht mehr gesehen und keine Absicht, das zu ändern. Er hat mich einmal zu oft mit seinen Versprechungen auf eine Entschuldigung eingelullt. Ich weiß jetzt, dass ich es gut sein lassen kann.

Die Jahre, die ich nach Moms Tod mit Dad verbracht habe, waren die schlimmsten meines Lebens. Ich kann von Glück sagen, dass Gary das Sorgerecht für mich übernommen hat. Er war eines Tages vorbeigekommen – völlig ahnungslos von der Sucht und dem gewalttätigen Verhalten seines Schwagers. Mit einem Blick erfasste er die Situation und alarmierte das Jugendamt. Ohne ihn wäre ich jetzt in meiner zehnten Pflegeeinrichtung.

Außerdem wäre das Letzte, was ich brauche, meinen Vater hier in Paradise Shores. Die Marchands dürfen nie mit diesem Teil unserer Vergangenheit in Berührung kommen. Mancher Schmutz lässt sich einfach nicht abwaschen.

Gary wirft mir einen Apfel zu. »Vergiss nicht deine Lunchbox.«

»Sehr witzig.«

»Ich bin eben ein echter Komödiant.« Er schnappt sich seine Jacke vom Wandhaken. Ein weiterer Tag als Mann für alles. »Kommst du nicht zu spät, wenn du hier rumtrödelst?«

»Jaja.«

»Glaub übrigens nicht, ich hätte nicht bemerkt, dass du in letzter Zeit nicht mehr so oft mit den anderen Kids rumhängst.«

Ich ziehe den Reißverschluss meiner Lederjacke zu und ignoriere ihn.

»Ich werde mich da nicht einmischen. Aber Hayden … du hast da einen guten Job am Hafen. Und ein gutes Zuhause. Verdirb dir das nicht.«

»Werde ich nicht.«

Er setzt sich seine Kappe auf und wirft mir einen warnenden

Blick zu. Wenn ich geglaubt hatte, ich wäre zu alt für ein schlechtes Gewissen, muss ich erkennen, dass ich es nicht bin. Das vertraute Gefühl macht sich in mir breit. Mir ist klar, dass dieser Job eine solide Sache für mich ist. Ich kann mir nicht erlauben, es zu versauen.

»Ich weiß«, sage ich, die Hand schon auf dem Türknauf. »Du musst gar nichts sagen.«

»Gut. Und wegen dem Mädchen, Lily … Sei vorsichtig, Junge. Sehr vorsichtig.«

Die See ist so grau wie der Himmel. An Tagen wie diesem ist nichts daran schön, am Meer zu wohnen. Es ist kalt und ungemütlich. Ich nehme den längeren Weg zur Garage und meide den Garten hinter dem Haus der Marchands und ihre umlaufende Veranda. Gary hat recht.

Ich bin in letzter Zeit seltener mit den Marchand-Kids unterwegs gewesen. Und ich fühle mich unglaublich schuldig, so ganz allein.

Es ist schwer, nicht an den Grund dafür zu denken. Lily. Die wunderschöne, willensstarke, süße, zarte Lily. Lily mit den wilden Träumen. Lily mit dem schüchternen Lächeln.

Lily, von der ich mich laut der Warnung meines Onkels fernhalten soll.

Sie dachte, ich wäre sauer auf sie gewesen, als sie bei Turners Party auftauchte. Dabei hätte nichts weniger der Wahrheit entsprechen können. Sie zu sehen, war unglaublich – so wie immer –, doch es hat mich auch zur Verzweiflung gebracht. Wie sollten wir in so einem Umfeld innerhalb der exakt ausgeloteten Parameter unserer Freundschaft miteinander umgehen?

Sie war zu gut für diese Nichtsnutze, die auf solchen Partys mit dem ganzen Alkohol und den Drogen und den geschlossenen Schlafzimmertüren abhingen. Auf diese Partys gehörten Leute, die ihrem Leben entfliehen wollten, nicht solche mit Werten, für die es sich zu kämpfen lohnte.

Turner hat schon immer Anspielungen auf Lily gemacht, und Parker ging bisher gutmütig damit um. Aber ich weiß, dass es nicht nur Anspielungen sind. Jeder Mann mit nur einer halben Gehirnzelle kann sehen, was für ein Fang Lily Marchand ist. Und Turner, tja … Eine halbe Gehirnzelle ist genau das, was er hat.

Sie war sauer auf mich, weil ich ihn weggeschickt habe, sauer, weil ich sie behandelt habe, wie sie nicht behandelt werden möchte. Und dann …

Ich versuche, den Gedanken an den Kuss, an ihren Körper an meinem wegzuschieben, aber es gelingt mir nicht. Das Gefühl ihrer Lippen hat sich in mein Gedächtnis gebrannt. Es ist das Erste, was ich fühle, wenn ich aufwache. Wenn meine Träume sich verflüchtigen wie die Flut, die sich zu schnell zurückzieht, um sie festhalten zu können.

Sie war wie eine lodernde Flamme in meinen Armen.

Ihr weiches rotbraunes Haar zwischen meinen Fingern, ihr Körper nachgiebig und einladend. Es war mir leichtgefallen, viel zu leicht, mich in ihrer Lieblichkeit zu verlieren. Ich kann immer noch den Seufzer fühlen, der ihr an meinen Lippen entschlüpft war, das zarte Geräusch der Kapitulation, und ihre Hände, vertrauensvoll um meinen Hals geschlungen.

Hayden, hat sie geflüstert.

Ich wusste, dass ich nicht weiter gehen konnte. Dass ich ihr nicht geben konnte, was sie wollte, was sie brauchte. Vielleicht war sie ein bisschen in mich verknallt, aber das würde mit der Zeit vergehen. Dafür müsste sie nur einen prüfenden Blick auf das werfen, was ich im Vergleich zu allen um sie herum zu bieten habe, und die Illusion würde zerspringen. Sie würde mir das Herz brechen und ich ihr das ihre, weil ich nicht mehr sein kann.

Das muss ich uns beiden ersparen, wenn ich die Hoffnung nicht verlieren will, sie in meinem Leben zu behalten, wenn auch nur aus der Ferne.

Ich gehe durch die Garage zu Parkers BMW. Der Kofferraum ist schon offen, und seine Sporttasche liegt darin. Der Motor läuft, und die Fahrertür steht offen. Ich rolle mit den Augen, weil er so berechenbar ist, und setze mich auf den Beifahrersitz.

Eine Minute später kommt er mit einem Proteinshake in der Hand in die Garage gerannt.

Er grinst mich an und setzt sich auf den Fahrersitz. »Frühstück vergessen.«

»Dachte ich mir schon.«

»Ich muss sagen, die Sache mit dem Timing hast du drauf.« Er drückt auf die Fernbedienung, und wir beide beobachten, wie das Garagentor langsam aufschwingt. »Es quietscht übrigens ein bisschen.«

»Ach.«

»Das Tor, Mann.«

»Ach so.«

Parker wirkt schuldbewusst. »Tut mir leid. Ich meinte ... egal.«

»Ich sage Gary Bescheid.«

»Danke, Mann.«

»Keine Ursache.«

Er spielt irgendwelche alten Rocksongs, während wir auf den breiten, baumgesäumten Straßen von Paradise Shores Richtung Hafen fahren. Ich arbeite auf einem der Fischerboote, die von dort aus abfahren, und bin oft tagelang auf See. Es ist harte Arbeit, doch sie wird gut bezahlt. Parker gibt Segelunterricht im Yachtclub, daher fahren wir meistens zusammen. Ein guter Ferienjob.

Und ich muss Lily nicht sehen.

Wobei sie mich seit der Party auch meidet. In der ersten Woche danach habe ich nichts unversucht gelassen, um ihre Aufmerksamkeit zu erhaschen, und jede Gelegenheit ergriffen, dort zu sein, wo sie auch sein könnte. Wie zum Beispiel mit Parker im Zimmer gegenüber Videospiele zu zocken. Aber sie ließ deutlich erkennen, dass sie sich Abstand wünschte, und ich wollte, dass sie glücklich war, also ließ ich sie in Ruhe.

Nur hatte ich angenommen, dass sie vielleicht ein paar Tage oder höchstens eine Woche Abstand wollte. Nicht über einen Monat. Ihr Fehlen in meinem Leben fühlt sich wie ein schwarzes Loch an, das alles Licht verschluckt.

Parker redet gerade über die Feinheiten des Fliegenfischens, als er plötzlich still wird. »Du hörst gar nicht zu, oder?«

»Doch, klar«, erwidere ich. »Köder auf den Haken spießen. Ihn fliegen lassen. Fisch fangen. Siehst du?«

Er lacht auf. »Tut mir leid. Ich weiß, dass das langweilig ist. Ich muss nur … Dad nimmt mich nächstes Wochenende mit, und ich will gut vorbereitet sein.«

»Kein Problem.« Jedes der Marchand-Kinder hat seine eigene, komplizierte Beziehung zu ihrem Vater. Auf gewisse Weise ist Mr. Marchand überlebensgroß mit seinen kalten Augen und den ruhigen, gemessenen Worten. Er investiert in einem Zug Millionen in ein Bauprojekt und ist kaum je zu Hause. Und wenn, dann ist es unmöglich, ihn zu beeindrucken, wie ich weiß.

Mir ist also klar, dass Parker einen guten Eindruck machen möchte. Es muss schön sein, Ansprüche zu haben, denen man gerecht werden kann.

»Stimmt eigentlich zwischen dir und Lily irgendwas nicht?«

»Was?«

»Na ja, mir ist aufgefallen, dass ihr beide kaum noch miteinander redet. Ist schon okay. Ihr wart ja nie richtig Freunde, aber ich wollte trotzdem mal nachhaken.«

Ich muss fast lachen. Auf Parker ist immer Verlass, wenn es darum geht, einen Monat zu spät zur Party zu kommen oder völlig falsch mit seiner Einschätzung zu liegen.

»Nein, wir sind cool miteinander. Alles ist gut. Mach dir keine Sorgen.«

»Tue ich nicht, und zwar hauptsächlich deshalb, weil ich schon mit ihr geredet habe.«

»Ach so?«

Er wirft mir von der Seite einen amüsierten Blick zu … lange genug, dass ich ihn bitten möchte, die Augen wieder auf die Straße zu richten. »Ja. Und sie sagt dasselbe. Daher weiß ich, dass ihr euch gestritten habt oder so. Eure Geschichten ähneln sich zu sehr.«

»Vielleicht.«

Parker seufzt. »Hör mal, sie ist meine kleine Schwester. Reiß dich einfach zusammen, okay? Selbst wenn sie launisch oder nervig ist – was sie manchmal sein kann –, musst du trotzdem nett zu ihr sein.«

Ich beiße die Zähne zusammen. »Klar. Ist notiert.«

»Gut.« Er dreht die Musik lauter und fängt an zu pfeifen. Brüderliche Pflicht erfüllt. Nicht zum ersten Mal hasse ich ihn ein bisschen. Für seine Privilegien, seine Ignoranz und seine Gedankenlosigkeit. Aber es vergeht, wie immer. Ich verdanke ihm für seine Freundschaft und Akzeptanz mehr, als ich mir vorstellen kann. Abgesehen davon hat er den Nagel auf den Kopf getroffen.

Ich muss mich in Lilys Nähe wirklich zusammenreißen. Auch wenn ich sie nicht mehr so oft sehen werde, so wie die Dinge stehen.

Später am Tag laufe ich vom Hafen nach Hause. Es ist ein langer Spaziergang, und mein Körper schmerzt vom vielen Einholen der Netze, doch Parker hat früh Schluss gemacht und ist schon nach Hause gefahren. Außerdem will ich ihn eh nicht bei dem dabeihaben, was ich als Nächstes vorhabe.

Lilys Party zu ihrem achtzehnten Geburtstag findet in einer Woche statt. Es ist das Riesenevent des Sommers – das soziale Highlight im Kalender der Marchands. Eloise Marchand hat schon ein Zelt, Kellner und das Catering bestellt … das volle Programm. Henry und Rhys kommen beide über den Sommer nach Hause, und das Haus wird voll sein.

Lily freut sich ebenso sehr darauf, wie es ihr davor graust. Mir graust es ausschließlich davor, denn das Haus wird bis zum Bersten voll sein mit versnobten Freunden und Verwandten der Familie. Aber ich weiß, dass es ihr wichtig ist. Und der Familie.

Paradise Shores hat kein richtiges Shoppingcenter, jedoch immerhin einen kleinen Juwelier. Ich suche nichts zu Protziges, aber ich habe gesehen, dass sie Armbänder mit Anhängern verkaufen, von Muscheln über Einhörnern zu kleinen Eiffeltürmen. Ihre Mom oder Großmutter würde so was sicher als kitschig bezeichnen.

Doch ich glaube, wenn ich die richtige Kombination aus Anhängern finde, drückt es vielleicht genau die Dinge aus, die ich mich selbst nicht traue zu sagen.

– 14 –
LILY

Gegenwart

Ich sehe in den Spiegel. Ein legerer Rock, der mir bis knapp zu den Knien reicht. Eine Bluse aus weicher blauer Seide mit Ärmeln und kleinem Ausschnitt. Es ist ein absolut seriöses Outfit, um darin einen alten Freund zu treffen.

Denn das ist es, worum er mich am Strand nach der Offenbarung, mir einen Brief hinterlassen zu haben, gebeten hat: Freundschaft.

Und zu Ehren dessen, was wir einst hatten, habe ich mich entschlossen, der Sache eine Chance zu geben. Selbst wenn eine Freundschaft mit Hayden – der mir alles bedeutet hat – sich anfühlt wie ein Tanz auf dem Vulkan.

Doch das muss ich hinter mir lassen. Er war vielleicht meine Jugendliebe, aber jetzt sind wir erwachsen. In den vergangenen zehn Jahren ist viel passiert. Ich habe viele schlechte Dates hinter mir … und er zweifellos auch.

Wir sollten einfach Freunde sein können. Und bei einem alten Freund mit einem Kuchen vorbeizuschauen, ist etwas ganz Normales. Ein Willkommensgruß aus der Nachbarschaft. Ich habe es in der Vergangenheit schon für andere getan. Wieso also sollte es bei Hayden anders sein?

Doch als ich vor dem großen roten Backsteinhaus in der Elm Street parke, werde ich plötzlich von Nervosität überwältigt. Mein Herz dröhnt in einem stetigen, misstönenden Rhythmus in meiner Brust. Nachdem ich seinen Abschiedsbrief gelesen hatte, fühlte ich mich innerlich wund, so als wäre ich immer noch achtzehn. In den paar Tagen, die seither vergangen sind, ist es nicht besser geworden.

»Freundschaft«, flüstere ich mir selbst zu. »Freundschaft.«

Ich hatte ihn so sehr vermisst, und jetzt stehe ich hier und bekomme eine neue Chance, ihn wieder in meinem Leben zu haben. Selbst wenn es ein bisschen wehtut – und auch wenn es nicht genau das ist, was ich mir einst vorgestellt habe –, konnte ich mir denn diese Gelegenheit wirklich verwehren?

Ich klingele. Es ist kurz nach sieben Uhr abends, und er könnte beim Abendessen oder mit Freunden aus sein. Vielleicht hätte ich ihm vorher schreiben sollen, aber ich wollte mir die Möglichkeit offenlassen, in letzter Sekunde einen Rückzieher machen zu können.

Hayden öffnet die Tür. Dichtes, dunkles Haar fällt ihm über die Stirn. Es ist nass – wie auch das Handtuch über seiner Schulter. Er trägt nur eine Cargohose und ein graues T-Shirt. Ganz offensichtlich ist er gerade aus der Dusche gekommen. Seine Füße sind nackt.

Bei meinem Anblick weiten sich seine Bernsteinaugen überrascht. Sein Blick fällt auf den Kuchen in meinen Händen und gleitet dann hinunter zu meinem Rock und den verzierten Ballerinas.

»Hallo. Tut mir leid, dass ich so unangekündigt vorbeikomme. Ich war neugierig, was du dir hier gemietet hast, und ich habe Tarte Tatin gemacht. Ich weiß noch, dass du Moms mochtest, daher dachte ich … Also, das ist so eine Art Willkommensgeschenk.« Ich überreiche ihm die Tarte, während mein dämlicher Mund immer weiterplappert.

»Vielen Dank.«

»Kein Problem. Und den Teller brauchst du mir auch nicht zurückzugeben. Ich habe jede Menge davon. Tatsächlich würdest du mir einen Gefallen tun, wenn du ihn behältst.«

Jetzt lächelt er tatsächlich, und sein Lächeln verschlägt mir vollkommen den Atem. Das T-Shirt spannt sich über seiner Brust und um die kräftigen, muskulösen Arme herum. Auf dem linken Bizeps ist eine blasse Narbe zu sehen, und die Haare auf seinen Unterarmen sind jetzt ausgeprägter als damals. Er ist ein richtiger Mann … und zwar ein extrem gut aussehender.

»Willst du reinkommen?«

»Ich? Oh … Nur wenn es dir nichts ausmacht.«

»Tut es nicht. Komm schon.« Hayden öffnet die Tür weiter und tritt zurück, um mich hereinzulassen. Als ich an ihm vorbeigehe, atme ich seinen Duft ein.

Duschgel, Männerdeo und nur ein Hauch von Rasierwasser. Der Geruch stellt merkwürdige Dinge mit mir an. Früher hat er nie Rasierwasser getragen.

»Danke.«

»Lass mich das hier nur in die Küche bringen.«

Er läuft an mir vorbei, während ich im Flur bleibe und in das Wohnzimmer spähe. Das Haus ist groß, so viel kann ich schon mal sagen. Es gibt einen riesigen Kamin und einen Esszimmertisch für acht Personen. Beim Blick in die andere Richtung sehe ich eine weiß-blaue, hochmodern ausgestattete Küche. Das hier ist wirklich ein schönes Haus. Eine breite Treppe führt zweifellos hoch in sein Schlafzimmer.

»Meine Mutter hat den Brief versteckt«, sage ich zu niemand Speziellem. Mein Herz rast immer noch in meiner Brust. »Deshalb habe ich ihn nie bekommen.«

Hayden ist im Bruchteil einer Sekunde wieder zurück. Mit einer Hand stützt er sich am Türrahmen ab. »Sie hat es zugegeben?«

»Ja«, antworte ich erstickt. »Sie hat ihn sogar aufgehoben.«

Ich erkenne die Frage glasklar in seinen Bernsteinaugen, aber seine Stimme klingt zögerlich, als er sie schließlich stellt. »Hast du ihn gelesen, Lils?«

»Ja.«

Wir schauen uns an. Offensichtlich möchte er, dass ich fortfahre, ihm sage, was ich denke, doch mir wird plötzlich so heiß, als wäre ich bei etwas ertappt worden. Hayden hat schon immer viel zu viel von mir sehen können.

Die Worte in seinem Brief haben meine eigenen Gefühle wieder hervorgebracht, und ich musste feststellen, dass sie keineswegs verschwunden waren. Sie lagen nur vergraben.

Meine Welt ist so unendlich viel besser, weil es dich darin gab.

Ich möchte ihn fragen, ob er immer noch so denkt. Ob er sich daran erinnert, wie wir uns küssten, so wie ich mich immer noch an das Gefühl seiner Lippen auf meinen erinnere. Ob er – während wir uns jetzt anstarren – dieselbe Anziehung zwischen uns spürt, wie ich es gerade tue.

Aber er hat mich um Freundschaft gebeten.

Und er war verschwunden, Brief hin oder her. Das habe ich ihm noch nicht verziehen.

Also drehe ich ihm den Rücken zu – und der stillen Frage in seinen Augen – und gehe stattdessen ins Wohnzimmer. Es ist gemütlich. Zwei Sofas sind um einen Flachbildfernseher herum arrangiert. Es ist viel zu groß für eine Person.

»Das ist ein tolles Haus, Hay.«

»Vielen Dank«, sagt er ruhig. »Ich hatte Glück, es zu finden.«

»Und du hast es voll möbliert gemietet?« Ich fahre mit der Hand über die Rückseite der Couch. Der Stoff ist aus weichem Leinen, was im Moment absolut angesagt ist. Das Zimmer wurde fachmännisch eingerichtet, auch wenn die Farben etwas fade sind. Keine persönliche Note. Es sieht fast so aus wie die Art Einrichtung, mit der ich bei Harris Property Häuser für den Verkauf ausstatte.

»Ja, es war schon möbliert.«

»Das hier ist exzellent«, murmele ich und sehe mir die Treibholzlampe in der Ecke an. Sie zeugt von Understatement, passt aber perfekt zu der Ästhetik hier in Paradise Shores.

Hayden stellt sich neben mich. Wieder hüllt mich sein Duft ein. »So was ist jetzt dein Job, oder?«

Ich nicke. »Ja, ich richte größtenteils die neuen Immobilien ein, bevor sie vermarktet werden.«

»Mit Turner? Bei Harris Property, richtig?«

»Genau. Ich helfe auch ein bisschen bei den Bauplänen. Es macht viel Spaß.«

»Aha.« Hayden streicht ebenfalls über die Rückseite der Couch. Es ist eine nachdenkliche Geste, und zusammen mit seinem »Aha« kann ich praktisch hören, was er denkt.

»Spuck's schon aus.«

Er seufzt. »Ich hatte angenommen, dass du mit Kunst arbeitest, in einer Galerie, oder dass du malst ... Das war immer dein Traum. Anstatt etwas Ähnliches zu machen wie dein Vater.«

»Ich male immer noch«, erwidere ich, doch genau genommen stimmt das nicht. Ich habe es seit Monaten nicht getan. Jedes Mal, wenn ich einen Pinsel in die Hand nehme, kann ich nur noch an meine eigene Unzulänglichkeit denken. Daher macht es mir keinen Spaß mehr, aber ich vermisse es. So sehr wie eine fehlende Gliedmaße.

»Gut. Du bist zu begabt, um aufzuhören.«

»Tja, so begabt bin ich nun auch wieder nicht.«

»Doch, das bist du.«

Ich rolle mit den Augen und setze mich auf eines der Sofas. Hayden folgt mir. Er setzt sich mir gegenüber hin und streckt die langen Beine aus.

Freundschaft, rufe ich mir ins Gedächtnis.

»Erzähl mir von den Galerien, in denen du in New York gearbeitet hast.«

»Dieser ganze Kunstkram hat dich doch noch nie interessiert.«

»Deiner schon. Immer.« Es hört sich absolut ernst gemeint an.

Ich reibe mir den Nacken. »Danke. Tja … also, ich habe erst in einer Galerie in SoHo gearbeitet und dann in zweien an der Upper West Side. Sie hat viel Spaß gemacht, diese Welt. Ich sah ständig neue Künstler hereinkommen und habe mitgeholfen, Ausstellungen zu kuratieren. Es war toll, aber alles hat seine Zeit. Ich habe das Meer vermisst und auch, etwas Praktisches mit meinen Händen zu machen. Das alles war immer so abstrakt. Ich wollte etwas erschaffen, anstatt immer nur zu kuratieren.«

»Also bist du hierher zurückgekommen.«

Ich nicke. »Ich wollte wieder hier sein, um zu malen. Um jeden Tag das Meer zu sehen und näher bei meiner Familie zu sein. Es war gut, eine Weile weg zu sein, doch hier ist es schöner.«

Hayden nickt. »Das kann ich mir vorstellen.«

»Was ist mit dir? Wie fühlt es sich für dich an, zurück zu sein?«

»Merkwürdig.« Er ist eine Weile still. »Gut.«

»Wie geht's Gary?«

»Oh, du kennst ihn doch. Er macht immer noch dasselbe. Im Moment denkt er darüber nach, den Rasenmäher deiner Eltern zu frisieren, damit er schneller läuft. Ich habe ihn gefragt, was das Tempo beim Rasenmähen für eine Rolle spielt, aber er hat nur gelacht.«

Haydens Onkel war schon immer ein Tüftler gewesen. »Erinnerst du dich daran, wie er uns einmal Raketen für Silvester gebastelt hat?«

»O ja. Ich war mir ziemlich sicher, dass man ihn dafür feuern würde.«

»Was? Meine Eltern würden ihn nie feuern.«

Hayden zieht die Augenbrauen hoch. »Ich bin mir ziemlich sicher, dass sie es getan hätten, wenn ihnen das mit den Raketen zu Ohren gekommen wäre.«

Das glaube ich nicht. »Auf jeden Fall ist er danach der Held meines Bruders geworden.«

Hayden schnaubt. »Das stimmt.«

»Alles, was Parker heute über Autos weiß, hat er von Gary gelernt. Er geht manchmal noch zu ihm, um ihn um Rat zu fragen.«

»Ja, er hat so was erwähnt.«

Es gibt da etwas, das ich Hayden fragen will. Etwas, das schon seit Jahren an mir nagt und mir nicht mehr aus dem Kopf geht. Wie es ist, an einem völlig fremden Ort neu anfangen zu müssen.

»Wie war das, mit uns aufzuwachsen? Ganz ehrlich.«

Er lächelt. »Ganz ehrlich?«

»Ja.«

Immer noch lächelnd schüttelt er den Kopf.

»Was ist so lustig?«

»Du.«

»Warum?«

»Bist du einfach. Aber in Ordnung, ich versuche mal, deine Frage zu beantworten.« Er sieht zur Seite und fährt sich mit der Hand durchs Haar. Seine Lippen umspielt immer noch dieses Lächeln. Er ist atemberaubend attraktiv, wie er da so lässig frisch geduscht und rasiert in seinem eigenen Haus sitzt.

»Es war toll. Ihr vier, ihr wart … Tja, ich nehme mal an, dass man so was nur von außen sehen kann. Ihr habt euch untereinander. Und so unglaublich eifersüchtig ich auch darauf war, habe ich es doch geliebt, dabei zu sein. Zu sehen, wie eine Familie sein sollte.«

Es ist mehr, als er mir jemals erzählt hat. Ich streiche über die Sofadecke und denke an die vielen Male, in denen wir zusammen gewesen sind, wir alle. »Alle haben dich vermisst, weißt du? Nachdem du gegangen bist.«

»Wirklich?«

»Ja. Henry hat versucht, es zu verbergen, doch ich habe ihm angesehen, dass er mitgenommen war. Er war derjenige, der uns immer über deine militärischen Leistungen auf dem Laufenden gehalten hat.«

Haydens Augen weiten sich. »Das hat er getan?«

»Ja. Ich bin sicher, dass es dafür akribischer Nachforschungen bedurfte, aber du weißt ja, wie er ist. Er muss alles unter Kontrolle haben.«

»Ja. Ja, das stimmt wohl.«

»Rhys war nicht überrascht, auch wenn ich keine Ahnung habe, wieso. Parker hat dich am meisten vermisst, glaube ich.«

Hayden nickt, allerdings nicht so, als würde er mir glauben. Eher, als würde er mir einfach meinen Willen lassen.

Ich runzle die Stirn. »Sie haben dich wirklich vermisst, selbst wenn die Dinge manchmal kompliziert waren.«

Er nickt, steht auf und dehnt sich leicht nach rechts und links. Sein Blick ist jetzt weicher, und ich weiß nicht, ob es wegen dem ist, was ich gesagt habe, oder weil er meinen Versuch süß findet. Ich weiß nie, was wirklich zu ihm durchdringt.

»Ich bin ein schlechter Gastgeber«, sagt er. »Möchtest du etwas trinken? Und ein Stück von der Tarte?«

»Ich kann doch nicht mein eigenes Geschenk essen.«

»Klar kannst du das. Ich bin gleich wieder da, Lils.«

Still sitze ich auf der Couch und höre ihn in der Küche hantieren. Es fühlt sich merkwürdig heimisch an. So haben wir seit Jahren nicht mehr miteinander Zeit verbracht, vielleicht noch nie. Als Kinder waren wir meistens mit meinen Brüdern zusammen. Jeder der Momente allein mit ihm war kostbar. Sie gehören zu meinen schönsten Erinnerungen.

Mein Blick bleibt an etwas auf dem Kaminsims hängen, einer großen rosafarbenen Kegelmuschel, auf die eine Landschaft gemalt ist.

Ist nicht wahr. Die hat er behalten?

Ich würde sie mir gern näher ansehen – ich weiß, dass auf der Rückseite etwas geschrieben steht –, aber Hayden kommt mit zwei Gläsern und zwei Papptellern zurück. Er überreicht mir ein Glas Weißwein und einen Teller mit der Tarte darauf.

»Tut mir leid, richtige Teller habe ich noch nicht.«

»Nur Weingläser?«

»Die habe ich hinten im Schrank gefunden.«

Er setzt sich neben mich auf das Sofa. Sein großer Körper ist meinem plötzlich viel näher. Einen Arm legt er auf der Rückenlehne der Couch ab. Sofort muss ich an die Kegelmuschel denken und daran, was sie bedeuten könnte. Ich nehme einen Schluck Weißwein und versuche, den Gedanken komplett zu verdrängen.

Nachdem er einen Bissen probiert hat, lächelt Hayden. »Also, das habe ich definitiv vermisst. Deine Familie hat mich für so ziemlich jedes Essen außer französischem verdorben.«

»Na ja, ich mache das hier nicht halb so gut wie meine Mom, geschweige denn wie Grandma.«

Ein Schatten huscht über sein Gesicht. »Nein. Deine Tarte ist die beste.«

Ich lache. »Danke, aber ich weiß, dass du lügst.«

»Das ist keine Lüge.« Er nimmt einen weiteren Bissen der Tarte. Sein Stück ist schon zur Hälfte verschwunden, obwohl er sich ein riesiges aufgetan hat. Es überrascht mich nicht. Meine Brüder und er hatten immer einen enormen Appetit. Für irgendwas musste das ganze Essen ja gut sein … und jetzt weiß ich auch, wozu. Es hat seine Brust breiter gemacht und seine Muskeln kräftiger.

Ich ziehe meine Schuhe aus und setze mich mit gekreuzten Beinen ihm gegenüber hin. »Lass mich raten, was du nicht an Paradise Shores vermisst hast: die Leute. Die organisierten Partys. Das Wasserpoloteam.«

Er rollt mit den Augen. »Oh, Lily, bitte erwähne nicht das Wasserpoloteam. Ich glaube, das habe ich am meisten vermisst. Ganz zu schweigen von der rasierten Brust der Spieler.«

»Und die Schuluniform?«

»Jeden Tag in der Navy musste ich daran denken, dass die Uniform so viel besser in den Farben von Paradise Shores ausgesehen hätte.«

Mein Lächeln wird immer breiter. »Pflichtunterricht in Latein.«

»*Non sibi sed patriae*«, sagt er lächelnd. »Du hast ja keine Ahnung, wie oft mir das gute Dienste leistet. Vielleicht bin ich der einzige Navy-Matrose, der unser Motto tatsächlich konjugieren kann.«

»Abhängen auf der Tribüne?«

»Mein liebster Zeitvertreib.«

»Rauchen?«

Hayden zieht die Brauen zusammen. »Rauchen?«

»Auf der Highschool hast du geraucht, erinnerst du dich? Ich nehme an, du hast damit aufgehört.«

Er stellt seinen leeren Pappteller auf den Couchtisch und dreht sich zu mir. Den Ausdruck auf seinem Gesicht kann ich nicht ganz zuordnen. Es könnte Unbehagen oder Verlegenheit sein. Dann fährt er sich mit den Fingern durchs Haar, und ich weiß, dass es Ersteres ist.

»Du wusstest, dass ich geraucht habe, Lils?«

Ich muss grinsen. »Natürlich wusste ich das.«

»Ich habe immer darauf geachtet, in deiner Gegenwart nicht zu rauchen.«

»Tja, ich hab's trotzdem herausgefunden.«

»Mhm. Ein echter Sherlock.«

»Das bin ich.«

»Du hast mich deswegen nie ins Gebet genommen.« Er rückt näher an mich heran. Auf dem Sofa berühren sich fast unsere Knie.

Ich weiß nicht, ob es eine bewusste Bewegung ist oder nicht, aber jetzt sitzt er mir frontal gegenüber. Es fällt mir schwer, meinen Puls ruhig zu halten und die schmerzhaften Tränen zurückzudrängen, die in meiner Brust aufsteigen.

Freunde, erinnere ich mich selbst. *Er will, dass wir Freunde sind.*

Doch den schwachen Protest in mir kann ich nicht unterdrücken. Immerhin hat er die Muschel behalten.

»Nein. Es schien dir wichtig zu sein, dass ich nichts davon wusste.«

»Ich wollte kein schlechter Einfluss sein.«

»Meine eigenen Brüder haben in meinem Beisein nicht mal geflucht. Du warst derjenige, der mir das beigebracht hat.«

Sein Lächeln ist schief. »Das stimmt.«

»Und auch, wie man jemandem eine verpasst.«

»Musstest du das je anwenden?«

»Nein«, antworte ich ehrlich. »Aber ich erinnere mich noch daran, wie es geht. Sieh her.« Ich hebe meine Hand und mache eine Faust, so wie er es mir beigebracht hat. Mit dem Daumen auf der Außenseite, weil er sonst bei dem Aufschlag brechen könnte. *Mach die Faust nicht so fest, dass dein kleiner Finger sich mit nach innen biegt.*

»Mhm«, raunt er und nimmt meine Faust in beide Hände. Er dreht sie um und überprüft die Stellung meines Daumens. »Sehr gut.«

»Ich habe es nicht vergessen«, murmele ich. So nahe vor mir erscheinen seine Augen warm … in derselben Bernsteinfarbe, an die ich mich erinnere. Seine Haut ist gebräunt, und um die Augen herum haben sich kleine, schwache Fältchen gebildet. Er hat Dinge gesehen … und Dinge getan, die ich nicht einmal ansatzweise begreifen kann. In dem Jahrzehnt, in dem wir getrennt waren, hat er ein ganzes Leben gelebt. So wie ich.

Aber seine Hand auf meiner fühlt sich so vertraut an, als wäre sie meine eigene. Und auch wenn sein Haar jetzt kürzer ist, wölbt es sich immer noch so über seiner Stirn, wie ich es in Erinnerung habe.

»Gut.« Langsam lässt Hayden meine Hand sinken, bis sie in seinen Händen zwischen uns liegt. Mit dem Daumen malt er einen trägen Kreis in meine Handfläche. Die Berührung lässt meinen Arm erschauern, und meine Brust füllt sich mit Wärme. »Was ist mit dir?«

»Was soll mit mir sein?«

»Du hast mir gesagt, dass deine Brüder mich vermisst haben. Waren sie die Einzigen?«

Meine Atmung beschleunigt sich. Fragt er gerade, ob …

»Ich bin sicher, dass dein Onkel dich auch vermisst hat«, witzele ich, und er lacht. Das kehlige Geräusch bringt mich dazu, mich vorzubeugen.

»Lily«, sagt er tadelnd.

»Jaja.« Ich sehe hinunter auf meine Hand, die in seiner ruht. »Ich habe dich auch vermisst«, wispere ich. »Das weißt du doch.«

Lange sagt er nichts, sitzt nur da mit meiner Hand in seinen. Sie sind warm und größer, als ich mich erinnere. Die Haut ist trocken und leicht schwielig. Ich frage mich, wie sich seine Finger auf meiner Wange anfühlen würden, an meinem Kinn. Wenn sie meinen Hals hinabgleiten würden und dann noch tiefer.

Mein Herz fühlt sich an, als würde es mir gleich aus der Brust springen. Wollte er denn gar nichts tun? Mein Herz sehnt sich nach seinen Worten und mein Körper nach seiner Berührung.

Seine eine Hand wandert zu meinem Knie und bleibt dort locker liegen. Er übt kaum Druck aus, trotzdem drängt sich mein Körper der Berührung entgegen. Es ist seine automatische Reaktion auf Hayden.

»Lily«, murmelt er, nahe genug, dass ich seinen warmen Atem an meinem Mund spüre. »Es tut mir leid.«

»Mir auch.«

Er neigt den Kopf und gibt mir mehr als genug Zeit, mich zurückzuziehen, bevor er langsam seine Lippen auf meine drückt. Sie sind warm, weich und kraftvoll und küssen mich mit absichtlicher Zurückhaltung. Mir ist klar, dass es ein Test ist.

Er sondiert die Lage.

Der Griff seiner Hand auf meinem Knie wird fester. Seine Finger gleiten unter den Saum meines Rocks und streicheln zärtlich mein Bein. Ich vertiefe den Kuss … wie könnte ich auch nicht? Sein Geschmack und seine Wärme sind alles, was ich brauche. Alles, was ich so viele Jahre vermisst habe. Hayden zu küssen, war niemals nur Küssen. Es ist lebensspendend.

Warme Lippen überreden meinen Mund, sich zu öffnen, und ich heiße seine Zunge willkommen. Sein Kuss ist süß, unsere Körper berühren sich dabei kaum. Ich spüre, wie mein Herz sich öffnet.

Hayden …

So lange habe ich hiervon geträumt. Von ihm … wieder in meinen Armen. Von seinen Lippen auf meinen und dem sanften, warmen Blick seiner Augen, den nur ich zu sehen bekomme. Wie Hände, die hart und schwielig sind, zärtlich werden. Wie sein Körper, der so kurz davor ist, sich fallen zu lassen, das Bedürfnis unterdrückt. Es unterdrückt wie alles in seinem Leben.

Außer seinem Weggehen.

Ich unterbreche den Kuss und lege eine Hand auf seine Brust. »Hayden, das können wir nicht.«

Er lehnt sich zurück. Feuer glüht in seinen Augen, und mir wird klar, wie sehr er sich zurückgehalten hat, um mich so lange so zärtlich zu küssen. »Warum nicht?«

»Ich kann nicht.« Kopfschüttelnd stehe ich auf. Mühsam ziehe ich mir die Schuhe an und versuche, mein Herz wieder zu verschließen. Ich kann mich ihm nicht wieder öffnen. Dieses Mal würde der Schmerz mich umbringen.

»Lily, es war nie meine Absicht, dich wegzuschieben.«

»Ich weiß. Und wir bleiben Freunde. Danke für den Wein und für … für das Dessert.«

»Ja, natürlich. Jederzeit.« Sein Blick sucht meinen. Ich sehe, dass er sich fragt, wieso ich plötzlich meine Meinung geändert habe, aber ich kann es ihm nicht erklären. Ich weiß nur, dass ich mich auf gefährlichem Territorium befinde.

»Es tut mir leid«, entschuldigt er sich erneut, und ich habe keine Ahnung, wofür. Dafür, mich geküsst zu haben? Weil er gegangen ist? Weil er zurückgekommen ist?

Wem wollte ich etwas vormachen, als ich glaubte, ich könnte nur mit ihm »befreundet« sein?

»Wir sehen uns«, sage ich und renne fast zur Tür.

– 15 –
LILY

Lily, 18

Rhys liegt auf meinem Bett. Sein Kopf steckt in einem Buch, was nichts Neues ist, aber sein Haar ist anders. Er hat es abrasiert, und all die langen Strähnen sind verschwunden. Seit er auf der Universität ist, hat sich etwas an ihm verändert.

»Kannst du mir noch mal erklären, wieso die Cousinen aus Maine eingeladen wurden?«, frage ich ihn.

»Weil das hier die Party zu Lily Marchands achtzehntem Geburtstag ist, natürlich!«

Ich weiß, dass nicht ich es bin, die er auf die Schippe nimmt, sondern Mom.

»Aber ich habe sie nicht mehr gesehen, seit ich dreizehn war.«

»Es ist, um Tante Elaine zu beschwichtigen. Sie und Dad sind sich doch nicht grün.«

»Ja, ist mir schon klar. Nur wieso wird dazu meine Geburtstagsparty benutzt?«

Er blättert eine Seite um. »Familienpolitik.«

»Ich hasse das.« Ich stecke die letzte perlenbesetzte Nadel in mein Haar. Es ist zu einer riesigen Hochsteckfrisur aufgetürmt, die meine Großmütter – alle beide – bevorzugen. Ich habe allerdings ein paar weiche Locken herausgezupft, die mein Gesicht und meinen Hals umrahmen. Ein kleiner Akt der Rebellion.

Mein Kleid dagegen ist wunderschön. Dunkelblau mit tiefem Rückenausschnitt und einem lockeren Rock in A-Linie. Ich habe fast fünf Monate gebraucht, um es zu nähen.

Rhys blättert die nächste Seite um. Seine Fähigkeit, zu lesen und gleichzeitig eine Unterhaltung zu führen, macht mich immer noch neidisch. »Ich habe Hayden noch gar nicht gesehen«, sagt er.

»Tja«, erwidere ich und fummele an meinem Reißverschluss herum. »Er arbeitet diesen Sommer auf einem der Fischerboote bei den Docks.«

»Aber er kann ja nicht rund um die Uhr arbeiten.«

Ich zucke die Achseln. »Ich kenne seinen Tagesablauf nicht.«

Was nicht ganz stimmt. Manchmal sehe ich ihn morgens das Strandhaus verlassen, und hin und wieder erhasche ich einen Blick auf ihn, wenn er zurückkommt. Mehr sehe ich zurzeit nicht von ihm.

Seit der Schulabschlussparty ist ein Monat vergangen, und wir haben immer noch nicht richtig miteinander gesprochen. Ich habe mich albern gefühlt … wie ein aufgetakeltes Mädchen, das sich ihm auf einer Party an den Hals wirft, nur um zurecht- und abgewiesen zu werden.

Doch sosehr seine Zurückweisung auch geschmerzt hat … Gar nicht mit ihm zu reden, ist vielleicht noch schlimmer. Anfangs habe ich ihn aus verletztem Stolz heraus gemieden. Ich hatte mich ihm angeboten und er mich abgewiesen, schlicht und ergreifend. Und als er versucht hat, mit mir zu reden … tja, da habe *ich* ihn abgewiesen. Der Gedanke, dass er es mir noch einmal erklären würde – warum wir nicht zusammen sein können – tat einfach zu weh.

Also liegt es wohl jetzt an mir, das Gespräch zu suchen … nur wie? Sollte es eine Patentlösung dafür geben, wie wir unsere zwanglose Freundschaft zurückgewinnen können, kenne ich sie nicht.

»Kommt er heute Abend?«, fragt Rhys.

Ich streiche über die Seide meines Kleides. »Ich glaube schon.«

Tatsächlich habe ich keine Ahnung. Vielleicht bleibt er der ganzen Sache auch fern.

Aber ich hoffe nicht.

»Champagner?«

Ich schenke dem wohlmeinenden Kellner ein kleines Lächeln. »Darf ich nicht. Ich bin noch nicht einundzwanzig.«

Er schaut verlegen drein. »Sorry, Miss.«

»Kein Problem.« Ich hätte nichts lieber als einen Schluck von dem kühlen Champagner, den mein Dad heute Abend servieren lässt, aber ich weiß, dass die ungefähr sechzig Gäste mich alle dafür kreuzigen würden.

Das Blöde daran, der Ehrengast zu sein? Alle Augen ruhen auf dir.

Jamie schiebt ihren Arm unter meinen. »Komm schon, Lils. Du musst nicht den ganzen Abend an der Tür stehen. Lass jemand anderen die Gäste begrüßen.«

Wir gehen durch das Haus in den Garten, von wo aus sanfte Musik zu uns herüberweht, die die von Mom engagierte Live-Band spielt. Sie sind gut, das muss ich ihr lassen. Es werden Kanapees gereicht, und ich schaffe es, ein kleines Stück Quiche mit Tomatenrelish zu ergattern.

Jamie grinst mich an. »Gott sei Dank hat deine Mom dieselben Caterer engagiert wie für ihren Hochzeitstag. Erinnerst du dich noch an die Desserts?«

»Machst du Witze? Davon träume ich heute noch.« Ich tue so, als würde ich in Ohnmacht fallen. »Oh, du liebliches Schokoladeneclair.«

»Nur deswegen bin ich hergekommen.« Aus Jamies Augen blitzt der Schalk. »Wegen dem Dessert. Tut mir leid, Lily.«

»Ich sollte beleidigt sein, aber ich bin auch deswegen hier«, erwidere ich grinsend.

Ein kräftiger Arm legt sich um meine Schultern, und ich sehe hoch.

Henry. Er ist frisch rasiert, und sein Haar ist ordentlich zurückgekämmt. Jedes Mal, wenn ich ihn wiedersehe, sieht er älter aus. Er ist die Art von Mensch, der es nie bestimmt war, ein Kind zu sein. »Hey, Lily.«

»Du hast es geschafft, zu kommen!«

»Natürlich.« Er drückt mich. »Wie könnte ich das verpassen? Meine kleine Schwester ist endlich erwachsen.«

Parker gesellt sich zu uns und grinst Henry an, während sie sich einen Faustcheck geben. »Ich bin froh, dass du hier bist, Mann.«

»Bin ich auch. Tut mir leid, dass ich es zu deinem Schulabschluss nicht geschafft habe.«

»Kein Problem.« Parker wirkt glücklich und gelöst ... obwohl ich weiß, dass er noch nicht ganz darüber hinweg ist. »Hast du schon Mom und Dad gesehen?«

»Ja, ich habe schon mit ihnen geredet. Ist Rhys hier?«

Ich deute dorthin, wo Rhys gerade eine Diskussion mit unserer Großmutter Evelyn führt. Ich wäre nicht überrascht, wenn sie ihn für seinen neuen Haarschnitt ausschimpft und er mit irgendwelchen metaphysischen Argumenten oder Nietzsche kontert, der Spinner.

»Vorhin habe ich Hayden getroffen«, sagt Parker. »Er kommt nachher zu uns.«

»Sehr gut.« Henry nickt. »Wohnt er immer noch draußen im Strandhaus mit seinem Onkel?«

»Klar.«

»Ich frage mich, wie lange Dad ihn dort noch bleiben lässt.«

Parker runzelt die Stirn, und ich tue dasselbe. »Was meinst du damit?«

»Na ja, er ist jetzt erwachsen. Der Deal war sicherlich, so lange für ihn zu sorgen, wie er ein Kind war und unter Garys Obhut stand.« Henrys nüchterne Worte fühlen sich wie Dolchstöße an.

»Henry, so was kannst du doch nicht sagen«, erwidere ich. »Hör auf, so gemein zu sein.«

Ebenso amüsiert wie gekränkt zieht er die Augenbrauen hoch. »Was denn? Das ist nur die Wahrheit.«

»Nee, Mann, Hayden ist wie ein Bruder für uns«, sagt Parker. Er wirkt genauso beleidigt wie ich. »Das Haus ist sein Zuhause. Er kann dort mit Gary so lange wohnen, wie er will.«

»Jaja, sicher. Holen wir uns ein Glas Champagner und genießen Lilys Geburtstag. Darüber müssen wir ja nicht jetzt reden.«

Oder niemals. Mir ist schon klar, dass Hayden eines Tages gehen muss. Aber allein die Vorstellung bricht mir das Herz.

Der Abend zieht wie ein Schleier aus Namen, Gesichtern und Gelächter an mir vorbei. Sosehr ich geglaubt hatte, es zu hassen, so sehr merke ich, dass ich es doch nicht tue. Ein paar meiner Freundinnen aus der Schule sind hier und auch ein paar von Parkers und Rhys' Freunden. Und die Cousinen aus Maine sind nett.

Der Einzige, der fehlt, ist Hayden. Ich blicke immer wieder zum Strandhaus hinüber, es wirkt verlassen und dunkel. Kein schwarzhaariger, grüblerischer Junge in Sicht.

Ich mache gerade eine Tanzpause, als Turner mit einem Lächeln im Gesicht auftaucht. »Hey.«

»Hi. Parker muss hier irgendwo sein, glaube ich.«

Er lacht. »Weiß ich, aber ich wollte dir zum Geburtstag gratulieren.«

»Oh. Vielen Dank.«

»Die Party ist echt toll.«

»Ja, das kann man wohl sagen.« Ich blicke zum Zelt mit den Lichterketten und dem Duft der Lilien in den vielen Bouquets hinüber. »Mom hat wirklich an alles gedacht.«

»Wie wäre es mit einem Tanz?« Er deutet mit dem Kopf Richtung Tanzfläche.

Die Musik ist sanft und beruhigend, und ich würde gern Ja sagen. Aber die Erinnerung an seine Abschlussparty hält mich zurück. »Und was, wenn uns wieder jemand unterbricht?«

»Ich verspreche, dass ich mich dieses Mal nicht so leicht vertreiben lasse.«

»Gut. Denn heute sind alle meine Brüder hier.«

Turner grinst. »Dann bin ich auf das Schlimmste gefasst.«

Turner ist ein toller Tänzer. Er führt gut, und ich trete ihm nicht ein Mal auf die Füße. Er hat dieselben Tanzstunden hier in Paradise Shores absolviert wie der Rest von uns, doch im Gegensatz zu den meisten meiner Brüder scheint er tatsächlich aufgepasst zu haben.

Auch meine Eltern tanzen. Ich sehe zu, wie sie anmutig um uns herumgleiten, und ein mir bekanntes Gefühl macht sich in meiner Brust breit. Wie sie zu sein, bedeutet so viel Druck. So schön. So erfolgreich. Von allen bewundert. Selbst diese Party, die meine Mutter aus Liebe zu mir organisiert hat, erinnert mich daran. Ihre Erwartungen haben nahezu jede Freude in Henry erstickt. Ich will nicht, dass sie Rhys oder Parker dasselbe antun. Oder mir.

Als ob er meine Gedanken lesen könnte, nickt Turner. »Ist schon ziemlich überwältigend, oder?«

»Ja.«

Er beugt sich vor. »Parker hat sich ein paar der Champagnerflaschen geschnappt. Im Keller findet gerade eine Nebenparty statt.«

»Eine was?«

»Eine Nebenparty. Komm schon, lass uns für eine Weile verschwinden.«

Er hat recht. Rhys ist schon da und öffnet gerade eine der Flaschen. Er überreicht mir ein Glas perlenden Champagner. »Schön, dass du kommen konntest, meine Liebe.«

Ich lasse mich auf eines der großen Sofas fallen und beuge mich vor, um meine schmerzenden Füße von den hohen Schuhen zu befreien. »Oh, Gott sei Dank.«

Turner lacht und setzt sich neben mich. »Jetzt brauchen wir nur noch was zu essen.«

»Parker ist schon dran«, erwidert Rhys. »Ich glaube, er holt auch Jamie und die anderen Mädels her.«

»Wirklich?«

»Er will, dass du Spaß hast, Lils.« Er beugt sich vor und kneift mir in die Nase, wie er es schon seit Jahren nicht mehr getan hat. »Bald sind wir alle auf dem College, und du bist hier allein in deinem Abschlussjahr. Lass uns dich noch ein bisschen verwöhnen.«

Und das tun sie. Es gibt Musik und Spiele und Drinks, ganz zu schweigen von einem vollen Tablett Blätterteigpasteten, gefüllt mit Lammbraten, das Parker irgendwie ergattert hat. Ich muss mich draußen immer mal wieder unter die Gäste mischen, doch insgesamt fühle ich mich bei der ganzen Sache jetzt weit weniger einsam.

Nur eine Person fehlt. Ich hatte gehofft, er würde kommen, aber als die Stunden vergehen, glaube ich nicht mehr daran. Dies ist schon an guten Tagen nicht sein Ding und schon gar nicht, wenn ich so aufgebrezelt bin und das Haus voller Fremder ist. Fremde, die Treuhandfonds haben und abgehoben sind. Trotzdem hatte ich Hoffnung.

Es ist schon spät, als ich mich schließlich von allen Gästen verabschiedet habe. Turner ist noch unten mit Parker. Beide sind eingedöst. Meine Eltern haben schon vor Ewigkeiten gute Nacht gesagt, und die Caterer haben alles zusammengepackt und sind gegangen. Jetzt bin ich offiziell achtzehn.

Draußen ist es immer noch warm. Ich stehe im Garten und nehme ein paar tiefe Atemzüge. Eine salzige Meeresbrise liegt in der Luft, und die Sterne funkeln wie ein glitzernder Teppich über mir. Im Zelt sind noch die Lichter an, und ohne all die Gäste wirkt der Garten wie verzaubert. Die einzige Musik, die noch zu hören ist, kommt vom Klang der Wellen, die an den Strand rollen. Ich schließe die Lider und atme die salzige Luft ein.

Ein vertrautes Lachen, weich und tief, erklingt vor mir. Ich reiße die Augen auf. Vor mir steht der eine Mensch, von dem ich glaubte, dass er nicht mehr auftauchen würde. Er trägt ein dunkles Anzugjackett, dasselbe, das er für seinen Abschluss gekauft hat. Die Ärmel sind jetzt ein bisschen zu kurz, und es spannt über der Brust, doch das lässt ihn nur noch männlicher wirken. Unter seinen dunklen Haaren funkeln seine Augen vor Vergnügen.

Hayden sieht so attraktiv aus, dass ich meine, mir müsste allein von seinem Anblick das Herz brechen. Ich weiß, dass ich schon lange in ihn verliebt bin, aber schlagartig wird mir klar, wie sehr ich ihm verfallen bin. Es gibt einfach keinen anderen für mich.

Und das wird es auch nie.

Er verzieht leicht den Mund. »Was machst du hier draußen, Lily?«

»Ich genieße die Nacht. Die Sterne.«

»Mehr als deine Party?«

»Die war auch schön. Wenn auch ab und zu ein bisschen langweilig.«

»Ist Henry aufgetaucht?« Er macht einen Schritt auf mich zu.

»Ja, er ist hier. Wir hatten eine Nebenparty.«

»Eine Nebenparty?«

Auch ich mache einen Schritt auf ihn zu, und mir wird bewusst, dass ich keine Schuhe mehr trage. Das Gras fühlt sich kalt zwischen meinen Zehen an. »Mit Champagner und Spielen.«

Er nickt. »Hast du welchen getrunken?«

»Nur ein bisschen.«

Er zieht eine Augenbraue hoch, so wie er es schon immer konnte, und ich muss lächeln. »Na schön. Vielleicht ein paar Gläser. Aber nicht zu viel.«

»Ich bin froh, dass du Spaß hattest.«

Wir sind still, beobachten uns nur gegenseitig. Ich frage mich, was er denkt. Ob er mich so vermisst hat, wie ich ihn vermisst habe. Ob er sich gerade genauso fühlt wie ich … aufgeladen mit Energie angesichts seiner Nähe.

»Wieso bist du nicht gekommen?«

»Jetzt bin ich doch hier.«

»Ja, aber …« Ich deute auf die leeren Tische. »Wieso nicht früher?«

Hayden runzelt die Stirn, als wäre er nicht sicher, ob er mir die Wahrheit sagen soll oder nicht. Beim Anblick der kleinen Falte zwischen seinen Brauen zuckt meine Hand. Ich will sie mit dem Finger glätten und ihm über die Wange streichen.

»Um ehrlich zu sein … Ich war mir nicht sicher, ob du mich dabeihaben wolltest.«

»Ich will dich immer dabeihaben.«

Er sieht weg, als wäre er geschockt von meinem Eingeständnis. Als ob er nicht wüsste, wie sehr ich ihn will. »Ja, also, das letzte Mal habe ich es vermasselt. Ich weiß nicht, wie oft ich mich noch entschuldigen soll.«

»Ich möchte nicht, dass du dich entschuldigst.« Ich schüttele den Kopf. Nicht das … alles, nur nicht das. Ich will nur, dass er sagt, was ich fühle. Dass unser Kuss ihm alles bedeutet hat, dass er mich so sehr will wie ich ihn.

Doch das sagt er nicht. Er lächelt nur, schwach und aufrichtig, und überreicht mir eine goldene Schachtel. »Herzlichen Glückwunsch zum Geburtstag, Lily.«

»Das wäre doch nicht nötig gewesen.«

»Mach's auf.«

Ich wickele die Schachtel langsam aus, und mein Blick wandert von ihm zu seinem Geschenk. Hoffentlich hat er nicht zu viel Geld dafür ausgegeben. Ich weiß, wie hart er für sein Einkommen arbeitet. Aber ich bin nicht so dumm, das jetzt anzusprechen.

»Es ist nur was Kleines«, sagt er und zuckt die Achseln. »Aber ich … na ja.«

Ich öffne den Deckel, und ein auf Seidenpapier liegendes goldenes Armband kommt zum Vorschein. In gleichen Abständen sind kleine Anhänger daran befestigt: eine Muschel, geformt wie ein Kegel. Eine kleine Farbpalette. Ein großer Baum – so wie der, auf den wir früher geklettert sind, stelle ich mir vor. Ein winziger goldener Hund.

Schauer laufen über meine Arme, als mein Blick zwischen einer Sternschnuppe und dem Hund hin- und herwandert. Wie hat er es nur geschafft, die Gefühle in meinem Herzen mit solch kleinen Symbolen einzufangen?

»Lily?«

»Es ist wunderschön«, flüstere ich. »Ich danke dir.«

Es ist knifflig, das Armband um mein Handgelenk zu befestigen, also hilft Hayden mir. Ich kann einen Hauch Seife und Meer riechen, der von ihm ausgeht.

»So«, murmelt er und hält mein Handgelenk noch etwas länger umfasst. Mit seinem Daumen streicht er über meine Handinnenfläche, bevor er einen Schritt zurücktritt. »Es steht dir.«

»Danke noch mal.« Mit dem Finger berühre ich den kleinen Hund. Atlas.

»Keine Ursache.«

»Möchtest du reinkommen?«

Er nickt, ohne mich aus den Augen zu lassen. »Ja.«

Ich führe ihn die Treppe zur Veranda hoch und durch die Küchentür. Die Zimmer im Erdgeschoss sind dunkel und leer. Überall sind Tassen und Gläser verstreut, und in einer Ecke der Küche stehen die großen Kühlboxen der Caterer, in denen das restliche Essen verpackt ist.

»Hast du Hunger?«

Haydens Blick klebt immer noch an mir. »Nein.«

Ich schlucke. So wie er mich ansieht … sieht er irgendwie hungrig aus. »Na gut.« So leise wir können, gehen wir die Treppe hinauf. Wir wissen beide, welche Dielen man umgehen muss und welcher Teil des alten Geländers knarrt. Leise schließe ich meine Schlafzimmertür hinter uns.

Die Atmosphäre zwischen uns fühlt sich schwer an von ungesagten Dingen. Ich setze mich auf meine Couch und bedeute ihm, neben mir Platz zu nehmen. Er tut es nicht.

»Lily, ich …« Er bricht ab und schüttelt den Kopf. Sein Blick bleibt an den Fotos kleben, die an der Wand hängen. Parker, Dad und ich auf einem Segelschiff. Ich huckepack auf Rhys' Rücken vor dem Eiffelturm. Mom und ich neben dem Kolosseum.

»Ich habe dich vermisst«, sage ich. »Tut mir leid, dass ich dich weggestoßen habe.«

Haydens Blick schießt zu mir zurück. »Das ist in Ordnung. Du hattest das Recht, böse zu sein.«

»Nein, finde ich nicht.« Ich berühre mein Armband. »Das hier ist unglaublich.«

Hayden mustert mich mit dunklen Augen, die Hände in den Hosentaschen, erwidert jedoch nichts. Er hat nie etwas darüber gesagt, was wir sind. Nachbarn? Freunde?

Mehr?

Sein Geschenk lässt mich glauben, dass wir mehr sind. Etwas, wovon ich schon länger träume, als ich mich erinnern kann. Ein Wir. Eine feste Einheit.

Und ich erkenne denselben Sturm in seinen Augen. Er kann so vieles verbergen, aber nicht vor mir.

Meine Lippen prickeln bei der Erinnerung an seine Berührung. Unter seinem drängenden Mund hatte ich mich gefühlt, als wäre ich kurz davor zu explodieren. Seine Hände auf mir … Ich hatte geglaubt, sie wären mir vertraut. Als Kinder haben wir Händchen gehalten, und ich habe ihnen bei der Arbeit zugesehen, wenn wir im Sommer zusammen Austern geknackt haben.

Doch sie haben sich völlig neu angefühlt, als sie um meine Taille geschlungen waren. »Hayden …«

Er greift nach dem Türknauf. Auf einen Fremden würde er vielleicht unbekümmert wirken, aber ich sehe, wie sehr er sich bemüht, seinen Gesichtsausdruck neutral zu halten. »Lily, das können wir nicht.«

»Du wiederholst dich. Verdiene ich nicht zu wissen, wieso nicht?«

Er schüttelt den Kopf, aber es wirkt nicht wie ein Nein. Es wirkt verzweifelt.

Ich begreife nicht, wieso. Beim letzten Mal hat er so heftig reagiert, mich mit so viel verwegener Hemmungslosigkeit geküsst. Ich weiß doch, was ich in seinen Berührungen gespürt habe.

Ich weiß, dass er mich auch wollte.

»Es wäre nicht richtig.«

Ich stehe vom Sofa auf und gehe zu ihm. Hayden sieht gut in seinem Anzug aus. Ungewöhnlich. Anders, auch wenn sein Stirnrunzeln dasselbe ist. »Weil wir zusammen aufgewachsen sind?«

»Ja.«

Mit den Handflächen fahre ich über die Aufschläge seines Jacketts. Seine Brust darunter fühlt sich fest an. »Aber für mich bist du nicht wie ein Bruder.«

Sein Ausatmen ist spürbar auf meinen Lippen. »Gott sei Dank.«

Ich umfasse seinen Nacken und vergrabe meine Hand in seinem dunklen Haar, so wie ich es bei anderen Frauen gesehen habe. Meine Brüste ruhen an seiner Brust … dafür habe ich gesorgt. Beim letzten Mal hat er in meinen Mund gestöhnt, als er mit seinen Händen darübergestrichen hat.

»Und ich bin auch nicht wie eine Schwester für dich«, murmele ich. »Absolut nicht.«

Seine Pupillen sind jetzt riesig, und sein Herz unter meinen Handflächen rast.

»Hayden«, flehe ich.

Er überbrückt den Abstand zwischen uns. Sein Kuss ist so intensiv, dass es wehtut. Meine Lippen verschmelzen folgsam mit seinen und kosten seine Wärme aus.

Hayden seufzt in meinen Mund und schlingt die Arme um mich. Er zieht mich so fest an sich, dass zwischen uns keine Luft mehr ist. Und ich brauche auch keine, sondern drücke mich noch fester an ihn, die Arme um seinen Hals geschlungen. Wir küssen uns, als ob wir nie etwas anderes getan hätten und auch nie wieder etwas anderes tun wollten.

Er nagt mit den Zähnen an meiner Unterlippe und lacht, als ich mich überrascht zurückziehe. »Ich kann nicht anders«, flüstert er.

Ich lächle und tue dasselbe bei ihm, woraufhin ich mit einem weiteren schmerzhaften Kuss belohnt werde. Langsam findet seine Zunge den Weg in meinen Mund. Die Hände in seinem Haar vergraben und meine Brustwarzen hart an seine Brust gepresst, erwidere ich den Kuss.

So etwas habe ich noch nie gefühlt.

Irgendwann taumeln wir auf mein Sofa, ziehen uns gegenseitig darauf nieder. Ich lande mit gespreizten Beinen auf seinem Schoß, und mein Kleid bauscht sich an mir hoch. Hayden verteilt Küsse auf mein Kinn und meinen Hals bis hinunter zu meinem Schlüsselbein und setzt meinen Körper in Brand. Ich fühle mich heiß – viel zu heiß.

Seine Hände umschließen ehrfürchtig meine Brüste, und ich schnappe nach Luft, als er seine Daumen über meine Brustwarzen gleiten lässt. Seine Lippen wandern wieder aufwärts, zurück zu meiner Wange und meinem Ohr.

Mutig taste ich nach dem Reißverschluss an der Seite meines Kleides. Das hier wird passieren. Ich will ihn, und er will mich, und ich habe ihn hier bei mir. Ich will seine Haut auf meiner fühlen. Nervosität macht sich in mir breit, als ich den Zipper zu fassen bekomme.

Kräftige Finger legen sich um meine Handgelenke. »Nein.«

»Nein?«

Hayden schüttelt den Kopf. »Nein, wir werden nicht weiter gehen als bis hierher. Nicht jetzt.«

Ich runzle die Stirn. Dieses brennende Gefühl, in das ich mich gerade verliebe, pulsiert durch meinen ganzen Körper. Ich will nicht aufhören, ihn anzufassen, und ich will auch nicht, dass er aufhört, mich anzufassen. »Wieso?«

»Weil das zu schnell gehen würde.«

»Aber – «

Er beugt sich vor und flüstert mit den Lippen direkt an meinem Ohr: »Du musst nichts beweisen, Lily.«

Seufzend sinke ich gegen ihn. »Ich hasse es, wenn du mich von irgendwas abhältst.«

»Ich weiß«, sagt er lachend. »Aber ich will dir ja gar nichts vorschreiben, sondern die Sache nur ein bisschen entschleunigen.«

»Na schön. Du bist moralischer, als gut für dich ist.«

»Es ist nur zu deinem Besten.«

»Wenn die Leute wüssten, wie moralisch du bist«, sage ich düster und drücke ihm einen Kuss auf den Hals.

»Ich könnte mich hier nie wieder blicken lassen«, murmelt er an meiner Wange. Seine Stimme ist heiser und die Wärme zwischen uns immer noch spürbar. Nur weil wir aufgehört haben, bedeutet das nicht, dass unsere Körper auch aufgehört haben, sich zu begehren. Und ich kann sein hartes Begehren deutlich unter mir spüren.

Hayden Cole ist wegen mir hart. Diese schlichte Tatsache macht mir den Mund trocken. Er will mich. Ich gleite von seinem Schoß, setze mich neben ihn und presse meine Lippen auf seinen Hals. »Aber du willst mich?«

Hayden schluckt. »Das weißt du doch, Lils.«

Meine Hand schleicht sich seinen Oberschenkel hinauf. Ich bin so nervös, dass ich kaum die Worte herausbekomme, doch selbst das gefällt mir. Dass ich der Grund bin, wieso seine Atmung so schnell geht. Dass er sich hierin genauso verliert wie ich.

»Lily …«

Als ich seinen Reißverschluss erreiche, zögere ich. »Wir müssen ja nicht weiter gehen als bis hierher. Ich möchte nur …« Ich bekomme es einfach nicht heraus. Er ist still, hängt an meinen Lippen und fixiert mich mit seinen Bernsteinaugen. Ich brauche einen Moment, um meinen ganzen Mut zusammenzunehmen. »Ich möchte einfach nur sehen, wie sehr du mich willst.«

Hayden flucht, und ich werte das als Ermutigung. Mit der Handfläche streiche ich über die Ausbuchtung in seiner Hose, und sein Kopf fällt gegen die Sofalehne. »Shit.«

»Willst du, dass ich aufhöre?«

Er schluckt. »Das solltest du, Baby.«

»Das ist keine Antwort.« Ich beuge mich vor und presse meine Lippen auf seine. Sie sind weich und bewegen sich eindringlich unter meinen. Seine Hüften drücken sich leicht gegen meine Hand, und ich fühle mich schwindelerregend mächtig.

Also ziehe ich den Reißverschluss hinunter und greife hinein.

Ich muss ein bisschen fummeln, bevor ich meine Hand um seine heiße Haut schließen kann. Hayden gibt ein schwaches Stöhnen von sich. »Lily …«

Ich versuche, ihm die Hose herunterzuziehen. Er hilft mir, zerrt daran mit abgehackten Bewegungen, bis seine Erektion freiliegt. Ich blicke von seinem Gesicht, das vor Lust fast schmerzverzerrt ist, zu dem klaren Beweis dafür.

Er liegt groß und schwer an seinem Bauch. Angeschwollen und mit einer schimmernden Spitze. Mein Bauch schmerzt vor Verlangen. Was wäre es für ein Gefühl, ihn in mir zu haben? Würde er überhaupt hineinpassen?

Während ich ihn beobachte, zuckt er.

»Fuck. Lily, nur zu wissen, dass du mich anguckst …«

Ich fahre mit der Hand auf der Haarlinie seinen Bauch hinunter. Während ich ihm in die Augen sehe, umschließe ich mit den Fingern seinen Schaft. Er fühlt sich heiß an. Die Haut ist weich, aber darunter ist er hart. »Gefällt es dir, dass ich dich angucke?«

»Ja«, presst er zwischen zusammengebissenen Zähnen heraus.

Ich fange an, meine Hand an ihm auf und ab zu bewegen, wie ich gehört habe, dass man es macht. Wie ich es gesehen habe. Er ist so groß, dass ich versucht bin, beide Hände zu nehmen.

»Sag's mir«, wispere ich. »Sag mir, was ich tun soll.«

Hayden legt eine Hand um meine und drückt zu, zeigt mir, wie viel Druck er gern hat. »So«, murmelt er.

»Tut das nicht weh? Wenn ich so fest zudrücke?«

Er schüttelt den Kopf. »Nein.«

Aber er sieht aus, als ob er Schmerzen hätte. Sein Kopf fällt wieder gegen die Sofalehne, und ich kann die Muskeln an seiner Kehle arbeiten sehen, während er schluckt. Ich selbst fühle mich unglaublich heiß, aufgewühlt und begierig. Zu wissen, dass ich diejenige bin, die ihn sich so fühlen lässt … ist berauschend. Es ist nicht der Alkohol von vorhin, sondern dieses Gefühl, das mich high macht.

Ich umfasse ihn fest und streichle ihn langsam. Haydens Atemzüge beschleunigen sich. Er beobachtet mich unter halb gesenkten Augenlidern, und ich genieße seinen glasigen, bewundernden Blick. Ich fühle mich mächtig. Dieses eine Mal kann ich Hayden so aus dem Gleichgewicht bringen wie er mich … und ebenso verletzlich machen.

Ich lasse meine andere Hand tiefer wandern. Es gibt noch so viel an ihm, was ich erkunden möchte, aber ich weiß nicht, wie weit er mich gehen lässt.

Ich ziehe seine Boxershorts weiter hinunter, befreie die schweren Gewichte darin und umschließe sie mit meiner Hand.

Haydens Augen weiten sich überrascht, und schnell lasse ich los. »Tut mir leid.«

»Nein, nein …« Er greift nach meiner freien Hand und legt sie sanft dorthin zurück, wo sie war. Wieder umfasse ich seine Hoden und ziehe leicht daran. »Fuck, Lily … Woher weißt du, wie man das macht?«

»Weiß ich nicht.«

»Doch«, haucht er und greift nach meinem Haar, um es mir hinters Ohr zu schieben.

Ich lächle ihn an. »Solange dir gefällt, was ich tue …«

»Oh, das tut es.«

Ich schmiege mich enger an ihn und beginne, ihn richtig zu verwöhnen. Haydens Atmung beschleunigt sich wieder, und seine Augen schließen sich halb. Es ist, als würde ich ihn regelrecht verhexen.

»Schneller«, murmelt er, die Augen jetzt ganz geschlossen, während sein Atem immer lauter wird.

Also nehme ich Fahrt auf. Ich umfasse ihn fester und drücke

immer wieder zu, während mein eigenes Verlangen mit seinem wächst. Was passiert auf der Ziellinie? Ich will ihn dabei hören.

Seine Härte pulsiert in meiner Hand, und plötzlich ziehen sich die schweren Kugeln, die ich umfasse, zusammen.

»Shit.« Er umschließt meine Hand mit seiner, und seine Hüften zucken. »Ich bin kurz davor. Lily, ich will nicht –«

»Aber ich will es«, wispere ich. Ich will, dass er vollständig die Kontrolle verliert und ich der Grund dafür bin.

Unwillkürlich bäumen sich seine Hüften auf, als ob er sich selbst in meine Hand stoßen wollte. Der Anblick wirkt wie ein Stromschlag auf mich. Noch nie habe ich erlebt, dass er sich so gehen lässt. Ich streichele ihn mit beiden Händen, schnell und fest. Hayden schlingt einen Arm um meine Taille und zieht mich näher an sich, fast im Reflex.

»Lily …«, stöhnt er gedämpft.

»Ja«, murmele ich in der Hoffnung, ihn dadurch zu ermutigen. »Komm für mich.«

Er kommt in meiner Hand, und ich beobachte gebannt, wie er sich leise und tief aufstöhnend auf seinen Bauch ergießt.

Ich streichele ihn weiter und mustere ehrfürchtig sein Gesicht. Er wirkt unverstellt, offen und gelöst … und sieht dabei so schön aus, dass es wehtut.

Sanft zieht er meine Hand weg. »Empfindlich«, murmelt er.

»Tut mir leid.«

»Muss es nicht, Lily.«

Ich lehne mich an seine Schulter und spähe zu ihm hoch. Hayden wirkt erschöpft und verausgabt, aber ein schwaches Lächeln umspielt seine Mundwinkel. Er schlingt auch seinen anderen Arm um mich, ohne hinzusehen, und ich lege eine Hand auf seine Brust, unter der ich seinen Herzschlag spüre.

»Ich bin gerade ziemlich stolz auf mich«, sage ich.

»Das solltest du auch. Lily … das war unglaublich.« Er lacht müde auf und fährt mit den Fingern über das Armband an meinem Handgelenk.

»Wart's nur ab, bis ich das mit dir mache«, murmelt er.

Bei seinen Worten beginnen Nervosität und Hitze in mir ein Kopf-an-Kopf-Rennen. Sein Lächeln so nahe an meinem Gesicht ist verrucht. Ich kann nicht anders, als ihn wieder zu küssen, und ein paar Minuten lang verlieren wir uns erneut ineinander.

Irgendwann lege ich meine Stirn an seine.

»Bedeutet das, wir hören jetzt damit auf, einander zu meiden? Und nehmen das Unvermeidliche an?«

Hayden erzittert neben mir. »Ich könnte dich gar nicht mehr meiden, selbst wenn ich es versuchen würde, Lils. Und glaub mir, ich hab's versucht.«

– 16 –
HAYDEN

Gegenwart

Der breite Schreibtisch fühlt sich unter meinen Händen fremd an. So erwachsen. Anders.

Aber mein Laptop ist mir vertraut, ebenso wie die Arbeit, mit der ich mich gerade beschäftige. Einsen und Nullen blitzen vor mir auf. Ich mache das hier nicht mehr oft, aber wenn, dann will ich es perfekt machen. Mein ehemaliger Kampfgefährte – jetzt mein Geschäftspartner – ist ein absolutes IT-Genie. Ich … nicht so sehr.

»Konzentrier dich«, sagt Finn über das Telefon. »Du verrutschst.«

Ich fluche. »Nein, tue ich nicht.«

»Du bist schon viel zu lange aus der Übung.«

»Nein, bin ich nicht.«

»Alles Ausreden.«

Ich sehe zu, wie er einen Zyklus vervollständigt und die Programmierung eloquent und flüssig abschließt. Der Monitor wird kurz schwarz, bevor wieder die Grafiken und Zahlen auftauchen, die mir vertrauter sind. »In Ordnung. Hiermit kenne ich mich aus.«

Er lacht. »Ist vielleicht gut, dass wir unterschiedliche Fachgebiete haben, oder?«

»Ja, und dabei sollten wir auch bleiben«, erwidere ich und finde endlich die Zahlen, die ich brauche. »Wir bekommen jetzt ordentlich Kapital von der Ostküste rein. Wie du gesehen hast, habe ich auch Hornby Defense mit ins Boot geholt. Dank ihrer Unterstützung brauchen wir keine weiteren externen Investoren mehr.«

»Jep, die E-Mail habe ich gelesen.«

Kopfschüttelnd sehe ich Finn durch die Webcam an. »Du könntest hin und wieder auch mal antworten. Damit ich weiß, dass du sie tatsächlich gelesen hast.«

»Jaja.« Von drüben höre ich das Klackern seiner Finger auf der Tastatur. »Also … wie läuft's in der alten Heimat?«

»Gut.« Ich zögere kurz. »Ist schon seltsam.«

»Zurück zu sein?«

»Ja.«

»Deswegen werde ich nie zurückgehen. Erspart mir den Ärger.«

»So benimmt sich nur ein Feigling.«

»Du warst bis vor einem Monat genauso feige«, schnaubt er, »also tu nicht so.«

Da hat er natürlich recht … wie bei so vielen Dingen. Finn hat schon immer den direkten Schusswechsel vorgezogen. Es gibt nichts, was er einem nicht unter die Nase reiben würde, und keinen Blödsinn, den er toleriert. Deswegen ist er auch so genial in puncto Sicherheitssoftware. Er findet die Fehler und legt sie schonungslos offen. Die Systeme, die er designt, bekämpfen jede Form von Sicherheitslücken. Die letzte Software, die wir gemeinsam entwickelt haben, ist der Renner auf dem Markt und bringt uns gerade ordentlich Geld ein.

»Wenigstens habe ich meinen Arsch hochgekriegt«, sage ich in dem Wissen, dass ihn das zum Lachen bringt. »Solltest du jemals das Bedürfnis nach einer kleinen Meeresbrise haben …«

»Jaja. Ich weiß, wo du wohnst, Cole.«

»Ist das Update fertig?«

»Ja. Jetzt kannst du wieder mit deinen Schulfreunden spielen gehen.«

»Leck mich, Finn.«

Er lacht. »Bis später.«

»Okay. Ich halte dich über die Gesellschafterversammlung nächste Woche auf dem Laufenden. Und bitte beantworte meine E-Mails auch.«

»Ja, Boss«, erwidert er trocken und legt auf.

Seufzend schließe ich meinen Laptop. Die Arbeit hört nie auf. Ein unabhängiger Auftragnehmer und Unternehmer zu werden, hat mich zwar zu meinem eigenen Chef gemacht, und ein Teil von mir genießt das sehr. Doch es bedeutet auch, dass ich mir so viel Arbeit aufhalsen kann, wie ich will. Je mehr ich arbeite, desto mehr Geld verdiene ich. Das wiederum lässt meinen Geldsegen wachsen und wachsen.

Vielleicht kann ich mir niemals den Respekt der Elite von Paradise Shores erkaufen, aber Wohlstand schon.

Und Wohlstand bedeutet Macht … in jeder Sprache.

Ich sehe mich in meinem schicken Homeoffice um. Es war keine Lüge, was ich Lily erzählt habe. Das Haus war tatsächlich vollständig eingerichtet. Nur habe ich es nicht gemietet. Sondern gekauft.

Es war eine verrückte Entscheidung gewesen. Und niemand weiß davon, nicht mal Gary. Ich will, dass das Haus eine Überraschung wird. Ein Ort, an dem er sich eines Tages zur Ruhe setzen kann. Nach den fast zwanzig Jahren, die er im Dienst der Marchands hier verbracht hat, ist Paradise Shores für ihn ganz sicher genauso ein Zuhause geworden wie für mich. Außerdem weiß ich, dass er nicht für immer im Strandhaus leben kann. Nicht wenn er irgendwann in Rente geht.

Er hat so viel für mich getan. Es hat ein paar Jahre meines Erwachsenenlebens gebraucht, bis ich vollständig begriffen habe, wie viel. In den Augen eines Kindes schien es selbstverständlich, dass er sich um mich gekümmert hat. Meine Mom war tot und mein Vater ein Trinker. Natürlich hat mein Onkel mich aufgenommen.

Aber so einfach sind diese Dinge nicht, und ich weiß jetzt, dass ein charakterschwächerer Mann nicht so großzügig oder stark wie er gewesen wäre.

Auch für Lily und ihre Familie würde das Haus eine Überraschung sein.

Der Gedanke an sie lässt mich aufstöhnen.

Oh, Lily.

Ich habe es vermasselt, als sie vor ein paar Tagen bei mir auftauchte. Ich hatte mich nicht davon abhalten können, ihr zu nahe zu kommen und sie zu fragen, was ich wissen wollte.

Es war lieb von ihr, mir zu sagen, dass ihre Familie mich vermisst hätte. Parker sicher, doch ich kann mir beim besten Willen nicht vorstellen, dass Henry oder ihre Eltern einen weiteren Gedanken an mich verschwendet haben.

Lily schon. Sie ja. Das hatte ich bereits vermutet, und zu wissen, dass ich sie mit meinem Weggehen verletzt habe, tut weh. Es ist eine Wunde, die ich noch weiter aufgerissen habe, als ich sie küsste.

Aber verdammt, wie grandios es gewesen war, sie zu küssen.

Die Süße ihrer Lippen … wie sie mir entgegengekommen ist. Die weiche Haut ihres Beines, auf dem meine Hand gelegen hat. Der Kuss war angesichts aller gebotenen Vorsicht schmerzhaft für mich gewesen. Schließlich musste ich zehn Jahre Begehren, Verlangen und Bedauern unterdrücken.

Es war ein unschuldiger Kuss gewesen, doch er hat so viel mehr bedeutet.

Und das wusste Lily auch.

Zur Hölle. Mir ist durchaus klar, wieso sie so abrupt aufgebrochen ist. Ich konnte es verstehen. Ich habe Dinge aufgewühlt, die hätten begraben bleiben sollen.

Verdammt, Cole.

Die Strategie dieser ganzen Operation war schlicht und einfach: um Verzeihung bitten. Das war mein Ziel bei meiner Rückkehr. Wenn ich wieder ihr Freund sein und sie einfach wieder in meinem Leben haben könnte, wäre das schon genug. Mir war völlig bewusst, dass ich sie nie wieder darum bitten kann, die Meine zu sein. Dafür habe ich ihr viel zu sehr wehgetan.

Und dann habe ich diese Aussicht auf Freundschaft auch noch vermasselt. Das ist jetzt zwei Tage her, und seitdem habe ich nichts mehr von ihr gehört. Alles in mir sagt mir, dass wir reden müssen. Zu wissen, dass sie in dieser Stadt lebt und ich sie nicht sehen, nicht finden kann, fühlt sich wie Folter an. Sie ist wie ein Magnet für mich. So war es schon immer.

Aber meine Furcht gewinnt die Oberhand. Wenn ich ihr keine Zeit zum Nachdenken gebe, könnte sie mich einfach wegstoßen. Und wenn sie das täte … würde es mich umbringen.

Gleichzeitig kann ich es auch nicht einfach darauf beruhen lassen. Also tue ich das Einzige, was mir einfällt. Ich fahre zu dem großen Kunst- und Heimwerkerladen außerhalb von Paradise Shores. Lily hat behauptet, dass sie immer noch malt, aber ihr Blick hat etwas anderes verraten. Vielleicht war es nicht völlig gelogen, aber die ganze Wahrheit war es auch nicht.

Und die Lily, die ich kannte, hat sich zu jedem Geburtstag und jedem Weihnachten immer nur eines gewünscht: mehr Kunstutensilien.

Ich bitte eine der Angestellten, mir bei der Auswahl zu helfen, und am Ende verlasse ich den Laden mit einem gigantischen Korb randvoll mit Pinseln, Acrylfarben, aufgerollter Leinwand und Ton. Es ist eine Auswahl von allem, was sie mag. Oder vor langer Zeit einmal mochte.

Sie ist bei der Arbeit, als ich vor ihrem Strandhäuschen parke, also stelle ich den Korb vor ihre Tür. Ich kritzele etwas auf eine kleine Karte und stecke sie zwischen einen Bund Fächerpinsel und einen Schwamm.

Und dann fahre ich zufrieden davon. Es ist egal, wie oft ich mich entschuldige … für alles. Für neulich Abend, dafür, sie vor zehn Jahren verlassen zu haben, und dafür, nicht mit ihr in Kontakt geblieben zu sein. Das sind alles nur Worte, und Taten sagen mehr als Worte.

Ich kann nur beten, dass ich mit dem Kuss nicht wieder alles vermasselt habe.

– 17 –
HAYDEN

Hayden, 19

Lily sitzt auf meinem Schoß. Ihr Haar umrahmt mich wie ein Vorhang, und ihr lächelnder Mund liegt auf meinem. »Bleib einfach.«

»Ich glaube nicht, dass das eine gute Idee wäre.«

»Hayden …« Sie küsst mich erneut, und ich vergesse, worüber wir uns gerade streiten. Das passiert in letzter Zeit häufig. Ich lasse meine Hände ihren Rücken hinabwandern und umfasse ihre Taille. Sie ist mir so vertraut wie mein eigener Handrücken und dabei so atemberaubend wie der Sonnenuntergang. Sie zu küssen, überwältigt mich immer noch.

Ich ziehe meinen Kopf zurück und biege ihren nach hinten, damit ich an ihren Hals komme. Es hat nicht lange gedauert, bis ich herausgefunden hatte, dass dort ihre empfindlichste Stelle ist.

Na ja … ihre empfindlichste Stelle, an die ich komme, solange sie angezogen ist. Unter meinen Lippen fühle ich ihren flatternden Puls.

»Deine Großmutter hasst mich«, sage ich. »Wenn sie nicht zum Freitagabenddinner eingeladen wäre, dann vielleicht.«

»Das ist nicht wahr.«

»Lily, das ist absolut wahr.«

Ihre Atmung geht schnell. »Okay, vielleicht, aber was soll's? Du bist einer von uns.«

Oh, mein süßes, süßes Mädchen. Ich werde vielleicht von den jüngeren Marchands akzeptiert und von ihren Eltern toleriert, aber für ihren weiteren Familienkreis und ihre Freunde bin ich ein absoluter Außenseiter. Der Kuckuck im falschen Nest.

»Komm trotzdem«, wispert sie. »Für mich.«

»Lily ...«

»Ohne dich macht es mir keinen Spaß.«

Für Lily würde ich dem Teufel selbst die Stirn bieten.

»Ich komme gegen Ende, zum Dessert«, murmele ich. »Nur um Hallo zu sagen.«

Sie lächelt erfreut an meinen Lippen. »Versprich's mir.«

»Ich verspreche es.«

»Gut.« Sie küsst mich wieder, schmerzhaft zart, und spielt mit den Haaren in meinem Nacken. »Ich sehe dich in letzter Zeit kaum noch. Ich kann nicht auch noch die Abende ohne dich verbringen.«

»Mhm.« Ich weiß, dass sie meinen Job auf dem Fischerboot nicht mag. Natürlich sagt sie das nie, aber er hält mich stundenlang von Paradise Shores fern, ganz zu schweigen davon, dass ich gelegentlich über Nacht weg bin. Manchmal wird es ziemlich windig oder sogar stürmisch, und ich weiß, dass sie diese Tage hasst und sich vorstellt, was mir auf See alles zustoßen könnte. Meine Kleine hat eine viel zu blühende Phantasie.

Doch der Job wird gut bezahlt, tatsächlich so gut, dass ich mich mehr oder weniger entschlossen habe, die Sache mit dem Militär oder dem Community College völlig sausen zu lassen. Ich könnte hierbleiben und ein weiteres Jahr arbeiten.

»Was ist mit Parker? Wird er nicht misstrauisch?«

Lily schüttelt den Kopf. »Wieso sollte er? Wir haben die ganzen letzten Wochen geschafft, es geheim zu halten.«

»Ich treffe mich nicht mehr so oft mit ihm wie früher«, flüstere ich und verändere meine Stellung, damit ich mit den Lippen an ihr Schlüsselbein komme. »Er hat mich schon gefragt, was mir so viel Zeit raubt. Zweimal.«

Lily öffnet die ersten zwei Knöpfe ihrer Bluse. »Lüg ihn an.«

Ich grinse und sehe zu, wie langsam ihr BH zum Vorschein kommt. Weiße, sittsame Baumwolle mit einer Spitzenborte. Unerträglich sexy. Ihre Haut ist vom Sommer gebräunt und mit Sommersprossen besprenkelt, ihr Haar umrahmt ihren schönen Hals. Ich küsse mich ihre Brüste hinunter und spiele mit der Idee, ihr wenigstens die Bluse und den BH auszuziehen. Aber wir haben wenig Zeit, und ich will vermeiden, dass sie sich von mir jemals bedrängt oder benutzt fühlt.

»Das muss ich wohl«, sage ich in Gedanken an Parker. Es ist verständlich, dass sie ihm oder ihrer Familie nichts über uns verraten will. Es würde die Dinge nur komplizierter machen.

»Mhm.« Lily beißt sich auf die Lippe. Ihre Augen funkeln, als sie sich zurücklehnt und die Bluse abstreift. »Ups.«

Kopfschüttelnd sehe ich sie an, doch meine Hände machen sich schon auf den Weg zu ihrem BH-Verschluss. »Wir haben sehr wenig Zeit, Baby.«

»Nur noch fünf Minuten.«

»Na schön. Aber dann muss ich verschwinden, bevor deine Eltern zurückkommen.«

Sie rückt näher an mich heran und stößt einen weichen Seufzer aus, als ihre und meine Haut sich berühren. »Das ist ein Deal, Cole.«

Am Ende muss ich die Beine in die Hand nehmen, doch das ist es wert. Der Duft ihres Haars und ihrer Haut haften noch bis zum Abend an mir und erinnern mich an das, was wir irgendwie zusammen erreicht haben. Lily ist zu gut für mich, das stimmt, aber vorerst habe ich mich entschieden, mir den Traum zuzugestehen, dass ein Wir möglich ist.

Sie will mich so sehr, wie ich sie will. Sie hat mich genauso gern wie ich sie.

Zum ersten Mal seit langer, langer Zeit bin ich glücklich.

Und wenn sie will, dass ich zum Dessert zu ihr nach Hause komme … tja, dann werde ich es verdammt nochmal versuchen. Ich dusche, rasiere mich und ziehe mein einziges Oberhemd und meine abgetragene Cargohose an. Die einzigen besseren Schuhe, die ich besitze, sind meine alten Bootsschuhe, die ich von Henry geerbt habe, aber sie müssen reichen.

Lilys Eltern sind immer nett zu mir gewesen. Auf zurückhaltende Art nett, zugegeben, aber trotzdem. Ich kann mir nicht vorstellen, dass sie glücklich wären, wenn sie es wüssten. Vielleicht kämen sie irgendwann damit klar. Doch ihre Großmutter Evelyn? Das erste Mal, als ich sie traf, fragte sie mich, ob ich der Poolboy sei. Damals war ich dreizehn.

Dabei haben die Marchands nicht mal einen Pool. Sie würde es hassen, mich mit Lily zu sehen.

Auf dem Rasen hinter ihrem Haus zögere ich. Das Esszimmer ist hell erleuchtet, ich kann es von hier aus sehen. Drinnen sitzen mindestens fünfzehn Personen. Der gesamte Clan einschließlich aller entfernten Verwandten.

Na toll.

Normalerweise gehe ich durch die Hintertür neben der Küche, also wende ich mich dorthin. Das Letzte, was ich brauche, ist, die Vordertür zu öffnen und inmitten einer Gruppe von Marchands im Foyer zu stehen.

Die Hintertür schwingt geräuschlos auf, als ich sie öffne. Ich habe sie erst vor zwei Wochen geölt, damit sie mich nicht verrät, wenn ich mich aus Lilys Zimmer schleiche.

Ich trete mir die Schuhe an der Matte ab und richte mein Hemd. Es ist schon ewig her, seit ich so etwas zuletzt getragen habe. Das Haus riecht nach Kürbissuppe und Zimt, und ich schließe die Augen und atme einfach den Duft ein. Dieses Haus hat sich nie nach einem Zuhause angefühlt. Es war für mich immer kompliziert, hier zu sein. Aber eines Tages … eines Tages werde ich vielleicht selbst ein Haus wie dieses haben.

»Bist du sicher?«

Die Stimme klingt weich und kultiviert. Ich erkenne sie sofort. Großmutter Marchand – in der Küche direkt neben mir. So viel zum heimlichen Hereinschleichen.

»Ja. Ich glaube, das Ganze geht schon eine Weile«, sagt Eloise.

Ich drücke mich gegen die Tür. Das Letzte, was ich will, ist, die beiden Matriarchinnen bei ihrer Zusammenkunft zu unterbrechen. Ich weiß sehr wohl, dass mein potenzielles Schicksal in Zusammenhang mit Lily in ihren Händen liegt.

»Hm. Nicht überraschend, nehme ich an. So sind Teenager nun mal.«

»Ja.«

»Aber macht ihr euch denn Sorgen, du und Michael?«

Es entsteht eine kurze, herzzerreißende Pause, in der Eloise Marchand nachdenkt. »Tja, er hat nicht wirklich irgendwelche Collegeaussichten. Was ebenfalls schade ist, denn der Junge ist gescheit.«

»Da bin ich mir sicher«, erwidert Grandma Marchand in einem Tonfall, aus dem man heraushört, dass sie es nicht ist. »Lily hat ein großes Herz und ist so stur wie ihr Vater. Denkst du, dass sie wegen diesem Jungen eine dumme Entscheidung treffen könnte? Dass sie hierbleibt, nur um in seiner Nähe zu sein? Und auf dasselbe Community College geht wie er? Wenn er sie so fasziniert, wie du denkst …«

»Das könnte sein.«

»Würde sie dafür ihren Platz in Yale aufgeben?«

»Noch ist sie nicht angenommen worden, Evelyn.«

Ein vornehmes Schnauben. »Aber das wird sie. So wie schon

zwei Generationen von uns vor ihr. Natürlich wird sie angenommen. Und dieser Junge … könnte ihr dabei im Weg stehen.«

»Genau das macht mir Sorgen. Trotzdem muss Lily diese Entscheidung treffen.«

»Natürlich«, entgegnet Grandma Marchand. »Und wenn sie diese Entscheidung trifft, sollten wir dafür sorgen, dass sie dabei angemessen beraten wird.«

»Ich werde mit ihr reden.«

Ich höre das Klappern von Töpfen nahe der Stelle, wo ich mich an die Hintertür gedrückt halte.

»Ich werde ihr klarmachen, dass kein Junge es wert ist, ihre Zukunft für ihn zu opfern.«

»Richtig. Und am Allerwenigsten dieser Bengel. Woher noch mal, sagtest du, kommt er?«

Mehr muss ich mir nicht anhören.

Ich warte noch einen Moment, bis ich sie die Küche verlassen höre, bevor ich durch die Tür hinausschlüpfe.

Die Wellen rollen mit beruhigender Gleichmäßigkeit an den Strand. Ein paar von ihnen schaffen es sogar fast bis an die Treppe zum Strandhaus. Sie kriechen immer näher, aber ich weiß, dass sie es nicht schaffen werden. Sie versuchen es seit Jahren – immer wieder, wenn Flut ist –, doch so weit kommen sie nicht.

Das Meer ist völlig schwarz. Ich weiß nicht, wie lange ich hier draußen schon sitze. Es fühlt sich an, als wäre ich bereits eine Ewigkeit mit meinen Gedanken und dem Ozean allein.

Die Dinnerparty wird jetzt vorbei sein und Michael Marchand die alte Dame nach Hause fahren. Lily wird auf der großen Veranda stehen – um den Hals wie eine Henkersschlinge die Perlenkette, die sie so hasst – und brav, so wie sie es sich von ihr wünschen, zum Abschied winken. Wie das brave Mädchen, das sie eben ist.

Ich sehe sie vor meinem geistigen Auge. Ihr Haar ist hochgesteckt, ein Zugeständnis an alteingesessene Bräuche, ihr Kleid ist perfekt gebügelt. Alles an ihr schreit »Fass mich nicht an«.

Eloise und Gran haben nicht unrecht. Ich bin unter ihrer Würde, und wir alle wissen das.

Und eher würde ich sterben, als zuzulassen, dass sie ihre Zukunft nur aufgrund meiner bescheidenen Aussichten für mich opfert. Denn schon bald würde ihre Liebe in Groll umschlagen, wenn ihr wegen mir dieselben Chancen verwehrt bleiben, wie ihre Brüder sie haben. Weil sie nicht nach Yale gegangen ist. Weil ihr Freund keinen Sportwagen fährt. Zurzeit besitzt er nicht mal einen Wagen.

Es ist schon spät, als ich das leise Tapsen ihrer Füße auf dem Sand höre. Sie ist barfuß vom Haupthaus hierhergelaufen. Das perfekte Kleid hat sie hochgezogen, um sich mehr Beinfreiheit zu verschaffen, und sie trägt das Haar jetzt offen. Es schwingt wild und frei um ihre Schultern, eine Sturzflut rotbrauner Locken.

Sie ist so schön, dass es wehtut.

Lily setzt sich neben mich auf die Stufe. Eine Weile sitzen wir schweigend da und beobachten, wie die Wellen gegen die Naturgesetze ankämpfen in ihrem Bemühen, es den Strand hochzuschaffen.

Ich weiß, sie möchte, dass ich mit ihr rede. Um mich zu erklären … wieso ich nicht aufgetaucht bin, obwohl ich es ihr versprochen hatte. Aber ich kann ihr nicht sagen, was ich mitangehört habe. Die Worte wollen einfach nicht heraus. Nicht zum ersten Mal gibt es absolut nichts, was ich sagen könnte, um etwas richtigzustellen oder mich zu rechtfertigen.

»Hey«, murmele ich schließlich.

»Hallo.«

»Wie war das Dessert?«

»Ekelhaft. Likörgetränkte Kirschen. Du hast nichts verpasst.«

So ist sie. Sie versucht mich aufzumuntern, obwohl sie nicht die leiseste Ahnung hat, weswegen es mir schlecht geht. Lilys Freundlichkeit war schon immer eine der erstaunlichsten Eigenschaften an ihr. Ich habe nie begriffen, wie ein einziger Mensch so viel Verständnis und Liebe besitzen kann.

Aber auch gerade deswegen muss ich ihr eine Frage stellen, selbst wenn ihre Antwort mich umbringen wird. »Das hört sich ätzend an.«

»Das war es.« Sie rutscht näher, bis wir Schulter an Schulter und Bein an Bein sitzen. Ich kann ihre Gänsehaut sehen.

»Dir ist kalt, Lils.«

»Stimmt gar nicht.«

Ich schlüpfe aus meiner Kapuzenjacke und lege sie ihr um. Sie kuschelt sich so eng an mich, dass ich gezwungen bin, ihr meinen Arm um die Schultern zu legen. Es fühlt sich besser an, als es sollte.

»Lily, hast du schon etwas konkreter übers College nachgedacht?«

Sie nimmt meine Hand und legt sie sich auf ihr bloßes Knie. Es ist mit Gänsehaut überzogen, und ich reibe mit dem Daumen kleine Kreise darüber, um sie zu wärmen, aber es hilft nichts. »Ein bisschen. Ich habe mir diese Woche ein paar Kurskataloge durchgelesen.«

»Für Yale?«

»Ja. Und für Princeton.« Sie fährt über einen meiner Fingerknöchel. »Und Rexfield College. Sie haben ein paar interessante Kurse für Kunstdesign.«

Plötzlich wird mir übel. »Tatsächlich?«

»Ja«, sagt sie sanft. »Und ich weiß, dass es nicht so prestigeträchtig wie die anderen ist, aber das ist mir alles ziemlich egal. Was wirklich zählt, ist, dass ich eine gute Ausbildung bekomme.«

»Deine Eltern würden ein Community College hassen.«

»Ja, tja, sie werden sich daran gewöhnen. Ich bin ja die Letzte, die geht.« Sie wirft mir einen entnervten Blick zu. »Glaubst du, dass es nach Henrys ganzem Erfolg noch wichtig ist, was aus mir wird?«

»Ja. Ich glaube, das ist es.«

Der Blick aus ihren grünen Augen wird ein bisschen weicher. »Ich wäre in der Nähe, wenn du weiter im Hafen arbeitest. Und wenn du dich auch bewirbst, würden wir sogar auf dasselbe College gehen.«

»Du hast immer von Yale geredet«, murmele ich. »Es ist die Uni deines Vaters.«

Sie rollt mit den Augen. »Nicht du auch noch. Du und mein Dad, seid ihr etwa endlich einer Meinung?«

»Manchmal schon.« Es könnte sogar sein, dass wir beide exakt dasselbe wollen, wenn es um Lilys Glück geht. Und in dieser Hinsicht bin ich, wie ich weiß, nicht Teil des Plans.

Sie spürt mein Zögern. Einen kleinen Seufzer ausstoßend legt sie ihren Kopf an meine Schulter, und ich umfasse sie fester. Lily war mir nie näher als in diesem Augenblick, ohne Brüder in Sichtweite, nur wir beide zusammen am Strand ohne irgendwelche Geheimnisse oder Ansprüche.

Doch zugleich war sie auch nie unerreichbarer.

»Bisher ist es nur ein Gedanke«, murmelt sie. »Wir können ein andermal weiter darüber reden.«

Ihre Stimme klingt zwar sanft, aber ich spüre ihre Entschlossenheit. Sie würde dafür mit jedem in den Ring steigen, wenn sie es müsste. Sie würde sich dafür mit ihren Eltern anlegen. Auf ihr Vermächtnis und eine Gelegenheit verzichten, von der Kids wie ich nicht mal träumen können.

Für mich.

Und verdammt, wenn mir das nicht eine Heidenangst einjagen würde. »Ist gut, lass uns später weiter darüber reden.«

Stille tritt ein, und es sind nur noch ihr leiser Atem und die Wellen zu hören, die an den Strand rollen. Ich bin so sehr an den Geruch von Salz gewöhnt, dass ich ihn kaum noch wahrnehme, doch plötzlich macht er sich mit derselben Wucht wie beim allerersten Mal bemerkbar. Das Geräusch des Meeres ist ebenso vertraut wie ein Zuhause geworden, auch wenn ich das nie beabsichtigt hatte. Irgendwann muss ich vergessen haben, dass ich nicht von hier bin, und auch, wer ich bin. Plötzlich kann ich keine Sekunde länger hierbleiben. Es würde mich zerreißen.

»Komm.« Ich greife nach ihrer Hand. »Gehen wir.«

Lächelnd lässt sie sich von mir hochziehen. »Wo wollen wir denn hin?«

»Irgendwohin. Egal wo. Weg hier.«

Lily zieht meine Kapuzenjacke enger um sich. Ihr Blick sucht meinen, und ich weiß nicht, was sie in mir sieht oder ob ihr klar ist, wie nahe ich in diesem Moment am Abgrund stehe … Dass ein Sturm in mir tobt, den ich herauslassen muss, weil er mich sonst in den Wahnsinn treiben würde. Aber sie nickt nur.

»Okay.« Ihr Lächeln ist so umwerfend wie der Nachthimmel, und ihre Augen leuchten vertrauensvoll. »Gehen wir, Hay.«

– 18 –
LILY

Gegenwart

Das Erste, was ich denke, ist: Das muss ihn ein Vermögen gekostet haben.

Das Zweite ist: Er hat mir Pastellfarben besorgt. Ich habe seit einer Ewigkeit nicht mit Pastellfarben gemalt.

Das Dritte ist schon weniger schmeichelhaft: Wie kann er es wagen?

Ich trage den riesigen Korb hinein und stelle ihn auf meinen Esstisch. Er ist zum Bersten voll mit den besten Kunstmaterialien, die man sich nur wünschen kann. Mit zitternden Händen hole ich ein Glas Grundierungsfarbe heraus und kann mein breites Lächeln beim Anblick einer Packung Kohlestifte nicht verhindern. Es ist mehr als ein Jahr her, seit ich das hier getan habe … seit ich nur zum Spaß gemalt habe. Der Anblick all dieser Dinge, der Gedanke an die Millionen von Möglichkeiten … macht etwas mit mir. Es drückt mir die Brust zusammen und öffnet mir das Herz. Und ist absolut gefährlich.

Er hat auch eine Karte beigelegt. Seine Handschrift hat sich im Vergleich zu der auf dem zehn Jahre alten Brief deutlich verbessert.

Tut mir leid wegen neulich Abend.
Lass uns noch mal versuchen, Freunde zu sein. Ich verspreche, dass ich mich benehmen werde. –Hay

Freunde. Er kommt wie aus dem Nichts nach zehn Jahren zurück, ohne einen Anruf oder eine Nachricht. Er scheut sich nicht davor, bei Veranstaltungen aufzutauchen, an denen ich teilnehme, und repariert mein verdammtes Tor ohne meine Erlaubnis. Er entschuldigt sich, dass er weggegangen ist, und bittet mich um meine Freundschaft.

Okay. Na schön.

Damit komme ich klar.

Aber womit ich nicht klarkomme, ist, dass er mich mit dieser tiefen Stimme fragt, ob ich ihn vermisst hätte, während er weg war. Ich komme nicht damit klar, dass Hayden mich so küsst, als hätte er Angst, ich könnte zerbrechen, als wäre ich alles, was er je wollte. Als wollte er noch mal neu anfangen. Das war kein Kuss um der alten Zeiten willen … das war ein Versöhnungskuss. Ein Kuss für einen Neuanfang.

Meine Hände ballen sich unwillkürlich zu Fäusten. Wie kann er es nur wagen?

Ich habe so hart daran gearbeitet, über ihn hinwegzukommen. So hart, um den schmerzhaften Stich in meinem Herzen zu verdrängen, wann immer ich an ihn dachte, und die ständigen Vergleiche, die ich in Gesellschaft anderer Männer mit ihm zog.

Wieso hat er die Muschel immer noch?

Ich habe sie auf seinem Kaminsims gesehen. Eine große Kegelmuschel mit einer zierlich darauf gepinselten Landschaft. Ein flammender Sonnenuntergang hinter Bäumen mit einem Vollmond. Ich hatte sie ihm zu seinem vierzehnten Geburtstag bemalt. Und ich weiß, wenn man die Muschel umdreht, steht dort etwas in der krakeligen Handschrift von mir mit dreizehn, an deren Perfektion ich so hart gearbeitet hatte.

Für Hayden. In Liebe, Lils

Er hat sie behalten.

Er hat sie sogar in dieses gemietete Haus mitgebracht … ein Haus, das so spartanisch eingerichtet ist, dass es praktisch »Junggesellenhöhle« schreit.

Wieso?

Ich nehme den Korb und trage ihn in mein Gästezimmer, wo ich ihn abstelle und die Tür hinter ihm schließe. Bis ich entschieden habe, wie ich mit Hayden umgehen soll, werde ich nicht ein einziges Stück davon benutzen. Ich will seine Geschenke nicht, solange sie nicht einhergehen mit einer anständigen Erklärung … oder bis ich beschlossen habe, dass ich ohne eine leben kann.

Und wie es sich so fügt, könnte ich vielleicht schon heute Abend eine bekommen.

Meine Mutter mag ihre Freitagabenddinner. Während ich aufwuchs, waren sie ein fester Bestandteil meines Lebens. An jedem Freitagabend um sieben Uhr servierte sie im großen Esszimmer irgendein phantastisches Menü. Im Sommer hat Dad immer auf der Veranda den Grill angeworfen. Manchmal haben wir gegrillten Hummer gegessen, mit deren Scheren wir kichernd herumgewedelt und so getan haben, als würden wir uns gegenseitig bekämpfen.

Zurück in Paradise Shores zu sein, bedeutet, auch wieder an Moms Freitagabenddinnern teilzunehmen, zumindest so oft wie möglich … oder sich ihren Zorn zuzuziehen.

Manchmal sind wir unter uns, aber in der Regel kommen jede Menge Leute vorbei. Freunde meiner Eltern werden ebenso eingeladen wie der erweiterte Familienkreis und manchmal auch die Nachbarn. Früher war auch Hayden oft dabei, besonders wenn er vorher mit meinen Brüdern gespielt hatte und eh schon da war.

Nach meinem Streit mit Mom – weil sie den Brief zehn Jahre lang vor mir versteckt hielt –, hatte ich nicht vorgehabt, diesen Freitag hinzugehen. Doch dann hat sie mir geschrieben, dass sie sowohl Gary als auch seinen Neffen eingeladen habe. Um der alten Zeiten willen, stand in der Nachricht, aber ich vermute, es ist der Versuch einer Entschuldigung.

Sie versucht Wiedergutmachung zu leisten.

Und auch wenn ich ihr nicht verzeihe, will ich diese Gelegenheit nicht verpassen. Als ich an meinem Elternhaus ankomme, ist die Einfahrt schon voller Autos. Ich erkenne den schwarzen Mercedes, den Hayden zurzeit fährt. Parkers Jeep steht ebenfalls da. Ich bin der letzte Ankömmling.

Sie sind draußen auf der Veranda. Ich höre Gelächter und das Klirren von Eiswürfeln in Gläsern. Parker sieht mich als Erster. Er trägt eine Sonnenbrille und sitzt mit einem Bier in der Hand auf der Bank.

»Na endlich!«

Ich schüttele den Kopf und laufe zum Grill. Mein Dad ist mit einem Gesichtsausdruck, der von größtem Selbstvertrauen zeugt, auf die Steaks konzentriert. Er behandelt alles im Leben wie seine Geschäftsabschlüsse.

»Ich komme nur fünf Minuten zu spät.«

»Jaja, klar«, erwidert Parker.

Dad legt einen Arm um mich. »Hallo, Liebling.«

»Hi.«

Er runzelt die Stirn. »Ich habe von Reed Harris vom Anderson-Projekt gehört.«

»Hast du?«

»Ja. Er sagte, dass sein Sohn die Leitung dabei hatte … mit deiner Hilfe.«

»Ich habe daran mitgearbeitet, ja. Wir haben es gerade erst verkauft und einen ordentlichen Gewinn erzielt.«

Dad nickt und wendet sich wieder dem Grill zu. »Das ist schön. Sammle ordentlich Erfahrungen, Liebling.«

Er sagt es nicht, doch ich kann die Andeutung hören. *Und in ein paar Jahren … könntest du bei mir arbeiten.* Ich weiß, dass er Harris Property Development nicht als echten Bauträger ansieht. Nicht so wie sein Unternehmen.

»Mache ich«, antworte ich in dem Wissen, dass das vielleicht eine Lüge ist. Ich bin mir nicht sicher, ob ich für immer in dieser Branche arbeiten will.

Er nickt. »Deine Mom ist drinnen.«

Ich merke es, wenn ich entlassen bin.

Hayden steht am Ende der Veranda. Er trägt eine dunkelblaue Hose und ein Oberhemd. Seine Kleidung ist schlicht, aber er füllt sie vollständig aus. Es ist nicht zu übersehen, wie muskulös er ist.

Unsere Blicke treffen sich. Er sieht mich fragend an, Fragen, die er mir später sicher stellen wird. Über den Kuss. Über den Korb. Über uns.

Sein Blick gleitet an meinem Kleid hinunter, und ich erkenne den exakten Moment, in dem ihm klar wird, was ich da trage. Zugegeben, nach elf Jahren sitzt es nicht mehr genauso wie damals, doch irgendwie ist das für mich nur von Vorteil. Das blaue Kleid umschmeichelt meine Kurven, und der Rückenausschnitt mit der Wellenkante gibt mehr Haut frei, als ich heutzutage normalerweise zeigen würde. Trotzdem ist es sittsam genug für ein Freitagabenddinner.

Überrascht sieht er mir wieder in die Augen. *Ja*, würde ich ihm am liebsten sagen. *Du erinnerst dich an das Kleid. Ich habe es auf der Feier zu meinem achtzehnten Geburtstag getragen – an dem Abend, als wir ein Paar wurden.* Zumindest für eine Weile. Bevor er gegangen ist.

Ich drehe ihm den Rücken zu.

Gary kommt die Treppe hoch und gesellt sich zu uns. Er ist selten bei diesen Dinnerpartys dabei, und ich habe mich immer gefragt, ob er sich inmitten dieser merkwürdigen Mischung aus Freunden, Familie und Geschäftspartnern wohl unbehaglich fühlt. Aber Haydens Anwesenheit lässt er sich nicht entgehen.

Mein Dad schüttelt Gary die Hand. »Schön, dass Sie heute Abend kommen konnten.«

»Danke für die Einladung, Sir.«

»Setzen Sie sich doch. Es gibt Bier und Wein.« Dad hebt die Stimme. »Parker, hol Gary was zu trinken.«

Mein nichtsnutziger Bruder schießt von seinem Platz hoch und tut, was Dad gebietet. Ich verzichte darauf, mit den Augen zu rollen, und gehe an ihnen vorbei in die Küche, wo Mom gerade mit den letzten Vorbereitungen beschäftigt ist.

Als sie mich sieht, hält sie inne. »*Chérie* … Ich bin so froh, dass du gekommen bist.«

»Das ist ja Tradition.«

Sie nickt, und ihre Augen funkeln schelmisch, als ihr Blick auf mein Kleid fällt. Als ob sie wüsste, weshalb ich mich so zurechtgemacht habe.

Sie hat ihr Haar hoch aufgetürmt, und an ihren Ohren baumeln goldene Ohrringe. Die Jahre haben es gut mit ihr gemeint. Ich weiß, dass das eitel ist, doch ich hoffe, einmal wie sie zu altern. Wie ein schön gereifter französischer Wein. Wie eine Frau, die ihr Heimatland für einen amerikanischen Geschäftsmann aufgegeben hat. Die ihr Leben dem Aufziehen von vier Kindern gewidmet und diese kleine Stadt am Meer zu ihrem Zuhause gemacht hat. Es ist nicht immer leicht gewesen, ihr gerecht zu werden – der Himmel weiß das –, aber … irgendwann werde ich ihr die Sache mit dem Brief verzeihen, da bin ich mir sicher.

»Magst du mir mit den *haricot verts* helfen?« Ihre Stimme klingt zögerlich, als sie auf die kleine Kasserolle mit den grünen Bohnen deutet.

»Klar.«

»Ein bisschen mehr Salz.« Eine Weile arbeiten wir still vor uns hin, bevor sie überraschend anfängt, von Hayden zu reden. »Das Militär … ist nicht für jeden etwas. Ich wusste nicht, dass es ihm liegt, doch wenn ich jetzt so zurückdenke, glaube ich, dass es für ihn genau das Richtige war.«

»Tatsächlich?«

»Ja. Kannst du dir Parker in der Armee vorstellen? Oder Rhys?« Mom holt ein Blech mit gebackenen Kartoffeln aus dem Ofen. Der Duft ist unglaublich und strotzt nur so vor Kräutern, Gewürzen und Käse. Dad weiß vielleicht, wie man grillt – das Einzige, was er in puncto Essen kann –, aber hier in der Küche ist Mom die ungekrönte Königin.

»Henry vielleicht«, erwidere ich.

Sie nickt und lächelt in Gedanken an meinen ältesten Bruder. Das Wunderkind. »Ja, *Henri* würde das schaffen. Wahrscheinlich wäre er sogar hervorragend. Aber das würde ich von keinem deiner anderen Brüder annehmen, mit Ausnahme von Hayden.«

Mir ist nicht ganz klar, ob ihr Lob für Hayden aufrichtig gemeint ist oder ob sie sich nur wieder mit mir gutstellen will. Ich entschließe mich, ihre Motive nicht anzuzweifeln.

»Sind wir so weit, uns zum Essen hinzusetzen?«

»Ja«, sagt sie und trägt die Kartoffeln vor sich her. »Möchtest du deinem Dad sagen, dass er das Fleisch vom Grill nehmen kann?«

Wir setzen uns alle um den Esstisch herum. Hayden wählt den Platz mir gegenüber, und ich spüre, dass er meinen Blick sucht, aber ich meide jeden Augenkontakt mit ihm. Ich fühle zu viel, nicht alles davon ist gut, und ich traue meinem Blick nicht. Er hat mich schon immer durchschauen können.

Doch wie sich herausstellt, ist es schwierig, jemanden nicht anzusehen, der ganz klar der Mittelpunkt der Unterhaltung ist. Mom fragt ihn wiederholt, ob er in der Navy verwundet wurde. Dad fragt ihn über Rangordnungen und Karrierechancen aus. Parker macht schlüpfrige Andeutungen über Narben und Frauen und bringt damit den ganzen Tisch zum Lachen.

Hayden grinst nur und nimmt es wie ein Mann.

Der Junge, an den ich mich erinnere, hätte es gehasst, im Mittelpunkt des Interesses zu stehen, und hätte es nicht leiden können, gelobt zu werden. Doch jetzt meistert er die Situation gekonnt und mit gelassenem Gesichtsausdruck.

Und als er eine Geschichte aus der Zeit zum Besten gibt, in der er in der Beringstraße patrouilliert ist, hören alle auf zu essen und hängen an seinen Lippen. Mein Dad und Parker können gar nicht genug Einzelheiten hören.

»Und ihr wart direkt vor der russischen Küste?«

Hayden nickt. »Wir waren in internationalen Gewässern, wurden aber vom Sturm überrascht. Es hatte keine Warnung gegeben – nichts. Wir hätten es nicht mehr rechtzeitig in den Hafen geschafft, also mussten wir es auf See durchstehen. Diese Stürme sind in der Beringstraße im September nichts Ungewöhnliches, wenn das Meereis anfängt sich in der Arktis zu bilden. Es war eine der letzten Patrouillen des Jahres, bevor die Eisbrecher zum Einsatz kommen müssen.«

»Und die Wellen?«

»Waren gut zwölf Meter hoch.«

Parker pfeift durch die Zähne. »Shit.«

»Der Wind war so stark, dass er uns immer weiter in Richtung ihrer Grenze gedrückt hat. Das Oberkommando wusste, je näher wir kämen, desto nervöser würden die Russen werden.«

Mom runzelt die Stirn. »Aber das war doch nicht mit Absicht.«

»Man sollte annehmen, dass das eine Rolle spielt, doch in solchen Situationen tut es das nicht. Eine Verletzung des Seerechts ist und bleibt eine Verletzung des Seerechts.« Hayden zuckt die Achseln. »Im umgekehrten Fall würden wir auch nervös werden.«

Dad beugt sich vor. »Was habt ihr getan, mein Sohn?«

»Die USS Denver ist zwar ein großes Schiff, aber es ist kein Flugzeugträger oder Zerstörer, sondern nur ein Kreuzer. Dies war eine reguläre Patrouille. Also habe ich einen meiner Lieutenants an das Oberkommando funken und dafür sorgen lassen, dass sie Kontakt zu den Russen aufnehmen. Es muss immer der erste Schritt sein, ihnen zu erklären, dass es nicht unsere Absicht war. Und im schlimmsten Fall hätten sie uns dadurch auch helfen können, wenn wir gesunken wären.«

Gary atmet hörbar ein. »Hayden …«

Hayden schenkt seinem Onkel ein kleines Lächeln. »Das passiert selten. Aber wir hatten weder Fracht noch Ballast, nur Ballastwasser.«

»Was?« Mein Vater reagiert sofort. Bei Schiffen oder Booten hat man seine volle Aufmerksamkeit. »Du willst damit sagen, dass ein US-Kreuzer ohne angemessenen Ballast aufs offene Meer gefahren ist?«

»Ja. Es war eine taktische Entscheidung, allerdings eine, die angesichts des unerwarteten Sturms nach hinten losging. Wir sind ordentlich gerollt und hatten dreißig Grad Krängung. Innerhalb von Sekunden sind wir dann zur anderen Seite gekippt. Die Crew war … na ja. Es hat seinen Tribut von ihnen gefordert.«

»Konntet ihr überhaupt steuern?«

»Ja. Wir mussten um jeden Zentimeter kämpfen, um den Wellen frontal zu begegnen. Aber sie ist ein gut gewartetes Schiff und die Crew ist ihr Gewicht in Gold wert.«

»Was hast du getan?«, murmele ich und sehe ihn an.

Es ist leicht, ihn sich in seiner Uniform vorzustellen, unter einem sich verdunkelnden Himmel und Tausende Meilen entfernt von zu

Hause. Wie die Wellen um ihn herum tosen, während er Befehle brüllt.

Haydens Blick wird weicher. »Man tut, was man kann. Man gibt die richtigen Befehle und befolgt die, die einem gegeben werden. Und dann harrt man aus, betet um Glück und hofft, den Kampf gegen die See zu gewinnen.«

Am Tisch ist völlige Stille eingetreten. Ich erkenne Stolz in Garys Blick, mit dem er Hayden ansieht. Merkwürdigerweise sehe ich dasselbe in den Augen meines Dads. Wer hätte das gedacht?

»Wir sind so dankbar, dass du wieder da bist«, sagt Mom schließlich. »War's das jetzt mit dem aktiven Dienst?«

»Ich bin mir noch nicht sicher«, erwidert Hayden vorsichtig und vermeidet es, mir dabei in die Augen zu sehen. »Mal schauen. Ich weiß noch nicht, wie lange ich hierbleibe.«

Mom schenkt ihm ein breites Lächeln. »Kommst du morgen? Zum Yachthafen?«

Hayden wirkt verwirrt, nickt aber. »Gern.«

»Mom gehört zum Organisationsteam der Segelregatta für Junioren«, erklärt Parker. »Ich bin da und helfe. Du solltest auch dabei sein, Mann.«

»Klar. Sehr gern.«

»Ich schicke dir die Daten«, sagt Parker. »Lily kommt auch. Tust du doch, oder?«

Ich beiße die Zähne zusammen und nicke. »Ja. Ja, ich komme.«

Mom legt eine Hand auf meine, und ich widerstehe dem Drang, meine wegzuziehen. »Lily, die Liebe, schminkt die Kinder. Das war im letzten Jahr so beliebt, dass wir sie noch mal darum gebeten haben.«

Hayden schaut mir direkt ins Gesicht. Sein Blick drückt eine Million Dinge aus … am meisten Erheiterung. »Ich kann's kaum erwarten, das zu sehen.«

Der Rest des Dinners verläuft ereignislos. Wir schaffen es durch den Hauptgang und das Dessert ohne Ausrutscher oder befremdliche Fragen. Es gelingt mir sogar, nicht direkt mit Hayden reden zu müssen.

Aber nach dem Dessert wendet Mom sich mir zu, und angesichts des neckenden Ausdrucks in ihren Augen wird sie dem Frieden gleich ein Ende setzen. »Lily, wie geht es Turner? Sollten wir anfangen, ihn zu ein paar der Freitagsdinner einzuladen?«

Ich kann Parkers Grinsen neben mir praktisch sehen, ebenso wie Haydens plötzliche Anspannung.

Lieber Gott, hol mich aus diesem Dinner, und errette mich vor meiner aufdringlichen Mutter.

»Nein, ich glaube nicht«, presse ich zwischen zusammengebissenen Zähnen hervor. »Wir sind nur gemeinsam zu einer Veranstaltung gegangen. Es ist noch zu früh für Familienessen.«

Meide Haydens Blick, meide Haydens Blick wird zu einem Mantra in meinem Kopf.

»Du kennst ihn doch schon ewig«, merkt Parker an. »Das wäre also nicht wirklich übertrieben.«

Dad kommt mir zu Hilfe. Wie so oft ist sein Gesicht von einem Stirnrunzeln verunziert. »Sie arbeiten zusammen. Es lässt sich nicht abstreiten, dass er ein anständiger Mann ist, wie sein Vater. Aber Geschäft und Vergnügen zu vermischen, ist nie eine gute Idee.«

»Ja, genau. Danke, Dad. Ich bin sehr besorgt, wie sich das auf mein Berufsleben auswirken würde. Und jetzt zu etwas anderem als meinem Liebesleben.«

Doch nein, offensichtlich sind wir damit noch nicht durch. Hayden runzelt ebenfalls die Stirn und wirkt auf einmal wie ein Abbild meines Vaters. »Ganz zu schweigen davon, dass Parker und ich Turner auf der Highschool gut kannten. Ich bin mir nicht sicher, ob ich einige seiner Taten gutheißen kann.«

»Ach, wirklich?« Mein Dad lehnt sich zurück. »Parker, stimmt das?«

Parkers verblüffter Blick, den er Hayden zuwirft, ist zum Brüllen komisch. »Äh … ja. Im Grunde schon. Aber jetzt ist er erwachsen.«

»Das ist er«, sagt Hayden nachdenklich. Er hat sich ebenfalls zurückgelehnt und wirkt – die muskulösen Arme vor der Brust gekreuzt –, als wäre er zur alleinigen Entscheidungsgewalt über dieses Thema befugt. »Man fragt sich nur, wie sehr.«

Ich werde so sauer, dass ich vor Wut platzen könnte. Ach, jetzt schwingt er sich plötzlich zum Beschützer auf? Ist das hier gerade die Art von Beschützerinstinkt, die ein Freund zeigt? Die Art Freund, die man küsst … oder die Art Freund, die dir platonische Geschenkkörbe schickt, in denen Karten stecken, auf denen sie um deine Freundschaft bitten?

»Turner ist ein toller Mensch.« Es kostet mich Mühe, meine Stimme ruhig zu halten. »Im Moment bin ich nicht interessiert, aber wenn ich mit ihm ausgehen will, werde ich das tun.«

Meine Emotionen spielen Jo-Jo. Ein Zug von Hayden, und sie springen herum und reißen mich von den Füßen. Ich habe genug davon.

Also stehe ich auf und sammele die Teller ein. Ich schaffe es kaum bis in die Küche, als Hayden, ebenfalls mit einem Stapel Teller in der Hand, mir schon auf den Fersen ist.

Seine Schultern wirken angespannt. Dasselbe lässt sich von meinen sagen. Er stellt die Teller neben den Geschirrspüler und trommelt mit den Fingern auf der Arbeitsplatte herum. Ich befülle die Maschine mit Geschirr.

Schließlich redet er. »Hast du den Korb bekommen, den ich dir gebracht habe?«

»Ja.«

»Und?«

»Und was bedeutet er? Ist das ein Freundschaftskorb? Oder ein Tut-mir-leid-dass-ich-dich-geküsst-habe-Korb?« Die dritte Option kommt mir nicht über die Lippen. *Ist es ein Tut-mir-leid-dass-ich-dich-verlassen-habe-Korb? Ein Ich-will-dich-zurück-Korb?*

»Du bist sauer. Verdammt.« Er fährt sich mit den Fingern durchs Haar. »Es war beides, nehme ich an. Ein Tut-mir-leid-für-alles-Korb.«

»Für alles? Es ist ein schöner Korb, Hayden, das muss ich zugeben, trotzdem …«

»Du hast recht.« Er beugt sich zu mir vor. »Es ist nicht genug.«

Ich schließe den Geschirrspüler und wende mich ihm frontal zu. »Wieso hast du mich neulich Abend geküsst?«

Er bleibt eine Weile still, als ob ich ihn damit überrascht hätte, dass ich das noch fragen muss. Aber dann leuchten seine Augen auf. »Ganz ehrlich? Weil ich es wollte.«

Seine Worte wirken wie ein Auslöser. Ich fühle Wut und Bedürftigkeit und noch so viel mehr.

Weil ich es wollte. Tja, ich habe es auch gewollt. Aber dadurch sind die Dinge noch komplizierter geworden, und mir fehlen mehr Antworten als vorher. Ich weiß immer noch nicht, was ich für ihn bin. Eine nette Liebelei aus der Vergangenheit? Eine Freundin aus der Kindheit, an die er sich gern erinnert?

Parker kommt in die Küche. »Hey, Leute. Habt ihr Lust auf einen Drink? Wir könnten nach unten gehen und die Alten sich selbst überlassen.«

»Nein«, erwidere ich. »Ich mache mich auf den Weg.«

Parker runzelt die Stirn. »Schon? Nicht mal einen Drink?«

»Nein. Ich muss morgen früh raus.« Ich gebe ihm beim Vorbeilaufen einen Kuss auf die Wange. »Genehmige dir einen für mich mit. Wir sehen uns morgen am Yachthafen.«

»Ja, klar.«

Von Hayden verabschiede ich mich nicht, sondern marschiere geradewegs zu meinen Eltern und Gary, küsse sie zum Abschied und danke Ersteren für das Dinner. Wenn ich noch eine Minute länger in Haydens Nähe bliebe, würde ich ein paar anständige Antworten auf meine Fragen einfordern. Und dann würde ich platzen … und das würde nicht schön werden.

Sie reden miteinander, als ich gehe, doch ich drehe mich nicht um. Ich höre Verabschiedungen und »Ach, gehst du auch schon?«.

Hayden folgt mir nach draußen. Ich blicke trotzdem nicht zurück, sondern laufe weiter. Aber er ist größer als ich, und bei seinen langen Beinen hat er mich schnell eingeholt.

»Verdammt, Lily, jetzt warte doch mal.«

Ich ändere meine Richtung und nehme den Pfad hinter den Hecken zum Gewächshaus. Als ich die Tür öffne, weht mir der Duft von Hortensien und sonnengereiften Rispentomaten entgegen.

Hayden schließt die Tür hinter uns. Er sieht sich um und zieht angesichts der Fülle an Pflanzen die Augenbrauen zusammen. Meine Mom hat das alles vor sechs Jahren angelegt, und seitdem ist es ihr ganzer Stolz. Es ist jetzt so voll mit Gewächsen, dass man im Inneren vollständig von Blicken abgeschirmt ist. Aber natürlich hat Hayden es noch nicht gesehen.

»Das hier ist neu.«

»Ja.« Ich schlinge die Arme um meine Brust. »Noch was, das du nicht mitbekommen hast, während du weg warst.«

Er macht einen Schritt vorwärts. Sein Gesichtsausdruck ist hart, die Stirn in Falten gelegt. Nichts an ihm erinnert noch an sein charmantes Auftreten während des Dinners. »Es tut mir leid wegen dem Kuss, in Ordnung? Aufrichtig.«

Ich lache auf, und es ist kein freudiges Lachen. Außerdem ist es viel zu warm hier drin … schwül geradezu. Ich fühle, wie mir schon der Schweiß den Rücken hinabrinnt und die Wut mir die Wangen rötet. »Ich glaube nicht, dass es dir leidtut.«

Hayden sieht mich finster an. »Wieso bist du sauer, Lily?«

»Wie kann ich das nicht sein? Du kommst hierher zurück und fügst dich in meine Familie ein, als wärst du nie weg gewesen. Du machst Witze und bringst Mom zum Lachen. Du behauptest, dass du auf unbestimmte Zeit hier bist.«

Ich muss furchtbar aussehen: verrückter Gesichtsausdruck und wild gestikulierende Arme. Aber ich kann nicht aufhören. Stattdessen gehe ich auf ihn zu und verpasse ihm einen harten Stoß.

Er steckt es locker weg. »Lily?«

»Wieso hast du mich geküsst?«

»Weil ich es wollte«, wiederholt er. »Weil ich ...« Er schüttelt den Kopf, versucht jedoch nicht, meine Schläge zu unterbinden, die ich auf seine Brust abfeuere, auch wenn meine Fäuste kaum ihr Ziel erreichen. Tränen brennen in meinen Augen.

»Du kannst nicht hierher zurückkommen und mich küssen und gleichzeitig so tun, als wären wir Freunde und du hättest mir nicht mein verdammtes Herz gebrochen.« So viel hat sich in mir aufgestaut – zehn Jahre Wut und Verbitterung –, und jetzt kommt alles mit Wucht heraus.

»Es tut mir leid.«

»Wie konntest du nur? Du bist einfach verschwunden!«

»Es tut mir leid.«

Hayden schlingt seine Arme um meine Taille und zieht mich an sich. Er hält mich nicht auf, als ich weiter auf ihn einschlage. Es ist, als würde er alles einstecken und mir seinen Körper geradezu anbieten, damit ich an ihm Rache nehmen kann. »Ich musste gehen.«

»Wieso?« Noch ein Schlag. »Wieso nur?«

Seine Stimme ist schmerzerfüllt. »Ich musste, Lily, aber ich wollte nicht. Es hat mich umgebracht, dich zu verlassen.«

»Es hat dich umgebracht?« Ich zerre an den Knöpfen seines Hemdes in dem Bedürfnis, ihm näher zu sein, brauche die Verbindung zu seiner Haut, um ihm mit meinen Nägeln so wehzutun, wie er mir wehgetan hat. »Du hast dich nicht mal verabschiedet. Ich habe mich jahrelang gefragt, ob der Grund etwas war, das ich getan habe.«

Haydens Mund ist da und küsst die heißen, wütenden Tränen auf meinen Wangen fort. »Nein. Nein, nichts, was du getan hast, Baby. Es war niemals etwas, das du getan hast.«

Ich vergrabe meine Hand in seinem Haar, und unsere Lippen treffen sich. Wir werden zu Feuer und Flamme, prallen aufeinander ohne jede Zurückhaltung. Wir streiten uns immer noch, aber nur noch mit unseren Mündern. Ich bestrafe ihn mit meinen Lippen, und er antwortet mit seiner Zunge. Es ist ein feuriger Tanz.

Seine Hände streichen über die Seiten meines Oberkörpers, und ich erzittere. Ich fühle, wie meine Brustwarzen sich hart gegen den Stoff meines Kleides pressen.

»Du kannst nicht einfach hierher zurückkommen«, sage ich und reiße so lange an seinen Hemdknöpfen herum, bis sie endlich aufgehen.

»Ich weiß.« Er hilft mir mit meinem Kleid und zieht den Reißverschluss hinunter. »Ich weiß. Fuck, dieses Kleid, Lily … Als ich dich darin gesehen habe … Du bringst mich um.«

Endlich habe ich alle seine Knöpfe geöffnet, und er lässt mich gerade so lange los, bis ich ihm das Hemd heruntergerissen habe. Meine Hände weiden sich an ihm … an der langen, geraden Linie seiner Schultern, die jetzt so viel breiter sind. An dem Haar auf seiner Brust, das er früher nicht hatte. An den straffen Muskeln seines Bauchs.

Meins, sagt etwas in mir. *Schon immer.*

»Hier.« Er zieht mich zu einem schmiedeeisernen Stuhl in der Ecke. Ich schubse ihn darauf und setze mich rittlings auf ihn. Das hier passiert so schnell, viel zu schnell, und doch kaum schnell genug. Zehn Jahre Wut und Enttäuschung und Verbitterung bahnen sich ihren Weg. Zehn Jahre, in denen ich ihn nur aus der Ferne lieben konnte.

Haydens Atem fühlt sich heiß an meinem Hals an. Er schiebt mir das Kleid hinunter und presst heiße Küsse auf mein Schlüsselbein, mein Dekolleté und meine Brüste. Er küsst mich, als wäre ich sein Rettungsanker. Unter mir fühle ich, wie seine Erregung den Stoff seiner Hose spannt. Ich will ihn so dringend in mir haben, wie ich ihm wehtun will. Das Grün um uns herum bildet einen wunderschönen Hintergrund für unsere ganze Wut und schirmt uns von der Außenwelt ab.

»Lily«, murmelt er. Er findet den Verschluss meines BHs und öffnet ihn mit einer gezielten Bewegung. Er zieht ihn mir aus und entblößt mich für seinen Blick.

»Siehst du?«, frage ich, obwohl ich gar nicht weiß, was ich damit meine. *Siehst du, was du mir antust?*

Aber Hayden versteht. Er lässt seine Hände von meiner Taille hochgleiten und umfasst meine Brüste. Dann beugt er sich vor und umschließt eine meiner Brustwarzen mit seinem Mund. Er saugt heftig daran und beißt plötzlich zart zu. Ich schnappe nach Luft.

»Arschloch.«

Er lacht, meine Brustwarze noch in seinem Mund. »Ich weiß.«

Ich greife in sein Haar, zerre und reiße daran, während er schmerzhafte Küsse auf meiner Haut verteilt. Ich habe sein Haar vermisst, diese schwarze, seidige Fülle, die nur er hat. Niemand sonst hat solche Haare wie Hayden.

»Du musstest es abrasieren«, sage ich. »Ich habe ein Foto gesehen.«

Er nickt. Seine starken Hände zerren an meinem Kleid, bis es sich hoch um meine Taille bauscht. Er kämpft, wie er schon immer gekämpft hat, aber dieses Mal ist es, um uns näher zueinander zu bringen. »Du hattest ein Foto von mir?«

»Ja. Gary hat es uns gezeigt.« Ich küsse ihn erneut, und sengende Hitze lodert durch meinen Körper. Mein Höschen ist so dünn, dass ich den rauen Stoff seiner Hose fühle, mit der er sich an mir reibt.

Die Wut wirkt wie ein Zündfunken auf mein feuriges Verlangen, mein Bedürfnis, mit ihm vereint zu sein. Mit den Fingernägeln fahre ich über die muskulösen Furchen seines Rückens, und Hayden stöhnt an meinem Hals auf. »Fuck, Lily.«

»Erinnerst du dich denn nicht?«, flüstere ich ihm ins Ohr. »Ich leide, wenn du leidest.«

Seine Hände zerren und reißen an dem noch verbleibenden Stoff, um ihn aus dem Weg zu bekommen. Er küsst mich tief, als er meinen Hintern umfasst und mich an sich presst, an die Härte in seiner Hose und an seine kräftige Brust.

In dieser Position fällt es mir leicht, meine Hüften zu bewegen, mich an ihm zu reiben.

»Du miese, kleine Verführerin«, stöhnt er.

»Arschloch«, zische ich erneut.

Er lässt eine Hand in mein Höschen gleiten. Die erste Berührung seiner rauen Finger lässt mich nach Luft schnappen. Es ist viel, viel zu lange her, seit ich dort berührt wurde. Die Lust pulsiert zwischen meinen Beinen. Hayden findet mein Zentrum sofort und zieht Kreise darum.

Und dann lässt er sanft einen Finger in mich gleiten. Er pumpt ihn ein-, zweimal in mich hinein, und bei jedem seiner köstlichen Stöße verändert sich meine Welt ein bisschen mehr. Ich weiß, was er da tut. Er sorgt dafür, dass ich für ihn bereit bin.

»Ja«, stöhne ich an seinem Ohr. »Oh, bitte.«

Hayden weiß, was ich brauche. Die Kommunikation zwischen uns ist instinktiv, natürlich. Er öffnet seine Hose und zieht sie sich zusammen mit der Unterhose herunter. Nachdem wir uns ein bisschen umpositioniert haben, reibt er seine Erektion an meiner feuchten Wärme, und ich kann kaum atmen vor Verlangen nach ihm. Es gibt so vieles, worüber wir reden sollten – Dinge, die wir sagen und uns gegenseitig versichern müssen –, aber ich finde keine Worte. Ich kann nicht mal klar denken.

»Lily«, keucht er und dringt mit einem einzigen, heftigen Stoß in mich ein. Die Dynamik unserer plötzlichen Vereinigung erschüttert mich und bringt mich aus dem Gleichgewicht. Haltsuchend greife ich nach seinen Schultern und bohre meine Nägel tief in seine Haut. Ich fühle, wie er in mir pulsiert.

Haydens Atem klingt zittrig. Fest und fordernd umfasst er meine Taille. Ich weiß nicht, wie ich zehn Jahre ohne ihn überstanden habe – ohne das hier.

Entschlossen packe ich ihn am Haar. »Sag mir, wieso du immer noch die Kegelmuschel hast.«

Er lacht atemlos auf. »Was?«

»Ich habe sie auf deinem Kaminsims gesehen.« Ich stelle mich auf die Zehenspitzen und erspüre ihn in mir, bevor ich mich wieder fallen lasse. Jeder Zentimeter Reibung ist ein Genuss. »Lüg mich nicht an.«

»Weil du sie mir geschenkt hast«, knurrt er. Er bewegt seine Hüften und packt die meinen so fest, dass ich garantiert blaue Flecke bekomme. Jeder seiner Stöße ist wie eine Bestrafung und dringt in Orte in meinem tiefsten Inneren vor. Er kämpft darum, mich auszufüllen, so wie ich darum kämpfe, ihm noch näher zu sein.

Ich reiße grob an seinem Haar, keuche seinen Namen, so wie er früher meinen geflüstert hat. »Hayden.«

Er gibt mir alles, und ich nehme es und halte mich einfach nur an ihm fest. Wir haben keine Zeit für Zärtlichkeiten, sondern kämpfen beide mit der überwältigenden Macht unserer Gefühle.

»Du hättest nicht weggehen sollen.«

Hayden stößt hart in mich hinein, und sein Körper erzittert. »Ich weiß«, stöhnt er. »Denkst du, das weiß ich nicht? Denkst du, es würde mich nicht umbringen?«

Er vergräbt sein Gesicht in meiner Halsbeuge, die Hand zwischen meinen Beinen. Die Tatsache, dass er noch weiß, wie er mich berühren muss, wie er mich zum Höhepunkt bringen kann, macht mich noch wütender. Aber als der Orgasmus durch mich hindurchrast und lustvolle Freude in meinem Körper emporsteigt, fühle ich nichts anderes als blendende Ekstase.

Als er kommt, stöhnt er an meinem Hals auf. Ich halte ihn die ganze Zeit über fest, mit meinen Händen in seinem Haar, und presse ihn noch enger an mich. Er hält mich genauso fest wie ich ihn.

Ich klammere mich während der Nachbeben an ihn und auch, als sein Körper immer wieder erzittert. Es ist einfach zu viel. Nichts ist mehr übrig, keine Heuchelei mehr, hinter der wir uns verstecken könnten, kein »Ach, wie nett dich wiederzusehen«.

Wir haben uns vollständig voreinander entblößt.

Lange Zeit ist als einziges Geräusch unser schwerer Atem zu hören. Ich fühle ihn in mir, spüre, wie er immer noch pulsiert. Schließlich lege ich den Kopf an seine Schulter und schließe die Augen. Er riecht immer noch nach Salz und Hayden und Zuhause.

»Lily«, murmelt er und schlingt die Arme um mich.

Wir sitzen einfach nur da und atmen gemeinsam. Und einen Moment lang erlaube ich mir, an etwas zu glauben. Daran, dass es immer noch ein Wir gibt. Dass wir immer noch zusammen sind. Dass ich ihm immer noch etwas bedeute.

Aber nur eine Sekunde lang.

Dann stehe ich vorsichtig auf in dem Wissen, dass wir uns irgendwie saubermachen müssen. Dass wir in einem Gewächshaus auf dem Grundstück meiner Eltern sind und schon vor einer Viertelstunde hätten weg sein sollen. Dass ich mir kein bisschen besser erklären kann, wieso er weggegangen ist, als noch vor einer Woche.

Hayden schaut zu mir hoch, während er seine Hose richtet und den Reißverschluss zuzieht. Er bückt sich nach seinem Hemd auf dem Boden, und im Handumdrehen sieht er wieder salonfähig aus.

Ich ziehe mir den Rock meines Kleides hinunter und ziehe den BH an. Dann muss ich nur noch meine Arme durch die Armlöcher des Kleides stecken.

»Hast du vielleicht ein Taschentuch?«

Hayden schüttelt den Kopf. »Nein, aber ich hole –«

»Nein, ist schon gut. Ich fahre einfach nach Hause.« Außerdem will ich nicht, dass die anderen etwas mitbekommen.

»Ich helfe dir.«

»Geht schon.«

»Lily –«

»Ist schon gut.« Ich schnappe mir meine Handtasche, die in einem Blumenbeet gelandet ist. Sie ist ein bisschen schmutzig, doch das lässt sich leicht beheben. Hayden sieht mich mit einer Mischung aus Unmut und Verärgerung an. Sein Blick verrät seine Verwirrung. Es gab mal eine Zeit, in der ich alles gegeben hätte, um seine Probleme für ihn zu lösen. Aber ich kann nicht … jetzt nicht mehr.

»Lass uns reden«, sagt er, als ob wir das nicht schon versucht hätten.

»Ich muss los. Ich muss mich saubermachen.« Ich stoße die Tür auf und eile Richtung Auffahrt. Es stimmt, ich brauche tatsächlich ein Taschentuch. Aber es ist mehr als das. Noch eine Sekunde in dem Gewächshaus, und er hätte die heißen Tränen gesehen, die meine Wangen hinabrinnen.

– 19 –
HAYDEN

Hayden, 19

Kilometer für Kilometer der dunklen Straße zieht an uns vorbei. Ich fahre uns aus Paradise Shores hinaus aufs Land. Die Straße wird von den dunklen Umrissen der Ahornbäume und Birken gesäumt. Hier draußen ist niemand außer uns.

Ich habe kein Ziel vor Augen, sondern will einfach nur die Vibration der Reifen unter mir spüren. Bei Nacht zu fahren, fühlt sich wie Fliegen an. Wie Freiheit.

Lily hat ihre Füße auf das Armaturenbrett gelegt. Ihr Haar ist über ihre Schultern ausgebreitet und wirkt im Dämmerlicht viel dunkler als sonst. Sie ist still geblieben, seit wir das Haus verlassen haben. Noch immer scheint sie neugierig, aber sie dringt nicht in mich. Ich glaube, ich habe sie nie mehr geliebt als in diesem Moment.

Ich greife hinüber und lege eine Hand auf ihr geschmeidiges Bein. Nur um sicherzugehen, dass sie da ist … dass ich sie nicht verloren habe. Noch nicht.

Lily schiebt ihre Finger zwischen meine. Ihre Haut ist warm und weich. Sie fährt zart über jeden einzelnen Fingerknöchel. »Sie werden so rau«, murmelt sie. »Von der Arbeit auf dem Fischerboot.«

Das Einholen von Netzen und das Ziehen der Taue haben ihren Tribut gefordert. An einigen Stellen sind meine Handinnenflächen aufgesprungen, schwielig und wund. Auf der zarten Haut ihrer eigenen Hände müssen sie sich wie Sandpapier anfühlen.

Ich will meinen Arm zurückziehen, aber Lily lässt mich nicht.

»Du entkommst mir nicht«, sagt sie und dreht meine Hand um. »Ich kann dir aus der Hand lesen, weißt du?«

»Meine Zukunft?«

Vielleicht hört sie die Anspannung in meiner Stimme oder spürt, was ich fühle, doch sie schüttelt nur den Kopf. »Natürlich, aber das versteht sich ja von selbst. Ich habe noch viel mehr drauf.«

»Ach ja?«

»Ich kann deine Gedanken lesen.«

»Aus meiner Hand?« Sie ist unmöglich, aber ich weiß, dass sie mich damit nur aufheitern will. Ich fühle mich dadurch ihrer Liebe nur noch weniger wert, doch ich kann sie auch nicht aufgeben.

»O ja. Es ist ein geheimer, uralter Brauch aus … der Antarktis.«

Meine Lippen zucken. »Du hast das von Pinguinen gelernt?«

»Mach dich nicht über mich lustig.«

»Ist ja gut. Also, was denke ich gerade?«

Sie macht es sich in ihrem Sitz gemütlich und fährt mit dem Finger eine Linie in meiner Hand entlang, wobei sie die wunden Stellen meidet. »Du denkst an das Auto. Es läuft wie geschmiert, weil ich weiß, dass Gary auf Wunsch von Parker irgendein Dingsbums ausgewechselt oder Öl nachgekippt hat oder sonst was. Und es gefällt dir, wie es sich anfühlt.«

Damit liegt sie richtig. Der Wagen ist ein schöner alter Jeep, den nur wir Kids benutzen. Ich habe ihn schon mal gefahren, aber nur mit Parker, wenn er nach einer Party zu betrunken war, um selbst zu fahren. Und ich habe damit Lily von der Schule abgeholt. Ich weiß, wo die Schlüssel in der Garage liegen.

Natürlich sollte ich ihn mir nicht für Ausflüge wie diesen nehmen. »Ja, das habe ich tatsächlich gedacht. Das war leicht.«

Lily zieht an meinem Daumen. »Du denkst darüber nach, dir Sonntag freizunehmen, um mit Parker und mir segeln zu gehen.«

»Netter Versuch, Lils.« Ich blicke zu ihr hinüber. Sie lächelt verschmitzt und sieht einfach zu niedlich aus. »Du weißt, dass ich arbeiten muss.«

»Na schön, du denkst, dass du wünschtest, du könntest dir Sonntag freinehmen.«

»In Ordnung, dann stimmt es. Übrigens durchschaue ich, was du da tust, okay? Meine Gedanken sind ganz offensichtlich. Machen sie das wirklich so in der Antarktis?«

Lily lacht auf. »Du bist so ein anspruchsvoller Kunde.«

Ich sehe auf das Armaturenbrett. Es ist kurz nach ein Uhr morgens. Wir fahren schon seit einer Stunde, und ich weiß, dass ich langsam umdrehen sollte. Doch ich will nicht, dass das hier aufhört … nur sie und ich und nichts als völlige Freiheit. Auch wenn das Ganze nur eine Illusion ist.

»Na schön. Du denkst an mich.« Lilys Stimme wird leise. So hört sie sich immer an, wenn sie schüchtern ist, sich aber durchboxen will. Oder wenn sie versucht, mich zu verführen. Normalerweise braucht es dafür nicht viel.

»Du sitzt genau neben mir. Es wäre unhöflich von mir, es nicht zu tun.«

»Idiot. Na gut, du denkst, dass ich die tollste, schlaueste und wunderbarste Person bin, die du je getroffen hast. Die klügste, die witzigste, die schönste …«

Ich ziehe meine Hand aus ihrer. »Du bist zu gut darin. Das ist echt abgefahren.«

Sie lacht wieder. Das Geräusch lässt etwas in meiner Brust sich zusammenziehen, ein viel zu vertrautes Gefühl. Sie schnappt sich erneut meine Hand und drückt einen Kuss auf den Handrücken. Ich halte die Augen auf die Straße gerichtet, und langsam löst sich meine Anspannung. Solange wir zusammen sind, wird alles gut werden.

»Ich liebe dich«, raunt sie. »Das weißt du doch, oder?«

Einen Moment lang stellt sich Leere in meinem Gehirn ein. Nichts anderes zählt mehr. Niemand sonst, niemand außer uns beiden. Ich will, dass dieser Moment nie aufhört. Die Straße ist gerade und schmal. Im Vorbeifahren blitzen in der nächtlichen Dunkelheit Bäume auf.

»Das weiß ich, Lils.«

Sie legt meine Hand wieder auf ihr Bein, auf ihre warme, weiche Haut. »Gut. Ich wollte nur sichergehen.«

Und ich muss sie wissen lassen, dass ich genauso empfinde. Dass sie alles ist, was ich will – alles, was ich brauche –, doch die Worte wollen sich einfach nicht zusammenfinden. Wenn ich es sage, es real werden lasse, könnte man sie mir wegnehmen.

»Lily …« Aber ich kann den Satz einfach nicht beenden. Die Augen fest auf die Straße gerichtet, ziehe ich mit dem Daumen einen Kreis auf ihrer Haut.

Mein Schweigen scheint sie nicht zu stören.

»Ich weiß schon, Hayden«, sagt sie sanft. »Was beschäftigt dich heute Nacht so? Du kannst es mir sagen. Oder auch nicht, wenn du es lieber für dich behalten willst. Aber ich werde dir immer zuhören.«

Ich kann ihr einfach nicht erzählen, was ihre Mutter und Großmutter gesagt haben. Ich weiß, das geht nicht. Und wie soll ich ihr meine Gefühle erklären? Sie würde sofort dagegen protestieren.

Vor uns blitzen Lichter auf. Es ist das erste Fahrzeug, das uns seit einer Stunde begegnet.

»Hayden?«

Es ist ein Lkw.

Und er bleibt nicht auf seiner Spur. Ich beobachte im Zeitlupentempo, wie er auf unsere Spur driftet, bis seine Scheinwerfer mich blenden. Und dann passieren eine Menge Dinge auf einmal. Ich hupe. Lily schreit, und mein Herz rutscht mir in die Hose.

Ich versuche auszuweichen, Reifen quietschen, und dann wird alles schwarz.

Es ist das Adrenalin, das mich weiter agieren lässt. Die Dinge bewegen sich wie zuckende Blitze, und mit jedem Herzschlag verstreicht eine Ewigkeit.

»Lily?« Sie antwortet nicht. Ihre Tür ist durch den Aufprall mit dem Lkw verbeult und nach innen gedrückt. Ihre Augen sind geschlossen. »Lily!«

Keine Antwort. Ihr Bein … Ich kann es nicht ansehen. *Hol sie raus.* Ich muss sie hier rausbekommen. Bei den Bemühungen, meine eigene Tür zu öffnen, zerbreche ich die Fensterscheibe.

Und dann hole ich sie heraus. Der Wagen ist hinüber, aus dem Motor steigt Rauch auf. Können Autos explodieren? Jemand hat mir gesagt, dass sie es nicht tun, aber das Risiko will ich nicht eingehen.

Ich öffne ihren Sicherheitsgurt, schlinge meine Arme um ihre Taille und ziehe sie vom Sitz. Es ist schwer, mit ihr in meinen Armen zu laufen, daher wage ich es nicht, sie weit fortzutragen. Ihr Bein … sieht schlimm aus. Der Gedanke kreist durch meinen Kopf. *Das ist schlimm, das ist schlimm, das ist schlimm.*

Sie hat noch immer nicht die Augen geöffnet. »Lily? Lily.« Keine Antwort.

Ich klopfe meine Taschen ab und fische mein Handy heraus. Wähle den Notruf.

Dann überall Piepsgeräusche und blitzende Neonlichter.

Menschen in OP-Kleidung bellen Anweisungen. Anklagende Blicke und wilde Rufe.

Im Rettungswagen bin ich den ganzen Weg zum Krankenhaus an ihrer Seite. Die Sanitäter haben mir befohlen, mich hinzulegen, allerdings bekomme ich mit, was sie tun. Sie stillen die Blutung, doch ich bin mir nicht sicher, ob es dafür nicht zu spät ist. So viel von ihrem hübschen Kleid ist durchtränkt von grellrotem Blut. Zu viel. Viel zu viel Blut.

Sie ist bewusstlos, trotzdem wiederhole ich unablässig ihren Namen, nur für den Fall. »Lily. Lily. Lily.«

»Leg dich hin«, wird mir befohlen. Ich höre Begriffe wie »angeknackste Rippen« und »gebrochenes Femur«, aber die Worte haben keine Bedeutung für mich. Ich fühle keinen Schmerz.

Sowie wir in der Notaufnahme angekommen sind, rollen sie sie von mir weg in den OP. Ich werde nie diesen langen, öden Flur vergessen und ihre kleine Gestalt auf dem Krankenbett. Ein Mann schiebt mich energisch zurück, als ich versuche, ihr zu folgen.

»Nur Familienmitglieder«, sagt er.

Nachdem sie mich bandagiert und mir Schmerzmittel gegeben haben, setze ich mich in das Wartezimmer vor dem OP. Jede Sekunde, die verstreicht, ist eine Qual. Der Unfall spielt sich wieder und wieder in meinem Kopf ab.

Grelle Lichter auf einer dunklen Straße, denen ich nicht ausweichen kann.

Das Geräusch sich verbiegenden und brechenden Metalls, während wir von einem Lkw gerammt werden. Lilys Gewicht in meinen Armen, als ich sie aus dem Wrack ziehe. Das Auto, so verbogen, dass ich meine Tür zum Öffnen gewaltsam aus dem Rahmen drücken muss.

Lilys Mutter ist die Erste, die im Krankenhaus ankommt. Eloise trägt noch ihre Pyjamahose, ihr Blick ist wild. Parker folgt ihr auf dem Fuß. Er sieht so aus, wie ich mich fühle … innerlich hohl.

Endlose Fragen prasseln auf mich ein. Nein, Lily war nicht bei Bewusstsein, und ja, ich war derjenige, der gefahren ist. Nein, ich weiß nicht, was passiert ist. Der Truck war aus dem Nichts aufgetaucht.

Parker packt mich bei den Schultern und sieht mich aus weit

aufgerissenen, blutunterlaufenen Augen an. »Gott sei Dank bist du okay, Mann.«

»Jaja …«

»Weißt du, wann sie rauskommt?«

»Nein. Ich bin kein Familienmitglied, also wollten sie mir nichts sagen …«

Mrs. Marchands Augen verengen sich zu Schlitzen. Diesen Blick habe ich schon einmal gesehen, nämlich bei ihrer Tochter. Und dann dauert es nicht mehr lange, bis wir in das Zimmer gebracht werden, das sie gerade für Lily vorbereiten.

Uns wird gesagt, dass sie in ein paar Minuten aus dem OP käme, und so weit sei alles gut … Aber die nächsten Tage würden entscheidend sein.

Entscheidend.

Das Wort spukt in meinem Kopf herum. Wie kann ich nur ein paar gebrochene Rippen haben, und sie muss um ihr Leben kämpfen?

Als Lily endlich ins Zimmer geschoben wird, ist ihr Gesicht blass und ruhig. Es ist, als würde sie nur schlafen. Ihr Haar umrahmt ihr Gesicht, auf dem jetzt weder Make-up noch ihr übliches neckendes Lächeln zu sehen sind. Sie wirkt unglaublich jung.

Wie Dornröschen, das nur einen Kuss braucht, um erweckt zu werden.

Stattdessen ist sie sediert und kämpft um ihr Leben.

Ich würge das Gefühl von Angst und Übelkeit ab.

Ein Tumult im Flur lässt uns alle unsere Köpfe drehen, besonders Eloise. Dann erkenne ich die Stimme.

»Wo ist sie?«

»Hier entlang, Sir. Tut mir leid. Lassen Sie mich nur –«

Der weitere Wortwechsel wird von den dicken Wänden gedämpft, dann kommt ein stinkwütender Mr. Marchand durch die

Tür gerauscht. Er trägt einen Anzug und hat eine Übernachtungstasche bei sich. Beim Anblick seines Gesichtsausdrucks winde ich mich vor Schuldgefühlen.

Der wütende Gesichtsausdruck verschwindet in dem Moment, als er seine Tochter erblickt.

Ich stehe in der Ecke und beobachte, wie sie sich um Lilys Bett drängen. *Bitte*, bete ich. *Bitte, bitte, mach, dass sie es schafft.*

Sie wollen, dass ich es ihnen erkläre. Was genau passiert ist … wieso sie jetzt in diesem Krankenbett liegt und an Schläuche und Drähte angeschlossen ist.

»Er war auf der falschen Straßenseite«, antworte ich mit kratziger Stimme. Die Rauchentwicklung am Unfallort war massiv gewesen.

»Sprich lauter, Junge.«

»Ein Lkw. Auf der falschen Straßenseite.« Ich schüttele den Kopf in dem Versuch, klar zu denken, und werde mit brüllenden Kopfschmerzen belohnt. »Ich weiß nicht, wieso. Vielleicht ist er am Steuer eingeschlafen … Ich habe versucht auszuweichen, aber ich konnte nicht schnell genug aus dem Weg kommen. Er hat … er hat uns direkt auf der Beifahrerseite gerammt.«

Lilys Mutter wirft mir einen entsetzten Blick zu und legt mir die Hand auf die Schulter. Es ist die verletzte, doch das kann sie nicht wissen. »Bist du in Ordnung, Hayden?«

Ich verdiene ihr Mitleid nicht, nicht wenn ihre Tochter nur ein paar Zentimeter entfernt daliegt und um ihr Leben kämpft. »Mir geht's gut.«

Sie nickt und wendet sich ab. Ich spüre, dass sie mich in dem Moment vergessen hat, als ihr Blick auf ihr jüngstes Kind fällt, ihre einzige Tochter. Lily wirkt wie eine Puppe in dem riesigen Krankenbett.

Doch ihr Vater sieht mich immer noch an. »Was habt ihr so spät da draußen gemacht?«

»Wir sind rumgefahren.« Die Scheinwerfer des Trucks blitzen vor mir auf. »Wir wollten nur … für eine Weile verschwinden.«

Seine Augen verengen sich, und ich weiß genau, was er in diesem Moment sieht. Nämlich alles. Meine armselige Sehnsucht nach seiner Tochter und wie ich ihre Gutherzigkeit ausnutze. Wie ich sie dazu gebracht habe, noch so spät unterwegs zu sein.

Und dazu, nicht nach Yale gehen zu wollen. Wie ich ein Auto mit ihr darin zu Schrott gefahren habe.

Wenn ich jetzt vor Scham im Boden versinken könnte, würde ich es tun.

Aus dem Bett erklingt ein leises Stöhnen, und er wendet sich von mir ab. Lily ist zwar nicht bei Bewusstsein und ihre Augen sind geschlossen, aber sie gibt Geräusche von sich. Mein Herz fühlt sich an, als ob es vor Furcht vermischt mit Erleichterung zerspringen würde.

Während der nächsten Woche erscheinen ihre gesamte Familie und alle ihre Freunde, einer nach dem anderen. Rhys, das Gesicht weiß vor Sorge. Parker ist täglich da, das Hemd falsch zugeknöpft. Henry ist ein Abbild der Ruhe und Gelassenheit, aber wenn er glaubt, dass niemand ihn ansieht, merke ich, dass seine Kiefer sich angstvoll anspannen. Jamie kommt mit Keksen vorbei, bricht allerdings bei Lilys Anblick in Tränen aus. Parker tröstet sie mit selbst sorgenvoll verzogenem Gesicht.

Alles nur wegen mir. Weil all das meine Schuld ist.

Also sitze ich daneben und kralle meine Finger in die Lehnen des Sessels in der Ecke, während ich Lilys Familie beobachte, die sich um sie und ihr Bett drängt.

Es dauert lange, sehr lange, bis sie aufwacht. Doch irgendwann tut sie es.

– 20 –
HAYDEN

Gegenwart

Nach der Sache im Gewächshaus kehre ich zurück in mein leeres Haus, mein leeres Bett und mein leeres Leben, das voller Bedauern ist.

Fuck.

Wir machen wirklich alles in der falschen Reihenfolge. Es ist egal, dass ich noch nie solch lebens- und seelenverändernden Sex hatte. Wieder mit Lily zusammen zu sein – in ihr zu sein –, war nichts weniger als ein spirituelles Erlebnis.

Aber dann ist sie weggelaufen, als wäre der Teufel persönlich hinter ihr her. Und der war ich.

Während der vielen Male, bei denen ich davon geträumt habe, wieder mit Lily zu schlafen – wenn ich meinen Phantasien freien Lauf gelassen habe –, waren wir zunächst mal immer in einem Bett. Es sollte zärtlich und vorsichtig passieren, und sie würde meinen Namen an meinen Lippen stöhnen. Ich würde sie immer wieder mit meinem Mund kommen lassen, bevor ich in sie eindränge, um sicherzugehen, dass sie in Flammen steht und danach bettelt.

Diese wilde, verrückte Nummer im Gewächshaus ihrer Eltern um zehn Uhr abends, die vorbei war, bevor sie überhaupt richtig anfing, hatte ich mir dabei nicht vorgestellt.

Einzuschlafen fällt mir in dieser Nacht schwer, da ich mit jeder Faser meines Körpers weiß, dass sie jetzt neben mir liegen sollte … und dass auch ich ihr immer noch etwas bedeute.

Am nächsten Morgen gehe ich bei Sonnenaufgang am Strand joggen. Und mit jedem Schritt entwerfe ich meinen Plan weiter. Das ist es, was mir in den vergangenen Jahren beigebracht wurde: eine Strategie zu entwickeln.

Am Nachmittag tauche ich, gekleidet in Baumwollhose und ein weißes T-Shirt, am Yachthafen auf. Ich habe solche Segelschuhe, wie sie hier alle tragen, nicht mehr, aber das macht nichts. Ich habe mich noch nie richtig in Paradise Shores eingefügt. Wieso sollte ich jetzt damit anfangen?

Überall liegen Segelboote. Ihre kleinen weißen Segel hopsen wie Marshmallows auf dem klaren blauen Wasser auf und ab. Kinder jeden Alters laufen in Rettungswesten herum. Die Juniorenregatta ist für den Segelclub ein Riesending wie schon damals, als ich selbst noch ein Kind war. Henry gewann in seiner Altersklasse, und soweit ich mich erinnere, Parker auch.

Rhys hat natürlich nicht am Wettkampf teilgenommen, das war schon in der Kindheit so.

Auf der Suche nach Lily lasse ich den Blick über die Menge schweifen. Ich werde sie finden und mich entschuldigen, dieses Mal richtig und mit einem Plan für die Zukunft. Und ich werde auch ein paar Dinge aufklären. Zum Beispiel, dass ich verrückt nach ihr bin und uns noch eine Chance geben will. Scheiß auf dieses ganze Gerede über Freundschaft. Das hatte gestern Abend schon nicht funktioniert.

Ich kann sie nicht sehen. Was ich stattdessen erblicke, bringt mich zum Lächeln: Parker in seinem alten Segelclubjackett, dasselbe, das er die ganze Zeit in der High School getragen hat. Er hilft ein paar Kindern mit ihren Rettungswesten. Einige von ihnen sind noch klein, tatsächlich viel zu klein, um am Wettbewerb teilzunehmen oder heute auch nur einen Segelversuch zu unternehmen. Aber man kann sich unschwer vorstellen, dass die Kleinen dasselbe tragen wollen wie ihre Geschwister, auch wenn sie den ganzen Tag sicher und trocken auf dem Kai verbringen.

Ich gehe zu ihm hinüber. Parker wirft mir einen müden Blick zu, als er mich entdeckt. »Hey, Mann.«

»Hey. Du siehst aus, als könntest du Hilfe gebrauchen.«

Er überreicht mir eine Rettungsweste. »Bitte sehr.«

Ich hocke mich neben ihn und helfe dem nächsten Kind, das an der Reihe ist. Es ist ein Mädchen, das mir höchstens bis zur Hüfte geht. Sie starrt mich mit großen Augen an und gibt mir ihre Rettungsweste.

»Hier.«

»Danke.« Ich drehe die Weste um und halte sie ihr über den Kopf. »Schlüpf hier für mich rein.«

Sie steckt ihren Kopf durch das Loch und hält die Arme stocksteif zur Seite. »Wie heißt du?«

»Hayden«, sage ich und beuge mich vor, um die Gurte zu schließen. Ich befestige sie gekonnt um sie herum und sorge dafür, dass das Ding nicht mehr abgeht. »Und du?«

»Isabella.« Sie kann das I noch nicht richtig aussprechen, und der Name hört sich aus ihrem Mund etwas verquirlt an.

Ich muss grinsen. »Es freut mich sehr, dich kennenzulernen.«

»Mich auch.« Sie zieht einmal kurz und kräftig an ihrer Weste und blickt lächelnd zu mir hoch. »Jetzt sehe ich aus wie mein Bruder.«

»Super. High Five.«

Sie klatscht mich ab und rennt dann zu ihrer Mom, die in der Nähe auf dem Kai steht. Ich bemerke, dass es Parker schwerfällt, die richtige Größe für das Kind vor ihm zu finden, und entschließe mich, ihm einfach weiter zu helfen. Deswegen bin ich ja hier … Zumindest soll es den Anschein haben.

Freiwillige stellen hinter uns auf dem Kai einen Tisch auf. Ich muss nur einen Blick darauf werfen, um zu erkennen, was dort gerade passiert. Es ist ein Stand für das Kinderschminken, der von Lily besetzt wird.

Sie trägt Shorts, die ihre gebräunten, sommersprossigen Beine betonen. Ihr rotbraunes Haar ist zu einem losen Dutt hochgebunden, aus dem sich kleine Strähnen um ihr Gesicht kringeln.

Sie zu sehen, lässt mich in Erinnerung dessen, was gestern Abend passiert ist, fast erröten. Sie war … na ja. Es hat definitiv die zehn Jahre wettgemacht, in denen ich mich nach ihr verzehrt habe.

Sie ist meine Vergangenheit und meine Zukunft und alles, was ich je wollte.

Ich wende mich wieder der Reihe von Kindern zu. Es sind jetzt weniger, da die meisten gegangen sind, um den Start der Regatta zu beobachten. Parker hält wenig subtil beide Daumen hoch und wirft mir einen dankbaren Blick zu.

Eines der letzten Kinder auf dem Kai ist ein Junge, der nicht älter als zehn sein kann. Er trägt eine große Brille und beäugt zweifelnd die Weste, die ich ihm hinhalte.

»Es ist deine Größe«, versichere ich ihm.

Er nickt. »Cool. Ja …«

Aber als er nähertritt, merke ich, dass irgendwas nicht stimmt. Ich ziehe ihm die Weste über den Kopf und lasse meine Stimme ruhig klingen, als ich mich hinknie und mit ihm rede. »Wie heißt du, Buddy?«

»Fredrick.«

»Hi. Ich bin Hayden.« Ich befestige die Gurte an seiner rechten Seite. »Wie geht's dir denn?«

»Gut.« Er zögert. »Na ja … ich bin ein bisschen nervös.«

»Weil du gleich aufs Wasser gehst?«

»Ja.«

Ich lehne mich zurück und sehe ihn fest an. »Du musst nicht, wenn du nicht willst. Das weißt du doch, oder?«

»Meine Schwester nimmt heute am Wettbewerb teil.«

»Und deine Familie möchte, dass du es auch mal mit dem Segeln probierst? Mit einem der Ausbilder?«

»Ja. Mein Dad findet, dass das gut für mich wäre. Aber ich …« Er sieht zu einer der kleinen Jollen in unserer Nähe hinüber, deren kleines Segel fröhlich auf und ab hüpft. »Die sind so klein.«

Ich unterdrücke ein Lächeln und stehe wieder auf. »Ich verstehe dich, Buddy. Es ist gar nicht so leicht, an Bord zu kommen.«

»Nein. Bist du schon mal auf einem gewesen?«

»Ja, bin ich. Aber ich verrate dir ein Geheimnis.«

»Was denn?«

»Bei meinem ersten Mal hatte ich genauso viel Angst wie du.«

»Wirklich?«

»Ja. Ich hatte überhaupt keine Ahnung, was ich tun soll oder wieso Leute das zum Spaß machen.«

»Weswegen hast du's dann getan?«

Angesichts meiner Dämlichkeit im Kindesalter muss ich den Kopf schütteln und ziehe die Gurte an Fredricks Rettungsweste noch ein kleines bisschen fester zu. Er beobachtet mich mit eifriger Aufmerksamkeit, und ich weiß, dass ich jetzt gut sein muss.

»Weil ich jemanden beeindrucken wollte.«

Der Junge nickt, als wäre das ein völlig vernünftiger Grund. »Ach so.«

»Aber dann hing ich am Haken. Ich liebte den Wind und die Wellen und lernte, wie das Meer sich verhält. Später bin ich sogar in die Navy eingetreten.«

Seine Augen weiten sich. »Wirklich? So wie ein richtiger Soldaten-Seemann?«

Ich muss mir das Lachen verkneifen. »Ja. Genau so.«

»Musstest du auch kämpfen?«

»Nein, ich hatte das Glück, es nicht zu müssen. Allerdings bin ich lange auf Patrouille gewesen.«

»Wie cool. Und du hast hier angefangen, das alles zu lernen?«

»Ja, hier war ich zum ersten Mal auf einem Boot. Aber«, sage ich und hocke mich wieder hin, »es gibt keinen Druck. Manchmal hat man Angst, und das ist gut. Wenn du es zum Beispiel sowieso tun musst, um daran zu wachsen. Doch wenn es die Art Angst ist, die dir Bauchschmerzen macht, dann ist es wichtig, darauf zu hören und Nein zu sagen.«

Der Junge nickt meine ganze kleine Rede hindurch, als würden meine Worte absolut Sinn ergeben. Für mich tun sie das tatsächlich, aber bisher habe ich noch nie versucht, dies jemand anderem zu erklären.

Er schiebt sich die Brille hoch. »Ich glaube, dass es die erste Art von Angst ist.«

»In Ordnung. In diesem Fall verfrachten wir dich heute auf ein Boot, Buddy. Du schaffst das.«

»Ja. Ja, das schaffe ich.« Er zieht an seiner Weste. »Aber vielleicht noch nicht gleich.«

»Das ist in Ordnung. Schauen wir mal ... Siehst du die Lady dort?« Ich drehe mich um und deute auf Lily, die gerade einem kleinen Mädchen mit Rattenschwänzen das Gesicht schminkt. »Du könntest dir ein Tattoo machen lassen. Als Glücksbringer.«

»Meine Mom würde mich umbringen, wenn ich mir ein Tattoo machen ließe.«

Verdammt. Ich dachte, das würde sich cooler anhören als Schminke. »Na ja, es geht ja wieder ab. Vielleicht einen Anker auf deinem Arm wie ein richtiger Seemann?«

Seine Augen leuchten auf. »Das wäre total cool.«

Es sind nur noch ein paar Kinder, die auf eine Weste warten, und ich weiß, dass Parker klarkommen wird. Mit dem Kopf deute ich Richtung Schminkstand. »Gehen wir.«

»Wäre es okay, wenn du dir zuerst eins machen lässt?«, fragt er und schaut mich mit großer Ernsthaftigkeit an.

Ich blinzele. »Äh ja, klar. Natürlich.«

Lily sieht uns kommen. Unsere Blicke treffen sich, und ihrer quillt über vor ungesagten Dingen. Ich wüsste zu gern, was sie über gestern denkt. Ich muss einfach wissen, ob sie es bereut … und ob es für sie so explosiv war wie für mich.

»Hey«, sage ich. »Dieser kleine Mann hier möchte sich ein Tattoo machen lassen. Einen Anker auf seinem Arm, wie ein Seemann.«

Fredrick tritt näher und beäugt neugierig Lilys Pinsel und Gesichtsfarben. Ich habe gesehen, was für eine gute Malerin sie ist. Das hier ist nichts für sie. Die Kids bekommen ein echtes Meisterwerk geschenkt.

Sie lächelt ihn an. »Na klar. Willst du eine bestimmte Farbe?«

»Blau. Aber …« Er sieht zu mir hoch. »Hayden ist zuerst dran.«

Ich nicke ernsthaft und fange an, mir den Ärmel hochzukrempeln. »Ja, genau. Könnte ich bitte auch einen blauen Anker bekommen?«

Lily schenkt mir ein süßes Lächeln. Das hier gefällt ihr. »Wirklich?«

»Ja.« Ich setze mich auf den Stuhl. Fredrick beobachtet uns mit interessiertem Blick. Er verfolgt Lilys Bewegungen, während sie einen Pinsel erst in Wasser und dann in azurblaue Farbe tunkt.

»Wusstest du, dass er in der Navy war?«

Sie nickt. »Ja, das wusste ich.«

Fredrick blickt mich mit zusammengekniffenen Augen anklagend an. »Kennst du diese Lady?«, fragt er, als wäre das ein Verbrechen. Ich kann sehen, wie Lily erfolglos versucht, ein Lächeln zu unterdrücken.

»Ja, das tue ich«, gebe ich zu. »Ich kenne sie, seit ich so alt war wie du.«

»Oh.« Nachdenklich beobachtet er, wie Lily anfängt, meinen Arm zu bemalen.

Ihre Berührung ist vorsichtig und die Farbe kalt auf meiner Haut.

»Hattest du Angst, als du in der Navy warst?«

»Ja, manchmal.«

»Wenn du angegriffen wurdest?«

»Wir sind nie angegriffen worden, Buddy. Aber manchmal gerätst du in angespannte Situationen oder in einen Sturm. Oder du musst Dinge tun, die ziemlich unangenehm sind.«

»Was hast du dann gemacht? Um das durchzustehen.«

Ich versuche, mich auf Fredricks aufrichtige Fragen zu konzentrieren und nicht auf die Tatsache, dass Lily nur Zentimeter von mir entfernt ist. Still bepinselt sie meinen Arm und lauscht jedem meiner Worte.

»Mhm. Man macht einen Schritt nach dem anderen, konzentriert sich auf das, was man ändern kann, und lässt das los, was man nicht ändern kann.«

»Verstehe.« Fredrick nickt ernsthaft. »Oh, das sieht gut aus.«

Ich schaue auf meinen Arm hinunter. Lily hat einen aufwendigen Anker gemalt, um den ein Seil gewunden ist. Sie hat etwas Grün in das Blau gemixt, und das Ganze wirkt fast wie ein echtes Tattoo. Ich wusste immer, dass sie in diesen Dingen unglaublich begabt ist.

Aus dieser Nähe kann ich praktisch die Sommersprossen auf ihrer Nase zählen. Im Gewächshaus war es zu dunkel gewesen. Ich muss unbedingt wieder mit ihr zusammen sein … um sie bei Sonnenlicht zu sehen. »Vielen Dank.«

Lily sucht meinen Blick. »Ja, gern.« Sie lehnt sich zurück und räuspert sich, bevor sie Fredrick ein Lächeln schenkt. »Und? Möchtest du jetzt dasselbe haben?«

»Ja.« Er hüpft auf den Stuhl, von dem ich gerade aufgestanden bin. Ich beobachte, wie Lily ihren Pinsel vorbereitet und dann mit gleichmäßigen, geübten Strichen seine Haut bemalt. Sie könnte das hier mit verbundenen Augen tun.

Er sieht zu ihr hoch. »Segelst du auch?«

»Nicht mehr so oft. Aber als Kind schon.«

»Machst du's gern?«

»Ja, es kann schön sein.«

Er stößt einen gewaltigen, übertriebenen Kinderseufzer aus. »Ich muss heute segeln.«

»Ach, wirklich?« Lilys Stimme klingt weich. Ich beobachte, wie sie die Konturen des Ankers ausmalt.

»Na ja, ich will's versuchen. Ich hab's noch nie gemacht, und da drüben kann man es ausprobieren.«

»Ist doch toll. Das solltest du.«

»Ja. Ich war ein bisschen nervös, aber Hayden hat gesagt, dass ich das nicht zu sein brauche.«

Ich lächle. »Tja, es ist in Ordnung, nervös zu sein, solange man es trotzdem durchzieht. Aber nur, wenn es die erste Art von nervös ist, richtig?«

»Richtig.« Er sieht auf seinen Arm. »Ist es fertig?«

»Fast.« Lily klingt amüsiert. »Nehmen dein Bruder oder deine Schwester am Wettkampf teil?«

»Meine Schwester.«

»Aha. Für mich war es früher wie für dich jetzt, jedes Mal, wenn meine Brüder hier angetreten sind und ich ihnen beim Segeln zugesehen habe. Es macht Spaß, auszuprobieren, was sie tun, doch es ist völlig okay, wenn du stattdessen etwas anderes machen möchtest.«

»Ja.« Eine Weile sieht er still auf Lilys Werk. »Ich glaube, ich versuch's, und dann sage ich meinen Eltern, dass ich lieber Basketball spielen will.«

Lächelnd nickt sie ihm zu. »Das hört sich toll an. Du bist fertig.«

Fredrick verdreht seine Schulter, um besser sehen zu können, und fängt an zu grinsen. »Ich sehe wie ein Pirat aus«, sagt er zu mir. »Piraten haben so was.«

»Das stimmt. Und jetzt passen wir zusammen.«

Er hebt die Hand für ein High Five, bevor er sich verabschiedet. Lily und ich beobachten, wie er zu seinen Eltern rennt, die an der Seite stehen. Ihre Augen sind fest auf die Boote im Hafen gerichtet. Das Rennen wird gleich losgehen, und der Kai ist mit Zuschauern bevölkert.

Lily wäscht ihre Pinsel aus und meidet dabei sorgfältig jeglichen Augenkontakt mit mir. »Du hattest also manchmal Angst in der Navy?«, fragt sie.

Ich widerstehe dem Drang aufzustöhnen. »Das ist alles, was bei dir hängengeblieben ist?«

»Tja, entweder das oder die Tatsache, dass du toll mit Kindern umgehen kannst.«

»Mhm. Na ja, natürlich gab es Zeiten, die nicht so lustig waren.«

Lily nickt. Sie ist so nahe, dass ich den Duft ihrer Haare rieche. Karamellshampoo und Sonnenschein ergeben eine berauschende Mischung. Ich wünschte, ich könnte sie für immer bei mir haben.

»Du bist eine phantastische Malerin.«

»Ich habe ewig nicht mehr gemalt«, erwidert sie unverblümt. »Ich habe gelogen, als ich sagte, ich hätte.«

Ich lasse meine Stimme weich klingen. »Ja, dachte ich mir schon.«

»Klar hast du das. O Gott.« Sie schlägt die Hände vors Gesicht. »Hayden, wegen gestern –«

»Warte. Lass mich zuerst.«

»Ich kann nicht glauben, dass wir … Das darf nie wieder passieren.«

»Ich weiß. Es tut mir leid, dass es so passiert ist, und es tut mir leid, dass ich beim Essen so auf Turners Namen reagiert habe. Du hattest jedes Recht, mir böse zu sein. Wegen allem.«

Sie lässt die Hände sinken und sieht mich mit glänzenden Augen an. »Ich will immer noch Antworten.«

»Ich weiß. Und ich hätte dich nie darum bitten sollen, wieder mit mir befreundet zu sein«, sage ich kopfschüttelnd. »Das war falsch von mir, wenn doch offensichtlich ist, dass ich das nicht kann. Ich kann nicht einfach nur mit dir befreundet sein, Lils.«

»Ich kann auch nicht nur mit dir befreundet sein.«

Hoffnung keimt in meiner Brust auf. »Ich weiß, dass es kompliziert ist. Und ich hätte gleich am Anfang sagen sollen, was ich mir wirklich für uns wünsche, nämlich, die Dinge richtig anzugehen.«

»Die Dinge?«

»Ja.« Verdammt, ich konnte mich noch nie gut ausdrücken. Sie war immer diejenige, die mich ständig mit Worten der Zuneigung um den Verstand gebracht hat. »Lass mich dich ausführen, Lily. Lass mich das hier richtig machen. Gib mir eine Chance.«

Lily atmet tief ein. Ich weiß, dass wir viel zu nahe voreinander stehen. Unsere Körper berühren sich fast, aber es wäre mir auch egal, wenn ganz Paradise Shores uns gerade zusehen würde … solange sie nur Ja sagt.

Diese Frau hat mich schon seit unserer Kindheit um den Finger gewickelt, und es war mir nie klarer als jetzt, wie sehr ich sie als Teil meiner Zukunft brauche.

»Wenn ich Ja sage«, murmelt sie, »musst du ehrlich zu mir sein. Rede mit mir, wenn du das Gefühl hast, gehen zu müssen. Wenn du aus der Sache rauswillst, wenn du dich gefangen fühlst oder wenn irgendwas nicht stimmig für dich ist. Okay?«

»Okay. Das schaffe ich.« Kommunikation. Ihre Bitte ist nicht übertrieben. Nicht wirklich.

»Was wären wir dann?«

»Was immer wir sein wollen. Wir sind du und ich, Lils. Wir finden es heraus.«

»Okay.« Sie schenkt mir ein kleines Lächeln, und die Erleichterung, die ich angesichts ihrer Zustimmung spüre, droht mich in die Knie zu zwingen. *Danke, Gott.*

»Wieso hast du mir das nicht gleich erzählt? Als du zurückgekommen bist. Anstatt darauf zu pochen, dass wir wieder Freunde sein sollen.«

Tja, sie wollte Aufrichtigkeit. Ich blicke zum Rennen hinüber, zu den Booten, die um den ersten Platz kämpfen, während ich nach Worten ringe, um mich zu erklären. »Ich hatte zu viel Angst«, sage ich schließlich.

»Angst?«

»Ja. Ich hatte eine Heidenangst, dass du mich vor die Tür setzen würdest, Lily. Du hättest mich mit nur einem Blick und ein paar Worten umbringen können.«

Ihr Gesichtsausdruck wird etwas weicher. »Was hast du diesem niedlichen Jungen gerade über Mut und Angst erzählt? Darüber, etwas zu tun, auch wenn man nervös ist?«

»Na ja … Er musste dem Segeln schließlich eine Chance geben.«

»Also?«

Ich beuge mich vor, nahe genug, um ihren sanften Atem zu spüren. Sie weicht nicht zurück. »Ich muss die Frau meiner Träume um Verzeihung bitten. Eher würde ich dem Tod ins Auge sehen, als mich von ihr abweisen zu lassen.«

Lily lacht atemlos auf. »Wie dramatisch, Hayden.«

»Nur bei dir.«

»Wann?«

»Wann was?«

»Wann haben wir unser Date?«

Ich lasse meinen Blick über ihre glänzenden Augen, die kecke Nase, die vollen Lippen und das aufreizende Lächeln darauf wandern. »Ich werde dir Abendessen kochen, und dann werden wir uns einen Film ansehen. Danach fahre ich dich nach Hause.«

Sie lächelt. »Da haben wir es aber schon wilder getrieben. Bist du etwa aus der Übung?«

Ich gebe ihr einen Nasenstüber. »Da waren wir Teenager. Jetzt sind wir keine mehr, und ich werde das hier anständig angehen.«

– 21 –
HAYDEN

Hayden, 19

Nach dem Unfall dauert es über zwei Wochen, bis Lily endlich aus dem Krankenhaus entlassen wird. Als die Ärztin endlich die erlösende Nachricht verkündet, brechen sowohl Eloise als auch Rhys haltlos in Tränen aus. Lily wird wieder laufen können.

Sie wird vollständig heilen, auch wenn vielleicht ein leichtes Hinken zurückbleibt und sie wahrscheinlich eine ganze Weile Schmerzmittel nehmen muss. Aber sie wird sich mithilfe von Training unter Anleitung eines Physiotherapeuten komplett erholen.

Ihr Vater verkündet, dass er sich einen Monat freinimmt, um persönlich die Genesung seiner Tochter zu Hause zu überwachen. Es wird ein längerer Prozess, doch ich weiß, dass Lily es schafft.

Das Erste, was sie tat, als sie ihre Augen öffnete, war zu lächeln. Sie schenkte allen im Zimmer ein müdes, sanftes Lächeln und ein geflüstertes Hallo. Ich musste mir, verborgen im hinteren Teil ihres Krankenzimmers, die Augen wischen.

Sie ist in Ordnung.

Die Tage danach vergehen schnell. Ich will sie allein sehen – muss mit ihr reden –, aber sie ist nie allein. Ihr großes Zimmer im Haus der Marchands ist immer zum Bersten voll mit Blumen, Freunden und Familienmitgliedern. Einmal beobachte ich, wie Rhys ein paar Lilien wegwirft.

Er schenkt mir ein schiefes Lächeln. »Von dem Duft bekommt sie Kopfschmerzen.«

Ich nicke und beiße mir auf die Zunge, um ihn nicht zu fragen, wie es ihr geht. Sie hat ihre Familie – und ihre Freunde –, die für sie sorgen und sie umschwärmen. Doch das hält mich nicht davon ab, bei jeder sich mir bietenden Gelegenheit zu ihrem Fenster hochzusehen. Unsere bisherigen wenigen gemeinsamen Momente waren kurz und wurden immer von ihrer Mutter oder einem ihrer Brüder beaufsichtigt.

Zum ersten Mal ärgere ich mich über unsere Heimlichtuerei. Wäre ich ihr fester Freund, akzeptiert und willkommen, könnte ich einfach mit einem Blumenstrauß in der Hand bei ihr auftauchen. Ich würde freundlich hereingebeten und in ihr Zimmer geführt werden und bekäme so viel Zeit mit ihr, wie ich wollte.

Aber ich bin nicht ihr offizieller Freund.

Und ich bin derjenige, der den Wagen gefahren hat.

Unsere Kommunikation verläuft überwiegend per SMS. Es ist nicht dasselbe, wie Lily oft schreibt. Und auch, dass sie mich vermisst, schreibt sie regelmäßig.

Ich habe ein zu schlechtes Gewissen, um dasselbe zurückzuschreiben.

Aber eine Sache habe ich unterschätzt, und zwar Lily selbst und ihren eisernen Willen. Ich bin gerade nach einem vollen Tag auf See zum Strandhaus zurückgekehrt, als mein Handy vibriert.

Komm zur hinteren Veranda. Beeil dich.

Sie sitzt in einem der Sessel und ist in eine Decke gewickelt, die sie vor der Abendbrise schützt. Ihr Bein steckt bis zur Hüfte in einem dicken Gipsverband, und an der Hauswand lehnen ein Paar Krücken. Es ist nicht das erste Mal, dass ich den Gips sehe, doch sein Anblick schmerzt mich immer noch. Es war so knapp gewesen.

Sie hat mich noch nicht entdeckt. Auf ihrem Schoß liegt ein kleiner Malblock, und sie zeichnet und beißt sich dabei auf die Unterlippe. Die untergehende Sonne lässt ihr Haar wie Feuer aufleuchten.

Selbst im Sitzen sieht sie wie eine lebende Fackel aus, und ich fühle mich von ihr so angezogen wie immer. »Lily?«

Sie schaut von ihrer Zeichnung auf und strahlt mich an. »Da bist du ja!«

»Natürlich. Ist das okay für dich hier draußen?«

»O ja. Absolut. Wenn ich noch einen Tag in meinem Zimmer bleiben muss, werde ich verrückt.« Sie klopft auf den Stuhl neben sich. »Komm her. Bitte.«

Ich setze mich neben sie und nehme ihre Hand. Ihr Griff ist gleichbleibend fest. Lange sieht sie mich nur auf ihre Art an. Ich kann den Blick aus ihren grünen, lebhaften Augen nur erwidern. Zu wissen, dass die Welt diese Augen beinahe für immer verloren hätte … wegen mir.

»Es war nicht deine Schuld, Hayden«, sagt sie sanft.

Ich entgegne nichts. Wieso auch? In dieser Sache wären wir doch nur geteilter Meinung.

»Hast du mich verstanden? Es war nicht deine Schuld.«

»Na ja, die polizeilichen Untersuchungen laufen noch. Ich könnte doch schuld sein.«

»Das bist du nicht. Es wird zu einem Unfall erklärt werden, und der Wagen war versichert. Du bist entlastet, Hay.«

Noch mehr Schuldgefühle kommen in mir hoch. Ich habe eines ihrer Autos zu Schrott gefahren. Gary hat schon mit Mr. Marchand darüber gesprochen, aber der hat angesichts meines Angebots, für die Reparatur zu zahlen, nur abgewunken. Noch mehr Schulden, die ich niemals zurückzahlen kann.

»Mir geht's gut«, murmelt sie. »Dir auch?«

»Ja.«

»Sie haben mir gesagt, dass du zwei gebrochene Rippen und einen angebrochenen Oberschenkelknochen hattest.«

Ich schüttele den Kopf. »Ist alles schon fast verheilt.«

»Okay.« Seufzend drückt sie sich in den Stand. Einen Moment lang sieht sie fast so aus wie früher, mit ihrem Haar, das im Wind weht, und dem Grinsen im Gesicht. Sie wirkt stolz, wie sie so ohne Krücken dasteht, auch wenn es mir Angst macht.

Ich lege einen Arm um ihre Taille, nur für den Fall. Es fühlt sich gut an, sie wieder so nahe bei mir zu haben – zu gut. Wie sehr ich sie vermisst habe.

»Sieh nur«, sagt sie. »Ich stehe auf meinen eigenen Füßen. Ich kann nur bis hier hopsen, aber bald, wenn das Bein verheilt ist, kann ich wieder richtig gehen. Und sogar laufen. Ich habe mich entschlossen, wieder mit Lacrosse anzufangen. Glaubst du, dass ich es immer noch ins Schulteam schaffe?« Ihre Augen funkeln vor Sarkasmus, doch das Lächeln, das sie mir schenkt, spiegelt Hoffnung wider.

Ich schlucke meine Gefühle hinunter. »Du bist also okay. Du wirst wirklich wieder ganz gesund.«

»Natürlich werde ich das! Schau nur!« Sie dreht sich langsam auf einem Bein um sich selbst, mit einer Hand zur Unterstützung auf meinem Arm. »In einer Woche wirst du mich rennen sehen. Usain Bolt kann sich schon mal warm anziehen.«

»Du wirst nicht rennen.«

»Es ist ein Anfang.« Sie greift nach mir und drückt mir einen Kuss auf den Mund. Es ist das erste Mal seit dem Unfall, und es scheint sie nicht zu kümmern, dass ihre Eltern in der Nähe sind oder irgendjemand uns sehen könnte. »Ich werde wieder so gut wie neu.«

Erleichterung, so berauschend, dass mir die Knie weich werden, durchströmt mich. »O Gott sei Dank.« Ich ziehe sie an mich. »Gott, Lily, ich hatte solche Angst. Du warst bewusstlos. Und da war so viel … verdammt.«

»Ich weiß«, murmelt sie an meinem Hals. »Ich weiß, Hay. Danke, dass du dich um mich gekümmert hast.«

Ich lege meinen Kopf an ihr Haar und schließe die Augen. Ich verdiene ihren Dank nicht, aber ich unterdrücke meine Schuldgefühle und verliere mich im Duft ihrer Haare. Sie wird wieder gesund werden. Meine Entschuldigung liegt mir schon auf der Zunge. Ich würde am liebsten auf die Knie sinken und sie um Verzeihung bitten, doch ich weiß, dass sie das nicht zulassen wird. Lily verfügt über eine beeindruckende Erfolgsbilanz darin, mich besser fühlen zu lassen. Aber das ist das Letzte, was jetzt ihre Aufgabe sein sollte.

Sie wird schnell müde, und ich helfe ihr, den Arm immer noch um ihre Taille, in ihr Zimmer zurück. Ihre Eltern sind irgendwo im Haus. Ich kann sie reden hören, doch wir schaffen es, ihnen aus dem Weg zu gehen.

Sie setzt sich auf ihr Bett. »Ich wünschte, du könntest bleiben.«

»Ich auch, Baby.«

»Küss mich noch mal.«

Ich tue es. Ihre Lippen fühlen sich warm an meinen an, und ihr Geschmack ist so süß. Ich fühle mich, als würde ich gleichzeitig ertrinken und fliegen, und habe wegen meiner Scham und meiner Schuldgefühle Angst, sie zu berühren.

Sie lehnt sich zurück. »Du bist zu besorgt.«

»Leg dich hin, Lils«, erwidere ich kopfschüttelnd. »Brauchst du noch eine Tablette?«

»Nein. Davon wird mir schummerig.«

Stirnrunzelnd blicke ich auf das Fläschchen mit den Schmerzmitteln. »Ist das normal?«

»Ja, du Sensibelchen. Die Ärztin hat gesagt, dass das passieren würde.« Sie kuschelt sich in ihre Decke, die Hand auf dem Buch, das sie gerade liest. »Da liege ich schon im Bett, und es ist noch nicht mal acht Uhr abends.«

Ich rolle mit den Augen. »Du bist dabei zu heilen.«

»Mein neues Hobby. Komm näher, Hay.«

Gehorsam beuge ich mich hinunter und schließe die Augen, während Lily meine Wange streichelt. Ihre Finger fühlen sich kühl auf meiner Haut an. »Wir stehen das gemeinsam durch, Hayden, nicht wahr?«

Ich nicke und fühle, wie mir fast das Herz bricht, weil in mir Schuldgefühle und Verlangen gegeneinander ankämpfen. »Ja, das tun wir.«

Leise schließe ich die Tür hinter mir und gehe die Treppe hinunter. Ich habe schon fast die Küchentür erreicht, als plötzlich Michael Marchand auftaucht und mich mit einem knappen Nicken aufhält. Sein dichtes Haar ist zurückgekämmt, und er hat die Hände in den Hosentaschen. Ich habe immer versucht, ihm aus dem Weg zu gehen – dem Geschäftsmagnaten von Paradise Shores –, aber jetzt kann ich mich nicht mehr verstecken.

»Wir müssen reden, Hayden.«

Der kleine, schwache Hoffnungsschimmer, den ich hatte, versinkt wie ein Stein im Meer. Natürlich müssen wir reden. Ich kann mir schon vorstellen, was er sagen wird. Seine Worte werden schneidend wie Messer sein. Die Anschuldigungen. Der Vertrauensbruch. Der geschrottete Wagen. Jetzt ist es so weit. »In Ordnung.«

»Ich habe großen Respekt vor deinem Onkel«, sagt er ruhig. »Er ist all diese Jahre über ein großartiger Angestellter gewesen.«

In meinem Magen entsteht ein mulmiges Gefühl. Worauf will er hinaus?

»Ich habe immer gern für deine Schulausbildung gezahlt. Und du bist meinen Jungen stets ein guter Freund gewesen. Glaub nicht, dass mir das nicht aufgefallen wäre.« Er hält inne und wartet auf meine Antwort. Es ist schon spät, und wir haben Sommer, trotzdem trägt er ein Oberhemd und eine lange Hose. Ich habe ihn noch nie in einem T-Shirt gesehen.

»Dankeschön«, erwidere ich lahm.

Er nickt, als hätte ich das Richtige gesagt. »Aber jetzt werde ich von Mann zu Mann mit dir reden, weil du nun erwachsen bist. So wie ich mit meinen Söhnen rede.« Seine Stimme wird eisig. »Ich werde es uns beiden ersparen, dich zu fragen, wieso du mitten in der Nacht mein Auto mit meiner Tochter darin gefahren hast. Ich habe Augen im Kopf und meine Frau auch.«

Ich würde am liebsten im Erdboden versinken. »Ja.«

»Lily ist schon immer ein bisschen … wild gewesen. Es überrascht mich nicht, dass sie sich zu dir hingezogen fühlt. Doch es überrascht mich, dass du dem nachgegeben hast. Du weißt, dass das nicht gut für dich ausgehen kann.«

»Ja.« Meine Stimme klingt schwach in meinen eigenen Ohren. Ich merke, wie ich allem zustimme, was er sagt.

»Und ganz sicher nicht gut für Lily. Meine Tochter wäre vor zwei Wochen fast gestorben, teilweise wegen dir.« Er hält eine Hand hoch, als wollte er mich davon abhalten zu protestieren. Was ich nicht vorhatte. »Nun, mir ist bewusst, dass der Lkw auf eure Spur gezogen ist. Die Polizei hat das bestätigt. Aber Lily hätte gar nicht dort sein dürfen.«

»Ich weiß.«

»Ich bin sicher, du weißt, worauf ich hinauswill. Es ist dir doch selbst schon klar.« Er hält inne, das Gesicht teilnahmslos. »Du bist hier nicht mehr willkommen. Weder in der Nähe meiner Tochter noch in meinem Haus. Es ist Zeit für dich zu gehen, Junge.«

Schmerz schneidet durch mich hindurch. Mir war immer bewusst, dass dies hier nicht mein Zuhause ist, nicht wirklich. Ein Ort, an dem du dank der Gnade eines anderen bleiben darfst, kann niemals ein echtes Zuhause sein. Aber in den letzten Jahren kam es dem am nächsten.

Ich kann ihm nicht widersprechen. Es würde keinen Sinn ergeben, überhaupt nicht, denn er hat recht. Ich habe ihr wehgetan, und ich verdiene sie nicht. Und wenn ich bleibe, wird sie sich mit ihren Eltern anlegen müssen. Wegen mir. »Ich verstehe.«

»Jetzt guck nicht so bedrückt. Ich bin sicher, wir finden irgendwo einen Platz für dich. Es wäre eine stille Absprache nur zwischen uns beiden. Brauchst du Geld für Studiengebühren? Im Westen gibt es gute Schulen. Ich könnte ein paar Anrufe machen. Wie wäre es mit einer der Universitäten in Kalifornien?«

Ich würde mich eher umbringen, als noch mehr Almosen von ihm anzunehmen. »Nein danke.«

»Lehne nicht aus Stolz eine gute Gelegenheit ab, Junge. Du könntest es mir natürlich zurückzahlen.«

»Nein«, presse ich heraus.

»Na schön. Dann kümmere dich selbst darum.« Er tritt einen Schritt vor und schüttelt mir die Hand. »Entfremde dich nicht von deinem Onkel. Und mach etwas aus dir.«

»Das werde ich.«

»Brauchst du Geld für die Busfahrt? Oder ein Flugticket?«

»Nein danke.«

Er zögert kurz. Sein Blick ist so distanziert, als hätten wir gerade einen Geschäftsabschluss gemacht. »Es ist nichts Persönliches, Hayden. Es ist nur besser so.«

»Ja, Sir.«

Ich laufe zurück zum Strandhaus und packe eine Tasche mit meinen Klamotten und anderen Habseligkeiten. Dann verfasse ich eine Nachricht für Gary, die viel zu kurz ist, um alles zum Ausdruck zu bringen, was er für mich gewesen ist. Ich verspreche, mich so bald wie möglich zu melden.

Ich schreibe Lily einen Brief und stecke ihn in den Briefkasten der Marchands.

Dann greife ich mir die Broschüren über die Aufnahmebedingungen beim Militär und die entsprechenden Colleges, die Mrs.

Abrams mir gegeben hat, und besteige den nächstbesten Greyhound-Bus, der Paradise Shores verlässt.

Denn Mr. Marchand hat mir genau das gesagt, was ich schon wusste. Dass es Zeit für mich ist zu gehen.

So ist es besser.

– 22 –
LILY

Gegenwart

Ich versuche, mich auf die Skizzen vor mir zu konzentrieren. Und nicht mehr an Hayden zu denken. Aber es fällt mir wahnsinnig schwer. Meine Gedanken schweifen immer wieder zu letztem Wochenende ab, zu dem Gewächshaus und dem Gespräch, das wir am Tag darauf führten.

Wir haben wieder miteinander geschlafen … und zwar nicht gerade auf die romantische, zärtliche Art. Es war leidenschaftlich und intensiv gewesen und alles, was ich mir je gewünscht habe.

Und jetzt … jetzt will er Dates mit mir haben. Heute Abend, nach der Arbeit. Ich werde zum Abendessen zu ihm fahren. Seine Idee.

Vielleicht war es dumm von mir, mich auf die Aussicht einzulassen, wieder mit ihm zusammen sein zu können. Dabei wusste ich, dass ich das Risiko eingehen würde, erneut verletzt zu werden, und das will ich nicht. Jahrelang habe ich ein umsichtiges, ruhiges Leben geführt und mich bei jeder Gelegenheit vorbildlich verhalten. Aber so langsam hängt mir das zum Hals heraus.

Meine Mom hat immer gesagt, das Einzige, was ein Mensch tun könne, sei, einen Tag nach dem anderen zu meistern, und so werde ich es jetzt machen.

Skizzen … Ein großes Zimmer mit einem Kamin. Ein Esszimmer. Ich muss an einem Designthema für das neue Entwicklungsprojekt drüben in Restwick arbeiten. Wir haben nur knapp drei Wochen, bevor es auf den Markt kommt, und es wird einen Bieterkrieg auslösen. Diese Gegend von New England zieht jede Menge

Käufer an, und Harris Property will diese Gelegenheit selbstverständlich nutzen.

Als ich später unsere Ordner durchgehe, bleibt mein Blick an einem kleinen, verlassenen Ladengeschäft in Paradise Shores hängen. Es ist tatsächlich winzig, aber es steht immer noch zum Verkauf. Die Lage ist gut. Ebenso wie der natürliche Lichteinfall.

Sofort stelle ich mir Gemälde an den Wänden und das sanfte, künstliche Licht einer Galerie vor. Oder ein Kunststudio für Kinder aus der Gegend. Vielleicht beides.

Könnte ich es miteinander kombinieren? Tagsüber aufstrebende Künstler ausstellen und abends unterrichten?

Bevor ich mich versehe, rufe ich schon alle Informationen über das Objekt auf, die ich finden kann. Das Baujahr. Die Quadratmeter. Es ist machbar. Die Raumgröße ist gut, und ich habe das Geld dafür. Möglicherweise wäre sogar ein Nachlass drin, weil es schon so lange zum Verkauf steht. Ich würde ihnen praktisch einen Gefallen tun, wenn ich es vom Markt nähme.

Mein Herz rast, und zwar seit Langem zum ersten Mal wegen etwas, das mit Kunst zu tun hat. Ich habe das alles aufgegeben, selbst den Versuch, es in mein Leben in Paradise Shores einzubinden. Ich habe mich ins Familienleben und in die Arbeit gestürzt und alles getan, um hier wieder heimisch zu werden. Doch jetzt wird mir klar, dass ich mein vorheriges Leben vielleicht gar nicht völlig hinter mir lassen muss. Vielleicht könnte ich beides haben.

Ich kopiere die Unterlagen und stecke sie in meine Handtasche.

Nach dem Mittagessen kommt Turner mit dem ihm eigenen Grinsen im Gesicht in mein Büro. »Hast du meine E-Mail über das Craft-Haus bekommen?«

»Ja, habe ich. Ich hab's mir schon angesehen und stimme deinen Anmerkungen zu.«

Er atmet erleichtert aus. »Gut. Normalerweise vertraue ich dem

Architekturdesignteam voll und ganz, aber dieses Mal wirkte es einfach zu …«

»Es ist zu modern. Wenn wir diese Pläne umsetzen, bekommen wir es niemals verkauft.«

»Genau. Ich verstehe ja den Wert von Design und so, doch ich glaube, nur wenige Leute träumen von einem kreisrunden Wohnzimmer.«

Ich lache auf. »Oder einer Dusche aus Beton.«

»Schick mir alle deine Notizen, und ich werde sie zusammen mit meinen weiterleiten.« Er bleibt an meiner Bürotür stehen und trommelt mit den Fingern auf dem Türrahmen herum. »Danke übrigens für letzte Woche. Für die Maze-Party. Das hat Spaß gemacht.«

»Ja, hat es«, antworte ich lächelnd. »Und du hattest recht. Es ist mir wichtig … unsere Freundschaft und unsere gemeinsame Arbeit.«

Er nickt. »Da stimme ich dir völlig zu.«

»Und ich will das nicht aufs Spiel setzen.«

»Ich auch nicht. Und nur zur Info: Das würdest du auch nicht. Ich würde das nicht.« Er zuckt die Achseln und wirkt ein bisschen unbehaglich, bevor er mir wieder sein breites Lächeln schenkt. »Alles in deinem Tempo, Lily.«

»Vielen Dank.«

»Dann zurück an die Arbeit.«

Ich lächle. »Klar. Ich schicke dir die E-Mail so schnell wie möglich.«

»Super.«

Er verschwindet, und ich bleibe mit meiner Arbeit und meinen Gedanken zurück. Ich weiß, dass Turner mehr von mir will, aber es wäre nicht fair, ihm ein weiteres Date in Aussicht zu stellen. Nicht nach dem, was nach dem Essen bei meinen Eltern passiert ist …

und in dem Wissen, dass das, was ich für ihn empfinde, in keiner Weise mit dem verworrenen Durcheinander von Gefühlen vergleichbar ist, das Hayden in mir auslöst.

Es steht außer Frage, wie aufgeregt ich wegen heute Abend bin.

Die Schmetterlinge in meinem Bauch vervielfachen sich, bis zum Feierabend ein ansehnlicher Schwarm daraus geworden ist. So viele Jahre habe ich Hayden in meinem Leben vermisst, und jetzt ist er hier. Ich will verdammt sein, wenn ich das nicht ausnutze.

Ich packe zusammen und mache mich auf den Weg nach Hause, den Kopf voller umherwirbelnder Gedanken. Ich brauche nicht lange zum Umziehen. Das legere Kleid habe ich mir schon heute Morgen herausgelegt. Ich bürste mir die Haare und trage ein bisschen Lipgloss auf. Im Hintergrund lasse ich fröhliche Musik laufen in dem fruchtlosen Versuch, meine Nerven zu beruhigen.

Dann fahre ich zu ihm und parke vor seinem Haus in der Elm Street. Nicht zum ersten Mal frage ich mich, wie er sich die sicher nicht unerhebliche Miete leisten kann. Er ist jetzt schon fast zwei Wochen hier, das wird also nicht billig. Aber seine finanzielle Lage war schon immer ein wunder Punkt für ihn. Ich erinnere mich daran, wie ich ihn früher nach Collegeaussichten und Jobs ausgefragt und nur einsilbige Antworten bekommen habe. Es hat mich damals fertiggemacht, dass er sich nicht von mir helfen lassen wollte. Jetzt verstehe ich, dass sein Stolz der Grund war.

Mit einer Weinflasche in der Hand erklimme ich die Stufen. Ich strecke meine Hand nach der Klingel aus, doch bevor ich sie drücken kann, öffnet sich schon die Tür.

Hayden sieht so gut aus, dass es wehtut. Er trägt ein schlichtes weißes Oberhemd, das sein dunkles Haar und seine breiten, imposanten Schultern betont. Ich kann nicht aufhören mich zu wundern, wie sehr der erwachsene Hayden und der Teenager, den ich damals geliebt habe, sich voneinander unterscheiden.

Aber seine Augen … Er sieht mich an, als wäre ich spät dran – als hätte er schon ewig gewartet und könnte jetzt den Blick nicht von mir abwenden–, obwohl ich pünktlich auf die Minute bin.

»Ich habe den Wagen gesehen.«

»Ich habe Wein mitgebracht.«

Im Haus duftet es köstlich nach leckerem Essen und Käse. Ich muss einfach einen tiefen Atemzug nehmen. »Das riecht phantastisch. Kochst du etwa?«

»So sehr habe ich mich nicht verändert, Lils.«

»Lieferdienst?«

»Ja. Ich habe Essen von Michelangelo's. Risotto und Pizza. Vielleicht wollen wir ja teilen?«

»Ja. Sehr gern.«

Wir schnappen uns das Essen, und er führt mich durch das Haus. Dahinter empfangen uns ein wunderschöner kleiner Garten und eine Terrasse, auf der ein gedeckter Esstisch steht. Wir setzen uns einander gegenüber hin und stellen das Essen zwischen uns. Einen Moment lang tun wir nichts anderes, als uns anzusehen.

Ich lächle, wenn auch nur ein bisschen. »Also, wie machen wir das hier?«

»Ein Date haben?«

»Ja.«

»Ich habe keine Ahnung.«

Mein Lächeln wird breiter. »Das haben wir früher gar nicht gemacht.«

»Nein. Wir waren einfach … zusammen.«

»Aber seitdem musst du doch Dates gehabt haben.« Ich achte sorgfältig darauf, meine Stimme ungezwungen klingen zu lassen, und unterdrücke mein Unbehagen bei dem Gedanken. »Das Konzept ist ja relativ genormt. Essen, reden, flirten. Dann das Ganze wiederholen.«

Sein Lächeln verschwindet zugunsten eines leichten Stirnrunzelns. Irgendwie lässt ihn das in Verbindung mit seinem kantigen Kinn und dem dunklen Haar, das ihm über eine Augenbraue fällt, noch attraktiver wirken. »Ich hatte nicht viele Dates. Beim Militär ist das schwer möglich.«

Seine Antwort macht mich unangemessen froh. »Das ist verständlich.«

»Was ist mit dir? Die Männer in Yale müssen doch Schlange gestanden haben, ganz zu schweigen von denen in New York.«

Ich schüttele den Kopf. »Nein, nicht wirklich. Aber ein paar Dates hatte ich.«

»Kann ich mir vorstellen. Mit Blumen und Kerzen?« Hayden klingt ebenfalls zwanglos, sieht mir jedoch nicht mehr in die Augen.

»Manchmal«, erwidere ich aufrichtig, obwohl es nicht viele waren. Ich bin nur mit drei Typen ausgegangen, seit ich Paradise Shores verlassen habe, um aufs College zu gehen. Seit ihm. »Aber zumindest gab es oft Wein.«

Hayden lacht und macht sich daran, die Flasche zu öffnen. »Wie du wünschst«, sagt er und schenkt mir mit überschwänglicher Geste ein Glas ein. Danach stellt er die Flasche wieder ab.

»Willst du keinen?«

Er schüttelt den Kopf. »Nicht heute Abend.«

»Oh. Tja, jetzt fühle ich mich wie eine Säuferin.«

»Bitte nicht. Es ist nur …« Er fährt sich mit den Fingern durchs Haar, das unverkennbare Anzeichen, dass er nervös ist. »Bei unserem ersten Date sollten wir über schöne Dinge reden. Ich will alles über Yale, dein Studium und die Reha wissen. Über New York. Und deine Zukunftspläne.«

»Darüber können wir auch reden, wenn du möchtest. Oder aber über unser aktuelles Thema. Du musst mir nichts sagen, was du nicht willst.«

Er schenkt mir ein Lächeln, das dankbar und kläglich zugleich ist. »Na ja, du konntest mir schon immer alles aus der Nase ziehen. Wieso sollte sich das geändert haben?«

Ich erwidere sein Lächeln und erinnere mich an geflüsterte Geständnisse über Dinge in seiner Vergangenheit. Das war vor mehr als zehn Jahren. Hayden hat sich noch nie gern geöffnet, sondern sich jedes Mal mit Händen und Füßen dagegen gewehrt, obwohl es gut für ihn gewesen wäre.

»Na schön. Also, ich trinke keinen Alkohol mehr.«

»Wirklich?«

»Ja. Ich habe vor fünf Jahren damit aufgehört.«

Hayden hat nie übermäßig getrunken, auch wenn ich mich daran erinnere, ihn auf Partys trinken gesehen zu haben. Und ich erinnere mich an uns in dem Flur, an unseren ersten Kuss, der nach Whisky und Gefahr schmeckte. »Was hat dich dazu bewogen, aufzuhören? Nicht, dass das was Schlechtes wäre, natürlich.«

Er sieht zur Seite, und seine Kiefer mahlen. »Du weißt, dass mein Dad damit kämpft?«

»Ja, ich erinnere mich«, sage ich, auch wenn angesichts dessen, was er mir darüber erzählt hat, »damit kämpfen« eher eine Untertreibung ist. Ich weiß, dass er diesen Teil seiner Vergangenheit immer vor mir verbergen wollte und es gehasst hat, wenn er durchschimmerte. Dabei habe ich nie wirklich verstanden, wieso. Bis heute nicht.

»Es kann genetisch bedingt sein. Also, die Abhängigkeit. Und ich werde auf keinen Fall so wie er.«

»Hayden, angesichts dessen, was du mir über ihn erzählt hast, bist du kein bisschen wie er.«

Er sieht mich mit einem Blick an, aus dem jede Menge Unglaube spricht. Da er immer noch in Abwehrhaltung ist, dringe ich nicht weiter in ihn.

»Danke. Aber das ist der Grund. Ich will nicht derselben Sache zum Opfer fallen. Dafür traue ich mir selbst nicht genug.« Einen Moment lang ist er still und sieht auf sein Wasserglas. »Oder besser gesagt traue ich dem Teil von mir nicht, der von ihm stammt.«

»Hast du in letzter Zeit mit ihm geredet?«

»Nein, seit sechs Jahren nicht mehr. Als ich zuletzt von ihm gehört habe, war er in New Jersey. Aber ich suche nicht nach ihm und will ihn auch nicht in meinem Leben haben.«

Erinnerungsfetzen rasen durch meinen Kopf. Die Bilder sind nicht schön. Ich weiß, dass schwerer Alkoholmissbrauch im Spiel war. Und Gewalt.

»Gary steht auch nicht mit ihm in Verbindung?«

Hayden lacht höhnisch auf. »Nein. Er hat den Mann seiner Schwester immer gehasst. Das hat sich nicht geändert, nachdem sie starb.«

»Du hast mir nie erzählt, wie sie gestorben ist.«

»Nein«, murmelt er mit undurchdringlichem Blick. »Und ich finde auch nicht, dass ich darüber bei unserem ersten Date sprechen sollte, Lils. Nicht mal mit dir.«

»Na schön.« Ich atme tief durch und setze ein Lächeln auf. Dann ergreife ich den Stiel meines Weinglases und kippe den Inhalt in den nächstbesten Blumentopf. »Weißt du was? Wer braucht schon Wein?«

Hayden sieht mich völlig verblüfft an. Er blinzelt zweimal, bevor er in überraschtes Gelächter ausbricht. »Du bist ja verrückt.«

»War ich schon immer. Außerdem sah die Pflanze ein bisschen trocken aus. Du solltest dich besser um dein Anwesen kümmern.«

»Ja, da hast du recht.« Er häuft mir einen Löffel Risotto auf den Teller. »Du weißt, dass du das nicht musst.«

»Weiß ich. Aber ich sollte wahrscheinlich ohnehin kürzertreten. Du tust mir praktisch einen Gefallen. Danke, Hay.«

Er schüttelt den Kopf, als ob er mir nichts davon glaubt, kommentiert es jedoch nicht. Das kleine Lächeln ist in sein Gesicht zurückgekehrt und beschert mir ein warmes Gefühl in meinem Inneren. Es fühlt sich unwirklich an, hier zu sitzen und mit ihm zu essen. Mit Hayden, von dem ich jeden Tag meiner Jugend geträumt habe. Der die Schuluniform mit solcher Verachtung getragen hat. Der mich nie so aufgezogen hat, wie meine Brüder es taten.

»Also«, sagt er mit tiefer werdender Stimme. »Erzähl mir von Yale.«

»Mhm, na ja, ich war vier Jahre dort. Ich weiß gar nicht, wo ich anfangen soll.«

Er wirft mir einen Blick zu, der mich bis in meine Zehen hinunter erschauern lässt. Da ist etwas in seinem Blick – war es immer –, das mich bis in mein tiefstes Innerstes trifft. »Ich habe unendlich viel Zeit.«

Also erzähle ich. Von den nervigen und den hervorragenden Professoren, von dem Seminardozenten, der eine Studentin im Unterricht um ein Date bat und gefeuert wurde, und von den langen Nächten in der Bibliothek. Er lacht, als ich über meine verrückte Zimmergenossin rede, die ihre Socken immer im Waschbecken wusch und sie dann zum Trocknen auf die Heizung legte, obwohl ich ihr wiederholt klargemacht habe, dass dadurch ein Brand entstehen könnte.

Und er wiederum erzählt mir zögerlich Begebenheiten aus seiner Zeit in der Navy.

Von den Wochen der Ausbildung, den Geländemärschen mit knapp dreiundzwanzig Kilo Ausrüstung am Leib. Seinem Werdegang bis zum Lieutenant.

»Willst du wieder zurück?« Ich ziehe meine Beine auf den Stuhl. Die Sonne ist untergegangen, und ungeachtet der Jahreszeit hat eine leichte Kühle eingesetzt. »Ich meine, bist du zurzeit hier auf Abruf?«

Hayden lehnt sich zurück. Selbst als erwachsener Mann – einer ohne Lederjacke und gerunzelter Stirn – drückt er mit seiner Haltung Furchtlosigkeit aus. Ich frage mich, ob dies der Grund ist, wieso ich mich schon von Anfang an zu ihm hingezogen gefühlt habe. Er verkörperte alles, was ich nicht war.

»Ich habe gemeint, was ich neulich beim Essen gesagt habe. Ich bin auf unbestimmte Zeit hier.«

»Auf unbestimmte Zeit?«

»Ja.« Sein Blick gleitet über mein Gesicht, als ob er meine Reaktion analysieren wollte. »Sobald gehe ich nicht wieder in den aktiven Dienst zurück.«

»Du bist ausgetreten?«

»Nicht ganz. Im Moment bin ich tatsächlich eher so eine Art Berater. Ich arbeite mit einem meiner ehemaligen Kameraden zusammen. Wir haben ein Unternehmen, das Sicherheitslösungen sowohl an Privatkunden als auch ans Militär verkauft.«

Ich bin vorübergehend sprachlos. »Wow. Das ist ja beeindruckend.«

»Es zahlt die Rechnungen.« Er blickt auf meine Arme, die ich um meine Taille geschlungen habe, und runzelt die Stirn. »Dir ist kalt, Lils.«

»Nein.«

»Doch. Hör auf, so stur zu sein.« Er nimmt entschlossen die Teller vom Tisch und deutet mit dem Kopf in Richtung Tür. »Lass uns reingehen.«

Ich folge ihm mit unseren Gläsern in der Hand und kann nicht verhindern, dass ich nervös werde. Wenn ich nur am Tisch mit ihm sitze und rede, ist es einfach, zu vergessen, dass wir zwei Erwachsene sind, ein Mann und eine Frau, die erst vor ein paar Tagen Sex hatten. Es war leicht, wieder in die behagliche Rolle von Hayden und Lily, die Jugendfreunde, hineinzuschlüpfen und den Rest zu vergessen.

Es ist nicht so leicht, wenn er vor mir herläuft mit seinen breiten Schultern, seiner ganzen Rauheit und diesem dichten, seidigen Haar.

Hayden hält mir die Tür auf. »Hast du alles?«

»Ja.«

Wir landen auf dem Sofa, Seite an Seite, in seinem makellos eingerichteten Wohnzimmer. Die Situation ist nicht übermäßig romantisch – schließlich sind wir alte Freunde –, aber mein Körper spannt sich erwartungsvoll an. Ich erinnere mich an seinen Mund auf meinem, seinen Körper, der in mich eindringt, wie gerade erst vor ein paar Tagen. Und etwas sagt mir, dass Hayden im Moment dasselbe denkt.

Er räuspert sich. »Möchtest du irgendwas gucken, Lils?«

»Im Fernsehen?«

Haydens tiefes Lachen klingt sinnlich und lässt mich erschauern. »Ja.«

»Äh, ja. Klar.«

Er macht den Fernseher an, und wir scrollen ziellos durch das Angebot eines Streamingdienstes. Das Zimmer ist dunkel, was meinen heftigen Herzschlag nur noch beschleunigt.

»Worauf hast du Lust?«

Auf dich, würde ich gern antworten. Tue ich aber nicht, sondern versuche, mich auf das Programm zu konzentrieren, durch das er sich arbeitet. Dokumentationen, Spielfilme, Fernsehshows … Es dauert nicht lange, bis mein Blick an einem alten Actionfilm hängenbleibt, ein Klassiker, den meine Brüder sich immer mit Hayden angesehen haben, bevor ich es auch durfte.

Ich deute darauf. »Erinnerst du dich?«

»Ja. Wir haben ihn uns zusammen angesehen, als deine Mom es dir erlaubt hat.«

»Er war nie so gut, wie Henry und Rhys es mir vorgemacht haben.«

»Natürlich nicht. Sie wollten dich nur neidisch machen.«

»Lass uns den gucken.« Ich schnappe mir die Decke, die auf dem Sofa liegt.

»Um der alten Zeiten willen?«

»Genau. Ist dir kalt?« Ich halte eine Ecke der Decke hoch.

Hayden sieht mit amüsiertem Blick von der Decke zu mir. »Ja«, sagt er todernst. »Total.«

Meine Wangen glühen. Es ist offensichtlich, dass ihm nicht kalt ist, trotzdem setzt er sich neben mich und legt uns die Decke über die Beine.

Der Film beginnt, und ich kann mich kaum auf ein einziges Wort konzentrieren, das gesprochen wird. Ich bin viel zu sehr damit beschäftigt, an all die Stellen zu denken, an denen wir uns beinahe berühren.

»Erinnerst du dich an diesen Teil?« Hayden klingt belustigt. »Parker hat versucht, ihn für eine Talentshow nachzustellen.«

»Ja. Und er hat Henry dazu gezwungen, ihm ein Holzschwert zu bauen.«

»Genau.« Er schüttelt den Kopf. Sein Profil ist so schön, dass es wehtut.

»Und ich musste mit ihm auf dem Rasen kämpfen. Er hat mich am Handgelenk getroffen und mir einen Bluterguss verpasst.«

»Das wusste ich nicht.«

»Keine Sorge.« Er schenkt mir ein schiefes Lächeln. »Ich habe sofort zurückgeschlagen.«

Ich muss lächeln. »Ihr wart die dicksten Freunde.«

»Ja, das stimmt.« Hayden rückt näher und greift sich meinen

Knöchel, der an seinem Oberschenkel ruht. Er zieht meine Beine über seinen Schoß, so dass ich mich ganz ausstrecken kann. »Okay so?«

Ich nicke, unsicher, wie meine Stimme klingt. »Ja. Danke.«

Wie in alten Zeiten, geht mir durch den Kopf. Wir beide, wie wir uns im Keller irgendetwas ansehen, versteckt unter Decken, während wir uns küssen und jedes Mal aufhören, wenn wir Schritte vernehmen.

Ich versuche, mich auf den Film zu konzentrieren, doch seine Hand auf meinem Bein lenkt mich unheimlich ab. Er lässt sie dort, warm und rau, auf meiner Wade liegen und fährt mit dem Daumen darüber. Einmal, zweimal, dreimal …

Hitze durchströmt mich. Ich will ihm näher sein … und seine Hand höher haben. Muss mein verräterischer Körper sich gerade jetzt an den Abend im Gewächshaus erinnern? Dort habe ich nicht genug von ihm bekommen. Vermutlich werde ich das auch nie.

Aber seine Hand bleibt genau da, wo sie ist, direkt unterhalb meines Knies. Sanft streichelt er mich.

Wir haben schon mehr als den halben Film geguckt, bevor ich endlich meinen Mut zusammennehme. Das hier ist Hayden, sage ich mir. Nur Hayden, auch wenn seit damals zehn Jahre vergangen sind. Also setze ich mich auf.

Er sieht mich an. »Alles in Ordnung?«

»Ja. Ich will mich nur umdrehen.« Ich schnappe mir ein Kissen und lege es auf seinen Schoß. Dann lege ich mich mit dem Kopf darauf hin und ziehe die Decke wieder über mich.

Hayden gibt ein dunkles Lachen von sich. »Das fühlt sich vertraut an.«

Das tut es. Wie damals, wenn wir nur so taten, als würden wir einen Film gucken, um stattdessen rumzumachen. Seine Hand ruht leicht auf meiner Hüfte. Ich hebe die Decke an, um seinen Arm enger um meine Taille zu ziehen. Er ist warm und schwer, wie er da liegt, und ich lasse meine Finger über seinen muskulösen Unterarm wandern.

Hayden stößt einen Seufzer aus, der nach Kapitulation klingt, bevor er mich enger an sich zieht. Seine Hand liegt knapp unter meinem Brustansatz, und mit dem Daumen streichelt er mich durch den Stoff meines Kleides hindurch. »Lils …«

»Ja?«

Er beugt sich so dicht zu mir herunter, dass ich seinen Duft nach Mann, Rasierwasser und warmer Haut einatme. Sein dunkles Haar kitzelt meine Wange, als er mit den Lippen über mein Ohr fährt. »Ich werde heute nicht mit dir ins Bett gehen.«

»O verdammt, Hayden.«

Sein heiseres Lachen lässt mir einen Schauer über den Arm laufen. »Enttäuscht?«

Ich vergrabe mein Gesicht an seiner Brust, um den Ausdruck darin vor ihm zu verstecken. Es hilft nichts. Seine Brust ist steinhart und warm. Ich murmele irgendwas Unverständliches. Natürlich bin ich enttäuscht … ein bisschen zumindest.

»Wir haben es nicht eilig.« Haydens Arm um meine Taille spannt sich an. Mit den Fingern streicht er zart über die Unterseite meiner Brüste. »Ich will das hier richtig machen.«

In dem Wunsch, seinen Mund erneut auf meinem zu fühlen, schmiege ich mich enger an ihn. »Wir hatten doch schon wieder Sex.«

»Ja, aber das wird sich so bald nicht wiederholen.«

Ich lasse meine Hand über seine Brust gleiten und lege sie um seinen breiten Nacken. »Wieso nicht? Im Gewächshaus war es … explosiv.«

Er schließt kurz die Augen, und als er sie wieder öffnet, brennt sein Blick sich in meinen. »Ja, und dann bist du mir weggelaufen. Ich werde nicht riskieren, dass das in nächster Zeit noch mal passiert.«

Er beugt sich zu mir hinunter und streift mit den Lippen meinen Mund. Ich erwidere den Kuss, und unsere Lippen begegnen sich in sanften Berührungen. Schnell werden daraus heiße Küsse, und ich fahre mit den Fingern in die dicken Strähnen seines Haars.

Hayden stöhnt in meinen Mund und zieht mich näher an sich. Weich öffnen seine Lippen die meinen, und beim ersten Schmecken seiner Zunge vergehe ich fast vor Wonne. Die Welt dreht sich nur noch um uns, und alles andere spielt keine Rolle mehr. Nicht das Geräusch der kämpfenden Armeen im Fernseher oder unsere jahrelange Trennung. Es gibt nur noch uns beide.

Er umfasst eine meiner Brüste und fährt zart mit dem Daumen über die aufgerichtete Brustwarze. Ich kann nicht verhindern, dass mir ein Stöhnen entschlüpft.

Er lacht auf. »So gierig …«

»Mhm.« Ich küsse ihn tief. »Ist schließlich eine Weile her.«

»Seit dem Gewächshaus? Das war vor drei Tagen.«

Ich lächle an seinen Lippen. »Viel zu lange.«

Hayden umfasst meine Taille, zieht mich näher an sich und küsst mich ausgiebig. Er hat eine Art an sich, mich zu berühren, die mich völlig dahinschmelzen lässt … eine Mischung aus Hingabe und Bedürftigkeit. Als ob er mich gegen seinen Willen so fest packt und mit den Fingern ehrfürchtig meine Haut streichelt, während sein Körper vor Verlangen pulsiert.

Ich will seine Haut auf meiner spüren, seinen schwer atmenden Körper, wir beide ausgestreckt –

Mit einem schiefen Grinsen im Gesicht zieht er sich zurück. Die Hitze in seinen Augen ist unverkennbar und macht mir den Mund wässerig. Im Gewächshaus war es intensiv, aber das nächste Mal wird garantiert quälend langsam ablaufen. Ich sehe es in seinem Blick.

Er legt mir zwei Finger unters Kinn und hebt es an. Mit den Lippen fährt er langsam an meiner Wange hinunter und an der empfindlichen Haut meines Halses entlang. Ich erschauere, als ich seinen Mund an meinem Ohr spüre.

»Es ist Zeit für dich, nach Hause zu gehen, Lily. Sonst schieße ich noch meine eigenen Vorsätze in den Wind.«

»Das wäre vielleicht was Gutes.« Meine Stimme klingt nur ein bisschen atemlos.

»Ich werde das mit dir nicht überstürzen.«

»Wann bist du nur so diszipliniert geworden?«, murmele ich in Gedanken an die Leichtsinnigkeit, die er oft als Kind an den Tag gelegt hat.

Hayden lacht und hebt mich mit einer einzigen kraftvollen Bewegung von sich herunter, die mir ganz klar zeigt, dass er jetzt definitiv ein erwachsener Mann ist. »Die Navy ist unheimlich gut in so was, Lils.«

»Das stimmt wohl.« Widerwillig gestehe ich mir ein, froh zu sein, dass wir es langsam angehen lassen. Es fühlt sich richtig an … und irgendwie angemessen. Als ob er hier wäre, um zu bleiben … und wir wieder etwas miteinander anfangen. Und als er mir später einen Gutenachtkuss gibt, fühlt es sich nach Versprechen und Hoffnung an.

– 23 –
HAYDEN

Gary sitzt mir gegenüber und sieht aus wie eh und je. Zugegeben, er hat jetzt ein paar mehr Falten im Gesicht, und das Haar, das noch übrig ist, ist mit Grau durchzogen. Aber er hat noch dasselbe fröhliche Funkeln in den Augen.

Es war meine Idee gewesen, ihn zum Mittagessen auf die Terrasse des Yachtclubs einzuladen. Wir sind bei Weitem die rauesten Typen hier, doch das stört mich nicht. Das Essen ist so köstlich, dass wir beide unsere Teller saubergewischt haben.

Er bietet mir eine Zigarette an, aber ich schüttele den Kopf. »Wann hast du aufgehört?«

»Vor Jahren. Du hast mich schon lange nicht mehr rauchen sehen.«

»Guter Junge. Also hast du dich daran gehalten, was ich dir gesagt habe, und nicht, was ich dir vorgelebt habe.«

»Genau.«

Er lässt seinen Blick über das Wasser schweifen. Wir sitzen an dem Tisch auf der Terrasse, der dem Punkt am nächsten steht, wo die Wellen gegen die Sockelmauer unter uns branden. »Also«, sagt er. »Wie fühlt es sich an, wieder hier zu sein? Ganz ehrlich.«

»Es fühlt sich gut an. Du weißt schon, merkwürdig.«

»Kann ich mir vorstellen.«

»Als ich hier damals gelebt habe, kam es mir nicht wie ein Zuhause vor«, sage ich. »Aber jetzt … fühlt es sich an, als würde ich nach Hause kommen.«

Garys Lächeln blitzt nur kurz auf. Er nickt und schnippt Asche von seiner Zigarette in den Aschenbecher. »Hier bist du am längsten gewesen, also überrascht mich das nicht.«

»Ja, irgendwie schon.«

»Und das Wiedersehen mit den Marchands?« Seine Art zu fragen sagt mir, dass das, was immer ich erwidere, für ihn in Ordnung ist. Wenn es eines gibt, was Gary versteht, dann den schmalen Grat zwischen einem Angehörigen der weißen Unterschicht und einem Angestellten. Oder den zwischen Freunden der Familie und einem angestellten Sozialfall.

Er versteht die gemischten Gefühle, die das mit sich bringt, nur zu gut.

»Das läuft gut. Jetzt, wo ich erwachsen bin und für mich selbst sorgen kann, ist es leichter.« Ich lehne mich gegen das Geländer der Terrasse und seufze. »Parker ist so umgänglich wie immer.«

»Der Junge hat dich vermisst«, entgegnet Gary. »Manchmal ist er zu mir in die Garage gekommen, um an den Autos herumzubasteln. Aber ich weiß, dass er eigentlich nur auf Infos über dich aus war.«

Ich seufze erneut und weiß nicht, was ich sagen soll. Gary hat mich nie gefragt, wieso ich damals nach dem Unfall so abrupt aufgebrochen bin. Ich glaube, dass er tatsächlich am besten von allen verstanden hat, warum ich gehen musste. Vielleicht hat ein Teil von ihm mich dafür sogar respektiert.

»Ich hoffe, du hast ihm nur Gutes über mich erzählt.«

»Aber sicher. Du warst natürlich schon im Alter von dreiundzwanzig der Kommandeur der ganzen verdammten Navy, Junge.«

Ich lache glucksend. »Und was bin ich jetzt?«

»Wenn du noch ein paar Jahre mit deiner Rückkehr gewartet hättest, hätte ich dich zum Präsidenten befördern können.«

»Des ganzen Landes?«

Er zuckt die Achseln. »Nach oben sind keine Grenzen gesetzt.«

»Für Leute wie uns schon.« Ich muss wieder lachen. »Präsident. Du meine Güte.«

Gary drückt seine Zigarette im Aschenbecher aus, und sein Gesicht nimmt einen nachdenklichen Ausdruck an. Ich mag eine Weile weg gewesen sein, aber ich weiß noch genau, was das bedeutet. Gleich sagt er etwas, das für mich schwierig wird.

»Nicht für dich, Hay. Verdammt, als du mir erzählt hast, dass man dich zum Lieutenant befördert hat … Gut gemacht.«

Ich blicke auf den Horizont und verdränge die plötzliche Enge in meiner Brust. »Danke.«

»Ja. Ja, natürlich.« Er räuspert sich. »Wie war es, Lily wiederzusehen? Ich weiß, dass du sie damals sehr gern hattest.«

Ich versuche, mir meine Überraschung nicht anmerken zu lassen. Damals war ich so vorsichtig gewesen, damit er es nicht herausfindet. Besonders nicht, nachdem er mich wegen ihr gewarnt hatte. Soweit ich mich erinnere, wollte er nur nicht, dass ich unsere Lage – meine Ausbildung und seine Anstellung – gefährde.

»Ihr geht's gut«, erwiderte ich. »Es ist auch schön, sie wiederzusehen.«

»Mhm.« Sein Tonfall lässt jede Menge Raum für Anspielungen. »Na klar.«

»Was denn?«

»Nichts. Ich vertraue darauf, dass du deine eigenen Entscheidungen triffst.«

Ich bekämpfe den Drang, mit den Augen zu rollen, als wäre ich wieder sechzehn. »Ich weiß, ich weiß. Sei vorsichtig bei ihr.«

»Aber nein, jetzt bist du schließlich erwachsen. Ich wollte nur nie, dass dir wehgetan wird. Nun weiß ich ja, dass du damit klarkommst.«

Der Wind, der an mir vorbeiweht und mir das Haar zerzaust,

schmeckt intensiv nach Salz und Seetang. Ich blinzle ein paarmal, um die volle Bedeutung seiner Worte zu erfassen. Hat er wirklich gerade das gemeint, was ich glaube?

»Du hast mich also damals um meinetwillen gewarnt, vorsichtig zu sein?«

»Ja, natürlich.« Er sieht mich an, als wäre das offensichtlich. »Es ließ sich unschwer übersehen, wie du sie immer angeguckt hast, während ihr zusammen aufgewachsen seid. Doch Leute wie die Marchands? Das sind Herzensbrecher.«

Mein Mund fühlt sich trocken an. »Sie waren immer gut zu uns.«

»Ja, als ob ich das nicht wüsste.« Zum allerersten Mal höre ich Verbitterung in seiner Stimme. Das Gefühl kenne ich. Scham und ein schlechtes Gewissen. Und der Verlust von Stolz, der damit einhergeht, wenn man Wohltätigkeiten annehmen muss. »Eloise und Michael sind gute Leute, aber auch keine einfachen. Und wir gehören nicht wirklich zu ihnen.«

Der Gedanke ist nicht angenehm – nicht angesichts meiner Hoffnungen in puncto Lily. »Findest du, dass das Essen Freitagabend heikel war?«

»Du meinst abgesehen von den Blicken, die du und Lily euch zugeworfen habt?«

Sprachlos starre ich ihn an.

Gary grinst. »Komm schon, sieh mich nicht so finster an. Ich spreche nur das Offensichtliche aus. Und ich glaube nicht, dass jemand anderes es bemerkt hat. Außerdem sind ihre Brüder völlig blind, was ein verdammt großes Glück für dich ist.«

»Das weiß ich.«

»Also, falls du meinen Rat willst – «

»Will ich nicht.«

» – dann tu das, was dich glücklich macht. Das Leben ist so verdammt kurz, und wir beide wissen doch, wie schnell sich alles ändern kann.«

»Ernsthaft? Jetzt warnst du mich nicht mehr davor, die gute Lage, in der wir uns befinden, aufs Spiel zu setzen? Das ist mal was Neues.«

Er schenkt mir ein schiefes Lächeln. »Du bist kein Kind mehr. Du hast Arbeit und eine Zukunft. Ich komme jeden Tag meiner Rente ein Stück näher und habe außerdem mein Erspartes. Du kannst es also ruhig mal wieder etwas bunter treiben, Junge.«

Ich schüttele den Kopf, kann aber nicht aufhören zu lächeln. Er hat ja so recht. Unsere Umstände sind jetzt völlig anders als vor zehn Jahren … ganz zu schweigen von damals vor zwanzig Jahren. Als wir von Stadt zu Stadt zogen und von dem mageren Lohn, den Gary für seine Arbeit in Werkstätten und auf Farmen bekam, kaum überleben konnten.

Jetzt liegen die Dinge völlig anders.

»Was das angeht …« Ich beuge mich vor. »Es gibt etwas, das ich dir erzählen möchte.«

»Stellst du dich wirklich zur Präsidentschaftswahl auf?«

»Nein.«

Gary wirft die Hände gen Himmel. »Was für eine Verschwendung!«

Ich atme tief ein, während ich an einer Ecke der Tischdecke herumfummele. »Das Haus in der Elm Street. Ich hab's nicht gemietet. Ich … also, na ja … ich hab's gekauft.«

»Du hast es gekauft.«

»Ja. Erinnerst du dich, was ich dir über die Sicherheitsfirma erzählt habe, die ich mit meinem alten Freund aus der Navy gegründet habe?«

»Ja. Sicherheitsberatung.«

»Tja, sie ist gut angelaufen.«

Anstatt der erwarteten Glückwünsche und Erstaunen ernte ich einen missbilligenden Blick aus geweiteten Augen. »Wie tief steckst du in Schulden? Wie hoch ist die Hypothek?«

»Ich habe die Hälfte bar bezahlt. Die Abzahlung ist auf zehn Jahre angelegt. Es ist finanziell gesehen eine absolut solide Entscheidung, Onkel.«

»Hör auf, mir was vorzumachen. Ich weiß, was Häuser hier kosten, Hay. Das kannst du dir niemals leisten. Zur Hölle, auch wenn man alles zusammenzählen würde, was ich im Leben je verdient habe, könnte ich mir niemals ein Haus in Paradise Shores leisten. Wie bist du an das Geld gekommen? Du hast dich doch wohl nicht mit irgend so einem Kredithai eingelassen, um Lily Marchand zu beeindrucken …«

»Ich habe mich mit absolut keinem Kredithai eingelassen. Die Sicherheitsbranche boomt. Wir verdienen jede Menge Geld. Einen Haufen Geld, Onkel. Du musst dir um mich keine Sorgen machen. Und nur, um das klarzustellen: Das Haus war teuer, aber es ist auch keine Villa am Meer.«

Er lehnt sich zurück, und sein rot angelaufenes Gesicht nimmt bei meinen Worten langsam wieder eine normale Farbe an. Ich sehe, wie er endlich kapiert. »Also willst du mir damit sagen, dass du jetzt reich bist, Junge?«

»Ich bin zufrieden.«

»Nein, komm mir jetzt nicht mit diesem Mittelklasse-Schwachsinn. Sag, wie es ist. Bist du reich, Hayden?«

Ich weiß, was er meint … worauf er sich bezieht. Nämlich auf die Art von Stabilität, der Menschen wie wir oft ein Leben lang erfolglos nachjagen. Die Art von Sicherheitsnetz, das uns jahrzehntelang gefehlt hat.

Abgesichert sein … das ist es, was er meint.

»Ja.«

Gary schließt kurz die Augen, dann schießt er von seinem Stuhl hoch und schlingt die Arme um mich. Die Umarmungen, die mir mein Onkel je gegeben hat, kann ich an einer Hand abzählen. Er hat mir zu essen gegeben, als wir nicht genug Essen für uns beide hatten, aber körperliche Zuneigung war nie unser Ding. Ich erwidere seine Umarmung, und erst jetzt bemerke ich, dass seine Schultern zucken … vor Lachen, und zwar so richtig. Er wischt sich die Freudentränen ab.

»Ach, du heiliger Strohsack, Hay. Du hast es geschafft. Du hast es verdammt nochmal geschafft.«

Ich muss schlucken. »Es ist nicht … na ja. Ja.«

»Ja, das hast du, Junge. Gott, es gab eine Zeit, da glaubte ich, du würdest es nicht mal bis zu deinem achtzehnten Geburtstag schaffen …« Er setzt sich wieder hin und nimmt sich mit leicht zitternden Händen eine Zigarette. »Wenn dein nichtsnutziger Vater dich jetzt sehen könnte … Tut mir leid.«

»Bei mir brauchst du dich dafür nicht zu entschuldigen.«

»Nein, wenn Alice dich jetzt nur sehen könnte.« Er schaut mich mit glasigem Blick an. Ich weiß, dass er die gleichen Augen in demselben Haselnussbraun wie meine Mutter hat. Es ist ihre einzige Ähnlichkeit. »Sie wäre überglücklich.«

»Weil ihr Sohn reich geworden ist?«

Er schüttelt den Kopf. »Nein, weil du etwas aus dir gemacht hast. Dass du nicht wie dein Vater geworden bist. Weil dir ein echt beschissenes Blatt gegeben wurde und du standhaft geblieben bist. Ein verdammtes Haus. Mein Neffe ist Hauseigentümer. Nicht mal dein Großvater konnte das von sich sagen.«

Ich weiß nicht, was ich erwidern soll. Sein Lob kommt plötzlich und unerwartet und so viel offenherziger als bei meinem Abschluss am Militärcollege. Er war extra eingeflogen und hatte mit funkelnder Sonnenbrille in einer der hinteren Reihen gestanden.

»Dir wurde auch ein echt beschissenes Blatt gegeben«, entgegne ich. »Nämlich ein griesgrämiger und undankbarer Siebenjähriger, und trotzdem hast du beschlossen, ihn bei dir aufzunehmen.«

»Aber natürlich, Junge.«

»Nicht jeder hätte dieselbe Entscheidung getroffen.« Die Worte fallen mir schwer – ich muss sie praktisch herauswürgen –, doch es muss sein. Es ist mir wichtig, dass er das weiß. »Ich bin nicht von allein reich geworden. Du hast mir dabei geholfen.«

Er reibt sich den Nacken und starrt auf den Tisch. »Ach was. Das hast du alles selbst hingekriegt.«

»Absolut nicht. Ich weiß, wie viel ich dir schulde, Gary.«

»Du schuldest mir rein gar nichts.«

»Darf ich mich wenigstens bei dir bedanken?«

Er seufzt. »Na schön. Mach schon, Junge.«

»Ich weiß noch nicht, ob ich in Paradise Shores bleibe. Keine Ahnung, was die Zukunft für mich bereithält. Aber was ich weiß, ist, dass das Haus hier viel zu groß für mich ist. Es hat einen Extraflügel mit einem Gästezimmer und einer Küchenzeile.«

Seine Augen werden schmal, doch ich ignoriere die Blicke, die er mir zuwirft. Für dieses Angebot muss ich die richtigen Worte finden … und mir bleibt nur eine Chance.

»Wenn du in Rente gehst, kannst du nicht im Strandhaus der Marchands wohnen bleiben. Ich weiß nicht, was für Pläne du hast, aber wenn du willst, steht dir mein Haus zur freien Verfügung.«

Er schüttelt den Kopf, sagt allerdings nichts, und ich frage mich, ob sich das Ganze zu sehr nach einer milden Gabe anhört … wie die Art von karitativer Wohltätigkeit, die ich für die Marchands gewesen bin.

»Es hat eine große Garage und einen großen Geräteschuppen. Beide müssten noch anständig ausgestattet werden, und dafür fehlt mir die Zeit.«

»Hm.«

»Ich könnte jemanden gebrauchen, der nach den Pflanzen sieht.«

Gary lässt seinen Blick lange über das Meer schweifen, und ich frage mich, ob es jetzt so sehr ein Teil von ihm ist wie von mir. Er ist im Inland aufgewachsen, weit weg von der Küste, von Booten, Yachthäfen und dem Geschrei der Möwen. Aber irgendwie ist es für uns beide zu einem Zuhause geworden.

»Jemand, der den Rasen mäht«, sagt er schließlich.

»Genau. Für so was werde ich keine Zeit haben.«

Er reicht mir seine Hand. In seinen Augen liegt ein Glitzern, das ich noch nie bei ihm gesehen habe. Verspätet wird mir klar, dass es Tränen sind. Wir schütteln uns die Hände.

»Ich nehme dein Angebot an, Junge.«

– 24 –
HAYDEN

Die Fahrt zu Lilys Haus an jenem Abend dauert nicht lange. Die Straßen von Paradise Shores sind mir immer noch so vertraut wie damals, bevor ich wegging. Ordentlich strukturiert winden sie sich um einen zentralen Platz und führen zum Ocean Drive mit seiner Promenade, den Cafés und dem Yachthafen in der Ferne. Das Haus der Marchands liegt am nördlichen Ende des Ocean Drive, Lilys Häuschen dagegen südlich.

Die Sonne steht tief am Horizont, und das Meer ist in glitzerndes Orange getaucht. Zum ersten Mal seit langer Zeit fühlen sich meine Schultern nicht mehr so verspannt an. Gary hat mein Angebot ohne langes Zögern angenommen. Und Lily hat mir zwar noch nicht völlig verziehen, mich aber wieder in ihrem Leben akzeptiert.

Ich parke vor dem Haus und lächele, als ich das Tor öffne. Es ist immer noch gut geölt und funktioniert perfekt. Auf dem Dach gibt es ein paar Ziegel, die ausgetauscht werden müssten – das war mir gleich aufgefallen –, doch ich weiß, dass ich klein anfangen muss.

Lily öffnet mir die Tür, bevor ich anklopfen kann. Sie trägt eine Schürze, und ihre Wangen sind vor Hitze gerötet. »Hi.«

»Hallo.« Ich beuge mich hinunter und küsse sie sanft auf den Mund. Der glückliche Ausdruck in ihren Augen lässt mich fast zerfließen. Wie sehr habe ich diesen Ausdruck vermisst und wie nahe war ich dran, ihn ganz zu verlieren. »Wonach riecht es hier so phantastisch?«

»Gefällt es dir?« Sie tänzelt in die Küche, wo ein großer Topf auf dem Herd steht. »Ich versuche, Bouillabaisse zu machen.«

»Dieser französische Meeresfrüchteeintopf?«

»Ja. Erinnerst du dich daran?«

»Und wie. Der ist toll.« Ich folge ihr und stelle mich so dicht hinter sie, dass ich den frischen Duft ihres Shampoos rieche, den ihre rotbraunen Haare verströmen. Sie sind zu einem Zopf auf ihrem Rücken geflochten, und schlagartig erscheint vor meinem geistigen Auge ein Bild, wie ihr Haar um meine Hand gewickelt ist, während sie den Rücken durchbiegt und stöhnt –

Ich würge den Gedanken ab. Schließlich habe ich beschlossen, es langsam angehen zu lassen. Ich kann es mir nicht leisten, schon wieder alles zu vermasseln.

»Der, den deine Mom früher immer gemacht hat?«

»Genau der.« Sie rührt in dem Topf und lehnt sich dabei an meine Brust. »Ich meinte mich zu erinnern, dass du den früher mochtest. Sofern du das nicht vorgetäuscht hast.«

»Habe ich nicht. Weißt du denn nicht, dass ich nie was vortäusche?«

Lily lacht. Ich fahre mit den Fingerspitzen ihren bloßen Arm hinunter und beobachte, wie sie dabei eine Gänsehaut bekommt.

»Ich auch nicht«, sagt sie.

Ich hauche einen Kuss auf ihren Hals und versuche, meine Erregung zu verdrängen. »Ich erinnere mich.«

»Der Eintopf kann sich eine Weile allein vergnügen.« Sie dreht sich in meinen Armen um und drückt ihren weichen Körper in seiner vollen Länge an mich. Ein paar Minuten lang existiert nichts anderes mehr als das Gefühl ihrer weichen Lippen auf meinen. Mit trägen Bewegungen lasse ich meine Hände langsam über ihren Rücken, ihre Hüften und ihre Schultern gleiten und koste jeden Zentimeter von ihr aus.

Lily ist diejenige, die mit ihrer Zunge zuerst gegen meine tippt, und ich muss bei ihrem Eindringen lächeln. Sie hat es immer gehasst, so behandelt zu werden, als könnte sie nicht mithalten. Bei meinem Entschluss neulich Abend muss sie sich gefühlt haben, als wären wir wieder Kinder.

Ich lasse meine Hände tiefer gleiten und umfasse ihren Po. So kann ich sie leicht an mich pressen. An die Härte in meiner Hose, die es mir schwer macht, rational zu denken. Was mir im Zusammenhang mit Lily schon immer schwergefallen ist.

Sie lacht glucksend und fängt an, meinen Hals zu küssen. »Mir kannst du wirklich nichts vormachen.«

»Nicht das.«

Auch sie lässt eine Hand tiefer gleiten und fährt mit dem Zeigefinger über die Ausbuchtung in meiner Hose, die schon den Stoff dehnt. Als ich spüre, wie sie mit dem Fingernagel zart über meine ganze Länge fährt, stöhne ich leise auf.

»Das Problem hier wäre so leicht zu lösen«, murmelt sie. »Dir ist schon klar, dass ich bereit bin?«

»Mhm.« Ich packe ihr Handgelenk und ziehe es von meinem Schritt weg, wenn auch nicht ganz ohne Schwierigkeiten. Es ist fast schmerzhaft, wie hart ihre Worte mich werden lassen. Immer noch ihr Handgelenk umfassend, drehe ich sie zum Herd um. »Der Eintopf kocht.«

»Verflixt.«

Ich lächle mit meinem Mund an ihrem Haar und beobachte sie beim Rühren. Es ist schon komisch, wie richtig sich alles anfühlt, wenn sie in meinen Armen liegt. Meine Ängste und Probleme verpuffen, genauso wie Gedanken an meine Vergangenheit und Zukunft. Solange sie an meiner Seite ist, scheint alles möglich zu sein.

Wir essen bei Kerzenlicht an ihrem Küchentisch. Das Essen ist köstlich, und das sage ich ihr auch … ausführlich. Ihre warmen

Augen blitzen belustigt auf, als ich mir ein weiteres Stück Brot nehme und es in den Eintopf tunke.

»Was denn?«

»Ich frage mich nur, wo das alles hingeht.«

»Das Essen?«

»Ja. Aber eigentlich …« Sie lässt den Blick über meine Brust und tiefer über meinen Körper, den der Tisch verdeckt, gleiten. »… ist es ziemlich offensichtlich.«

Ich verziehe amüsiert den Mund. »Willst du damit andeuten, dass ich auf Diät gehen muss, Lily Marchand? Wie unhöflich.«

»Absolut nicht. Und komm bloß nicht noch mehr in Form, oder ich schlafe nie wieder mit dir.«

Ich muss lachen. »Widerspricht sich das nicht? Die meisten Frauen scheinen Muskeln zu wollen. Je mehr, desto besser.«

»Ja, na ja, ich bin nicht ganz so in Form wie du. Schon bei deinem jetzigen Anblick fällt mir der Gedanke schwer, mich vor dir auszuziehen.«

Lily klingt unbeschwert, und ihr Blick ist neckisch, doch ich komme nicht umhin, mich zu fragen, ob sie es ernst meint … ob unter ihrer gespielten Tapferkeit nicht ein Funken Unsicherheit hervorglimmt. Ich kann mich an sie als schüchternes Mädchen vor all diesen Jahren erinnern, das sich mutig, aber mit zitternden Händen vorarbeitete.

Und nichts an ihrer Figur ist auch nur ansatzweise verkehrt. Meiner Meinung nach ist sie viel zu gut gebaut … sofern einige Teile meiner Anatomie ein Wörtchen mitzureden haben. »Dein Körper ist der Wahnsinn, Lils.«

Sie lacht, und ihre Wangen röten sich leicht. »Hayden.«

»Ich würde dich so oder so wollen. Doch es stimmt, es gibt nichts an deinem Körper, das ich nicht anziehend finde.«

»Du hast mich noch nicht nackt gesehen«, erwidert sie amüsiert.

Ihr Blick spiegelt ein Versprechen auf heiße Vergnügungen wider, und Erregung schießt durch meinen Körper.

»Natürlich habe ich das.«

»Ich meine, nicht jetzt. Nicht seit du zurückgekommen bist.«

»Und?« Ich tippe mir mit dem Finger gegen die Schläfe. »Unfehlbare Erinnerungsfähigkeit.«

»Ich habe mich verändert, du Blödmann.«

Stirnrunzelnd tue ich so, als wäre ich verwirrt, während ich meinen Blick über ihre Schlüsselbeine, die glatten Schultern und die Form ihrer Brüste unter dem Shirt gleiten lasse. Und über die Kurve ihrer Taille, dort, wo sie in ihre Hüfte übergeht. Ich kann mich nur zu gut erinnern, wie ich mich dort an ihr festgeklammert habe.

»Nein«, sage ich schließlich. »Ich kann nichts erkennen, was anders ist. Ich nehme an, dass ich mir das genauer ansehen muss.«

Sie grinst mich an. »Tja, ich nehme an, das musst du wohl.«

»Und wenn die Zeit gekommen ist, werde ich das.«

Nach dem Essen wandere ich in ihrem Häuschen umher. Es ist das erste Mal, das ich wirklich hier sein darf. Es ist klein, aber gemütlich, und jeder Zentimeter spiegelt ihren Einfluss wider. Es ist, als wäre Lilys Persönlichkeit hier zum Leben erweckt. Ich bleibe vor den gerahmten Fotos an der Wand stehen. Eines zeigt Lily bei ihrem Abschluss in Yale. Sie posiert darauf mit ihrem Studentenhut und geglätteten, glänzenden Haaren vor einem großen Backsteingebäude.

Bei dem Anblick fühle ich einen unerwarteten Stich in der Brust. Yale war einer der vielen Gründe, wieso ich damals gegangen bin … um dafür zu sorgen, dass sie die Zukunft bekam, die sie verdiente.

Sie stellt sich neben mich. »Oh, das war eine Riesenzeremonie.«

»Ist deine Familie gekommen?«

»Ja, sie sind für den Tag extra hingefahren. Henry kam aus New York, und Parker war auch da.« Sie zögert kurz. »Rhys war der Einzige, der es nicht geschafft hat.«

»Rhys war nicht da?« Das finde ich schwer zu glauben. Der mittlere Marchand-Sohn war Lilys Beschützer gewesen, der eine Mensch, der ihre Künstlerträume immer verstanden und sich für sie eingesetzt hatte.

Sie schüttelt den Kopf. »Nein.«

Ich lege ihr einen Arm um die Schultern und drücke einen Kuss auf ihr Haar. Ganz sicher ist da noch mehr, was in ihrem Leben passiert ist, seit ich gegangen bin, Tag für Tag. Sie wird es mir erzählen, wenn sie dazu bereit ist.

»Was ist hiermit?« Ich deute auf ein Foto von ihr vor einer Galerie. Sie trägt darauf ein fließendes Seidenkleid, das Haar lang und prachtvoll über einer Schulter, und hält ein Glas Champagner in der Hand.

»Eine Vernissage. Die erste Ausstellung, die ich selbst kuratiert habe.«

»In Manhattan?«

»Ja. Es war moderne Kunst.«

»Vermisst du es? Die Kunstszene?«

Sie schüttelt den Kopf, und ich stehe nahe genug, um die Sommersprossen, die über ihre Nase verteilt sind, zu sehen. »Nein. Dort gab es zu viel Anmaßung. Kunst soll dich etwas fühlen lassen, und es soll Spaß machen. Natürlich geht es dabei auch um Können, aber … ich habe dieses Umfeld nicht ertragen.«

Ich ziehe sie zur Couch, und sie lässt sich neben mir nieder. »Und hier in Paradise Shores? Hier gibt es ja nicht gerade viel Kunst.«

»Na ja … Irgendwie würde ich das gern ändern.« Ihr Lächeln ist schief und ihr Blick verschmitzt.

Den Gesichtsausdruck kenne ich gut. Er bedeutet, dass sie gleich etwas sagen wird, womit sie mich schockiert oder aufzieht – oder mir etwas vorschlägt, das uns ganz sicher in Schwierigkeiten bringt. »Erzähl's mir.«

»Es gibt da ein Ladenlokal in der Porter Street, ein ganz kleines. Aber es ist nicht so teuer, und ich glaube, ich kann über Harris Development einen guten Deal aushandeln.«

»Okay.«

»Ich würde es umgestalten. Mit Kunst an den Wänden von Leuten aus der Gegend. Vielleicht hin und wieder auch von anderen. Und ich könnte Kunstunterricht geben.«

Beim Anblick der Aufregung in ihrem Gesicht rührt sich etwas Ähnliches in mir. Ich kann ihre Visionen förmlich sehen und weiß, wie schön sie sie umsetzen wird. »Ich finde, das solltest du, Lils.«

»Wirklich? Ich müsste für den Kauf einen ordentlichen Anteil meines Treuhandvermögens ausgeben. Und es wäre ein großes Risiko. Vielleicht würde es sich finanziell gesehen nie auszahlen.«

Ich zucke die Achseln. »Und wenn nicht, verkaufst du es nach ein paar Jahren wieder. Ist doch keine große Sache.«

Ihr Lächeln wird immer breiter. »Ich habe keine Ahnung, wieso ich dachte, du würdest mich davon abhalten wollen.«

»Habe ich auch nicht. Schon vergessen?« Ich beuge mich vor, knabbere an ihrem Ohrläppchen und bin begeistert, als sie auflacht. »Ich bin der Wilde hier. Der von der falschen Seite der Bahnschienen.«

»Hier gibt es gar keine Bahnschienen.«

»Was nur zeigt, wie weit von zu Hause ich tatsächlich weg bin.«

Sie lächelt mich an, und ich kann nicht anders, als ihr Lächeln zu erwidern. »Den meisten Menschen in meinem Leben wird das nicht gefallen. Parker wird es nicht verstehen. Mom ist vielleicht vorsichtig optimistisch, doch begreifen wird sie es nicht. Dad wird es hassen. Wahrscheinlich erklärt er mir, dass ich nur mein Geld, meine Zeit und mein Talent verschwende.«

»Dann scheiß auf ihn.«

Sie lacht überrascht auf. »Hayden!«

»Was denn? Ich respektiere den Mann, aber es ist dein Leben, Lils. Du musst es leben.«

Sie lässt ihre Finger meinen Arm hochwandern. »Da hast du recht. Ich schaue mal, ob ich morgen den Papierkram in die Wege leiten kann.«

»Mhm. Und lass es mich wissen, wenn du Hilfe brauchst.«

Sie sieht zu mir hoch. »Hilfe?«

»Um den Laden in Schuss zu bringen. Oder beim Aufhängen der Bilder. Dem Besprechen von Kunstkursen … Oder um als Model zu posieren.«

»Du würdest für mich posieren?«, fragt sie kichernd.

»Ja. Nackt wäre mir am liebsten.«

Sie schmiegt sich näher an mich und küsst mich auf den Hals. Ihre Lippen fühlen sich weich auf meiner Haut an und arbeiten sich sanft zu meinem Hemdkragen vor. »Ich habe schon nackte Männer gemalt. Es macht total viel Spaß.«

Mein Arm um ihre Schultern spannt sich an. Die Reaktion ist unbewusst. Ich stelle mir einen anderen Mann vor, begierig und mit Collegeausbildung, wie er für sie auf der Couch liegt. Und was danach passiert.

»Im Unterricht«, sagt sie leise mit den Lippen auf meiner Haut. »Wir mussten lernen, wie man Muskeln zeichnet und Bewegungen einfängt.«

Meine Schultern entspannen sich wieder. »Ich will sehen, was du in den letzten Jahren gemalt hast.«

»Das ist nicht viel.«

»Ich bin mir sicher, dass das nicht stimmt.«

Sie dreht sich zu mir und setzt sich rittlings auf meinen Schoß. Mit den Fingern umschließt sie meinen Nacken, und für eine Weile kann ich sie nur anstarren. Diese unglaublichen langen, feurigen Haare. Diese wunderschönen Augen. Dieses Lächeln, das sie mir schenkt. Jetzt, wo ich wieder an ihrem Leben teilhabe, bin ich erstaunt, wie ich ohne sie überlebt habe.

Ich beuge mich vor und erobere ihren Mund mit einem Kuss. Bei ihr ist es so einfach, mich völlig zu verlieren. Zu vergessen, wer ich bin und was ich getan habe. Sie schiebt sich näher an mich und presst ihre Brüste gegen mich. Ich lasse meine Hände an ihren Seiten hinunterwandern und umfasse ihren Po, um sie fester an mich zu drücken. Schon dabei bin ich so verdammt erregt, dass es mir schwerfällt, mich auf irgendwas anderes zu konzentrieren als auf ihr Gewicht in meinem Schoß.

»Wie lange willst du uns beide noch quälen?«, murmelt sie und lässt ihre eine Hand über meine Schulter gleiten. Sie rollt mit den Hüften, und bei all den Gefühlen, die in Wellen durch mich hindurchschießen, muss ich die Zähne zusammenbeißen. »Das Gewächshaus war vor über einer Woche. Wir hatten jetzt drei Dates.«

Angesichts meines Verlangens fällt es mir schwer, mich zu konzentrieren. Sie ist mir wichtig, und ich will sichergehen, dass wir nichts bereuen.

Was nicht bedeutet, dass ich ihr nicht etwas Erleichterung verschaffen könnte.

Ich küsse sie erneut, diesmal drängender, und lächle, als sie leise aufstöhnt. Ihre Haut fühlt sich heiß an. Sie brennt unter meinen Händen und Lippen, trotzdem will ich immer mehr von diesem Feuer.

Ich packe sie bei den Hüften und drehe uns um. Lily grinst, als ich sie unter mich auf die Couch lege. Der Stoff ihres dünnen Sommerkleides bauscht sich um ihre Taille und enthüllt den aufreizenden Anblick blasser, sommersprossiger Beine.

Ich küsse mich ihren Hals hinab, bis meine Lippen ihr Schlüsselbein berühren.

»Na schön«, murmele ich und fahre mit einer Hand an ihrem Körper hinunter. Als ich über ihre aufgerichtete Brustwarze streiche, werde ich mit einem Aufkeuchen belohnt.

Sie zieht an meinen Schultern, als ihr klar wird, wo meine Hand hinwandert. »Hayden…«

»Ja …?« Ihren schwachen Protest ignorierend schiebe ich den Saum ihres Kleides hoch. Die Haut vor dem Bund ihres Höschens ist so zart wie Seide. Es fällt mir leicht, meine Finger darunter zu schieben, um weiter unten ihre weiche Wärme zu ertasten und zu reizen. Lily gibt ein Stöhnen von sich, und ich muss lächeln. Die Röte auf ihren Wangen ist einfach bezaubernd.

»Du hast nicht gelogen«, murmele ich, während ich sie mit den Fingern teile und kleine Kreise ziehe. Mit einem Finger dringe ich in sie ein und werde mit einem weiteren atemlosen Stöhnen belohnt. »Du bist wirklich so was von bereit.«

Sie nickt an meinem Hals, während sie sich krümmt und windet. Das macht es mir schwerer, mich auf meine Berührungen zu konzentrieren … bis mir klar wird, wonach sie versucht zu greifen. Ich drehe meine Hüften weg, und sie seufzt frustriert auf.

»Bitte.«

Bei ihrem derart eng an mich gepressten Körper brauche ich einen Moment, um zu antworten. Aber sie ist mir zu wichtig. Ich muss sichergehen, dass sie nichts bereut.

Und in meinem lustumnebelten Zustand sage ich ihr das auch.

»Keine Reue«, wispert sie. »Überhaupt nicht. Ich will dich, Hayden.«

Und nur der Himmel weiß, dass ich sie schon immer wollte, vom ersten Moment an, als ich sie sah, und ich würde sie bis zu dem Tag wollen, an dem ich sterbe. Sie ist alles, wovon ich jemals geträumt habe.

»Na schön, Baby«, murmele ich und krümme meinen Finger in

ihr. »Lass uns dich ins Bett bringen, damit ich mich richtig um dich kümmern kann.«

Lily protestiert nicht, als ich sie hochhebe, sie in ihr Schlafzimmer trage und auf das große Bett lege. Sie schmiegt sich nur noch enger an mich. »Endlich.«

– 25 –
LILY

Hayden legt mich auf mein Bett und macht sofort mit dem weiter, was er auf der Couch angefangen hat. Er schiebt mich zurück und zieht mir das Höschen herunter. Kräftige Hände spreizen meine Beine. Finger streichen über die zarte Haut meiner Oberschenkel.

Bei der ersten Berührung seiner Zunge schließe ich die Augen. Was er tut, ist einfach zu viel für mich. Trotzdem vergrabe ich die Hände in seinem Haar. Es fühlt sich seidig an zwischen meinen Fingern, dieses dichte schwarze Haar, das er schon an dem Tag hatte, als ich ihn vor über zwanzig Jahren zum ersten Mal sah.

Mit seinen Händen auf meinen Hüften hält er mich in Position, aber ich würde mich für nichts und niemanden jetzt noch rühren. Jede seiner geschickten Bewegungen, die er mit Zunge und Fingern ausführt, trägt mich näher an den Abgrund.

Hayden berührt mich, als ob er mich besitzen würde … als ob alles von mir ihm gehören und er es jetzt wieder zurückfordern würde. Ein kleiner Teil von mir will protestieren.

Der Rest ist einverstanden. Ich bin sein. Das war ich schon immer, und tief in meinem Inneren ruft meine Seele nach seiner. Es ist körperlich und doch so viel mehr.

Hayden hält kurz inne und lässt an meiner Haut ein weiches Lachen hören. Er drückt einen Kuss auf die Innenseite meines Oberschenkels und sieht zu mir hoch. »Bisher kann ich sagen, dass du dich kein bisschen verändert hast, Lily.«

Er macht mich noch verrückt! Die Lust jagt so heftig durch meinen Körper, dass ich sie nicht ausblenden kann. »Reden wir später.«

»So ungeduldig.« Er macht irgendwas mit seinen Fingern, das mich nach Luft schnappen lässt, und grinst dabei verrucht.

Dann widmet er sich wieder vollständig meiner Lust, und ich komme unter seiner Zunge. Ich kann meine Bewegungen nicht mehr kontrollieren, keuche, während mein Rücken sich durchbiegt und meine Zehen sich zusammenziehen. Er ist himmlisch, dieser Höhepunkt, und noch schöner, weil er ihn mir schenkt.

Hayden legt eine Hand auf meine Hüfte und fährt mit der anderen träge um eine meiner Brustwarzen. Unter gesenkten Lidern beobachtet er mich. »Ich hatte vergessen, wie schön du bist, wenn du kommst.«

Hitze schießt in meine Wangen. Mit einer Hand fahre ich durch sein Haar und bis in seinen Nacken.

»Gott, Lily, du bist so süß«, murmelt er und drückt einen Kuss auf mein Hüftbein. »Das war schon mal ein guter Anfang.«

Stirnrunzelnd ziehe ich an seinen Schultern. Er schiebt sich hoch und legt sich neben mich. Eine seiner kräftigen Hände legt er auf meine Taille. Ich glaube, damit will er mich beruhigen, aber ich fühle mich kein bisschen beruhigt.

Ich zerre an seinem Hemd und fummele ungeschickt an den Knöpfen herum. Es dauert nicht lange, bis Hayden kapiert. Protestierend murmelt er irgendwas von »langsam« und »bereuen« an meinen Lippen, doch davon will ich nichts hören. Er stöhnt, als ich über die Länge der Ausbuchtung in seiner Jeans streiche. »Zu eng«, murmelt er und stößt einen erleichterten Seufzer aus, als er sich endlich seiner Hose entledigt.

Mein Herz rast so sehr, dass ich mir sicher bin, er kann es hören. Aber obwohl ich es so eilig habe, ist es trotzdem nicht wie im Gewächshaus, als ich nur eine körperliche Verschmelzung brauchte.

Dieses Mal will ich ihn erlöst und erschöpft in meinen Armen liegen haben. Ich will sehen, wie wir uns vereinigen, und als ich ihm das zuflüstere, legt Hayden seine Stirn an meine Schulter und murmelt eine Reihe von Flüchen.

»Was denn?«, wispere ich und schlinge die Arme um ihn. Er liegt auf mir, und das schwere Gewicht seiner Erregung ruht auf meinem Bauch.

»Du bringst mich noch um, Lily.«

Ich umarme ihn fester, bis sein Gesicht zwischen meinen Brüsten vergraben ist. »Nichts liegt mir ferner.«

Ein schwaches Auflachen. »Ich würde glücklich sterben, Liebling.«

Er stemmt sich mit seinen starken Armen hoch und küsst mich tief und eindringlich – eine Warnung vor dem, was gleich kommt. Wenn wir bisher beide auf der Hut waren, fallen jetzt alle Hemmungen. Hayden kann ich mich nur restlos ergeben.

Das hätte mir vorher klar sein sollen, als ich ihn so gedrängt habe, richtig mit mir zu schlafen … im Gegensatz zu der wilden, seelisch aufwühlenden Vereinigung im Gewächshaus. Ich hätte wissen sollen, wenn wir es langsam angehen lassen, würde ich jeden Anschein von Kontrolle verlieren, sowohl emotional als auch über die Situation.

Das hier wird alles verändern. Wenn er jetzt wieder verschwindet, weiß ich nicht, ob ich unversehrt daraus hervorgehen werde.

Aber es ist das Risiko wert.

Ich erwidere seine Küsse, heiße seine Zunge willkommen, die eine feurige Spur zurücklässt. Sein muskulöser Rücken fühlt sich hart an, und ich lasse meine Finger über die tiefen Furchen wandern. Ich will ihn einfach überall berühren, seinen Körper neu entdecken und ihn meinen ebenso studieren lassen.

Hayden spreizt meine Beine, ohne mit dem Küssen aufzuhören, und schiebt sich leise aufstöhnend zwischen meine Schenkel. Er legt seine Stirn an meine, und ich spüre, wie er aufgrund seiner Bemühungen, langsam vorzugehen, vor Anspannung zittert. Aufreizend lässt er die Spitze seiner Erektion an mir entlanggleiten.

Ich lege eine Hand auf seine Brust, um seinen Herzschlag zu spüren. Er rast so sehr wie meiner.

»Fühlst du das?«, murmelt er. »Alles nur für dich, Lils.«

Ich küsse ihn mit all meiner Sehnsucht, meiner Bedürftigkeit und Verzweiflung. Aus all den Jahren, in denen wir getrennt waren, und all den Nächten ohne ihn.

Er stöhnt auf, als er endlich in mich eindringt, Zentimeter für Zentimeter, bis er vollständig in mir vergraben ist. Es fühlt sich so unerträglich richtig an, wie unsere Körper wieder miteinander verbunden sind … meine Beine um seine Taille geschlungen, seine Arme um mich, unsere Körper, die sich im Gleichklang bewegen.

Ich weiß nicht, wie lange wir uns so bewegen, mit ihm in mir, beide keuchend, bevor der Höhepunkt uns schließlich überrollt. Er fängt tief in mir an. Hayden hat seine Hand zwischen meinen Beinen und zieht kleine Kreise, seine Stimme beschwörend an meinem Ohr.

»Noch mal, Lily«, murmelt er, und ich kann mich nicht zurückhalten, zerfließe zum zweiten Mal um ihn herum wie eine Welle, die ans Ufer bricht.

Er stöhnt auf und folgt mir in die Erlösung. Ich halte ihn fest, während unsere Körper erzittern unter der Macht unserer Höhepunkte. Lange Zeit bleiben wir so eng umschlungen liegen.

Ich fahre mit der Hand über seinen Rücken und streichle die Haut, die sich über seine Muskeln spannt. Sie ist warm und leicht verschwitzt. »Bleibst du über Nacht?«

Er gibt an meinem Hals ein schwaches, unverbindliches Grunzen von sich. »Ja. Denn ich glaube nicht, dass ich mich überhaupt bewegen kann.«

— 26 —
HAYDEN

Ich bin gerade in einer Videokonferenz mit Finn, als ich Lilys aufgeregte Nachricht bekomme. In Großbuchstaben.

ICH HABE DIE KUNSTGALERIE!

Finn wird sofort misstrauisch. »Weswegen grinst du so, Mann?«

»Tut mir leid. Ich muss mal eben was beantworten.«

Ich tippe eine schnelle Gratulation, bevor ich mein Handy mit dem Display nach unten wieder weglege. Sie hat nur eine Woche gebraucht, um – mit freundlicher Unterstützung von Harris Development – den Papierkram zu erledigen.

Finn ist nicht überzeugt. »Ich weiß, was dringend ist, und das war es nicht. Hat sie einen Namen?«

Ich starre ihn über den Monitor finster an, er revanchiert sich mit seinem ironischen Lachen.

»Schon gut, Mann. Lass dir bloß nicht in die Karten sehen.«

»Du solltest mal den Versuch unternehmen, mit Menschen zu interagieren«, schlage ich vor in dem Wissen, dass ihn das ärgern wird. »Das hört sich jetzt vielleicht schockierend an, aber Computer können dich nachts nicht warmhalten.«

Er rollt mit den Augen. »Ich brauche keinen menschlichen Kontakt. Außerdem erzeugen Computer Wärme, also können sie es doch.«

»Ich meine ja nur. In Boston gibt es ganz sicher wenigstens ein paar gute Frauen.«

»Keine Ahnung«, erwidert er mürrisch.

Also wechsle ich das Thema, und wir widmen uns wieder unserer geplanten Expansion an der Westküste … und dem Plan, selbst ein oder zwei Berater einzustellen. Unser Unternehmen expandiert viel schneller, als wir beide es angenommen hatten.

Ich habe zwar darauf gedrängt, mehr und mehr Umsatz zu machen, doch es fühlt sich immer noch unwirklich an, wie gut es tatsächlich läuft. Garys Worte klingen mir noch in den Ohren. *Du bist reich.*

Wenn ich nicht die Einzelheiten meiner Finanzen auswendig wüsste, wäre es schwer zu glauben. Und wenn es so weitergeht, werde ich mich demnächst gegen den guten, alten Michael Marchand bestens behaupten können. Ich werde ihn vielleicht nicht übertreffen, aber ganz sicher von ihm als ebenbürtig angesehen werden.

Wobei ich mir nicht sicher bin, ob Geld dafür ausreicht.

An dem Abend fahre ich zu Lilys neuer Galerie. Auf dem Weg dahin erledige ich noch ein paar Besorgungen. Sie ist schon da, seit sie Feierabend gemacht hat.

Aufregung durchströmt mich, als ich den Wagen parke. Zu wissen, dass sie in der Nähe ist und ich sie gleich sehe, hört nie auf, mich nervös zu machen. Die Ladentür ist nur angelehnt. Das Holz weist tiefe Risse aufgrund von Vernachlässigung auf. Die ganze Tür muss vollständig abgeschmirgelt und neu gestrichen werden.

Beim Eintreten höre ich alten Jazz. Eine Lady singt über Respekt und erfüllt den Raum mit ihrer Stimme. Lily steht mit dem Rücken zu mir mitten in ihrer zukünftigen Galerie.

Ihr Haar ist zu einem unordentlichen Knoten hochgebunden, und hinter ihrem einen Ohr steckt ein Bleistift. Sie kritzelt hastig etwas auf einen Notizblock. Mit Sicherheit sieht sie etwas völlig anderes als ich gerade: vergilbte Wände, die dringend mit neuen

Rigipsplatten verkleidet werden müssen, und uralte Linoleumböden. Aber sie hatte schon immer jede Menge Vorstellungskraft.

Ich schlinge die Arme um ihre Taille, und sie lehnt sich an mich, während ihr ein kleiner Seufzer entschlüpft.

»Hey, du.«

»Hey. Woher wusstest du, dass ich es bin? Die Eingangstür war nicht verschlossen.«

»Wer sonst könnte es sein?« Abwesend streicht sie mit der Hand über meinen Unterarm und hält mir ihre Notizen hoch. Sie hat den Raum völlig neu gestaltet. Die merkwürdige Halbwand ist weg, ebenso wie die grobkörnige Putzdecke. »Was denkst du?«

Es wirkt wie ein professionelles Kunststudio.

»Das sieht toll aus«, murmele ich und drücke den nächsten Kuss auf ihren Hals. »Sehr kunstvoll.«

Lily lächelt. »Das war ausgezeichnetes Feedback.«

Es ist eine Woche her, seit wir zum ersten Mal wieder richtig miteinander geschlafen haben, und seitdem haben wir fast jeden Abend miteinander verbracht. Wir kochen gemeinsam Abendessen, gehen am Strand spazieren … und danach mache ich mich wieder mit jedem Zentimeter ihres Körpers vertraut.

Ich lege mein Kinn auf ihren Kopf und konzentriere mich auf ihren Entwurf. Sie hat matte Mosaikböden und Deckenstrahler gezeichnet. Es ist eindeutig ein Kunststudio, doch eines mit Charakter. »Ist das da eine Töpferscheibe?«

»Ja. Zu verrückt? Könnte sein. Ist vielleicht nicht gleich am Anfang das Richtige. Aber mir gefällt die Idee, auch solche Kurse anzubieten. Vielleicht engagiere ich einen Fachmann oder lasse die Leute sich einfach in Ton ausdrücken.«

»Das ist nicht verrückt. Und wenn du jemals die Szene aus dem Film, in dem dieser Kerl als Geist zurückkommt, nachstellen willst, melde ich mich hiermit freiwillig.«

Lily lacht und kuschelt sich enger an mich. »Der Laden hier erfordert jede Menge Arbeit. Und es gibt keinerlei Garantie, dass es sich irgendwann bezahlt macht.«

»Das ist doch mit allem im Leben so. Und bei der Arbeit helfe ich dir, so viel ich kann. Ich kann zwar keine Fliesen verlegen, aber mit Tapezieren und Streichen kenne ich mich aus.«

»Danke«, murmelt sie, und ich höre einen Anflug von Schüchternheit in ihrer Stimme. Es kommt unerwartet. »Ich habe über etwas nachgedacht.«

»Sag's mir.«

»Was sind wir eigentlich? Ich meine, es zu wissen, aber ich frage mich in Bezug auf unsere Freunde und Familie. Ich habe noch niemandem erzählt, dass du und ich … na ja. Irgendwann müssen wir es ihnen erzählen.«

Meine Reaktion erfolgt prompt.

Lily fühlt die Anspannung in meinem Körper und versucht sich umzudrehen, um mir ins Gesicht zu sehen, doch das kann ich nicht zulassen. Ich habe zu viel Angst, dass sie die Panik darin erkennt.

Irgendwann muss ich mich ihren Brüdern und ihrem Vater stellen, das weiß ich. Muss mich der Abneigung und den Forderungen zu verschwinden stellen. Ihr Vater hat das schon einmal von mir verlangt, und sollte er es wieder tun, werde ich mich weigern. Aber es wird ihr wehtun.

Ich könnte erneut alles verlieren, wenn ich das hier nicht richtig angehe.

»Was wir sind?« Ich zwinge mich dazu, mich zu entspannen, und streichle ihre bloßen Arme. »Wir sind wir. Das waren wir immer schon.«

Schließlich dreht sie sich doch um und legt eine Hand an meine Wange. Mit dem Daumen fährt sie über meinen Wangenknochen. »Und du bist hier auf unbestimmte Zeit«, murmelt sie.

»Ja.« Ich kann ihr nichts vormachen. Ihr Blick und das leichte Stirnrunzeln sagen mir alles. Es war mir schon immer unmöglich, etwas vor ihr zu verbergen.

»Aber du willst nicht, dass unsere Freunde und Familie es wissen?«

Ich schließe die Lider. So fällt es mir leichter, meine Gefühle zu verbergen. »Lass uns für eine Weile einfach nur du und ich sein.«

Als ich die Augen wieder öffne, nickt Lily knapp. Mir ist klar, dass sie mich nicht versteht, doch sie wird mir die Zeit geben, die ich brauche.

Vertraute, bittere Schuldgefühle steigen in meinem Magen auf. Ich weiß, dass ich Lily nicht verdiene, und das hier ist nur noch mehr Beweis dafür. Und wenn ihre Familie von uns erfährt, folgt die Bestätigung ganz sicher auf dem Fuß.

Lily stellt sich auf die Zehenspitzen und küsst mich sanft, bevor sie wieder auf die Fersen zurücksinkt. »Also, womit muss ich hier anfangen?«

»Um deinen Entwurf umzusetzen?«

»Ja.«

»Tja, zuerst einmal solltest du dir einen Elektriker holen, zusammen mit einem Bauleiter. Wenn du Deckenstrahler willst, wäre es gut, die Planung dafür zu machen, bevor du anfängst, die Decke abzuschmirgeln und die Wände einzureißen.«

»In Ordnung.« Sie notiert sich etwas auf ihrem Block. »Bei der Arbeit haben wir eine Bauunternehmerin. Ich werde sie fragen, ob sie das hier auch übernehmen könnte. Gegen Bezahlung natürlich.«

Ich nicke. »Aber lass sie nicht die kleineren Dinge machen. Ich werde diese Wände für dich streichen, Lils. Und Gary würde wahrscheinlich nur zu gern hierbei mitmischen.«

»Ich werde auf keinen Fall deine Arbeitskraft ausnutzen, nur weil ich mit dir schlafe«, sagt sie grinsend. Mir ist klar, dass sie die Befangenheit aufgrund unseres letzten Themas hinter sich lassen möchte. »Wenn du mir hilfst, will ich, dass du mir das in Rechnung stellst.«

»Auf keinen Fall.« Ich zwinge mich zu einem verschmitzten Lächeln und versuche, ihren Tonfall nachzuahmen. »Sieh es als Vorschuss für das Gemälde, mit dem ich dich beauftragen werde.«

»Oh, wirklich? Was stellst du dir denn vor?«

»Ich will, dass du mich wie einen Gentleman der alten Schule malst. Etwas Pompöses, das ich mir über den Kamin hängen kann.«

Lily lacht. »Mit einem Gewehr über der Schulter?«

»Ja. Und es müssen mindestens zwei Jagdhunde zu meinen Füßen sitzen.«

»Machen wir vorsichtshalber drei daraus.«

»Guter Gedanke. Ich wusste doch, dass du die Künstlerin bist, die ich brauche.«

Kopfschüttelnd und immer noch lächelnd wendet sie sich wieder ihrem Entwurf zu. Es haben sich Strähnen aus ihrem Knoten gelöst, und sie hat Tinte an den Fingern, aber für mich hat sie nie schöner ausgesehen.

»Hast du deinen Eltern hiervon schon erzählt?«

»Nein. Ich will erst alles fertig haben, bevor ich das tue.« Sie schenkt mir ein kleines Lächeln. »Das ist jetzt unser Geheimnis.« Und ich weiß, dass sie damit nicht nur die Galerie meint.

Ich erwidere ihr Lächeln.

Unsere Unterhaltung treibt mich noch den Rest des Abends um, auch als wir uns Essen holen und damit zu ihr fahren. Sie geht mir immer noch im Kopf herum, als ich nach Hause fahre, damit Lily etwas wohlverdienten Schlaf bekommt.

Ich weiß, dass ich ihrer Familie die Sache mit uns nicht ewig verheimlichen kann. Irgendwann wird herauskommen, was wir sind, denn ich habe nicht vor, sie mir je wieder durch die Finger schlüpfen zu lassen. Nie wieder.

Ich muss einfach nur überlegen, was ich tue, wenn es passiert.

Und ich will auch nicht, dass ihre Brüder mir dafür in den Hintern treten. Ich kann mich zwar gegen sie behaupten, und ich weiß, dass Lily mir beistehen wird, aber sie sind für mich nun mal das, was Brüdern am nächsten kommt.

Paradise Shores ist still und dunkel, als ich spät am Abend in meiner Auffahrt parke. Das Haus fühlt sich immer noch nicht so recht nach einem Zuhause an, auch wenn die Stadt es tut.

Mein Handy klingelt, und der Name meines Onkels erscheint im Display.

Gary ruft mich selten an, und wenn, dann niemals so spät.

»Hayden … ich weiß nicht, wie ich das sagen soll«, beginnt er. Eiskalte Furcht macht sich in mir breit. »Es geht um deinen Dad. Er ist vor ein paar Tagen gestorben.«

– 27 –
LILY

»Also hast du den Laden hier gekauft?«

»Ja«, antworte ich. »Er gehört jetzt ganz mir. Ich werde ihn in eine Kunstgalerie umgestalten und hier Kunstunterricht geben.«

Parker schüttelt den Kopf und sieht sich um. »Hast du's schon dem Mutterschiff erzählt?«

»Nein. Das schiebe ich noch ein bisschen vor mir her.«

»Gut. Ich kann mir nicht vorstellen, dass Dad hiermit glücklich ist, aber es ist dein Leben, Lils.« Parker legt mir einen Arm um die Schultern. Er riecht nach Seeluft und Teer. »Du weißt, dass ich auf deiner Seite bin.«

Ich grinse ihn an. »Wie kann es nur sein, dass du früher so nervtötend gewesen bist? Als Erwachsener gefällst du mir viel besser.«

Er gibt ein Lachen tief aus seinem Bauch heraus von sich. »Weil das damals meine Aufgabe war. In Henry hattest du schon einen großen Bruder und in Rhys einen Beschützer. Ich musste derjenige sein, der dich an den Rattenschwänzen zog.«

»Du musstest?«

»Natürlich«, erwidert er todernst. »Stell dir vor, wie behütet du sonst gewesen wärst. Komm, lass uns Eis essen gehen. Ich habe schon den ganzen Tag Lust auf Mint-Chocolate-Chip-Eis.«

Ich schalte das Licht aus und schließe das Studio ab. Es wird noch jede Menge Arbeit auf mich zukommen, aber ich bin einfach nur voller Vorfreude. Zum ersten Mal seit Langem freue ich mich aufrichtig auf ein Kreativprojekt.

Und ich bin unglaublich müde. Während Parker und ich Richtung *Paradise Shores Gelato* wandern, kann ich nicht verhindern, dass mir ein riesiges Gähnen entschlüpft.

»Es ist noch nicht mal sechs Uhr abends«, bemerkt Parker. »Was ist los? Hält Turner dich bei der Arbeit derart auf Trab?«

»Nein, nein. Ich bin nur gestern sehr lange aufgeblieben, das ist alles.« Ich zögere kurz. »Ich habe gemalt.«

»Wirklich?«

»Ja. Ich habe wieder angefangen. Mit irgendwas muss ich ja die Galerie füllen.« Letzteres ist als Witz gemeint, aber es hat sich toll angefühlt, wieder einen Pinsel in der Hand zu halten. Mein Körper hatte sich ohne jede Anleitung sofort daran erinnert, was zu tun war. Dabei musste ich nur die Konturen des Motivs fertigstellen, bevor ich ins Bett ging … Die Dünen und das Meer, den Horizont und die zwei Menschen, die an der Uferlinie entlangspazieren.

Parker grinst. »Da hast du recht. Hey, hast du Hayden in letzter Zeit gesehen?«

Ich schüttele den Kopf und konzentriere mich auf die Eiskarte. Die kenne ich zwar auswendig, doch ich habe Angst, Parker in die Augen zu sehen. Hayden hat sich die letzten Tage rargemacht, seit dem Abend in der Galerie. Sein Widerstreben, den anderen von uns zu erzählen, tat weh. Und seine Verunsicherung kann nur eines bedeuten.

Er ist sich nicht sicher, ob das mit uns hält.

»Er hat sich schon die ganze Woche unerlaubt von der Truppe entfernt, aber in den letzten paar Tagen hat er nicht mal auf meine Nachrichten reagiert.« Parker schnalzt mit der Zunge. »Ich wollte, dass er dieses Wochenende mit aufs Boot kommt. Es kann nicht gut für den Mann sein, seine ganze Zeit nur mit Arbeiten zu verbringen.«

Ich runzle die Stirn. Auf meine Nachrichten hat er auch nicht reagiert, und wenn er Parker ebenso ignoriert …

»Irgendwas muss ihm dazwischengekommen sein«, sage ich und versuche, unbekümmert zu klingen, schaffe es aber immer noch nicht, Parker anzusehen. »Du kennst doch Hayden.«

»Ja, aber er sollte wenigstens mit mir reden.« Parker seufzt. »Er hat sich schon immer viel zu bedeckt gehalten. Wenigstens scheint ihr beide jetzt besser miteinander klarzukommen.«

»Ja, absolut. Alles andere ist Vergangenheit.«

Parker nimmt mir die Eiskarte aus den Händen. »Du wirst doch eh Cookie Dough nehmen. Das machst du immer, also hör auf, nach was anderem zu suchen.«

»Du hast recht. Zwei Kugeln.«

Er zwinkert mir zu. »Heute zahle ich. Dass meine kleine Schwester ihre eigene Kunstgalerie eröffnet, muss gefeiert werden.«

Wir bestellen, essen und amüsieren uns. Ich versuche, meine frustrierenden Gedanken wegzuschieben, aber es fällt mir schwer. Sorge und Unruhe liefern sich in meinem Magen ein Kopf-an-Kopf-Rennen. Sowie ich mich von Parker verabschiedet habe, rufe ich Hayden an. Er nimmt nicht ab, wie schon gestern nicht. Dabei sieht es ihm gar nicht ähnlich, einfach ohne Erklärung nichts von sich hören zu lassen.

Doch, das sieht ihm absolut ähnlich, flüstert eine kleine Stimme in meinem Kopf mir zu. *Genau das hat er nämlich vor zehn Jahren gemacht … als er ohne ein Wort oder eine Nachricht verschwunden ist.* Vielleicht hat er es wieder getan, und ich bin eine Närrin gewesen, weil ich ihm vertraut habe.

Ich schlinge meine Arme um mich. So will ich nicht denken, noch nicht. Vielleicht gibt es immer noch eine logische Erklärung für alles – ich muss ihn nur finden.

Also fange ich bei seinem Haus an. Es ist dunkel, und auf mein

Klingeln tut sich nichts. Ich rufe sogar ein- oder zweimal wie eine Idiotin seinen Namen, erhalte allerdings keine Antwort.

Dann fahre ich zum Yachthafen. Ich weiß, dass Parker dort manchmal zum Nachdenken hingeht. Vielleicht macht Hayden dasselbe. Früher hat er tatsächlich viel Zeit dort verbracht.

Meine Hoffnung stirbt beim Anblick der verlassenen Kais. Nirgendwo auf dem Pier sitzt eine einsame Person.

Viele Optionen bleiben nicht. Ich könnte Gary anrufen und fragen, aber … das fühlt sich an, als würde ich aufgeben. Und es ist zu wahrscheinlich, dass er mir genau die Antwort geben wird, die ich nicht ertrage. Ich höre schon fast seine freundliche, heisere Stimme. *Tut mir leid, Liebes, aber er ist weg.*

Nein. Ich ertrage es nicht, dass er mir dasselbe noch mal sagt.

Also schreibe ich Hayden ein letztes Mal. Die Nachricht ist lang, doch wenigstens kommt sie von Herzen.

Hey. Stimmt irgendwas nicht? Ich bin da für dich, wenn du mich brauchst, ganz egal, was passiert ist oder was dich beschäftigt. Bitte lass mich wissen, was gerade in dir vorgeht. Es ist, wie du gesagt hast: Wir sind wir, Hayden. Und das werden wir auch immer sein.

Ich schicke sie ab und starre mit einem Kloß im Hals auf mein Handy. Die Minuten vergehen, aber es kommt keine Antwort.

In der Ferne schaukeln die Segelboote sanft auf dem Wasser, und ich muss schlucken, um die Tränen zurückzuhalten. Vielleicht bin ich zu forsch gewesen. Oder das mit uns ist zu schnell zu ernst geworden. Dabei hatte ich geglaubt, zwischen uns wäre alles in Ordnung … doch da habe ich wohl falschgelegen.

Mein Handy piepst.

Sorry. Ich bin in Oakdale Nr. 47. Kommst du?

Erleichterung durchströmt mich. Ich antworte ihm nicht mal, sondern lege sofort den Gang ein und fahre zu der Adresse. Erst beim Einbiegen in die Straße wird mir klar, wo er sein muss. Es gibt nur ein paar Bars in Paradise Shores, und *The Seahorse* ist eine davon. Der Name soll eine Anspielung auf einen alten englischen Pub sein.

Er ist in einer Bar?

Der Laden, durch den leise Musik wummert, ist fast leer. An der Bar sitzt nur ein Mensch. Seine Schultern sind angespannt, und sein Haar ist zerzaust, so wie es immer aussieht, wenn er unzählige Male mit den Fingern hindurchgefahren ist.

Vor ihm steht ein Glas. Er starrt es mit einer Intensität an, die mir einen Schauer über die Arme laufen lässt. So wie Hayden dasitzt … muss irgendwas passiert sein, und plötzlich bin ich mir absolut sicher, dass es nichts mit mir zu tun hat. Zumindest nicht direkt.

Langsam nähere ich mich ihm und rutsche auf den Hocker neben ihm. Ich merke, dass er meine Anwesenheit zur Kenntnis genommen hat, aber er sagt nichts, sondern lässt nur die bernsteinfarbene Flüssigkeit in seinem Glas langsam kreisen. Es sieht unberührt aus. Seine Aura wirkt undurchdringlich.

»Whisky?«

»Scotch.« Seine Stimme klingt leise und fremd. »Fünfundzwanzig Jahre alter. Gereift in einem Eichenfass.«

»Der beste des Hauses.«

»Laut dem Barkeeper ja.« Hayden wedelt mit der Hand. »Er ist gleich wieder zurück, falls du was möchtest.«

»Nein.«

Er dreht sich zu mir um, und ich sehe, dass seine Bernsteinaugen blutunterlaufen sind. So hat er … ewig nicht ausgesehen. Es erinnert mich daran, wie er in den Wochen nach unserem Unfall ausgesehen hat. In den Wochen, bevor er weggegangen ist.

»Hast du davon getrunken?«, frage ich sanft. Er wirkt nicht betrunken, nicht wirklich, er wirkt jedoch auch nicht wie er selbst.

Hayden runzelt die Stirn und starrt wieder in sein Glas. »Nein, aber ich denke darüber nach.«

»Okay.«

Eine Weile sagt er nichts und ich auch nicht. Ich weiß, dass er reden wird, wenn er so weit ist, obwohl die Gedanken in meinem Kopf rasen, während ich versuche zu ergründen, was passiert sein könnte.

Schließlich räuspert er sich. »Gary hat mich gestern angerufen.«

»Ach so?«

»Ja. Offensichtlich ist mein Vater gestorben.« Er lässt wieder den Scotch in seinem Glas kreisen. Es sieht geübt aus, also tut er es wohl schon eine Weile. »Er hat tatsächlich nur ein paar Orte entfernt gewohnt. Ist vor ein paar Jahren hergezogen.«

Kurzzeitig herrscht Leere in meinem Kopf. Die Beziehung zu seinem Vater war immer etwas, um das wir einen Bogen gemacht haben. Das Thema war mit zu vielen Dornen gespickt. Kam man ihm zu nahe, wurde man zwangsläufig gestochen.

»Das tut mir leid, Hayden. Ich weiß, dass ihr eine komplizierte Beziehung hattet.«

Er schnaubt. »Ja. Kompliziert.«

»Möchtest du über ihn reden?«

»Nein. Ich will nie wieder an ihn denken.« Hayden schüttelt frustriert den Kopf und starrt unverwandt in das Glas. Seine Anspannung hat nicht nachgelassen – nicht mal ansatzweise. »Aber ich glaube auch nicht, dass ich damit aufhören kann.«

»Das ist okay. Es gibt keine Anleitung dafür, wie man trauert.« Ich lege ihm eine Hand auf den Unterarm.

Hayden hält mit dem Kreisen seines Glases inne und sieht auf meine Hand. »Wir haben nie wirklich über mein Leben vor Paradiese Shores geredet«, sagt er schließlich.

»Nein, nur ganz selten.« Ich weiß allerdings, dass es düster gewesen sein muss.

Heftige Streitereien. Und Alkohol.

Er holt tief Luft. »Ich wollte, dass du niemals mit diesem Scheiß in Berührung kommst. Keiner von euch, am allerwenigsten du. Nichts davon gehört auch nur ansatzweise in deine Nähe.«

Das Herz schnürt sich mir in der Brust zusammen. »Aber ich kann zuhören. Ich bin nicht so zerbrechlich.«

»Ich weiß. Du bist der stärkste Mensch, den ich kenne«, erwidert er, und mir ist sofort klar, woran er denkt. An den Unfall. »Aber ich bin mir nicht sicher, ob *ich* stark genug bin.«

Mein Mund fühlt sich trocken an. »Was meinst du damit?«

»Ich könnte nicht mit dem Mitleid in deinen Augen umgehen. Bei allen anderen würde ich damit klarkommen, Lils, nur nicht bei dir.«

Seine Stimme klingt so verzweifelt, wie ich es noch nie bei ihm erlebt habe. Ich wusste schon damals, dass er solche Gedanken hegte, jedoch nicht, wie sehr sie ihn belasteten.

Seinen Arm fester packend, beuge ich mich vor. »Hayden, ich bin es. Nur du und ich sind hier. Ich verspreche dir, dass ich dich nicht bemitleiden werde. Dafür achte ich dich viel zu sehr. Ich habe Mitgefühl, aber das ist etwas anderes.«

Kopfschüttelnd starrt er auf einen leeren Fleck an der Wand. Und dann purzeln die Worte aus ihm heraus, eines nach dem anderen. »Dauernd Streit. Dealer. Es wurde hässlich, Lily. Wenn Gary nicht um das Sorgerecht für mich gekämpft hätte, weiß ich nicht, was aus mir geworden wäre.«

Ermutigend streichle ich seinen Arm, aber ich glaube nicht, dass er es überhaupt bemerkt.

»Er war schrecklich zu meiner Mutter, als sie noch lebte. Das, was er manchmal getan hat … Sie hat mich immer aus dem Zimmer geschickt, wenn er in Rage war, doch gehört habe ich es trotzdem.« Hayden schluckt. »Als sie tot war, habe ich manchmal tagelang nichts gegessen. Oft ging er weg und verschwand für eine ganze Woche. Einmal sogar für zwei Wochen. Ich fing an, Angst zu bekommen, wenn es an der Tür klingelte, weil ich wusste, dass es entweder einer seiner fiesen Freunde war oder einer dieser Kredithaie.«

Ich kann es mir unschwer vorstellen … wie er als Kind war, mit großen Augen und dem dunklen Haarschopf. Wie er sich hinter Türen versteckt oder sich die Bettdecke über den Kopf gezogen haben muss, um die Geräusche zu dämpfen.

Es ist fast nicht zu ertragen. »Hat er dich jemals geschlagen?«

Hayden zuckt die Achseln und wirkt viel gelassener, als ich mich fühle. »Manchmal. Tatsächlich nie richtig schlimm.«

»Hayden«, murmele ich, mühsam gegen den Kloß in meinem Hals ankämpfend. Es ist so albern, aber am liebsten würde ich weinen. Nicht aus Mitleid, sondern weil ich mit dem Jungen, der er einst war, mitfühle. Dass irgendjemand ihn jemals falsch behandelt hat, erscheint mir wie die schlimmste aller Ungerechtigkeiten.

Hayden bemerkt es nicht, sondern starrt nur nachdenklich auf das Glas in seiner Hand. »Das hier hatte so viel Macht über ihn«, sagt er. »Ich weiß nicht, ob er jemals damit aufgehört hat oder nicht. Ich habe vor seinem Tod jahrelang nicht mit ihm geredet.«

»Bereust du es, nicht mit ihm in Kontakt gewesen zu sein?«

»Nein. Ich wollte ihn nicht in meinem Leben.« Er runzelt leicht die Stirn. »Obwohl es ein paar Dinge gab, die ich gern wissen wollte. Dinge, die ich … die ich nicht weiß.«

»Und jetzt, wo er tot ist, ist damit auch deine letzte Verbindung zu dieser Zeit gestorben?«

»Ja. Aber sie lebt in mir weiter.« Er tippt sich mit den Fingern gegen die Schläfe. »Ich frage mich, ob hier dieselbe Schwäche drinsteckt. Ob ich mal denselben Weg einschlage. Dieselben Fehler mache.«

»Das wirst du nicht.«

»Ich habe gesehen, wie ein guter Mann sein kann. Bei Gary. Aber ich habe nie erlebt, was einen guten Partner ausmacht, ganz zu schweigen von einem – « Er bricht ab und sieht mich mit zusammengezogenen Brauen an. »Na ja, einem Vater.«

Ich packe seinen Arm fester. »Gary hat dir gezeigt, was einen guten Vater ausmacht. Ist es nicht das, was er für dich gewesen ist, seit er dein Vormund wurde?«

Hayden seufzt. »Ja.«

»Du wirst nicht dieselben Fehler begehen. Das hast du schon bewiesen, mehrere Male. Außerdem … Glaubst du, wir würden das zulassen?«

Seine Augen weiten sich. »Wir?«

»Ja, die Menschen in deinem Leben, die dich lieben.«

»Gott, Lily …« Er stützt sich für einen Moment auf dem Tresen ab. Unaussprechliche Gefühle scheinen ihn zu durchströmen. »Ich hätte nicht auf Abstand gehen sollen. Verzeih mir.«

»Es gibt nichts zu verzeihen.« Ich umfasse seinen Unterarm noch fester. Er fühlt sich kräftig unter meinen Fingern an. Sein Blick wandert zu meiner Hand und dann höher bis zu dem Armband an meinem Handgelenk.

Mit dem Zeigefinger berührt er einen der Anhänger.

Seine Stimme ist leise, als er schließlich spricht. »Du trägst es?«

»Ja.« Ich schlucke. »Es ist das, was du mir geschenkt hast.«

»Ich erinnere mich, aber ich wusste nicht … wow.« Plötzlich lacht er unerwartet auf. »Es jetzt zu sehen, macht mir klar, wie sehr ich danebengelegen habe.«

Ich lehne mich – beleidigt anstelle seines früheren Ichs – zurück. »Wieso? Es ist toll.«

»Du solltest mit Diamanten überhäuft werden, Lils.«

»Ich sollte mit Dingen überhäuft werden, die einen sentimentalen Wert haben. Außerdem mag ich es wirklich gern.«

Er besieht sich weiter die Anhänger. Der Anflug von Heiterkeit ist verflogen, und sein Blick wirkt gedankenverloren. »Hast du es manchmal getragen? Als wir getrennt waren?«

»Manchmal«, gebe ich zu. »Aber die ersten paar Jahre hatte ich es in meinem Schmuckkästchen vergraben. Ich konnte es nicht ansehen.«

»Das habe ich verdient.«

»Und dann, als ich älter wurde, kam es mir wie etwas aus meiner Kindheit vor. Etwas, das mich mit dir verband.«

Er nickt. Seine Finger spielen immer noch mit einem der Anhänger. »Die Kegelmuschel, die du mir geschenkt hast? Ich habe sie immer mitgenommen, egal, wo ich stationiert war.«

»Wirklich?«

»Ja. Sie war aus dem Meer, von diesem Ort ... von dir.«

Ich stehe auf und schiebe behutsam das Glas von ihm weg. »Du hattest doch gar nicht vor, das hier zu trinken, oder?«

Er bleibt kurz still. Ich verstehe, dass er eine Entscheidung trifft, und will ihn dabei nicht hetzen.

»Nein«, sagt er schließlich. »Hatte ich nicht.«

»Es ist schon spät. Kommst du mit zu mir?«

Hayden nickt und steht ebenfalls auf. Er legt genug Geld auf den Tresen, um seine Rechnung zu begleichen, und dann gehen wir Seite an Seite hinaus. Er hält mir die Tür auf, bleibt aber mit schuldbewusstem Gesichtsausdruck auf dem Bürgersteig stehen.

»Ich habe mein Auto nicht dabei«, sagt er. »Ich bin hergelaufen.«

»Wirklich? Du wohnst nicht gerade in der Nähe.«

»Ich wollte später nicht fahren müssen für den Fall, dass ich mich entschlossen hätte zu trinken.«

Ich muss lächeln. »Du bist deinem Vater so unähnlich, wie man nur sein kann, Hay. Euch trennen Lichtjahre.«

Unsicher erwidert er mein Lächeln. »Vermutlich schon.«

In behaglicher Stille fahren wir zu mir. Er ist tief in Gedanken versunken, aber die Anspannung, die vorhin noch von ihm ausging, ist verschwunden. Ich habe keine Ahnung, ob es eine einfache Lösung für sein Gefühlschaos gibt. Der Verlust eines Elternteils, selbst wenn man von ihm entfremdet war, ist nichts, was sich mithilfe einer Bedienungsanleitung bearbeiten lässt. Jeder erlebt es anders.

Sowie wir meine Haustür hinter uns geschlossen haben, zieht Hayden mich an sich. Den Arm fest um meine Taille geschlungen, legt er seine Lippen an meine Schläfe. Zum ersten Mal seit Tagen entspanne ich mich vollständig.

Er ist hier. Er ist nicht weggegangen.

»Danke, Lils.«

»Jederzeit.«

»Es tut mir leid, dass ich deine Nachrichten nicht beantwortet habe. Ich war …« Er schüttelt den Kopf, und sein weiches Haar streift sanft meine Stirn. »Ich kann es nicht erklären.«

»Weil es in der Sekunde real werden würde, in der du es mir erzählst?«

Er schüttelt wieder den Kopf. »Ich wollte dich mit all diesem Zeug nicht belasten. Aber das rechtfertigt es trotzdem nicht.«

»Schon gut.« Ich atme seinen salzigen, maskulinen Duft ein. *Er ist hier, er ist hier, er ist hier.*

»Wenn du geglaubt haben solltest, ich wäre wieder verschwunden, tut es mir leid. Das würde ich nie machen. Nie wieder.«

»Ich weiß.« Ich nehme ihn bei der Hand und ziehe ihn in mein Schlafzimmer. »Es ist spät, Hay.«

Mit ruhigen, sanften Bewegungen ziehen wir uns aus und sehen uns in die Augen, als wir ins Bett gehen. Er hält mich eng an sich gedrückt, wortlos und still. Als er mir ins Ohr flüstert, dass er mich braucht, verstehe ich erst nicht, was er meint, bis ich seine heiße Erregung an meinem Oberschenkel spüre.

Ich lasse meine Hände um seinen Nacken gleiten und ziehe sein Gesicht zu mir hinab. Wir küssen uns eine gefühlte Ewigkeit in der Dunkelheit. Langsam macht sich Hitze in meinem Bauch breit.

»Lily …«, murmelt er an meinen Lippen, meinem Kinn, meinem Hals. Er stützt sich auf seine Ellbogen und schiebt sich über mich. Sein Brusthaar kitzelt meine Brüste, und ich dränge mich enger an ihn in dem Wunsch, eins mit ihm zu werden.

Die hitzige, ekstatische Leidenschaft der letzten Woche wird von etwas viel Weicherem abgelöst. Aber auch darin finden wir Frieden … in dem Wissen, zu lieben und geliebt zu werden. Ich strecke mich unter ihm aus und lasse meine Hände auf seinen Schultern, als er in mich eindringt. Langsam beginnt er, sich zu bewegen. Ein Zittern durchläuft seinen Körper.

Der Höhepunkt übermannt mich schneller als erwartet. Hayden folgt mir bald darauf und stöhnt meinen Namen, während sein Körper in meinen Armen erzittert.

Er dreht sich auf die Seite und hält mich fest, zieht mich an seinen kraftvollen Körper. Ich schließe die Augen und schmiege mich an seine Brust. Sein Haar kitzelt zart meine Wange.

Er streicht mir mit einer schwieligen Hand übers Haar und weiter hinab über die weiche Haut meines Rückens. »Ich habe mich noch nicht entschieden, ob ich zu der Beerdigung gehe«, flüstert er. »Aber wenn ich es tue, würdest du dann mitkommen?«

Ich lege ihm die Hand aufs Herz. »Jederzeit.«

– 28 –
HAYDEN

Ich sehe auf Lily hinunter, die in meinen Armen liegt. Sonnenlicht strömt durch ihr Schlafzimmerfenster. Es lässt ihr rotbraunes Haar aufglühen, das über meine Brust ausgebreitet ist. Sie war schon immer wunderschön, so sehr, dass es wehtut, aber wenn sie schläft … dann sieht sie aus wie ein Engel.

Mein Kopf schmerzt, trotz des stundenlangen Schlafs. Es ist kein Hirnchirurg nötig, um zu begreifen, wieso. Unsere Unterhaltung gestern Abend war längst überfällig.

Jetzt weiß sie alles. Weiß, wie schlimm es war, bevor ich nach Paradise Shores kam. Und weder hat sie sich angewidert abgewendet noch mich angesehen, als wäre ich ein Sozialfall. Nicht ein einziges Mal hat in ihrem Blick die gönnerhafte Freundlichkeit ihrer Eltern gelegen.

Bei dem Gedanken ziehe ich sie automatisch enger an mich. Ich bin so ein verdammter Glückspilz, dass ich noch eine zweite Chance bei ihr bekommen habe.

Blinzelnd öffnet sie die Augen. Ihr klarer, grüner Blick trifft mich. Beim Anblick meines Gesichts wird ihr Ausdruck warm. »Guten Morgen«, wispert sie.

»Morgen.«

»Es ist schon ganz schön spät, oder?«

Ich nicke und schaue auf ihren Wecker. »Es ist schon zehn durch.«

»Wow. Das ist spät.«

»Ja, aber es ist Sonntag.« Ich hebe ihr Kinn an, um sie auf den Mund zu küssen. »Wir haben den ganzen Tag. Lass mich dich an den Strand bringen …«

Sie lächelt. »Dafür müssen wir nur die Straße überqueren.«

»Umso besser. Wir könnten schwimmen gehen.« Noch ein Kuss. »Und du könntest in der Sonne liegen.« Ein weiterer Kuss, länger diesmal. »Und ich könnte neben dir liegen und dich bewundern.«

Sie lacht, dieses Mal richtig. »Du bist so albern.«

»Nur manchmal«, murmele ich. »Und nur bei dir.«

Ein lautes Klopfen ertönt an der Haustür. Ihr Häuschen ist so klein, dass das Geräusch deutlich zu hören ist.

Mühsam rappelt sich Lily auf. »Verdammt.«

»Weißt du, wer das ist?«

»Nein, ich erwarte niemanden.« Sie steht aus dem Bett auf, und ihr geschmeidiger, nackter Körper wird vom schwachen Licht erhellt, das durch das Fenster hereinströmt. Mein Gedankengang löst sich kurzzeitig in Luft auf.

Dann schüttele ich den Kopf. »Mach nicht auf. Es ist wahrscheinlich nur irgendein Vertreter.«

»In Paradise Shores? Die gibt's hier nicht.« Sie findet ihre Unterwäsche und greift nach ihrem Morgenmantel. Ein weiteres lautes Klopfen ertönt.

Seufzend schwinge ich meine Beine aus dem Bett. »Lass mich aufmachen. Wer weiß, wer das ist.«

Sie wirft mir meine Unterhose zu. »Ich bezweifle, dass es jemand Gefährliches ist, Hay.«

»Man kann nie vorsichtig genug sein.« Ich ziehe mir meine Boxershorts an.

Wir erstarren beide, als das unmissverständliche Geräusch eines Schlüssels zu hören ist, der ins Schloss gesteckt wird. Wer immer es ist, kommt gerade herein, ob eingeladen oder nicht.

»Fuck.« Ich schiebe Lily hinter mich und laufe Richtung Schlafzimmertür. Adrenalin schießt durch mich hindurch. Wenn da jemand reinkommt, der Böses im Sinn hat, kann er sich auf was gefasst machen.

»Hayden, die Einzigen, die einen Schlüssel haben – «

»Guten Morgen!«, ruft Rhys, der mitten in Lilys Wohnzimmer steht. Sein Grinsen erstarrt und verschwindet dann völlig, als sein Blick auf mich in der Schlafzimmertür seiner kleinen Schwester fällt.

»Rhys.« Er sieht immer noch genauso aus wie damals. Das rotbraune Haar ist so unordentlich wie erwartet. Die raffiniert geschnittene Lederjacke, die Jeans, die alten Segelschuhe … all das schreit danach, dass er nach Paradise gehört. Trotz aller Bemühungen hat er es nie geschafft, diesen Look abzulegen.

»Hayden«, murmelt er. Sein Gesicht wirkt versteinert und hat jegliche Farbe verloren. »Ich hörte schon, du seist zurück. Aber ich habe nicht erwartet, dich … hier zu finden.«

Lily drängelt sich an mir vorbei und zieht dabei den Morgenmantel fester um sich. »Du bist hier? Ich kann's kaum glauben!« Ihre Stimme überschlägt sich vor Freude.

Rhys unterbricht seinen finsteren Blick in meine Richtung, um ihr ein schiefes Lächeln zu schenken. »Hey, Kleines. Ist schon eine Weile her.«

»Viel zu lange.« Sie schlingt ihm die Arme um den Hals und drückt ihm einen Kuss auf die Wange. »Sei nicht böse, Rhys.«

Er schiebt sie mit einer Sanftheit zur Seite, die in keiner Weise den kalten Ausdruck auf seinem Gesicht widerspiegelt. O nein, Rhys ist nicht böse.

Er ist stinksauer auf mich.

»Wie lange bist du schon zurück?«, fragt er, wobei er jedes Wort zwischen zusammengebissenen Zähnen herauspresst.

»Seit drei Wochen.« Ich bin mir ziemlich sicher, wo diese Unterhaltung hinführen wird, und wenn sie es tut, möchte ich nicht, dass Lily es sieht. Rhys ist schon immer langsam in Rage gekommen, aber wenn er die Beherrschung verliert, dann entfesselt sich ein Gewittersturm. Ich habe zu oft beobachtet, wie er Parker wegen irgendeines geringfügigen Streiches auf Lilys Kosten angebrüllt hat.

»Hast ja keine Zeit verloren, was?«

»So ist das nicht.«

»Da bin ich mir sicher.« Er kommt auf mich zu, und ich zwinge mich dazu, mich nicht von der Stelle zu bewegen. Er mag zweieinhalb Zentimeter größer sein als ich, doch ich habe knapp neun Kilo Muskeln und zehn Jahre Training mehr auf dem Buckel. Ich werde ihm nicht wehtun, aber wenn er glaubt, dass ich schnell zu Boden gehe, irrt er sich gewaltig.

»Rhys, es ist nicht so, als hätte er –«

»Nein, Lily. Ich will hören, was er zu sagen hat«, faucht Rhys. »Erzähl mir, wie du meiner kleinen Schwester vor zehn Jahren das Herz gebrochen hast, nur um wie aus dem Nichts wieder aufzutauchen und ihr dasselbe noch mal anzutun.«

Er muss das leichte Weiten meiner Augen bemerkt haben, denn er lacht auf, wenn auch nicht glücklich. »Dachtest du, ich hätte es nicht gewusst? Natürlich wusste ich es. Ich bin nicht so naiv wie Parker oder so distanziert wie Henry. Aber ich dachte, du wärst gut für sie. Du hast mich schwer enttäuscht.«

»Ich wollte sie nicht verlassen.«

»Klar, natürlich nicht. So wie du sie nicht anrufen oder ihr eine Nachricht schicken konntest.«

Rhys' erster Schwinger kommt aus dem Nichts, und mir wird zu spät klar, dass genau das immer seine Stärke war. Er ist verdammt undurchschaubar. Schon damals war es unmöglich, ihn bei Mario Kart zu schlagen.

Ich ducke mich und entgehe nur knapp seinem Schlag. »Hey, Mann, ich weiß, dass mich das nicht gut dastehen lässt.«

»Weil es das nicht tut.«

Ich weiche einem weiteren, schlecht ausgeführten Schwinger aus, nur um von seiner anderen Faust voll in den Magen getroffen zu werden. Shit. Ich hatte vergessen, dass Rhys Linkshänder ist.

»Verdammt«, keuche ich. »Bring mich nicht dazu, gegen dich zu kämpfen.«

»Wieso? Weil du gewinnen würdest, wenn du's tust? Sei ein Mann und versuch es.«

Ich blocke einen weiteren Fausthieb ab und bekomme seinen Arm zu fassen. Es fällt mir nicht schwer, ihn ihm auf den Rücken zu drehen. »Es ist dein gutes Recht, sauer zu sein. Und Lilys auch.«

»Ja, das war es«, trägt Lily, die mit schockiertem Gesichtsausdruck danebensteht, hilfsbereit bei. »Rhys, hör auf. Bitte.«

»Nein.«

Als ich mich wegdrehe, tritt er in Richtung meiner Knie, und mein Griff um seinen Arm lockert sich. Er windet sich heraus, stürzt sich auf mich und schlingt die Arme um meinen Oberkörper.

Ich stolpere rückwärts und verfehle nur knapp Lilys Esstisch. Wenn er so weitermacht, wird er noch ihr Haus zu Kleinholz verarbeiten.

Also packe ich ihn und bringe ihn gekonnt zu Boden. Wir landen gemeinsam auf Lilys Zottelteppich, weit entfernt von allem, was zerbrechlich ist.

»Du Arschloch«, knurrt er und boxt mich hart in die Schulter. Ich grunze vor Schmerz und blocke einen weiteren seiner Schläge ab. Es ist verdammt schwierig zu kämpfen, wenn man seinem Gegner nicht wehtun will – besonders, wenn dieser nicht dieselbe Zurückhaltung aufbringt.

»Rhys! Hör sofort auf.«

Er ignoriert die Worte seiner Schwester. Stattdessen kämpft er sich hoch und drückt mich unter sich. Ich behaupte mich gegen ihn, lasse ihn aber Schläge auf meine Arme abfeuern, mit denen ich mein Gesicht schütze. Rhys wird nicht aufhören, bis sein Ärger verpufft ist … und unglücklicherweise könnte sich dies nur so erreichen lassen. Ich habe es schon viele Male beim Militär erlebt.

»Wir haben dich aufgenommen«, knurrt er. »Du warst wie ein verdammter Bruder für mich.«

In diesem Moment wird mir klar, dass er nicht nur wegen Lily sauer ist, auch wenn das zweifellos ebenfalls eine Rolle spielt.

»Ich weiß, Mann.«

»Du Arschloch. Du versuchst nicht mal, dich zu wehren. Kämpf endlich, verdammt nochmal.«

Scheiß drauf.

Ich winde mich unter ihm hervor und wickele meine Beine um seine. Nur in Boxershorts habe ich noch nie gekämpft, aber es verleiht mir jede Menge Bewegungsfreiheit.

Ich drehe ihn hart auf den Rücken und halte ihm die Arme fest. Er versucht mich abzuwerfen, ich bin jedoch stärker als er.

»Ich hatte gerade euren verdammten Wagen mit ihr darin zu Schrott gefahren«, zische ich. »Glaubst du wirklich, ich wollte so weggehen? Selbst dein eigener Vater hat mir gesagt, ich soll verschwinden. Ich habe versucht, das Richtige zu tun.«

Rhys hört auf, sich zu wehren, aber sein Gesicht ist immer noch wutverzerrt. »Fick dich.«

»Ich weiß.«

»Wenn du ihr noch einmal wehtust …«

»Ich weiß«, wiederhole ich. »Werde ich nicht.«

Er schüttelt resigniert den Kopf … bevor er ihn vorschießen und gegen meinen knallen lässt. Es tut irre weh, und mein Schädel dröhnt vor Schmerz.

»Shit.«

Rhys stößt mich weg und rutscht zurück. Er greift sich an die Stirn, die zweifellos genauso schmerzt wie meine. »Wie hast du den Mut aufgebracht zurückzukommen?«

Ich wische mir etwas Blut aus dem Mundwinkel. »Wegbleiben hat zu sehr wehgetan.«

Er nickt, als würde er genau verstehen. Eine Weile starren wir uns nur gegenseitig an. Die heiße Wut in seinem Blick wird zu etwas, das eher nach brodelnder Verbitterung aussieht.

Als er endlich redet, klingt seine Stimme unglaublich resigniert. »Willkommen zurück, du Arschloch.«

»Danke.«

Lily nähert sich uns langsam. Sie hat die Hände in die Hüften gestemmt und wirkt wie betäubt. »Ihr seid beide Idioten«, sagt sie. »Rhys, du solltest es besser wissen.«

»Ja, ich hätte ihm schon vor Jahren in den Hintern treten sollen.«

Lily wendet sich mir zu. Sie streicht mir über die Schulter und mustert mich aufmerksam von oben bis unten. »Alles in Ordnung?«

»Mir geht's gut.«

Sie ignoriert ihren Bruder – der uns ebenfalls standhaft ignoriert – und beugt sich vor, um mir einen Kuss auf den Mund zu geben. »Ich entschuldige mich für meine Familie.«

»Musst du nicht.«

Kopfschüttelnd geht sie ins Badezimmer. Ich höre das Geräusch von laufendem Wasser und wie sie in den Schubladen kramt. Zweifellos sucht sie nach Verbandsmaterial für uns.

Rhys starrt mich nur an, und ich starre zurück.

Schließlich schüttelt er den Kopf. »Du solltest froh sein, dass es nicht Henry oder Parker waren, die reingekommen sind und dich hier halb nackt stehen gesehen haben. Sie hätten dich umgebracht.«

»So leicht bin ich nicht umzubringen«, erwidere ich. »Außerdem bin ich ein besserer Kämpfer als ihr alle drei. War ich schon immer.«

Er lächelt ironisch. »Also müssen wir es zu dritt mit dir aufnehmen.«

»Gut zu wissen. Denkst du, dass die anderen was dagegen haben werden?«

»Vielleicht anfangs«, antwortet er, schüttelt dann aber den Kopf. »Ich weiß nicht, Mann. Schwer zu sagen.«

»Bist du gerade zurückgekommen?«

»Ja. Bin als Erstes hierher.«

Ich nicke und fahre mir durchs Haar. Es gibt einiges zu klären mit ihren Brüdern. Sie habe ich vor zehn Jahren auch zurückgelassen, nicht nur Lily. Und auch wenn sie es abstreitet, weiß ich doch, dass Lily es niemals ertragen würde, wenn ihre Familie unsere Beziehung missbilligt.

Also werde ich jetzt ein Risiko eingehen.

»Lass mich nur schnell was anziehen, und dann fahren wir zum Hafen. Parker wollte heute segeln gehen. Lust auf ein paar Wellen?«

Ich sehe einen Anflug von Hunger in Rhys' Augen, etwas, das ich sofort erkenne: Es ist der Ruf der See. Er lebt so sehr in Rhys wie in mir und zieht uns alle wieder hierher zurück – wie Treibholz, gefangen in einer Strömung.

»Dann los«, sagt er.

Rhys lässt sich von seiner Schwester ein Pflaster aufkleben. Er küsst sie auf die Stirn, verspricht, zum Abendessen zurück zu sein, und geht hinaus zu seinem Wagen. Mit einem drohenden »Ich warte nur fünf Minuten!« in meine Richtung schließt er die Haustür hinter sich.

Ich lasse mir ein bisschen Bemutterung von Lily gefallen, die meine aufgeplatzte Oberlippe versorgt, bevor ich sie sanft wegschiebe. »Ich muss mich anziehen, Baby.«

Sie legt mir eine schmale Hand auf die Schulter, um mich aufzuhalten. »Was meintest du vorhin damit, dass mein Dad dir gesagt hat, du sollst verschwinden?«

Verdammt.

Ich reibe mir den Nacken. »Na ja, nach dem Unfall hatten wir eine Unterredung. Wir waren uns beide einig, dass es das Beste wäre, ich würde gehen.«

»Ach so, ihr wart euch also einig?« Sie verstummt kurz, und als sie wieder spricht, klingt ihre Stimme verärgert. »Ich liebe meinen Vater, aber er ist ein Mistkerl. Und ich kann mir nicht vorstellen, dass das damals anders war. Besonders nicht, als sein Kind auf der Intensivstation lag.«

»Das war vor langer Zeit.«

Sie schüttelt den Kopf. »Das ändert nichts. Er hätte dir nicht befehlen sollen zu gehen. Denn das ist es, was er getan hat, oder?«

Ich seufze. Mein Gespräch mit Mr. Marchand fühlt sich Lichtjahre entfernt an. »Ja, er hat mir gesagt, ich soll gehen«, erwidere ich sanft. »Aber ich habe zugestimmt. Es war meine Entscheidung, und sie war furchtbar. Und sie tut mir leid.«

Lily fährt mir durchs Haar. Ihre Berührung ist trotz ihres stählernen Tonfalls zärtlich. »Ich weiß. Aber du warst neunzehn und du bist bei dem Unfall auch verletzt worden. Er hatte kein Recht dazu.«

»Das war vor langer Zeit«, wiederhole ich, nehme ihre Hand und drücke ihr einen Kuss auf die Handinnenfläche, bevor ich sie loslasse. »Ich muss mich anziehen.«

Still beobachtet sie mich, während ich mir Shorts und T-Shirt anziehe und in ein Paar Segelschuhe schlüpfe, die ich mir erst vorige Woche gekauft habe.

Draußen ertönt ein ungeduldiges Hupen.

Ich sehe zu Lily zurück. Sie hat sich ihr Kleid von gestern angezogen. Ihr Haar ist zu einem hohen Pferdeschwanz hochgebunden, und ihre Wangen sind vor Entschlossenheit gerötet. Sie sieht umwerfend aus.

»Tut mir leid wegen meiner Brüder«, sagt sie. »Und wegen meines Vaters.«

Ich schüttele den Kopf angesichts dieses Unfugs und gebe ihr einen Abschiedskuss auf den Mund. Ihre Zärtlichkeit zieht mich magisch an, und ich kann unsere Verbindung nur mit schierer Willenskraft lösen. Sie ist tausendmal verführerischer als die Aussicht, die nächsten Stunden mit ihren beiden großen Brüdern zu verbringen. Ich bin mir nicht sicher, ob Rhys' Prügel die einzigen sind, die ich heute noch einstecken werde.

»Brauchst du nicht. Ich kann auf mich selbst aufpassen.«

»Wir sehen uns heute Abend. Ich kann's kaum erwarten.«

– 29 –
LILY

Ich beobachte, wie Rhys und Hayden wegfahren. Auf meiner Stirn hat sich Schweiß gebildet, und ich fühle mich nach der ganzen Sache ein bisschen zittrig. Jetzt ist die Katze also tatsächlich aus dem Sack – und zwar weit schneller, als Hayden es vorgezogen hätte.

Erst vor einer Woche hatte er mich gebeten, damit zu warten, der Familie von unserer Beziehung zu erzählen. Und jetzt ist er gezwungen, das Ganze an einem Tag durchzustehen. Ich kann nur hoffen, dass der Druck nicht zu viel für ihn ist.

Verdammter Rhys. Er war ohne festes Datum für seine Rückkehr gegangen und natürlich musste er daraus eine große Überraschung machen. Mit ihm werde ich später noch reden. Ich schreibe ihm eine Nachricht.

Sei nett.

Es kommt keine Antwort, aber ich weiß, dass er sie spätestens lesen wird, bevor sie ablegen. Und Parker … Ich habe keine Ahnung, wie mein jüngster Bruder reagiert. Er hat Hayden immer als Mitglied der Familie angesehen.

Kopfschüttelnd schnappe ich mir meine Autoschlüssel. Damit kann ich mich jetzt nicht beschäftigen … nicht, wenn ich selbst gegen den Drachen in den Kampf ziehen muss. Es war mir schwergefallen, meine Wut vor Hayden zu verbergen. Ich wollte ihn nicht sehen lassen, wie sehr das Verhalten meines Dads mich verletzt … nicht bis ich die Gelegenheit hatte, ihm offen meine Meinung zu sagen.

Zum Glück weiß ich genau, wo mein Vater an einem Sonntagmorgen zu finden ist. Er wird in seinem Büro im oberen Stockwerk meines Elternhauses sitzen, die neuesten Entwicklungen auf dem Immobilienmarkt studieren und Investitionsmöglichkeiten prüfen.

Meine Mom begrüßt mich mit einem Lächeln, als ich zu Hause ankomme. Der beißende Geruch von Nagellack hängt in der Luft, und sie gibt mir eine angedeutete Umarmung, um ihre frisch lackierten Nägel nicht zu ruinieren. Auf sie bin ich auch noch wütend – was wohl eine Weile andauern wird –, aber sie scheint es akzeptiert zu haben.

»Ich wusste nicht, dass du heute kommst, *chérie.*«

»Ich will mit Dad reden.«

»Ach so. Du wirkst gestresst.« Sie beugt sich vor und mustert mein Gesicht. »Und du bist ganz rot.«

»Es ist nur etwas, das ich erledigen muss.«

»Du bist beruflich hier?« Sie nickt Richtung Treppe. »Er ist oben.«

Ich klopfe zweimal an die Tür des Büros, bevor ich eintrete. Als ich noch klein war, war dieser Raum für uns Kinder tabu. Hier drin durfte man nicht Verstecken spielen und Dad unter keinen Umständen stören, wenn er arbeitete.

Heute hoffe ich, *dass* ich ihn störe, und zwar so richtig. Ich bin wütend wegen eines neunzehn Jahre alten Hayden, der gerade einen Autounfall hinter sich hatte, und ich bin wütend, weil ich als Achtzehnjährige glaubte, mein Freund hätte mich aus freien Stücken verlassen.

Dad sieht stirnrunzelnd hoch, als ich hereinkomme. »Liebling? Ich wusste gar nicht, dass du heute vorbeikommst.«

»Ich musste dich sehen.«

»Na schön. Kann das warten?«

»Nein.«

Was immer er in meinem Gesicht sieht, hält ihn davon ab, mit mir zu diskutieren. Er nimmt seine Lesebrille ab und lehnt sich in seinem Stuhl zurück. Das Grau in seinem Haar lässt ihn noch ehrwürdiger wirken, während meine Mom einen aussichtslosen Kampf gegen ihre grauen Strähnen führt.

»Worum geht es?«

»Was hast du damals nach dem Unfall zu Hayden gesagt?«

Seufzend reibt er sich die Nasenwurzel. »Ich habe ihm nur einen Rat erteilt. Er hatte keine Vaterfigur in seinem Leben. Ich habe versucht, dem Jungen eine Richtung zu geben.«

»Er hatte seinen Onkel«, sage ich und versuche zu verhindern, dass meine Stimme vor Wut zittert. »Du hast ihm gesagt, er soll gehen. Du hast ihn weggeschickt.«

»Zu seinem Besten … und zu deinem, Liebling.«

»Der Unfall war nicht seine Schuld. Der Lkw-Fahrer ist betrunken gefahren.«

»Ja«, erwidert Dad ruhig. »Ich kenne den Bericht in- und auswendig. Aber als Fahrer ist man immer zu einem gewissen Maß mitverantwortlich. Er hat mitten in der Nacht mit dir eine Spritztour unternommen, und als Ergebnis hinkst du dauerhaft. Du hättest sterben können.«

»Was nicht seine Schuld ist. Er wäre auch fast gestorben, und anstatt ihm Mitgefühl entgegenzubringen, hast du ihm gesagt, er soll aus der Stadt verschwinden.«

Die Augen meines Dads blitzen irritiert auf. »Er hat nur Schwierigkeiten gemacht. Ich habe ihn hier wohnen lassen, weil der Junge Potenzial hatte, aber er hat es verschwendet. Hat seine Tage auf Fischerbooten verbracht und seine Nächte damit, dir hinterherzuhecheln. Ich wollte ihn weghaben, und ich würde dasselbe wieder tun.«

»Es hat mich zerrissen.«

»Nein, es hat dich stärker gemacht und ihn auch. Er ist jetzt ein dekorierter Veteran, oder etwa nicht? Und du bist nach Yale gegangen und hast dich in der Kunstwelt ausgelebt.« Kopfschüttelnd greift er nach den Papieren auf seinem Schreibtisch. »Das wirst und kannst du nicht verstehen. Niemals.«

»O doch, ich verstehe nur zu gut«, sage ich kalt und stehe auf. »Und ich werde nicht zulassen, dass du noch einmal in meinem Leben Gott spielst – und auch nicht in Haydens.«

»Hast du dich wieder mit ihm eingelassen?«

Eine unschöne Beschreibung … aber ich werde mich nicht von ihm runterziehen lassen. »Wir sind zusammen, und das wird sich kaum noch ändern.«

Dad starrt mich mit nachdenklichem Blick an. Es sieht nicht gerade nach Zustimmung aus, verärgert wirkt er jedoch auch nicht.

»Er ist jetzt erwachsen«, sagt er schließlich. »Ich nehme an, du könntest es schlechter treffen.«

»Vielen Dank für diese überwältigende Zustimmung.«

»Ich hatte immer angenommen, dass du mit dem Harris-Sohn zusammenkommen würdest.« Sein Blick gleitet zu seinen Papieren zurück. »Der Junge hat ein wirklich gutes Segelboot.«

Angewidert schüttele ich den Kopf und wende mich Richtung Tür. In diesem Moment fällt mir ein, dass ich ihm noch nicht alles erzählt habe. Langsam drehe ich mich um und versetze ihm mit einem Lächeln im Gesicht den Gnadenstoß.

»Ich habe in der Stadt einen Laden gekauft und mache daraus eine Kunstgalerie.«

Mein Dad lässt seine Hand, mit der er sich gerade seine Lesebrille wieder aufsetzen wollte, auf halbem Weg zu seinem Gesicht verharren. Ich kann den exakten Moment sehen, als ihm etwas klar wird: Was immer er jetzt auch sagt, wird mir nichts ausmachen. Nicht mehr.

»In Ordnung«, sagt er langsam. »Ich freue mich auf die Eröffnung.«

Ich nicke knapp, verlasse sein Büro und schließe fest die Tür hinter mir. Einen Moment lang kann ich nichts weiter tun, als tief durchzuatmen. Dann breitet sich ein riesiges Lächeln auf meinem Gesicht aus.

Eine Nachricht wartet auf mich, als ich aus meinem Elternhaus trete. Tatsächlich sind es mehrere.

Ich öffne Haydens zuerst.

Tut mir leid wegen heute Morgen. Triffst du uns am Hafen, wenn wir am Nachmittag zurückkommen?

Lächelnd tippe ich schnell eine Antwort.

Ich werde da sein, wenn ihr zurückkommt! Und bitte ignoriere meine Familie. Alles, was zählt, sind immer noch nur wir, Hayden. Du und ich.

Denn alles, was letztlich zählt, sind Liebe, Freundschaft und Familie. Und Hayden scheint mir die perfekte Kombination aus all diesen drei Dingen zu sein.

Ich liebe ihn. Das habe ich immer, und es hat nie aufgehört, nicht einmal in den Jahren, als wir getrennt waren. Jahre, in denen wir uns gegenseitig vermisst haben, und das alles nur wegen Missverständnissen und der Einmischung anderer. Und vielleicht … vielleicht ist es jetzt an der Zeit, ihm das zu sagen.

Ich habe es schon fast zum Hafen geschafft, als die Geschichte sich wiederholt.

– 30 –
HAYDEN

Sowie wir offene Gewässer erreichen, übernimmt Rhys das Kommando über das Boot. Parker sieht mit einem gequälten Lächeln zu mir herüber, aber keiner von uns widerspricht, als Rhys anfängt, Befehle zu bellen. Er kennt *Frida* genauso gut wie wir, und auch wenn er jahrelang weg gewesen ist, liegt ihm das Segeln im Blut.

Ich verstehe sein Bedürfnis, sich bei seiner Rückkehr zur See wieder mit ihr zu verbinden. Also hält Parker – sechsmaliger Landessieger – bei der Bevormundung durch seinen älteren Bruder ebenso die Klappe wie ich, der jahrelang als Lieutenant in der Navy gedient hat.

Parker grinst mich an und nickt in Richtung Rhys, der gerade an der Winsch dreht, um den Spinnaker zu lösen. »Er verschwendet keine Zeit.«

»Tut er selten.«

»Und was für schlechte Laune er hat. Er hat mir fast den Kopf abgebissen, als ich ihn fragte, ob er gestern oder heute Morgen angekommen ist.«

Verdammt. »Ja, wir hatten vorhin einen kleinen Streit.«

Parker nickt, und sein Blick zeugt von Mitgefühl – Mitgefühl, das ich nicht verdiene. »Weil du dich damals klammheimlich aus dem Staub gemacht hast? Tja, du weißt ja, dass Rhys nicht so schnell was verzeiht, aber er wird sich schon beruhigen.«

»Du warst mir nicht böse, als ich zurückgekommen bin«, sage ich in dem Wissen, dass ich Parker auch noch von Lily und mir erzählen muss. Es ist nur eine Frage der Zeit, bis Rhys irgendwas ausplaudert, und angesichts seiner zusammengebissenen Zähne wird es nicht schmeichelhaft ausfallen.

Parker zuckt die Achseln. »Na ja, ich bin sicher, dass du deine Gründe hattest, Mann. War ich sauer auf dich? Ja, war ich. Du hast dich nicht mal verabschiedet, Hay.«

»Ich weiß.«

»Aber …« Parker wirkt plötzlich tiefgründiger, als ich ihn je erlebt habe. Seine Augen haben sich vor Ernsthaftigkeit verdunkelt. »Ich verstehe es. Deine Lage hat sich von unserer komplett unterschieden. Das ist scheiße, aber die Wahrheit. Deswegen mache ich dir keine Vorwürfe.«

»Danke.«

»Aber du hättest schon mal hin und wieder anrufen können.«

»Das hätte ich machen sollen, Mann. Tut mir leid.«

»Entschuldigung angenommen.« Er legt mir eine Hand auf die Schulter. Einen Moment lang fühlt es sich so an, als wären wir wieder sechzehn, so wie wir hier Seite an Seite in *Fridas* Heck sitzen. Man könnte sich leicht Henry und seinen Vater im vorderen Teil des Boots vorstellen, während Lily sich irgendwo auf dem Deck sonnt und Rhys neben ihr ein Buch liest.

Ich hole tief Luft. Das hier hinzubekommen, ist vielleicht das Wichtigste in meinem Leben. Michael Marchands Zustimmung bedeutet mir rein gar nichts – die seiner Söhne hingegen schon. Mehr noch, sie bedeutet Lily viel, auch wenn sie ständig das Gegenteil behauptet.

Außerdem bin ich nicht sonderlich scharf darauf, über Bord geworfen zu werden. »Da ist noch was anderes.«

»Ach ja?« Parker lehnt sich gegen die Reling und hält sich an einem der Holme fest.

»Ja. Ich treffe mich mit Lily. Es war nie unsere Absicht, dir das vorzuenthalten, aber wir wollten erst mal Privatsphäre.« Ich sehe in seine blauen Augen, die sich vor Überraschung weiten. »Ich hoffe, du kannst das verstehen, Mann.«

Parker blinzelt ein paarmal. »Treffen? Also im Sinne von ›zusammen sein‹?«

»Ja, wir sind zusammen.«

»Wow.« Er schüttelt den Kopf. »Davon wusste ich nichts.«

»Ich habe das nicht absichtlich hinter deinem Rücken gemacht.«

Parker schüttelt erneut den Kopf. Er wirkt ungläubig, aber bisher nicht verärgert. »Und ich dachte, sie mag dich nicht.«

»Eine Zeit lang hat sie das auch nicht«, erwidere ich aufrichtig. »Sie war sauer auf mich, weil ich weggegangen bin.«

»Ich hatte buchstäblich keine Ahnung.«

Ich nicke und werfe einen Blick in Rhys' Richtung, der im vorderen Teil des Boots steht. Er hat uns den Rücken zugewandt, doch ich sehe die Anspannung in seinen Schultern. Ganz offensichtlich geht sein jüngerer Bruder mit der Sache völlig anders um.

Parker folgt meinem Blick. »Rhys hat die Nachricht nicht so gut aufgenommen, oder?«

»Nein.«

»Tja, er war schon immer leicht reizbar. Ignorier ihn. Er wird sich dran gewöhnen.«

»Glaubst du?«

»Ganz bestimmt.« Ein breites Grinsen legt sich über Parkers gebräuntes Gesicht. »Jetzt bist du also noch in anderer Hinsicht Familie.«

»Also ist es okay für dich?«

»Okay? Scheiße, Mann, es gibt niemanden, mit dem ich meine kleine Schwester lieber sehen würde.«

Einen Moment lang kann ich ihn nur anstarren. Dies ist die absolut letzte Reaktion, die ich von ihm erwartet habe. Parker hat Lily trotz seiner freundlichen, unkomplizierten Art immer beschützt. Dabei war er fast so schlimm wie Rhys, auch wenn er sie gern geärgert hat, als sie noch Kinder waren.

Er bemerkt meine Verwirrung und fängt an zu lachen.

»Was? Glaubst du, du wärst gut genug, einer meiner besten Freunde zu sein, aber nicht gut genug, um mit meiner Schwester zusammen zu sein? Komm mal runter, Hay.«

Ich kann nicht verhindern, dass mir ein überraschtes Lachen entschlüpft. »Könntest du das vielleicht auch deinem Bruder sagen?«

»Rhys wird sich schon beruhigen. Verdammt. Ich werde Turner beibringen müssen, dass er ihr nicht mehr hinterherlaufen darf.«

Instinktiv umfasse ich die Reling fester. Ich weiß, dass Lily kein Interesse an Turner hat, doch das vertraute Gefühl von Neid, das bei seinem Namen und Status aufkommt, lässt sich nur schwer verdrängen.

»Was ist mit dir?«, frage ich. »In letzter Zeit habe ich nichts über eine Frau in deinem Leben gehört, Parker. Deine Mom behauptet zwar, es gäbe da jemanden …«

Parkers Augen verengen sich, aber er erwidert nichts. Stattdessen sieht er zu Rhys hinüber, der uns unverhohlen ignoriert. »Ich rede mit ihm«, verspricht er. »Schreib Lily und sag ihr, dass sie uns am Hafen treffen soll, wenn wir zurückkommen. Wir gehen alle zusammen im Yachtclub ein Bier trinken.«

Ich beobachte ihn, wie er sich unter dem Segelbaum hindurchduckt und nach vorne zu Rhys geht. Äußerlich sind sie das genaue Gegenteil – der eine dunkelhaarig und der andere blond –, aber wenn sie nebeneinanderstehen, wird klar, dass sie aus demselben Holz geschnitzt sind.

Ich schicke Lily eine Nachricht mit der Einladung. Der Empfang hier draußen ist bestenfalls heikel, doch der kleine Haken taucht auf. Versendet.

Einige Stunden später setzen wir Kurs auf den Hafen. Rhys hat – wenn auch widerstrebend – angefangen, wieder mit mir zu reden. »Ich kann nicht glauben, dass Parker es dir so leicht gemacht hat«, murmelt er neben mir, während unsere Hände sich eilig an einem Seil zu schaffen machen. Die Knoten sind uns so vertraut wie unsere eigenen Namen.

»Ich nehme an, er ist der schlauere Bruder.«

Rhys wirft mir einen säuerlichen Blick zu, wirkt aber amüsiert. »Dieses Mal werden wir dich nicht so schnell los, oder?«

»Nein, werdet ihr nicht.«

Er nickt und blickt auf die glitzernden Wellen. »Gut.«

Die Sonne steht schon tief am Himmel, als wir endlich den Hafen in der Ferne ausmachen. Es war gut, heute hier draußen gewesen zu sein und wieder Zeit mit Lilys Brüdern zu verbringen … und – irgendwie überraschend – Parkers ausdrückliche Unterstützung erhalten zu haben.

Ich sehe auf mein Handy. Empfang hatte ich das letzte Mal vor Stunden, aber je näher wir der Küste kommen, desto höher steigt die Wahrscheinlichkeit. Ich beobachte, wie mein Telefon erst einen … dann zwei Balken bekommt. Eine Nachricht von Lily, die sie vor Stunden abgeschickt hat, geht ein.

Ich werde da sein, wenn ihr zurückkommt! Und bitte ignoriere meine Familie. Alles, was zählt, sind immer noch nur wir, Hayden. Du und ich.

Während ich mein Handy anlächle, steigen Schuldgefühle in mir hoch. Sie hat immer noch Angst, dass ich weglaufe wie ein schreckhaftes Pferd, und ich habe ihr allen Grund dazu gegeben … meiner mutigen, stolzen Lily, die sich nie davor gescheut hat, sich kopfüber in neue Situationen zu stürzen. Die auf die höchsten Bäume geklettert und auf der Intensivstation mit einem Lächeln aufgewacht ist. Die spontan eine Kunstgalerie gekauft hat.

Rhys, Parker und ich müssen fast gar nicht kommunizieren, als wir in den Yachthafen von Paradise Shores einfahren. Wir kennen das Boot, und wir kennen die Kais hier. Unsere Bewegungen und unser Teamwork funktionieren automatisch.

Parker springt als Erster auf den Kai. Ich werfe ihm das Seil zu und halte eine Hand hoch als Signal für Rhys, dass er den Motor abstellen kann.

Mit einem reibungslosen Manöver legen wir an. Die Kais sind fast leer. Die meisten Leute sind schon weg oder im Yachtclub. Von hier aus sehe ich die erleuchtete Terrasse und höre gedämpftes Lachen und Musik.

Ich springe vom Boot, dicht gefolgt von Rhys. Lily ist an der Anlegestelle der Marchands nicht zu erkennen.

»Hast du nicht gesagt, dass sie hier sein würde?«, fragt Parker.

Ich nicke und ziehe mein Handy aus der Hosentasche. »Sie hat gesagt, sie würde da sein. Ich rufe sie mal an. Vielleicht ist sie schon vorgegangen.«

»Ist es das, woran wir uns in Zukunft gewöhnen müssen?«, murmelt Rhys seinem Bruder zu. »Dass Hayden die Kommunikation mit unserer Schwester übernimmt?«

Parker schüttelt nur den Kopf. »Klappe, Mann.«

»Auf wessen Seite bist du?«

»Auf Lilys. Und das solltest du auch sein.«

Kopfschüttelnd rufe ich sie an. Es klingelt zweimal, bevor eine elektronische Stimme mir sagt, dass der Teilnehmer nicht erreichbar sei. »Ihr Handy ist aus.«

»Verdammt«, sagt Parker. »Sie vergisst immer, es aufzuladen.«

Das tut sie wirklich oft, trotzdem werde ich unruhig. Lily würde nicht sagen, dass sie hier ist, und dann nicht auftauchen … ohne wenigstens einem von uns zu schreiben.

Wir gehen zum Yachtclub. Ich brauche nur ein paar Sekunden,

um die Terrasse zu überblicken. Kein rotbraunes Haar in Sicht. »Hier ist sie auch nicht.«

Rhys schüttelt den Kopf. »Verdammt, Lily.«

In Gedanken gehe ich eine Liste von Dingen durch, die vielleicht passiert sein können, und eine Sekunde lang muss ich die Panik niederkämpfen, in die sich meine Unruhe verwandelt. Wir wissen nichts. Wahrscheinlich verspätet sie sich nur, auch wenn ihr das so gar nicht ähnlich sieht.

Eine der jungen Kellnerinnen im Club hält uns auf dem Weg nach draußen mit einem gewinnenden Lächeln auf. »Schon auf dem Heimweg?«

»Ja. Danke.«

»Kein Problem. Ich würde nur den Ocean Drive meiden«, sagt sie fröhlich.

Mein Herz friert in meiner Brust fest. »Wieso?«

»Haben Sie's noch nicht gehört?« Ihr Tonfall wird eine Spur unsicherer, als sie mich ansieht. »Es gab einen Unfall. Die Polizei hat die Straße für den Verkehr komplett gesperrt. Niemand kommt dort rein oder raus.«

Blut rauscht in meinen Ohren.

Falls die Kellnerin noch irgendetwas anderes sagt, kann ich es nicht hören. Ich bin schon aus der Tür.

Meine Hände sind an meinen Seiten zu Fäusten geballt, während ich Richtung Parkplatz zu rennen beginne. Ich merke, dass Rhys und Parker neben mir sind, aber falls sie irgendetwas sagen, bin ich auch dafür taub.

Ein Unfall. Ocean Drive.

Das darf nicht schon wieder passieren.

Wortlos steigen wir in Rhys' Wagen. Ich würde ihn am liebsten für die paar zusätzlichen Sekunden erwürgen, die es dauert, bis er den Schlüssel im Zündschloss seines alten Mustangs umgedreht hat. Diese beschissenen reichen Kinder mit ihren beschissenen Prestigewagen, und zur Hölle mit gottverdammten beschissenen Autounfällen.

Wir sind halb aus dem Yachthafen raus, als Parker auf dem Rücksitz laut flucht. Eine Sekunde später geht er an sein Handy. »Ja, wir sind schon auf dem Weg dorthin, Mom.«

Meine Welt fängt sich an zu drehen.

Rhys tritt aufs Gas.

Es fühlt sich wie ein böser Traum an, als ich in der Ferne die blinkenden Lichter sehe. Ein Polizeiwagen steht quer über der Straße. Rhys hat das Auto noch nicht mal richtig zum Stehen gebracht, als ich schon aus der Tür bin und losspurte.

Es ist ihr Wagen. Es ist ihr Wagen, Herrgott, und er ist Schrott. Zusammengeprallt mit einem der schmiedeeisernen Laternenpfähle, die den Ocean Drive säumen.

Eine Polizistin ist dabei, den Bereich abzusperren. Streng zurückgebundenes Haar und strenger Gesichtsausdruck. »Was ist hier passiert?«

»Ein Unfall«, erwidert sie und schnalzt angesichts meines brüsken Tonfalls mit der Zunge. »Ein Motorradfahrer und ein Auto.«

»Ist jemand verletzt?«

»Ja.« Ihr Blick ist grimmig, wird jedoch weicher, als sie mich ansieht. Ich habe keine Ahnung, wie mitleiderregend ich vielleicht gerade aussehe, aber das spielt jetzt keine Rolle mehr. »Einer der beteiligten Zivilisten musste ins Krankenhaus geflogen werden.«

Mein Blickfeld vernebelt sich. »Wer?«

Sie schüttelt den Kopf. »Ich kann wirklich nicht – «

Rhys unterbricht sie. »Lily Marchand. Was ist mit ihr passiert?«

»Da drüben«, sagt die Polizistin mit einem Nicken in Richtung eines in der Nähe parkenden Rettungswagens. Im Heck sitzt eine Frau mit einer Decke um die Schultern.

Dieses Haar würde ich überall erkennen.

»Das hier ist eine Unfallstelle. Sie dürfen da nicht rein – hey!«

Nichts zählt mehr – weder die wütenden Rufe der Polizistin noch die beiden Brüder hinter mir –, als ich losrenne.

Bilder von einer anderen Nacht und einer anderen Straße tauchen vor meinen Augen auf. Damals war da so viel Blut gewesen. Wir waren allein, nur sie und ich, und ich sehe meine Hände, mit denen ich sie aus dem Wrack ziehe. So ist es dieses Mal nicht. Sie ist unversehrt ... und in Sicherheit.

Lily steht auf, um mir entgegenzukommen. Ihre leicht wackeligen Schritte bringen mein Herz zum Rasen. Ich umschließe sie mit meinen Armen und ziehe sie an mich. Es ist das schlichte und einfache Bedürfnis zu wissen, dass sie in Sicherheit ist.

Panik und Adrenalin pulsieren immer noch durch meinen Körper. »Bist du in Ordnung?«

Lily nickt an meinem Hals. Ihr Haar riecht so wie immer, nach demselben Shampoo, das sie seit über zehn Jahren benutzt. »Es war so dumm«, wispert sie.

»Und du bist sicher, dass du okay bist?« Ich lockere meinen Griff, als mir klar wird, dass ich sie vermutlich zu fest halte.

»Jaja. Nur ein paar blaue Flecken.«

»Gott, Lily ...« Ich lehne mich zurück und hebe ihr Kinn an. Mit ihren geweiteten grünen Augen starrt sie mich an, aber sie zeugen weder von Schmerz noch von Angst. Ich fahre mit dem Daumen über ihren Wangenknochen und nehme ihr Gesicht in beide Hände. Ihr Ausdruck wird weicher, als sie zu mir hochsieht.

»Ich bin okay«, murmelt sie noch einmal. »Mir geht's gut, Hayden.«

Ich lege meine Stirn an ihre und schließe die Augen. Mein Herz klopft so schnell, als wäre ich gerade einen Marathon gelaufen. »Ich dachte ...«

»Ich weiß. Ich weiß. Aber mir geht's gut.«

Die Entscheidung, sie zu küssen, ist keine bewusste. Ich muss einfach wissen, dass sie unverletzt ist, muss es fühlen, und sie ist ebenso begierig darauf wie ich. Unsere Lippen treffen sich mit weicher, hitziger Dringlichkeit, und ich ziehe sie wieder enger an mich. Sie ist real, und sie ist in Sicherheit. Trotzdem lasse ich vorsichtshalber prüfend meine Hände ihren Rücken hinaufgleiten.

Lily legt eine Hand um meinen Nacken und zieht mich noch näher an sich … als ob sie diese Bestätigung ebenso sehr bräuchte wie ich. Ihr Duft, ihr Körper und ihr Geschmack sind alles, was ich fühle … und all das sagt mir, was ich rational gesehen schon weiß, nämlich dass sie okay ist.

Aber noch mehr als das werde ich daran erinnert, wie sehr ich sie liebe. Wie mein Leben abrupt zum Stillstand kommen würde, wenn ihr irgendetwas zustieße, weil ich wieder darin versagt habe, für ihre Sicherheit zu sorgen.

Ihre Hände gleiten über meine Brust. Ich hauche ihr einen letzten Kuss auf die Lippen, weich und süß, obwohl mein Körper vor Verlangen nach mehr von ihr schmerzt. Ich werde nie genug von ihrer Nähe bekommen.

Mit einem benommenen Lächeln auf den Lippen blinzelt sie zu mir hoch. »Hayden, ich – «

»Lily!«

Wir drehen uns um, und da stehen ihre Eltern. Der Blick ihrer Mutter ist hektisch. Prüfend lässt sie ihn von oben bis unten über ihre Tochter gleiten, so wie ich es getan habe. Rhys und Parker stehen mit geweiteten Augen daneben.

Shit. Tja, wenigstens wissen jetzt alle Bescheid. So richtig.

»Ich bin okay«, sagt Lily laut genug, damit ihre gesamte Familie es hört. »Ich bin völlig in Ordnung.«

»Was ist denn passiert?« Rhys kommt mit der Familie im Schlepptau näher. »Lils, dein Auto sieht –«

»Ein Motorradfahrer ist auf der Straße völlig verrückte Manöver gefahren«, sagt sie. »Er hat ständig die Spur gewechselt und dann die Kontrolle über das Motorrad verloren. Ich musste ausweichen, sonst hätte ich ihn erwischt.« Sie legt sich die Hände an den Kopf. »Er wurde ins Krankenhaus geflogen. Ich weiß nicht … Es sah nicht gut aus.«

Ich lege ihr den Arm um die Schultern in dem Wissen, dass ich ihre Eltern und ihre Brüder zu ihr lassen sollte … aber noch kann ich sie einfach nicht loslassen.

»Wir werden uns nach ihm erkundigen, Lily«, sagt ihr Vater. »Mach dir deswegen keine Sorgen. Gott, du wirst für den Rest deines Lebens nie wieder in ein Auto steigen.« Er sagt es mit derselben Überzeugung, wie ich sie fühle. Zweimal ist zweimal zu viel.

Rhys lacht auf, doch ich höre die Anspannung in seiner Stimme. »Verdammt, Lily. Wieso hast du uns nicht gleich angerufen?«

»Mein Handy ist bei dem Unfall kaputtgegangen.«

Eloise Marchand wirft mir einen neugierigen Blick zu, sagt allerdings nichts, als sie sich vorbeugt und ihre Tochter herzlich umarmt. »Lass uns dich hier wegbringen«, murmelt sie. »Ich habe genug davon, meine Tochter in einem Rettungswagen zu sehen.«

Ganz meine Meinung.

— 31 —
LILY

Mein Auto wird abgeschleppt – Parker und Rhys kümmern sich darum –, während meine Eltern dem Rettungswagen zum Krankenhaus folgen. Hayden fährt mit mir mit. Ich fühle mich unversehrt, aber die Ärzte machen eine ganze Reihe von Tests, um sicherzugehen. Ich werde geröntgt, durchs MRT geschickt, und meine Reflexe werden sorgfältig überprüft.

Die gesamte Zeit über sehe ich denselben gequälten, finsteren Blick auf Haydens Gesicht. Er hält meine Hand und ist nur ein stiller Schatten neben mir. Dies ist ein schlimmes Déjà-vu-Erlebnis. Ich sehe in all ihren Gesichtern dieselbe Besorgnis wie schon vor zehn Jahren.

Aber es ist nicht wie damals. Ich bin kaum verletzt, trotzdem zählt es nicht, wie oft ich es sage. Sie glauben es erst, als Dr. Rashid es bestätigt.

»Sie sind völlig gesund«, sagt er.

Hayden räuspert sich. »Gibt es das Risiko eines verspätet auftretenden Schleudertraumas?«

Mein Dad wirft ihm einen überraschten Blick zu. Bisher hat er nicht einen Kommentar angesichts Haydens ständiger Präsenz neben mir abgegeben.

»Nein, das ist unwahrscheinlich«, erwidert Dr. Rashid. »Aber ich will, dass Sie mich sofort anrufen, wenn Sie in den nächsten Tagen oder auch Wochen Schmerzen im Hals spüren, Miss Marchand. Sie können sofort hierherkommen, und wir sehen es uns an.«

»Okay. Danke, das tue ich. Wissen Sie, wie es dem Motorradfahrer geht?«

Dr. Rashids Lächeln verblasst. »Er wird noch operiert. Mehr weiß ich leider nicht. Aber ich kann sagen, dass er wohl zu Epilepsieanfällen neigt, was unglücklicherweise sein sprunghaftes Fahrverhalten erklären würde.«

»Oh.« Wie schrecklich. »Darf ich ihm Blumen schicken? Oder ist das hier alles vertraulich?«

»Wenn Sie möchten, frage ich seine Familie.«

»Sehr gern.«

Es ist schon spät in der Nacht, als Hayden mir die Beifahrertür seines Wagens aufhält. Er ist immer noch still – seit dem Moment, als wir uns von meinen Eltern verabschiedet haben.

Er fährt vom Parkplatz und auf die Straße Richtung Paradise Shores. Seine Hände umklammern fest das Lenkrad. »Ich bringe dich nach Hause«, sagt er. »Und ich bleibe über Nacht.«

Was eh eine ausgemachte Sache zu sein scheint. Ich versuche ihn anzulächeln, aber sein Blick ist starr auf die Straße gerichtet. »Das hört sich toll an.«

Hayden nickt knapp. Sein Profil bildet vor dem Licht der vorbeiziehenden Straßenlaternen einen scharfen Kontrast. Er hat die Zähne zusammengebissen und wirkt extrem angespannt.

Der heutige Abend hat zu sehr daran erinnert, was vor zehn Jahren passiert ist, und zwar uns beide. Aber auch wenn ich die körperlichen Narben von dem Unfall trage, hat Hayden überwiegend die seelischen davongetragen. Er war derjenige, der mich herausziehen und den Notruf wählen musste. Im Gegensatz zu ihm habe ich nur ganz wenige Erinnerungen an jene Nacht.

»Hayden … alles in Ordnung?«

Er wirkt leicht überrascht und legt mir seine große Hand auf den Oberschenkel. Die Verbindung zwischen uns ist so, wie sie schon immer war – ein sicherer Anker in stürmischer See. Sie beruhigt mich sofort, und ich kann sehen, wie auch seine Anspannung ein wenig nachlässt.

»Nicht, Lils. Ich bin nicht derjenige, der gerade einen Unfall hatte.«

Ich lehne mich im Sitz zurück. Das Adrenalin ist verflogen, und das in Verbindung mit den Schmerzmitteln macht mich unendlich müde. Ich kann es kaum erwarten, geborgen in seinen Armen einzuschlafen.

Ich lege meine Hand auf seine. »Ich weiß. Aber ich weiß auch, dass es … Ähnlichkeiten gab«, flüstere ich. »Mit dem, was damals passiert ist.«

Seine Anspannung ist sofort wieder da. Ich kann förmlich zusehen, wie er dichtmacht und sich wieder in sein Schneckenhaus zurückzieht.

»Nicht, bis wir zu Hause sind«, sagt er, und ich verstehe. Er kann nicht zusammenbrechen, bevor wir aus dem Auto sind.

Trotzdem entgeht mir weder, dass er mein Haus »zu Hause« genannt hat, noch die Wärme, die daraufhin in meiner Brust aufblüht.

Wir waren schon immer ein Zuhause für den anderen.

Wortlos parkt er den Wagen und legt einen Arm um meine Taille, während wir zur Haustür gehen. Ich bin nicht verletzt, und ich brauche die Unterstützung nicht. Aber die Verbindung brauche ich so sehr wie er.

Hayden nimmt mir sanft die Schlüssel aus der Hand und schließt auf. Ich schenke ihm ein müdes Lächeln. »Mir geht's gut, Hay.«

»Ich weiß«, murmelt er. »Ich weiß doch.«

Er macht die Tür hinter uns zu und schließt ab. Ich streife meine Schuhe ab und werfe meine Handtasche zur Seite. Und dann stehen wir in meinem kleinen Flur und sehen uns einfach nur an.

In Haydens Augen tobt ein Sturm. Ich erkenne Furcht, solch rasende Furcht, dass es mir fast den Atem verschlägt. Ich mache einen Schritt auf ihn zu, er einen auf mich, und dann liege ich in seinen Armen, und er trägt mich ins Schlafzimmer. Er hält mich so fest, als hätte er Angst, dass ich einfach verschwinden könnte. Ich halte ihn genauso fest.

»Verdammt. Als ich heute diese blinkenden Lichter gesehen habe …«

»Ich weiß. Ich weiß.«

»Ich komme nicht damit klar, Lils. Nicht schon wieder.«

»Ich weiß.« Ich ziehe sein Gesicht an meines und presse meinen Mund auf seine erhitzten Lippen. »Ich auch nicht. Aber ich bin okay. Wir sind okay.«

»Dem Himmel sei Dank.« Hayden legt mich trotz der Dringlichkeit, die uns beide fest im Griff hat, sanft auf dem Bett ab. Er zieht mich fest an seine Brust, und ich verstehe sein Bedürfnis, mich zu berühren … zu wissen, dass ich in Ordnung bin. Ich fühle dasselbe. Auch ich muss ihn spüren, um zu wissen, dass er hier ist.

»Gott«, murmelt er. »Lily, ich liebe dich so sehr.« Seine Augen sind dunkel vor Emotionen und etwas anderem, etwas, das Unsicherheit und Verletzlichkeit ausdrückt. Ich kann nicht verhindern, dass ein Flattern in meinem Bauch entsteht und meine Lippen sich zu einem Lächeln formen.

»Ich liebe dich auch. Schon immer.«

»Ich habe nie damit aufgehört«, sagt er leise. »Nicht ein einziges Mal, noch nie … seit ich dich das erste Mal gesehen habe.«

»Als wir noch klein waren?«

Er nickt. »Ich wusste es nur nicht gleich. Ich sah bloß ein Mädchen mit Haaren wie Feuer und knubbeligen Knien, das mich herausforderte, über mich hinauszuwachsen.«

Ich lege eine Hand auf seine Brust. Sein Herz schlägt schnell und stark unter meiner Handfläche. »Ich habe dich auch von Anfang an geliebt. Selbst dann, wenn du so schrecklich mürrisch warst.«

»Nicht bei dir.«

»Besonders bei mir«, erwidere ich lächelnd. »Aber ich habe irgendwann gelernt, dich zum Lachen zu bringen.«

»Das hast du. Gott, Lily, ab jetzt keine Autounfälle mehr.« Er legt seine Stirn an meine. »Das hält mein Herz nicht aus.«

»Nein, keine mehr«, stimme ich ihm zu. Lange Zeit liegen wir nur eng umschlungen da und atmen gemeinsam. Sein Arm unter meinem Kopf fühlt sich stark an. Meine eigene Angst und das Adrenalin verfliegen, hier in seinen Armen, wo mir nichts passieren kann.

»Wie war das Segeln mit meinen Brüdern?«

Er schüttelt den Kopf, aber seine Stimme hört sich amüsiert an. »Darüber willst du jetzt reden?«

»Ja.« Ich lasse einen Finger unter den Saum seines T-Shirts gleiten und streichele die heiße Haut darunter. »Sie haben dich also nicht verscheucht?«

Er streicht mir das Haar zurück und beugt sich vor, um mich zu küssen. Ich erwidere den Kuss, und wir beide holen uns jeweils vom anderen die Beruhigung, die wir brauchen. »Nein. Das schaffen sie nicht, Lily. Ich werde dich nie wieder verlassen.«

»Ich weiß«, murmele ich. Wärme breitet sich in meiner Brust aus. Endlich glaube ich ihm. »Ich habe heute mit meinem Vater geredet. Darüber, was er damals nach dem Unfall zu dir gesagt hat.«

»Wirklich?«

»Ja.«

»Lily, es war nie meine Absicht, einen Keil zwischen euch beide zu treiben.«

Kopfschüttelnd stütze ich mich auf einen Ellbogen ab und verdränge meine Müdigkeit, die so bleiern ist, dass ich halb benommen bin. Das hier ist wichtig … und von meinem früheren Ärger kommt auch einiges wieder hoch.

»Er hatte kein Recht dazu, absolut kein Recht. Du warst gerade selbst verletzt worden, und ich …« Ich schüttele den Kopf. Darüber können wir uns später noch ausführlicher unterhalten. »Ich habe ihm gesagt, dass er sich aus unserem Leben heraushalten soll.«

Hayden fährt mit einem schwieligen Daumen über meine Wange, und der Blick aus seinen Augen zerreißt mich fast. Gott, wie sehr ich ihn liebe.

»Mein mutiges Mädchen«, murmelt er.

»Außerdem ist nichts davon wichtig. Meine Familie … deine Familie … Wir werden schon damit klarkommen«, sage ich kämpferisch.

»Natürlich ist es wichtig«, erwidert er. »Es ändert nur nichts zwischen uns. Und, Baby, dein Dad hat zwar mit mir geredet, aber das ist keine Entschuldigung dafür, wie ich gegangen bin.«

»Du warst noch ein Junge. Und du hattest Angst … das ist doch völlig verständlich. Ich hatte dir schon verziehen, bevor ich von Dads Einmischung erfahren habe.«

Hayden spielt nachdenklich mit meinem Haar. »Ich glaubte immer, nicht gut genug zu sein«, sagt er leise. »Doch das ist keine Rechtfertigung für mein Verschwinden.«

»Aber du bist gut genug! Das warst du immer.«

Hayden grinst, und es ist das erste echte Lächeln, das ich seit einer gefühlten Ewigkeit an ihm sehe. »Bin ich nicht, aber das ist okay. Ich habe aufgehört, nobel sein zu wollen. Ich werde einfach hier sein und dich lieben, solange du mich lässt.«

Ich küsse ihn, und er stöhnt in meinen Mund, während er mich an sich zieht. Seine Lippen sind weich und zärtlich. Ich möchte weitermachen, doch er bricht ab, und ich fühle sein Lächeln an meinem Ohr.

»Nicht mehr«, murmelt er.

»Nicht mehr was?«

»Aufregung. In den letzten Tagen gab es eindeutig zu viel davon.«

Ich lache glucksend an seinem Ohr und bin einfach froh, ihn hierzuhaben, ihm nahe und in der Lage zu sein, mit den Fingern durch sein dichtes Haar zu fahren. Es geht doch nichts über die Wärme seiner Haut an meiner und den schwachen Duft seiner Seife.

»Da stimme ich dir zu.« Müdigkeit droht mich zu überwältigen und zieht an meinen Augenlidern. Ich unterdrücke ein herzhaftes Gähnen. Hayden zieht mich enger an sich, und ich schmiege meinen Kopf in seine Halsbeuge. Unter meinem Arm hebt und senkt sich seine Brust stetig, ein Anker in all diesem Chaos.

»Morgen sollten wir mit deinem Onkel reden«, murmele ich.

»Worüber?«

»Über uns. Es ist nicht fair, dass er der Einzige ist, der nicht Bescheid weiß.«

Haydens Lachen ist wie ein leises Flüstern an meinem Haar. »Oh, er weiß Bescheid, Baby. Das wusste er schon immer.«

– 32 –
HAYDEN

Ralph Cole wird unter der heißen Mittagssonne eines Augusttags beerdigt. Es ist eine kleine Zeremonie, zu der nur enge Freunde und Verwandte gekommen sind.

Ich hatte lange mit mir gerungen, ob ich hingehen sollte oder nicht. Es fühlte sich nicht richtig an, an einer Feier zu seinen Ehren teilzunehmen … nicht in dem Wissen, dass es in seinem Leben so wenig Ehre gab. Lange Zeit hatte ich in meinem Herzen nichts als Hass für ihn verspürt.

Aber wie sich herausstellte, heißt meine Teilnahme an seiner Beerdigung nicht, dass ich ihm verziehen habe. Es war Lily, die mir das sagte.

»Nur weil du hingehst, bedeutet das nicht, dass du gutheißt, was er getan hat«, hat sie eines Tages nüchtern bemerkt, als wir ihre neue Galerie strichen. »Es kann dazu dienen, dich zu verabschieden und dieses Kapitel deines Lebens abzuschließen. Und vielleicht auch, um sicherzugehen, dass du es später nicht bereust. Es bedeutet nur das, was du willst, dass es bedeutet, Hayden. Er ist fort. Du tust, was du tun musst – für dich.«

Sie hatte recht.

Und jetzt stehe ich im hinteren Teil einer kleinen Kirche mit einer Krawatte um den Hals und Lily neben mir. Gary wollte nicht mitkommen.

Auf dem gerahmten Foto am Sarg wirkt mein Vater wie ein Fremder. Das Bild, auf dem er gesund aussieht und lächelt, das pechschwarze Haar vom Wind zerzaust, ist fast zwanzig Jahre alt. Lily musste bei seinem Anblick sofort lächeln, und ich weiß, wieso. Ich erkenne die Ähnlichkeit selbst.

Doch zum ersten Mal seit Jahren ängstigt sie mich nicht mehr. Ich bin vielleicht der Sohn meines Vaters, aber auch der meiner Mutter … und Garys. Mein Vater bestimmt nicht, wie ich bin – jedenfalls nicht völlig.

In der Kirche sind nur wenige Menschen und niemand, den ich wiedererkenne. Was nicht überraschend ist. Dads Lebensstil war langjährigen Freundschaften nicht gerade zuträglich.

Ich fühle mich hohl, als der Priester den Gottesdienst beendet. Er war nur kurz und auf den Punkt, was zu meinem Vater passte. Ich fühle teilweise Erleichterung, als ob eine Schraubzwinge, die mein Herz zusammenpresste, sich lösen würde. Als ob ich eine Last, die ich eine sehr, sehr lange Zeit mit mir herumgetragen habe, abgelegt hätte.

Lily legt ihre Hand in meine. »Möchtest du noch bleiben?«, murmelt sie. »Um mit den anderen zu reden?«

Ich lasse meinen Blick über die Handvoll Leute in Schwarz schweifen, die ihre Sachen zusammensammeln. »Nein. Ich will mit niemandem über ihn Small Talk machen müssen.«

»In Ordnung.« In ihrem sanften Tonfall ist nicht ansatzweise Kritik versteckt. »Ich glaube aber, dass die Leute hier trotzdem wissen, wer du bist.«

»Meinst du?«

Sie schenkt mir ein liebevolles Lächeln. »Ja, ich habe beobachtet, wie ein paar dir Blicke zugeworfen haben. Dein Haar, Hay … Es ist ziemlich offensichtlich, wer du bist.«

Verlegen fahre ich mir mit der Hand durchs Haar. Ich lasse es gerade wachsen. Vermutlich sehe ich meinem Vater ähnlicher, als ich dachte. »Tja, sie können denken, was sie wollen«, murmele ich.

Wir verlassen die Kirche und sind schon auf halbem Weg zum Parkplatz, als ein Ruf uns aufhält.

»Wartet!«

Ein Mädchen rennt auf uns zu. Sie hat überschulterlanges, dunkles Haar und starrt uns aus ungewöhnlichen, großen Augen an. Älter als achtzehn kann sie nicht sein.

Sie sieht uns nur an.

»Hallo«, sage ich schließlich. »Kann ich was für dich tun?«

Sie nickt einmal kurz und ruckartig, aber als sie den Mund öffnet, bringt sie kein Wort heraus.

Lily schenkt dem Mädchen ein freundliches, sanftes Lächeln. »Ich bin Lily. Und das ist Hayden. Warst du auf der Trauerfeier von Ralph Cole?«

Das Mädchen nickt wieder. »Ja. Ja, war ich. Du bist Hayden Cole?«

»Ja.« Bei ihrem Anblick überkommt mich ein unaussprechliches Gefühl. Diese vertraute Form ihrer Wangenknochen und die schwache Wölbung ihres Mundes … Es kostet mich Mühe, aber ich schaffe es, meinen Gesichtsausdruck so aussehen zu lassen, dass er einladend wirkt. Hoffe ich. »Und du bist?«

Sie schluckt. »Stephanie Cole. Ich denke, du bist mein Halbbruder?«

Der Boden unter meinen Füßen gerät leicht in Bewegung.

»Stephanie …«, wiederhole ich. Ich habe noch nie von ihr gehört. Weder durch Gary noch durch Dads gelegentliche Nachrichten. »Wie alt bist du?«

»Sechzehn.«

»Ich wusste nichts von dir.«

Sie zuckt zusammen, als hätte ich etwas Schlimmes gesagt. »Na ja, ich bin überwiegend bei meiner Mutter groß geworden. Ich hatte nicht viel Kontakt zu … zu unserem Vater.«

»Gut.«

»Er hat dich erwähnt«, sagt sie, und ihre Augen blicken hoffnungsvoll. »Tatsächlich hat er viel von dir geredet.«

»Wirklich?«

»Ja, er war sehr stolz auf dich. Du bist in der Navy, oder?«

Ich nicke langsam. »Das war ich.«

»Ach so. Tja … okay.« Sie zuckt die Achseln und sieht mich erwartungsvoll an.

Verdammt. Ich spüre, wie ich dabei bin, das Ganze hier so richtig in den Sand zu setzen. Das alles erfordert mehr Taktgefühl, als ich jemals aufbringen musste. Lilys Blick ruht schwer auf mir. Sie glaubt an mich.

»Stephanie, ist deine Mutter hier?«

»Ja. Sie ist noch in der Kirche.«

»Würdet ihr gern mit uns essen gehen? Wir könnten uns unterhalten.«

Das Lächeln auf Stephanies Gesicht lässt in einem entfernten, gequälten Winkel meines Herzens einen Schmerz entstehen. Es ist zögerlich, ein bisschen schüchtern und voller zerbrechlicher Hoffnung.

Eine Schwester. Ich habe eine Schwester.

»Ja«, sagt sie. »Das fände ich toll. Lass sie mich nur holen.«

»Wir warten hier.«

Lily und ich sehen zu, wie Stephanie zu ihrer Mutter läuft. Lilys Hand drückt meine, und dankbar für die Unterstützung erwidere ich den Druck.

»Mein Vater hatte noch andere Kinder«, sage ich.

Wenn ich so darüber nachdenke, ist es eigentlich keine Überraschung. Aber es wäre mir nie eingefallen, nach ihnen zu suchen, geschweige denn, überhaupt danach zu fragen.

Lilys Augen sind feucht. Die Ungläubigkeit, die darin liegt, spiegelt meine exakt wider. »Hayden …«

»Ich weiß. Das hier ist …«

»Ein Segen«, beendet sie den Satz. »Das ist Familie immer.«

Ab diesem Moment vergehen die Wochen schnell.

Stephanie kommt ein paarmal nach Paradise Shores, um mit Lily und mir Eis essen zu gehen. Sie ist schüchtern, trotzdem erfahre ich etwas über ihre Geschichte, und zögernd erzähle ich ihr auch von meiner. Es wird kein leichter Prozess werden, doch wir sind beide bereit, es langsam angehen zu lassen. Mit ihrer Mutter zu reden – jemand, der das Monster gesehen hat, das mein Vater sein konnte, und ihm entkommen ist, wie meine Mutter es hätte tun sollen –, war das Schwerste. Aber es ist die gute Art von schwierig. Die Art, die einem zeigt, dass die Wunden aus der Vergangenheit heilen und man stärker wird.

Lily entschließt sich, nur noch in Teilzeit bei Harris Property zu arbeiten, und widmet sich ausgiebig ihrer Galerie. An den meisten Abenden bin ich auch dort, hämmere, streiche und lenke sie ab.

Es ist wunderbar.

Wir verbringen die Nächte zusammen, entweder in ihrem Häuschen am Meer oder in meinem Haus in der Elm Street. Seit Wochen habe ich keine Nacht mehr ohne sie verbracht, und ich hoffe, dass ich das auch nie wieder tun muss.

Eines Nachmittags bittet sie mich, zur Galerie zu kommen, nachdem sie mir tagelang den Eintritt verwehrt hat. »Ich bin fast fertig«, sagt sie, »und ich will dich überraschen.«

Aufgeregt klopfe ich an die Eingangstür der Galerie. Sie ist frisch gestrichen und hängt an neuen Scharnieren. Gary hat mir dabei geholfen und die Tür in der Garage meines Hauses abgeschliffen.

Lily öffnet mir mit einem breiten Grinsen im Gesicht. Es ist dasselbe Lächeln, an das ich aus unserer Kindheit gewöhnt bin, strahlend und ohne Zurückhaltung oder Anmaßung. Ihr rotbraunes

Haar ist zu einem Dutt hochgebunden, und sie trägt einen mit Farbe bekleckssten Overall.

Sie hat alle Bilder aufgehängt. Die Wände sind voll mit Fotografien und Gemälden, und es stehen sogar ein paar Skulpturen herum. Aus dem versteckten Surround-Sound-System erklingt sanfte Musik.

»Lily, das sieht großartig aus.«

»Findest du?«

»Ja.« Ich habe alle Kunstwerke gesehen, an denen sie selbst gearbeitet hat, und auch die von anderen. Aber alles zusammen zu erblicken? Es ist eine Liebeserklärung sowohl an die Kunst als auch an das Meer. Jedes Werk ist anders, aber die Geschichte, die sie gemeinsam erzählen … Es ist wunderschön.

»Dies hier … das kenne ich noch nicht.« Ich bleibe vor einem Gemälde stehen, das einen Strand zeigt. Der Himmel darauf ist stürmisch, eine Mischung aus Rot- und Violetttönen. Zwei Kinder laufen an der Uferlinie entlang.

»Ich bin gerade damit fertig geworden.« Lily stellt sich neben mich. »Was denkst du?«

Ich schaue es mir näher an. Da ist etwas an diesen Kindern … Sie sind nur als Silhouetten dargestellt, trotzdem kommen sie mir bekannt vor. Das Mädchen läuft vorweg. Obwohl dies nur ein Bild ist, erahnt man ihre Bewegungen. Ihre Schritte sind energisch und ihr Arm ist nach hinten gestreckt. Mit der Hand hält sie die des Jungen fest.

Er hat struppige Haare, und seine Schultern hängen etwas herunter, doch er ist ihr zugewandt und lässt sich von ihr über den Strand ziehen.

»Das sind wir.«

»Ja. Vor Ewigkeiten.«

Auf seiner Seite des Bildes ist der Himmel dunkler. Sie zieht ihn ins Licht, in Richtung eines wunderschönen Sonnenuntergangs. Dann wird mir klar, dass es tatsächlich kein Sonnenuntergang, sondern ein Sonnenaufgang ist.

»Das ist wunderschön«, sage ich und lege einen Arm um sie. »Du gehst voran, und ich folge dir?«

»Ich konnte mir nicht zu viel künstlerische Freiheit erlauben«, entgegnet sie und muss lachen.

»Soso.« Ich beuge mich hinunter und drücke ihr einen Kuss auf den Mund. Diese Frau ist einfach unglaublich. »Tja, es stimmt. Mein Herz und meine Seele gehören dir. Das war auch damals schon so.«

Lily gibt ein leises Stöhnen von sich. Sie dreht sich ganz zu mir und schlingt die Arme um meinen Hals. Es fühlt sich an, als wäre sie eine Ergänzung von mir – wir beide in einer Person. Aus ihr ziehe ich meine Kraft und meinen Mut, sie ist mein Gewissen und mein Verstand. In den Monaten seit meiner Rückkehr habe ich die wahre Bedeutung einer Beziehung gelernt, nämlich die, echte Partner zu sein und sich gegenseitig aufzubauen. Wie es ist, gemeinsam gut genug zu sein.

»Ich liebe dich.«

»Ich liebe dich auch«, erwidere ich. »Und ich liebe dieses Gemälde. Steht es zum Verkauf?«

Lily schüttelt den Kopf. »Ich hatte vor, es zu verkaufen, aber jetzt … Ich weiß nicht. Es fühlt sich nicht richtig an.«

»Du solltest es verkaufen. Definitiv.«

Ihr Blick verdüstert sich. »Na gut, wenn du meinst. Vielleicht sollte ich das.«

»Meine ich. Und tatsächlich weiß ich auch schon einen Käufer.«

»Ach ja?«

»Ja. Er ist ein großer Fan deiner Arbeit.« Ich schlinge die Arme um ihre Taille und schiebe sie rückwärts. Ich liebe es, Küsse auf ihre

Wange und ihren Hals zu verteilen. Ihre Haut fühlt sich warm unter meinen Lippen an. »Er ist sehr interessiert.«

Sie lacht auf. »Ach so?«

»Ja. Sehr, sehr interessiert.«

»Gut, denn es könnte sein, dass er zufällig mein Lieblingsfan ist.«

»Er wird sich freuen, das zu hören.«

Lily küsst mich lange und tief, bevor sie wieder zu lachen anfängt. »Wenn es dich so glücklich macht, werde ich dich wieder und wieder malen.«

»Du machst mich glücklich. Nur du.«

Ihre Hand liegt immer noch an meiner Wange. Ihre grünen Augen schimmern vor Liebe und Vertrauen, und meine Brust ist so voller Emotionen, dass sie zerspringen könnte.

»Mein charmanter Schuft«, wispert sie.

»Unheimlich schön«, stimme ich zu und beuge mich zu ihr hinunter. »Ich warte immer noch darauf, dass du mich als Nacktmodell anheuerst«, flüstere ich ihr ins Ohr.

Lily grinst. »Ich bin noch nicht mit deinem Porträt als Gentleman fertig. Das mit den Jagdhunden zu deinen Füßen.«

Bei dem alten Witz muss ich auflachen. »Für meinen Kaminsims?«

»Ja. Oder du hängst es dir ins Büro.«

»Mhm.« Ich lasse meine Hände die sanfte Wölbung ihres Rückgrats entlanggleiten. Sie fühlt sich unglaublich in meinen Armen an – wie schon immer –, so als ob sie dort hingehören würde. Es ist immer noch schwer zu begreifen, dass wir so viele Jahre getrennt voneinander verbracht haben, wenn wir hier so eng beieinanderstehen. Und ich weiß, dass ich den Rest meines Lebens dafür sorgen werde, so selten wie möglich von ihr getrennt zu sein. »Zieh mit mir zusammen.«

»Wirklich?«

»Ja. Entweder du in mein Haus oder ich in deins. Oder wir verkaufen beide und kaufen uns ein neues, ist mir egal. Ich will mich nur nie wieder von dir verabschieden müssen.«

»Das hört sich gut an. Ein Zuhause nur für uns.« Sie gibt mir einen sanften Kuss, der sich wie nach Hause kommen anfühlt. »Die Leute werden sagen, dass das viel zu früh ist.«

»Die Leute?« Ich weiß genau, wen sie meint. Aber ihre Eltern haben bisher nicht ein schlechtes Wort über uns fallenlassen, nicht, seit Lily es ihnen erzählt hat. Sie wissen wohl, dass sie riskieren, ihre Tochter für immer zu verlieren, wenn sie es tun.

»Ja, die Leute. Aber da irren sie sich. Ich liebe dich, seit ich zehn war, Hayden Cole.«

Ich lege meine Stirn an ihre und schließe die Augen. Sie schafft es doch immer wieder, mich völlig aus dem Konzept zu bringen. »Es gibt da noch etwas, das ich dich irgendwann fragen werde«, sage ich. »Ich versuche allerdings, in dieser Sache nicht zu schnell vorzugehen.«

Lily hält den Atem an, und ich höre sie schlucken. »Das ist ja interessant.«

»Genau.«

»Hypothetisch gesehen«, murmelt sie, »glaube ich, dass du eine positive Antwort bekommen könntest, wenn die Frage die wäre, die mir gerade in den Sinn kommt.«

»Das ist ja interessant«, ahme ich sie nach und lächle. »Erwarte sie gestellt zu bekommen, wenn du am allerwenigsten damit rechnest. Mehr sage ich dazu nicht, Lils.«

»Du bist echt gut darin, mich auf die Folter zu spannen, oder?«

»Aber immer.« Ich küsse sie sanft und halte in meinen Armen das erste und letzte Mädchen, das ich je geliebt habe.

Ein paar Monate später …

Michael Marchand steht wortlos neben mir auf der großen Veranda. In der Ferne ist der ruhige Ozean zu sehen, und die Sonne fängt langsam an zu sinken. Es ist Spätherbst und kalt. Der Winter liegt schon in der Luft.

Ich habe ihn aus einem bestimmten Grund hier herausgebeten, und angesichts seines Schweigens frage ich mich, ob er weiß, weswegen. Aber er war schon immer schwer zu durchschauen.

»Also, Cole? Was wolltest du mit mir besprechen?«

»Ich bin jetzt seit einigen Monaten wieder zurück«, erwidere ich. »Lily und ich wohnen zusammen, und ich werde sie fragen, ob sie mich heiratet.«

Michael sieht mich an. Er ist grau geworden, und ich bin gut fünf Zentimeter größer als er, doch er schafft es immer noch, mich von oben herab anzusehen. Früher hat mich das so eingeschüchtert, dass sich mir die Nackenhaare aufgestellt haben.

Jetzt kümmert es mich nicht mehr.

»Bittest du mich um meine Erlaubnis?«

»Nein. Dafür respektiere ich Lily viel zu sehr. Deine Erlaubnis brauche ich nicht.« Ich sehe ihm direkt in die Augen. »Aber trotz allem würde ich deinen Segen begrüßen. Wir wissen beide, dass ihr das viel bedeuten würde.«

»Und dir?« Seine Augen verengen sich, allerdings nur leicht.

Vor zehn Jahren hätte seine Zustimmung mir alles bedeutet … als Symbol, endlich nach Paradise Shores zu gehören – und zur Familie –, und als Beweis dafür, dass ich endlich gut genug war.

Jetzt weiß ich, dass ich es bin.

»Es würde Familienzusammenkünfte um einiges angenehmer machen«, entgegne ich trocken.

Zu meiner Überraschung lacht Michael auf. Es ist ein trockenes, kehliges Geräusch. »Verdammt, Cole, du bist schon immer gegen den Strom geschwommen.«

»Du hast mich einmal aufgefordert zu verschwinden. Aber dieses Mal werde ich nicht gehen. Solange Lily mich hierhaben will, werde ich für sie da sein.«

»Das weiß ich«, sagt er ruhig. »Ich habe es in der Sekunde gesehen, als du hier wieder aufgetaucht bist. Und das ist gut so. Meine Tochter verdient nicht weniger.«

»Sie verdient alles.«

»Gesprochen wie ein wahrhaft verliebter Mann.« Er legt mir eine Hand auf die Schulter, und ich versuche, meine Überraschung zu verbergen. »Ich habe mich einmal in dir geirrt, mein Sohn. Du hast wirklich etwas aus dir gemacht.«

Ich halte seinem Blick stand. »Das habe ich. Aber ich bin nicht zu stolz, um anzuerkennen, dass ich dabei Hilfe hatte. Zum Beispiel von meinem Onkel. Von Lily. Oder dir.« Ich neige den Kopf und kämpfe gegen meinen Stolz an. »Ich habe dir noch nie richtig für meine Ausbildung in all den Jahren gedankt.«

In Michaels Augen entsteht ein wissendes Funkeln, als ob er genau verstände, wie schwer mir das hier fällt. »Du magst es nicht, in der Schuld von jemandem zu stehen.«

»Nein«, erwidere ich mit zusammengebissenen Zähnen.

»Ich auch nicht.« Sein Blick wird nachdenklich. »Du bist ein Selfmademan. So wie ich einer war. Das ist etwas, das keiner meiner Söhne von sich sagen kann.«

Ich nicke nicht, aber ich widerspreche ihm auch nicht.

»Du stehst nicht in meiner Schuld. Du machst meine Tochter glücklich, und du bist stark genug, um für ihre Sicherheit zu sorgen. Damit gibst du mir mehr als genug zurück.« Er klopft mir ein letztes Mal auf die Schulter, bevor er einen Schritt zurücktritt und den Deckel des Grills anhebt, um die Hummerschwänze zu inspizieren, die ordentlich aufgereiht auf dem Rost liegen. »Ich weiß, dass ich es dir nicht leicht gemacht habe. Aber ich hab's auch nie versucht.«

Ich schnaube spöttisch. »Nein, das hast du wirklich nicht.«

»Den Jungs mache ich genauso die Hölle heiß, wenn sie eine Frau mit nach Hause bringen, nur keine Sorge.«

Ich muss an Henry in seinem Elfenbeinturm in Manhattan denken, der so hart an der Bestätigung seines Vaters arbeitet. Oder an Rhys' als Schutzschild dienenden Sarkasmus und sein Nomadenleben. An Parkers nicht abreißende Folge von Liebschaften und sein unverbindliches Lächeln.

»Kann's kaum erwarten«, sage ich in dem Wissen, dass es dieses Mal jemanden geben wird, der ihnen gegen diesen Mann den Rücken stärkt.

Mich.

EPILOG

EIN JAHR SPÄTER

Lily

Zwei Streifen.

Der Test ist positiv.

Ich setze mich auf die Kante der Badewanne und lege den Kopf in die Hände.

Ich werde Mutter. Ich werde eine Mutter.

Es kostet mich alle Mühe, ruhig zu bleiben und meine Atmung zu kontrollieren. Wir bekommen ein Kind. Einen kleinen Mini-Hayden mit dunklem, struppigem Haar. Und einem breiten Lächeln. Welche Augenfarbe es wohl haben wird?

Freude macht sich in mir breit. Ein Kind. Ein Kind!

Es kommt ungeplant, aber nicht wirklich überraschend. Wir hatten kurz darüber geredet … und waren seitdem lange nicht mehr so vorsichtig, wie wir es hätten sein sollen. Während unserer Flitterwochen gab es mehr als einen Ausrutscher. Hayden hatte mir zugeflüstert, dass es ihn glücklich machen würde, und ich hatte entsprechend reagiert. Doch das war in Momenten der Leidenschaft und Glückseligkeit passiert.

Jetzt ist es real.

Nach der Hochzeit haben Hayden und ich zwei Wochen auf einer paradiesischen Insel in der Karibik verbracht. Nur wir beide, kristallklares Wasser, weißer Sand und ein gemietetes Segelboot. Es war wie ein Traum.

Sein Unternehmen läuft besser, als irgendjemand angenommen hatte, einschließlich ihm. Die Firma verfügt jetzt über ein Team aus knapp zehn Beratern, die Hayden regelmäßig Bericht erstatten.

Ich sehe auf den Verlobungsring und den Trauring an meinem Finger. Es fühlt sich immer noch merkwürdig an, obwohl sie sich perfekt ergänzen. Den Verlobungsring trage ich schon seit fast einem Jahr, seit er letzten Herbst um meine Hand angehalten hat, und während der ganzen Planungs- und Vorbereitungsphase für unsere Hochzeit im Sommer.

Wir sind gemeinsam in ein neues Haus gezogen und mussten auch noch die ganze Arbeit daran bewältigen. Das Haus neben meinem war vor ein paar Monaten unerwartet zum Kauf angeboten worden. Es hat einen phantastischen Blick aufs Meer und einen großen Garten.

Eines Abends habe ich draußen gestanden und mir vorgestellt, wie ich die Fensterläden dunkelblau streiche, den Balkon erweitere, im Garten ein Spielhaus für Kinder aufstelle und ein Zimmer für die Besuche von Haydens Halbschwester einrichte. Er hat die Arme um mich geschlungen, die noch warm von seinem Nachmittagslauf waren, und mich auf die Schläfe geküsst.

»Sollen wir reingehen?«, hat er gefragt, und darauf gab es nichts anderes zu erwidern als »Ja«.

Es ist immer noch nicht ganz renoviert, aber jetzt leben wir hier zusammen. Verheiratet. Mit zitternden Beinen stelle ich mich vor den Spiegel in unserem Badezimmer. Vorsichtig lege ich den Schwangerschaftstest auf den Waschtisch und sehe mein Spiegelbild an.

Ich wirke erhitzt. Glücklich. Und ein bisschen verängstigt.

Hayden kämpft immer noch mit Gefühlen der Unzulänglichkeit und düsteren Gedanken. Die Erinnerungen an seine Kindheit wiegen schwer, auch wenn er es meisterhaft zu überspielen weiß … und es verdrängt. Aber ein Kind … Es fällt schwer, die Zweifel zu vergessen, die er gelegentlich im Zusammenhang damit geäußert hat, selbst Vater zu sein.

Ich wasche mir die Hände und laufe durch unser Schlafzimmer, die Treppe hinunter und ins Wohnzimmer. Mein Laptop ist aufgeklappt, und die Tabelle mit den bevorstehenden Events in der Galerie ist auf dem Bildschirm zu sehen. Es läuft besser, als ich es je erwartet hätte, und zwar so gut, dass ich jemanden eingestellt habe, der mir dabei hilft.

Das Haus ist leer und still. Hayden ist am Yachthafen. Rhys und Parker hatten behauptet, ihn für irgendetwas zu brauchen, und sie alle verbringen den Tag an Bord von *Frida*. Ich hatte zu Hause bleiben wollen, um am Terminplan der Galerie zu arbeiten. Und weil ich angesichts meiner ausbleibenden Periode etwas vermutete.

Mit den Fingern trommele ich auf der Küchenarbeitsplatte herum. Ich hatte es allein herausfinden wollen, doch jetzt will ich Hayden hierhaben, und zwar sofort. Nicht eine Sekunde länger will ich mit diesem Wissen allein sein.

Also schnappe ich mir ein Buch und einen Pulli und mache mich auf den Weg zum Hafen. Sie sind schon seit Stunden draußen. Also sollten sie bald zurückkommen.

Die Worte auf den Seiten verschwimmen vor meinen Augen, während ich an unserer Anlegestelle sitzend versuche zu lesen. Ich hatte das Buch auch auf unsere Flitterwochen mitgenommen, aber Hayden war sehr versiert darin gewesen, mich vom Lesen abzulenken. Immer wenn er sich zu mir gerollt, eine Hand auf meine Taille gelegt und mir etwas Witziges oder Liebevolles ins Ohr geflüstert hat, habe ich das Buch sofort wieder weggelegt.

Es ist ein ruhiger Augusttag, und die Wellen schwappen sanft an den Kai. Unser Kind wird hier aufwachsen, genauso wie ich und auch Hayden. Wird sie das Segeln so lieben wie ihr Vater? Oder wird er seine Tage mit Malen verbringen?

Ich lege das Buch beiseite und schließe die Augen. Die Möglichkeiten sind endlos. Und Hayden … Ich kann ihn als Vater sehen, ein Kind auf den Schultern, das seine kleinen Hände tief in seinem dichten Haar vergraben hat. Er würde immer mit ihm spielen und es necken, wäre aber der Erste, der seinen Sohn oder seine Tochter mit seinen kräftigen Armen aufheben und ihnen den Staub abklopfen würde, wenn sie hinfallen.

Die Vorstellung bringt mich zum Lächeln.

Um kurz nach fünf kehrt *Frida* in den Hafen zurück. Sie haben die Segel schon eingerollt und fahren nur noch mit Motorkraft. Ich kann sie alle sehen: Henry, der Größte von ihnen, am Steuerrad. Parker mit seinem blonden Schopf kauert am Bug, bereit, auf den Kai zu springen, um das Seil zu befestigen. Rhys und Hayden stehen Schulter an Schulter. Sie überblicken prüfend die Umgebung und rufen Henry Anweisungen zu.

Meine Familie. Es ist so selten, dass alle meine Brüder gemeinsam hier in Paradise Shores sind, besonders da sie schon im Juli für die Hochzeit hier waren. Ich war die Erste, die wieder hierher zurückgezogen ist, und wenn es nach mir ginge, würden es mir alle gleichtun.

Ich helfe Parker dabei, das Boot am Kai zu vertäuen. »Ich wusste nicht, dass du hier sein würdest, Lils«, sagt er. »Hayden behauptete, du müsstest arbeiten.«

»Ich habe meine Meinung geändert«, sage ich und mache einen Ankerstichknoten. »War's schön draußen?«

Er legt mir einen Arm um die Schultern und drückt mich kurz, während wir zusehen, wie die anderen von Bord gehen. »Es war toll.«

Rhys' Haar ist feucht, und beim Näherkommen schüttelt er es aus wie ein Hund. Angesichts der fliegenden Tropfen muss ich lachen. »Warst du schwimmen?«

»Na klar. Die anderen waren zu feige.«

»Das nennt sich *vernünftig*«, erwidert Henry halblaut. »Wir können nicht alle Rebellen sein.«

»Achte nicht auf ihn«, schnaubt Rhys. »Er ist schon den ganzen Tag schlecht drauf.«

Hayden und Parker lachen, aber Henry wirft ihnen nur einen düsteren Blick zu. Ich bin allerdings nicht überrascht. Mein ältester Bruder benimmt sich schon seit Wochen merkwürdig, und es ist nicht schwer, auf den Grund dafür zu kommen.

»Ist es wegen der Frau, die dich zu meiner Hochzeit begleitet hat?« Stirnrunzelnd sehe ich Henry an. »Sie war wunderbar.«

»Nein, es ist nicht wegen ihr.«

»Lügner«, frotzelt Rhys. »Faye bringt dich aus dem Gleichgewicht, gib's zu.«

»Ich werde nicht anfangen, mit euch darüber zu reden.« Henry stakst mit angespannten Schultern vom Kai. Er ist immer so diszipliniert und fokussiert, dass er manchmal die wichtigen Dinge im Leben vergisst.

Parker nimmt den Arm von meiner Schulter und nickt Hayden zu. »Fährst du mit Lils?«

»Ja.« Hayden beugt sich hinunter, um das Buch aufzuheben, das mir auf den Kai gefallen ist. »Ist schon spät.«

»Genau«, stimme ich ihm zu. »Aber würdet ihr morgen Abend gern auf Brettspiele und Wein vorbeikommen? Wir könnten ein paar von den alten ausgraben.«

Rhys grinst. »Du willst eine Revanche?«

Ich erwidere sein Lächeln. »Ja, und ich glaube, dass ich jetzt um einiges besser in Monopoly bin. Ihr hattet nur immer den Vorteil, älter zu sein.«

»Das werden wir ja sehen.«

Auf dem Parkplatz angekommen verabschieden wir uns voneinander. Hayden hat seine Hand auf meinen unteren Rücken gelegt. »Bis morgen!«

Er setzt sich auf den Fahrersitz und legt mir eine Hand aufs Knie. »Ich wusste nicht, dass du auf uns warten würdest.«

»Hatte ich auch nicht vorgehabt.« Ich sehe auf seine große, gebräunte Hand hinunter. »Aber dann wollte ich kommen.«

»Wie schön.«

»Hattet ihr Spaß?«

Er schnaubt, doch in seiner Stimme liegt Wärme. »Ja. Es ist schon eine Weile her, dass wir alle zusammen auf dem Boot waren.«

»Das stimmt.« Ich lege meine Hand auf seine und registriere lächelnd, wie ruhig und zufrieden er wirkt. Meine Brüder sind auch Haydens Brüder. Sie haben ihn so bereitwillig als meinen Ehemann akzeptiert, wie sie ihn damals als neuen Spielgefährten akzeptiert haben. Endlich fühlt sich meine Familie wieder vollständig an.

Er schenkt mir ein Lächeln. »Auch wenn ich es bevorzuge, wenn nur wir beide auf einem Boot sind. Ich habe deine Brüder gern, Baby, aber dich habe ich lieber.«

In seinen Augen blitzen Hitze und Belustigung auf. Seine Hand packt mein Knie fester.

Ich muss mir angesichts einer bestimmten Erinnerung auf die Lippe beißen. Das Boot, wie es sanft auf den Wellen schaukelt, Haydens Körper auf meinem, warme Lippen an meinem Hals und sein tiefer, kraftvoller Rhythmus. »Das ziehe ich auch vor.«

Haydens Lächeln wird ein bisschen verrucht, und ich sehe ihm an, was ihm vorschwebt, wenn wir zu Hause angekommen sind.

Doch mir schwebt auch was vor. Ich glaube nicht, dass ich noch länger warten kann. Er parkt den Wagen, und ich nehme seine Hand und ziehe ihn ins Haus.

»Ich bin verschwitzt«, sagt er und fährt mit der Hand über meinen Rücken. »Ich sollte erst mal unter die Dusche. Komm mit.«

»Sehr gern, aber zuerst … muss ich dir was zeigen.«

»Ach ja?«

»Ja.« Während wir ins Schlafzimmer gehen, erhebt sich in meinem Magen ein aufgeregter Schmetterlingsschwarm. Ich bedeute ihm, sich aufs Bett zu setzen. Er fährt sich mit den Fingern durchs Haar. Wären seine Bernsteinaugen nicht so aufmerksam auf mich gerichtet, würde er entspannt wirken.

»Stimmt irgendwas nicht, Lily?«

»Nein.«

Er runzelt die Stirn. »Ich spüre doch, dass irgendwas ist.«

»Es ist alles in Ordnung.« Ich gehe ins Badezimmer und schnappe mir den Schwangerschaftstest, der immer noch auf dem Waschbecken liegt. Die beiden Linien sind noch so klar zu erkennen wie vor ein paar Stunden.

Meine bloßen Füße versinken im Teppich, als ich ins Schlafzimmer zurückkehre.

Hayden sieht mich an. »Lily …«

»Ähm, erinnerst du dich, dass wir in letzter Zeit … nicht besonders vorsichtig waren?«

Er runzelt die Stirn, aber dann wird sein Blick plötzlich so messerscharf wie der eines Raubtiers auf Beutezug. »Ja?«

»Es hat sich ausgezahlt, wenn man so will. Ich glaube, ich bin schwanger.« Ich halte ihm den Test hin und deute auf die Streifen. »Den habe ich vor ein paar Stunden gemacht.«

Hayden starrt den Test lange schweigend an. Mein Herz rast so heftig in meiner Brust, dass ich befürchte, es könnte herausspringen und ihn zu Boden ringen.

Sag doch was!

»Und? Was denkst du?«

In seinen Augen entsteht ein warmes, aufgeregtes Leuchten, das mit jeder Sekunde zunimmt. »Komm her«, sagt er ruhig und winkt mich heran. »Lass mich dich festhalten.«

Er umfasst meine Taille, zieht mich mit seinen starken Armen an sich und vergräbt seinen Kopf an meiner Schulter. Ich kralle meine Finger in sein T-Shirt und kann nicht verhindern, dass mir die Tränen kommen.

»Ein Baby«, murmele ich. »Kannst du das glauben?«

Hayden streicht mir das Haar zurück. Mit warmen Lippen berührt er meine Stirn, meine Wange und Nase und schließlich meine Lippen. Unter Tränen erwidere ich seinen Kuss … so glücklich, dass ich zerspringen könnte.

»Nein.«

»Bist du glücklich, Hayden? Sind das gute Neuigkeiten für dich?«

Mit einer seiner rauen Hände umfasst er meine Wange und wischt mit dem Daumen eine Träne weg. Nichts ist mir so lieb und teuer wie sein Gesicht mit den hohen Wangenknochen, dem dichten Haar über der Stirn und diesen ungewöhnlichen Augen.

»Ja«, entgegnet er. »Das sind unglaubliche Neuigkeiten.«

»Wirklich?«

»Ja.« Er steht auf, hebt mich hoch und wirbelt mich um sich herum. Ich packe ihn bei den Schultern und lächle auf ihn hinunter, als ich sehe, dass meine eigene Freude sich in seinen Augen widerspiegelt.

Er lässt mich nicht los, als er mit dem Herumwirbeln aufhört, sondern trägt mich zu unserem Bett. Ich ziehe ihn zu mir, so dass wir Seite an Seite liegen.

»Hattest du Bedenken, dass ich mich nicht freuen würde?«

Ich fahre mit dem Zeigefinger an der scharfen Kante seines Kinns entlang. »Ein bisschen. Ich hatte Angst, dass du … keine Ahnung. Dass es dich in Panik versetzen würde.«

»Wie wenig Vertrauen du doch in mich hast«, murmelt er.

Ich lasse meine Finger in sein dichtes Haar gleiten und fahre über seine Kopfhaut, so wie er es mag. »Ich weiß. Tut mir leid. Meine Angst war allerdings nicht sehr groß.«

Haydens Lächeln verblasst, auch wenn der glückliche Ausdruck in seinen Augen bleibt. »Aber du hast recht. Ich könnte versagen, Lily.«

»Das wirst du nicht.«

Er seufzt. »Was, wenn doch? Es besteht das Risiko, dass ich werde wie – «

»Nein, dieses Risiko besteht ganz und gar nicht. Und weißt du auch, wieso? Weil ich das nicht zulassen werde.«

Er schließt die Augen und legt seine Stirn an meine. »Ich weiß.«

»Aber was noch wichtiger ist: Du wirst selbst nicht zulassen, dass du versagst, Hay. Du bist einer der getriebensten Menschen, die ich kenne. Ich kenne dich besser als jeder andere, und ich habe volles Vertrauen in dich.«

»Danke sehr«, sagt er trocken, aber glücklich. »Außerdem weiß ich, wenn ich es versaue, muss ich nicht nur einem oder zwei, sondern gleich drei wütenden Onkeln Rede und Antwort stehen. Abgesehen von dem Kind und mir selbst auch.«

Ich lache. »Du hast also keine Angst mehr?«

»Nein.« Er küsst mich weich und lässt seine Hand zu meiner Taille und meinem noch flachen Bauch gleiten. »Mit dir als meiner Frau? Niemals.«

– ENDE –